# A ROUPA DO CORPO

*Francisco Azevedo*
# A ROUPA DO CORPO

1ª edição

EDITORA RECORD
RIO DE JANEIRO • SÃO PAULO
2020

CIP-BRASIL. CATALOGAÇÃO NA PUBLICAÇÃO
SINDICATO NACIONAL DOS EDITORES DE LIVROS, RJ

A987r

Azevedo, Francisco
A roupa do corpo / Francisco Azevedo. – 1ª ed. – Rio de Janeiro: Record, 2020.

ISBN 978-65-5587-128-9

1. Romance brasileiro. I. Título.

20-65736

CDD: 869.3
CDU: 82–31(81)

Leandra Felix da Cruz Candido – Bibliotecária – CRB–7/6135

Copyright © Francisco Azevedo, 2020

Todos os direitos reservados. Proibida a reprodução, armazenamento ou transmissão de partes deste livro, através de quaisquer meios, sem prévia autorização por escrito.

Texto revisado segundo o novo Acordo Ortográfico da Língua Portuguesa.

Direitos exclusivos desta edição reservados pela
EDITORA RECORD LTDA.
Rua Argentina, 171 – Rio de Janeiro, RJ – 20921-380 – Tel.: (21) 2585-2000.

Impresso no Brasil

ISBN 978-65-5587-128-9

Seja um leitor preferencial Record.
Cadastre-se no site www.record.com.br e receba informações sobre nossos lançamentos e nossas promoções.

Atendimento e venda direta ao leitor:
sac@record.com.br

EDITORA AFILIADA

*Às roupas que nos inspiram e nos confortam.*

*Sem lenço, sem documento*
*Nada no bolso ou nas mãos*
*Eu quero seguir vivendo, amor*
*Eu vou*
*Por que não, por que não?*

Caetano Veloso,
"Alegria, alegria", 1967

*Livrei-me de quase tudo, afinal. Mas preciso ao menos da roupa do corpo para seguir viagem. A roupa do corpo não é o pouco pano que levo pendurado em mim, apenas. Não, antes fosse. A roupa do corpo é também o que, entranhado na pele, já não se vê — os tantos panos que usei, anos e anos a fio. Os sentimentos vividos dentro deles desde que me entendo por gente. Os incontáveis disfarces e humores, ousadias e medos da infância, da adolescência e de bem depois... Sim, minha história escrita debaixo dos panos que enverguei. Portanto, mesmo leve, levíssimo — única proteção que vai comigo —, este pouco pano ainda me pesa. São lembranças que carrego. Cortes e costuras dos trajes que há muito não me servem. Contradição: porque, embora me rebele clamando por desapego e liberdade, reverencio o passado que, com bom talho, me deu feitio. Hoje, ainda sonho com o que me parece impossível: despir-me do que insiste em me disformar o conteúdo. E mais. Arrancar de mim o próprio corpo, dar-me a conhecer assim, sem ele, indumentária de carne que me veste — forro que me delicia e dói. Estranha e mutante indumentária que me foi dada ao nascer e que, do esplendor à decadência, há de me acompanhar até o fim. Para quê? Para depois, em gozo eterno, me expor impudente ao desconhecido? Apaixonada entrega em outra pele? Será isso o Paraíso? O virtuoso êxtase?*

Francisco Azevedo, *Eu sou eles – fragmentos*, 2018

# Olímpia e Antenor

Os que, com a cara e a coragem, juntaram os trapos e foram em frente. Os que, por amor e teimosia, se deram a conhecer e, bem ou mal, se acertaram. Se tão desiguais, como se entendiam? Ela, costureira, franzina, pele clara, sempre às voltas com os panos. Ele, pescador, corpo maciço curtido pelo sol, pouca roupa, quase nenhuma. Ela, água. Ele, vinho. Eu? Porções bem dosadas de um e de outro — mistura sagrada e, ao mesmo tempo, degenerada: vinho fraco, água impura. Fazer o quê? Cada um me enfeitiçava do seu jeito. Na simplicidade, nos contrastes. No trato com a vida e com as pessoas. No trato comigo, único filho — os dois juntos em um só copo, em um só corpo. O teor de minha mãe prevaleceu na infância. O de meu pai, na adolescência. Até que, de repente, alheias e inesperadas poções me foram acrescidas, causando espanto.

Nasci em Convés, cidadezinha do litoral do Rio de Janeiro, no afortunado ano de 1957. Morávamos os três em casa bem arejada de dois amplos quartos e boa sala, com banheiro, cozinha, área e quintal. Aquela lá da esquina, consegue ver? É, aquela toda caiada de branco, porta e janelas verdes. As telhas, relíquias originais — proteção que perdura na lembrança. Quadra da praia, rua de terra batida, às vezes pó, às vezes lama — ninguém se importava, porque a paz era maior que os estorvos. Tudo perto: o armazém e a peixaria, a escola, a igreja e a farmácia, a casa dos amigos e o horto — todos à mão, felicidade ao alcance. O essencial.

Papai era homem de bons modos, mas não abotoava a camisa. Mamãe o censurava por andar daquele jeito descomposto, e a resposta que ouvia era sempre a mesma: botão é que nem filho, não se prende em casa, maldade. Além do mais, é saudável manter o peito exposto, aberto. E o coração, ventilado. Mamãe desdenhava — filosofia de bolso, falação barata. Para embaraçá-lo, perguntava se a regra se aplicava às mulheres. Ele se ria e lhe dava beijo demorado, de tirar o fôlego. Era claro que se aplicava! O mundo seria bem melhor e mais belo se elas também se desabotoassem!

Ah, aqueles dois! Tanto me ensinaram, tanto me contrariaram, tanto me surpreenderam! Cobriam-me de afagos e repreensões, e me identificavam medos, males, caminhos. De tão acostumado, eu não me dava conta dessa dedicação cotidiana. Não que nossa vida fosse fácil. Nada disso. Eu pulava do meu pai para minha mãe como em um jogo de amarelinha, equilíbrio precário, vez ou outra me abaixando para recolher o punhado de pedras do chão. Dias de choro, dias de riso. Noites de vazio ou de aconchego, como qualquer criança. Atrevido, transitava com curiosidade pelos dois universos que também eram meus: lá fora, o mar, a velha traineira. A rede, a linha e o anzol. A algazarra dos marujos e os peixes vivos para o mercado. Em casa, o assoalho de tábuas corridas, a velha máquina de costura. O pano, a linha e a agulha. As vozes e as canções do rádio, as roupas prontas para a clientela. Não era fantasia. Era a minha infância, minha história que começava a ser escrita.

Levei tempo para aprender que, de início, nada mais somos que a extensão de nossos pais, ou daqueles que nos moldam e nos formatam. De pequenino é que se torce o pepino — quem já não ouviu? Aos poucos é que ganhamos identidade, firmamos caráter e definimos o espírito. Nosso corpo também obedece a esse ritual de dependência. Somos os filhotes mais bobos do planeta — vergonha que nos foi imposta pela Mãe Natureza. O recém-nascido precisa até que lhe segurem a cabeça e, como se embalado para viagem, vai passando de um colo a outro — bibelô que só faz mamar e sujar fraldas. Mais uns meses, já consegue se sentar sem tombar para os lados. Depois, engatinhar, levantar-se apoiado em algo, ficar em pé e, finalmente, andar sozinho. Andar sozinho? Que ilusão. É aí que começa a fase mais vigiada e dramática para todos nós. É a tomada de consciência. O eu, o eles e o você, ou seja, o egoísmo, o ciúme e a desobediência. Há também os sustos, os imprevistos. E, é claro, os mil aprendizados. Joga fora a chupeta, senta na privada, limpa a bunda, toma banho, esfrega bem, come direito, mastiga de boca fechada, escova os dentes, penteia o cabelo, arruma o quarto, veste, vai para a escola e vê se estuda que amanhã tem prova! Hoje, essas lembranças me comovem. Como esquecer o dia em que aprendi a amarrar os sapatos? A minha alegria ao conseguir dar o laço! E as palmadas, os justos castigos? Tantos que perdi a conta.

Pois é, por dentro e por fora, crescer dói muito. Espírito e corpo não param de esticar. As dúvidas e os pés aumentam na mesma rapidez e proporção. Como seremos? Mais altos que nossos pais, mais fortes? Pele boa, espinhas, cabelo rebelde? Mais preparados, mais bem-sucedidos? Que futuro nos aguarda? Na escola, pior ainda, comparamos e somos comparados o tempo inteiro — campeonato cruel. A lista de presença acaba em Z, mas a de rótulos e apelidos é interminável. Ameaçados, sofremos com nossos próprios questionários. Que ferramentas afinal nos foram dadas para encararmos o mundo e suas armadilhas? Bem equipados ou não, lá vamos nós, porta afora. Tímidos ou extrovertidos, bagunceiros ou comportados. Uns, brilhantes e ativos. Outros, apagados e preguiçosos. Há os tranquilos, os agitados, os gozadores e os irritadiços... — miríade de personalidades e índoles que vestem o mesmo uniforme. Adianta? Tentativa ingênua de nos modelar iguais, porque o próprio pano já se manifesta diferente em cada um de nós. O apuro deste aqui contrasta com o desleixo daquele lá. Temos a camisa bem passada e a que não vê ferro, a que vive para fora das calças e a que se põe para dentro segura pelo cinto, aquela em que falta o botão e a que foi abotoada errado. As meias caídas, as meias puxadas, o branco alvo e o encardido. Pela roupa, pretendemos nos revelar a quem nos é estranho. Pela roupa, imaginamos conhecer o outro. Pela roupa, todos nos enganamos. Redondamente. Mas não aprendemos a lição. Passam-se os anos e insistimos em julgar pelo invólucro.

Penso que o mistério da vida está intimamente ligado ao mistério das roupas e dos panos. Desde minha meninice, estou atento a isso. Por meus pais, fui apresentado ao sexo e à nudez em situação tão surpreendente quanto inusitada. Só não houve constrangimento, porque ambos se saíram lindamente do embaraço. Vejo nítido: nossos quartos ficavam em lados opostos da casa, e eu, aos 5 anos, dormia pesado. Acontece que, uma vez, fiz xixi na cama. Era sonho bom e prazeroso. Tomávamos banho de mar, eu, papai e mamãe — logo ela, que não gostava de praia. Nós três mergulhávamos e voltávamos à tona juntos. Ríamos, abraçados, e nos beijávamos. E mergulhávamos novamente e subíamos quase sem fôlego para respirar. O prazer aumentava à medida que repetíamos e acelerávamos a brincadeira até que, no auge da alegria, acordei. Susto! A cama toda molhada, e eu também. Não chorei, mas senti desconforto pelo triste contraste entre o sonho e a realidade. Livrei-me do pijama e, pelado, fui procurar meus pais — aqueles que brincavam comigo.

Atravesso a sala, chego ao quarto onde eles deveriam estar dormindo. A porta, encostada. Entro sem que percebam. A luz é pouca, mas ainda assim consigo ver seus corpos nus. E mais: posso ouvi-los. Parece que brigam. Ou não, sei lá. Meu pai, por cima de mamãe, sobe e desce, sobe e desce, não para quieto um só minuto. O sonho ainda está impresso em mim, por isso imagino que devam estar treinando outro tipo de mergulho. Não os interrompo, algo me sopra que devo esperar. De repente, os mergulhos aumentam, talvez seja mesmo briga, porque os dois gritam ao mesmo tempo. De dor, de raiva ou de quê? Chego mais perto, quero impedir que continuem com aquilo. Mas aí, de repente, eles param — pelo cansaço, eu acho — e se beijam demorado e se acariciam e dizem que se amam, muito, muito, muito… Eu sei, eu ouvi tudo. Respiro fundo. Ufa! Que alívio! É nessa hora que me apresento. A surpresa é grande, mamãe logo se compõe com o lençol.

— Filho?! O que aconteceu?!

— Vocês estavam brigando e fizeram as pazes, é?

Os dois riem meio nervosos, respondem que não era briga, estavam só brincando. Abro um sorriso esperto, digo que então foi igual ao sonho. Mamãe quer saber. Sonho? É, nós três na praia, mergulhando no mar, muitas vezes, abraçados. O pijama?

— Tirei, está todo molhado. Ficou lá no chão do quarto. Fiz xixi na cama.

Não tenho tempo de sentir vergonha, porque papai logo me chama para debaixo do lençol. Mamãe me estende os braços, confirmando o convite. Eu vou, é claro. Aninhado entre os dois, fico sabendo que foi numa briga dessas de mentirinha que eles me fizeram. Foi mesmo? Foi, mas agora chega de conversa. Melhor dormir que daqui a pouco o trabalho vem bater à porta e nos arrancar da cama. Obedeço sem queixas, bom demais ficar assim, misturado com meu pai e minha mãe. Um só corpo com três cabeças, muitas pernas e braços. Tanto amor que não sei onde ficam nossos fins e começos.

Quando abro os olhos, é dia claro. Passe de mágica?! Já estou no meu quarto, de pijama limpo. A roupa de cama, trocada. Abraço e cheiro o travesseiro, esfrego o rosto na fronha perfumada. Foi mamãe que me trouxe de volta e aprontou tudo isto, aposto. Ela é que entende dos panos. Papai entende é de peixe. Penso nos dois sonhos, nos dois mergulhos de há pouco. Um dormindo, outro acordado. Um no mar, outro aqui em casa. Quer dizer que por causa de um deles vim parar neste mundo? Que outros sonhos e mergulhos? Que outros aprendizados? Quanto haverá de vida que ainda não sei?

# Fiapo

Apelido que me pegou na escola, tão miúdo e magrelo eu era. Nunca me importei e até gostava que me chamassem assim. Nele, não havia maldade. Havia era boa dose de gozação e camaradagem. Por malandrice, sempre fui aquele aluno cinco e meio, que passava raspando em algumas matérias e, às vezes, caía em segunda época. Mais atento à vida que ao quadro-negro, não me sentava nas carteiras da frente nem nas de trás. Por esperteza, ficava pelo meio — lugar ideal para notar e não ser notado. Era amigo dos estudiosos e dos arruaceiros — com estes, tinha mais afinidade. Me dava bem com todas as tribos, porque respeitava o modo de ser de cada uma. Me sentia bastante querido. Portanto, a meu ver, mais que apelido, Fiapo era título, e posso provar.

Oito anos, uniforme da escola, pasta de couro pesada nas mãos que se revezavam. Lá ia eu acompanhado por minha mãe, por seus passos apressados e enraivecidos que, vez ou outra, me obrigavam a correr para alcançá-los. Tudo por causa de um livro. Repito: um livro. Onde já se viu? Meter a mão no alheio sem pedir licença e, pior, tomar posse, trazer o furto para dentro de casa. Muito atrevimento, muito! Não interessava se a história me havia encantado, não interessava se as ilustrações e o colorido me haviam transportado para reino distante, o livro não era meu e pronto. Livro caro ainda por cima, tinha de ser devolvido imediatamente com pedido de desculpas. E o dono ainda saberia que eu — pequeno abusado — ficaria uma semana sem sair de casa que era para não pensar em fazer de novo.

Na frente da professora, dos colegas e de César, legítimo proprietário, mamãe, olhos marejados, acaba de extravasar sua decepção comigo.

— E nunca mais faça isso, está entendendo?

Concordo com a cabeça baixa. Não é o suficiente.

— Responde, filho. E alto, que eu quero ouvir. Está entendendo?

Eu, obediência envergonhada.

— Estou, mãe. Não faço mais.

— Ótimo. Agora, vou para casa, que a costura não pode esperar. Já perdi tempo demais com esse seu papelão. Dona Zélia, a senhora dá a ele o castigo merecido.

— Não será preciso, dona Olímpia. Fiapo já foi duramente repreendido na frente dos colegas, se desculpou e devolveu o livro. A punição está de bom tamanho.

— A senhora é que sabe.

Mamãe ainda balança a cabeça com ares de reprovação e de tristeza. Antes de sair, uma última determinação.

— Quando terminar a aula, direto para casa. Nada de brincadeira na rua. Ainda hoje, você terá uma conversinha com seu pai.

Conversinha, sei. Baita sermão, já prevejo. Chatice! Não precisa ninguém dizer, sei que errei feio. Ou nem tão feio, porque em minha cabeça não foi roubo, foi empréstimo. A curiosidade, sim, foi a verdadeira culpada. Minha incurável e recalcitrante curiosidade. É lógico que eu iria devolver o livro no dia seguinte. Iria? Pensando melhor, talvez uns dias depois... Ou no outro mês. Ou nunca, se o pretenso empréstimo tivesse sido esquecido. Que diferença faz? O livro voltou às mãos do verdadeiro dono. O livro! E toda a mágica que havia dentro dele! Droga! "A César o que é de César!" Certo dia, mamãe me havia contado a passagem do evangelho, reproduzindo teatral as palavras de Jesus. Era sobre um pagamento devido, um imposto qualquer, um roubo, talvez. Só me lembro mesmo é da frase sobre os direitos abusivos daquele César, imperador ganancioso que enriquecia às custas dos outros. Sorte minha que o César, meu colega, é gente boa. Antes que minha mãe vá embora, ele levanta o braço e pede licença para me defender. Diz que a culpa também foi dele, porque sabia que eu gostava demais da história e levou o livro para a escola só para me fazer inveja. Daí, vem em minha direção e me surpreende.

— Toma, fica para você. Eu já li a história várias vezes e nem gosto tanto dela.

Olho para minha mãe como se pedisse permissão para aceitar o presente. Ela não faz o menor gesto de assentimento. Dona Zélia é que intervém em meu favor.

— Aceite, Fiapo. O presente lhe está sendo dado com carinho.

Ainda assim, espero pelo sinal verde de mamãe. Só então tomo posse do livro que havia furtado. Balbucio um obrigado quase inaudível e, incontido, começo a chorar. César me abraça apertado.

— Não chora, não, Fiapo. Você é legal.

Alguém da turma repete alto que eu sou legal, sim. E outro, mais outro e ainda outros gritam Fiapo. Aí é que eu choro mesmo. De gratidão, de arrependimento ou de felicidade, sei lá. Diante da cena, dona Zélia se emociona, mas minha mãe continua séria. Não fico triste. Sei que, por fora, é o papel que cabe a ela. Por dentro, tenho certeza, estará orgulhosa, ao constatar que Fiapo não é apelido. É título de quem é querido na escola. Ainda assim, aprendo que certo é certo, errado é errado. Posso ter ganhado o livro de presente, recebido o carinho dos colegas e o apoio de dona Zélia, mas nada disso me livra do castigo. Mamãe e papai permanecem irredutíveis. Fico a semana inteira preso em casa. Que nunca mais me passe pela cabeça protagonizar papel tão triste e vergonhoso.

Fiapo. Depois do célebre episódio, decido que é assim que quero ser chamado, até por meus pais. Converso com eles, pensam que é brincadeira. Mamãe argumenta, pergunta se eu sei o que significa a palavra. Claro que sei. Ela pega um fiapo de linha e me mostra.

— Você quer ser isto?

— Quero.

— Mesmo quando for homem feito?

Perdido de rir, sem entender bem o que significa ser "homem feito", faço que sim com a cabeça. Papai me conhece. Pelo faro, percebe que quero o apelido por bobagem, só para parecer popular. Mas, se me faz feliz, que mal tem? E o meu riso não é nada de nervoso, é de safadeza mesmo. Devota dos santos e apegada aos mortos, mamãe prefere se iludir. Quem sabe algum espírito de luz me incutindo o dom da humildade? Talvez o furto do livro — com a lição que recebi ao ganhá-lo de presente — tenha despertado em mim a vocação para uma vida simples e honesta.

Nem uma coisa nem outra, ou uma coisa e outra — difícil assegurar. Fiapo! O que, mesmo tendo agido errado com o amigo, foi premiado ao fim. Fiapo! O que, vitorioso diante de situação adversa, foi aclamado pela turma inteira. Fiapo! Anjo e demônio em perene batalha? Muito cedo para saber. Eu queria era sentir orgulho de mim, ser querido e admirado por todos os colegas. De qualquer modo, me tornaria bem diferente deles. Fora da escola, tinha certeza, iria protagonizar o melhor papel que houvesse no mundo. Pois é, tão miúdo e já ambicioso. Pingo de gente, apostava que algo maior me seria destinado. E o que fosse estaria ligado às roupas que vestisse. Não as que mamãe fazia por encomenda, aos moldes, aos montes, para mulheres, homens e crianças. Muito menos as que papai e os outros pescadores usavam no trabalho. Não precisava me preocupar. Na hora certa, saberia escolher meu figurino.

# Lorena

A responsável por atiçar o bem e o mal dentro de mim. A que desde cedo me revirou a cabeça, a que me fez acreditar que paixão seria amor demais, amor que extravasa, amor que transborda. A que me fez viver essa ilusão. Tínhamos 9 anos quando nos conhecemos. Seu pai, Haroldo da Costa Ribeiro, era advogado de renome, acabara de construir bela casa de praia em área mais afastada. A família ia para os fins de semana e feriados, e, naquele mês de julho, durante as férias escolares, nossos caminhos finalmente se cruzaram — é que dona Teresa, a mãe, por inúmeras recomendações, já conhecia a costureira que, cobrando baratíssimo, era capaz de copiar os modelos mais sofisticados e exclusivos dos figurinos estrangeiros de alta-costura.

Batem à porta, corro para abrir. Vejo Lorena pela primeira vez — dona Teresa é apenas um vulto a seu lado, sem luz, sem rosto, sem contorno definido. Lorena, ao contrário, é presença concreta, nítida e colorida. Por estar tão perto, sua presença intimida. Mamãe vem receber a nova cliente, que chega para a prova dos dois vestidos que encomendou "à guisa de teste" — expressão que usa com simpatia indulgente e ares de nobreza. Enquanto isso, por sugestão de mamãe, devo fazer companhia à menina, se ela quiser, é claro. Lorena olha ao redor com indisfarçável enfado. A sala é ambiente de trabalho sóbrio, sem atrativo algum. A velha e pesada máquina de costura, as araras com dezenas de vestidos, o sofá repleto de roupas empilhadas para entrega e, aberto sobre a mesa de jantar, o molde mais recente a ser cortado. Na parede principal, o quadro pintado por um artista de rua reproduz toscamente cena de pesca em alto-mar. Na parede menor, apenas o calendário onde mamãe anota o movimento de cada mês.

Lorena finalmente decide. A voz sai com algum esforço.

— Prefiro ir com ele.

Que alternativa? O que eu teria para lhe mostrar não poderia ser pior que aquele triste ambiente. Vibro por dentro e vou logo me exibindo: ela vai ver a mais bela coleção de barquinhos de madeira. Todos feitos à mão pelo meu padrinho, Pedro Salvador. Ele é o chumbeiro que trabalha com papai.

— Chumbeiro?

— Na pesca, é homem importante, aquele que joga para o fundo do mar a parte mais pesada da rede.

— Seu pai é pescador?

— O melhor de todos e o mais corajoso. Se você quiser, um dia, eu peço a ele para você vir com a gente na traineira ver como se pesca cardume.

— Não sei se vou gostar.

Dou logo o troco ao desdém.

— Talvez não seja mesmo boa ideia. Dizem que mulher a bordo traz pouca sorte. Os peixes fogem.

— Você acredita nessa bobagem?

— Se os pescadores falam, deve ser verdade.

Ela corta o assunto, cara de poucos amigos.

— Onde é que estão os barquinhos?

— Vem comigo que eu te mostro.

Alegria espontânea, vou indo na frente, dono e senhor de todo o espaço. Entramos no meu quarto.

— É aqui que eu brinco, estudo e durmo.

Atiro-me na cama, enquanto ela se dirige à estante onde está exposta a coleção. Pelo sorriso e o brilho dos olhos, noto que ficou impressionada. Levanto-me rápido, ponho-me a seu lado.

— Pode pegar, se quiser.

— São lindos. E quantos!

— Tenho 29 ao todo. Com o que o padrinho está fazendo agora, vou completar trinta!

— Também tenho uma coleção.

— Sério? De quê?

— De bonecas.

Agora, sou eu que a desprezo.

— Bonecas, claro.

O revide vem na hora.

— São bonecas do mundo todo, com trajes típicos. Muito caras e difíceis de encontrar. Sempre que papai viaja me traz uma de presente.

Ficamos calados por alguns instantes. Ela pega um dos barquinhos. Enquanto o examina, quer saber se já viajei de navio.

— Naqueles bem grandes?

— É.

— Não, nunca.

O barquinho retorna à estante. Ela pega outro e faz o comentário sem olhar para mim.

— Eu, já. É bem divertido. Papai me levou.

— Não preciso de navio, porque vou é viajar pelo Brasil! Quero conhecer ele inteirinho. As praias, os rios, as florestas. Vai ser a maior aventura da minha vida, pode apostar!

Ela se volta sem me dar muito crédito, estamos bem próximos.

— Você ainda não me disse o seu nome.

— Fiapo.

A gargalhada me desconcerta.

— Fiapo?! Que diabo de nome é esse?!

Emburro.

— Não é nome, é apelido. E eu gosto dele.

— Eu perguntei o seu nome, não perguntei o apelido.

— Agora, não vou dizer, pronto. Quando quiser me chamar, me chama de Fiapo.

Magoado, tiro o barquinho da mão dela e o ponho de volta na estante. Ela vem para perto.

— Não precisa ficar assim. Eu gosto de Fiapo, combina com você.

Ela sorri e acabo sorrindo também, mesmo sabendo que "combina com você" poderia significar um monte de coisas. Nesse exato momento, vinda de longe, a voz de dona Teresa entra pelo quarto.

— Lorena, vamos!

Ficamos olhando um para o outro.

— Tenho que ir.

— Vou com você até a porta.

Ganho um beijo rápido na bochecha.

— Não precisa.

Não precisa?! Combinados, o beijo e a fala não fazem o menor sentido. Fico onde estou, tentando entender o comando inesperado. Encantamento ou o quê? Tudo tão desconhecido. O carinho e a rivalidade embaralhados. Da raiva à admiração, um pulo. Da admiração à decepção, outro pulo. O que virá em seguida? Quando poderei vê-la novamente? Talvez quando mamãe for entregar os vestidos… Pedirei para ir junto, que mal tem? A casa dela não me interessa. Quero é entrar no quarto onde ela dorme. Conhecer o que ela guarda dentro dele e as tais "bonecas do mundo todo". Preciso estar com Lorena, decifrar o que se passa comigo. Duas semanas de espera serão tortura de ano inteiro.

Chega o dia da entrega. Não me refiro à entrega dos vestidos. Falo de minha própria entrega. Meu corpo inteiro embrulhado para presente, o coração bem acomodado ali dentro, batendo forte de tanta ansiedade. A melhor roupa para Lorena — minha pele disfarçada. Tocamos a campainha, a empregada vem atender, pede que a gente espere em uma das salas — a que é toda de portas de vidro. A visão deslumbra: o jardim e a piscina em primeiro plano, depois a praia, o mar, os morros e, ao fundo, as ilhas no horizonte. Só então reparo no ambiente à minha volta. Os quadros, os móveis, os objetos. Tudo tão bonito, tão arrumado, tão desmedido! Agora entendo o que Lorena terá sentido ao entrar lá em casa, seu desconforto naquela sala de costura entulhada de roupas — do meu quarto, talvez tenha gostado...

Mal nos sentamos, mamãe e eu somos obrigados a nos levantar. Dona Teresa entra animadíssima, quer ver os vestidos, os que foram encomendados "à guisa de teste", penso eu com os meus botões. Tenho certeza de que mamãe será aprovada com louvor. Só não posso ficar ao lado dela durante a prova. Nem quero. Rosa, a empregada, se encarrega de me levar até Lorena, que está no jardim de trás, com o Sultão — um dogue alemão negro, de focinho e patas brancas. Gigantesco, assustador. Fico paralisado quando o vejo. Lorena sorri para mim, enquanto faz festa nele e o abraça.

— Pode vir sem medo que ele não morde. É grandão, mas não faz nada.

Sultão tem o dobro ou o triplo do nosso tamanho. Quando insinuo me aproximar, ele late. Um só latido — o suficiente para me fazer desistir da ideia.

— Deixa de ser bobo, ele latiu porque gostou de você.

Crio coragem, não posso passar vergonha diante de Lorena. Me aproximo aos poucos, chego perto e — gesto heroico, prova maior de amor — passo a mão bem de leve na cabeça do monstro. Alívio, ele é receptivo ao afago. Orgulho, dominei meu medo.

— Viu? Ele é manso e gostou mesmo de você.

Em poucos minutos, Sultão e eu já nos tornamos amigos, parceiros de brincadeiras inventadas na hora. O monstro tem bom coração e é certo que me entende. Lorena, talvez por ciúmes, diz que agora chega. Sultão obedece. E eu também. Ela é quem manda.

— Vamos lá no meu quarto, quero te fazer uma surpresa.

— A coleção de bonecas!

— Ficou maluco? Imagina se eu ia trazer minhas bonecas para cá. A coleção está lá no meu apartamento do Rio.

— Então nunca vou ver...

— É. Não vai mesmo.

Desde o início foi assim. Lorena, ainda menina, sendo rude com tamanha naturalidade que me fazia acreditar que o comportamento era próprio das pessoas ricas. Eu quase sempre saía machucado com o que ela me dizia, mas logo a desculpava, porque a atmosfera de mágica à sua volta era infinitamente maior e me fazia esquecer a tristeza que as pequenas maldades me causavam. Naquela manhã, a surpresa era uma casa de bonecas de quatro andares. Isso mesmo. Quatro andares mobiliados com as miniaturas mais incríveis que eu já havia visto. As salas, os quartos, os banheiros, a cozinha, a lavanderia, a despensa, as varandas, a garagem com os automóveis, e até a família: o pai, a mãe, os filhos, os avós! Não eram bonecos, eram pessoas! Quanta perfeição em um só brinquedo! Certamente, era o seu favorito. Não mesmo — ouvi de imediato. Coisa mais sem graça ficar ali sozinha mexendo naquelas peças. Além do mais, o pai recomendara que ela tivesse extremo cuidado com o presente — verdadeira obra de arte: bonita para se ver e pronto. Ahn?! Bonita para se ver e pronto?! Nada disso! O divertido seria criar histórias e mais histórias para a casa e seus moradores. Muitas poderiam sair até dos livros que leio. Os meus barquinhos, por exemplo, partiam da estante em arriscadas aventuras sobre a cama — que era alto-mar — ou sobre o chão do quarto — que eram as águas mais tranquilas do litoral. Lorena me olhou com desconfiança, relutou, mas acabou receptiva à experiência. E assim, aos poucos, inventamos juntos nossos dramas e comédias, rimos das loucuras que aconteciam por nossa causa naqueles quatro andares. Demos vida à casa! E, enfim, o mais importante: a partir de então nos tornamos amigos. Amigos?

As férias acabaram. Vieram os fins de semana e os feriados emendados. Brincadeiras de menina ou de menino, que importava? Brincadeiras em nossos quartos ou ao ar livre. Brincadeiras com o Sultão, porque Lorena já não sentia ciúmes e gostava do que aprontávamos com ele. Crescíamos juntos! Aos 13 anos, foi de traineira ver a pesca de cardumes, e vibrou e mostrou coragem em mar batido. Sua presença desmentiu a superstição, deu sorte e abarrotou a rede de peixes. No ano seguinte, nos demos o primeiro beijo e já nos permitíamos intimidades. Sobre nossos corpos, quantas lições! Atrevidas, as mãos nos guiavam por misteriosos caminhos e nos adentravam as pernas. Permissivos, enlouquecíamos com o que acariciávamos e não víamos. A atração inexplicável, irresistível. A descoberta do sexo sem nos despirmos! As roupas? Diferentes peles que, combinadas com a carne, estimulavam o proibido, o querer mais e mais. Em ritmo febril, nos esfregávamos e atritávamos e faiscávamos em busca de fogo que nos incendiasse. Sim, o tato irrequieto e os panos só faziam aumentar nosso êxtase adolescente. Até que nos desabotoamos e, incontidos em nossas roupas íntimas, nos desnudamos em plena luz do dia. Ainda assim, nos revelamos apenas em parte, porque — intuíamos — o grande mistério, o de nossa virgindade, ainda estava para ser desvendado. Súbito, o mergulho abissal, o desfecho inevitável — um corpo que se descobria dentro do outro e de lá não mais queria sair! Seria pecado, feitiço? Se Lorena era toda paixão, eu era todo amor e mais. O que aprendi com ela? Que paixão não é amor desmedido. Que paixão acabada desaparece feito miragem, não deixa rastro. Enquanto amor terminado é dor que perdura, calca a ferida e a revira. Sei disso porque vivi na carne o que afirmo.

De repente, a notícia inesperada. Trinta de janeiro de 1973. Com ar de felicidade, Lorena veio me dizer que iria passar um ano estudando em Londres. Talvez dois. Para mim, o fim do namoro, a separação impensável. Para ela, apenas uma mudança de planos, o afastamento necessário, sem drama. Levaria as boas lembranças da amizade. Amizade?! Sim, por que o espanto? Uma amizade moderna, livre e sem compromissos era o que melhor se aplicava à nossa relação: amigos que se sentiram fisicamente atraídos e levaram a aventura adiante. Normal entre jovens da nossa idade, qual o problema? O que houve entre nós? Aos meus olhos, o primeiro amor ainda presente e vivo. Aos olhos dela, a primeira experiência sexual. Maravilhosa, saudável, válida. Nenhum arrependimento, por quê? O que eu representava para ela? Um amigo incomum, inteligente, divertido, ardentemente enamorado e ponto. Quando voltasse, me procuraria, poderíamos até sair vez ou outra, se eu quisesse, lógico — amizades livres permitiam esse tipo de combinação. Guardei a dor, não passei recibo. Se era assim que ela decidia, tudo bem, fazer o quê?

Devia ser umas quatro da tarde, um pouco mais, talvez. Estávamos na praia, ninguém por perto. Encenando naturalidade, tomei a iniciativa de ir embora só para ter a impressão de que era eu que partia — ilusão infantil que se desfez antes mesmo de eu chegar em casa. Querer bancar o forte aos 16 anos? Desastre certo. Dispensado, eu não conseguia esquecer tudo o que havíamos vivido. Remoía o que devia ter feito ou falado. Repassava Lorena nos mínimos detalhes, e o corpo doía. Dor de verdade, por dentro e por fora. Depois dela, não me interessei por mais ninguém, andava feito bobo com um retrato nosso na carteira. Pensei rasgá-lo várias vezes, mas o amor recalcitrante, maior que a raiva e a tristeza juntas, não me dava trégua, contentava--se com aquele pedaço de papel. Obsessão? Aos 18, ela voltou. E me procurou. Eu era o mesmo Fiapo. Ela era outra Lorena. Ou a mesma ainda mais elaborada.

# Susto

Ela bate à porta como se tivéssemos nos despedido na véspera. Dois anos sem uma carta, um postal ao menos. Mais de mês no Rio de Janeiro e só agora resolve vir passar o fim de semana. Não acredito no que vejo.

— Lorena?!

Ela sorri, afirma o óbvio para me dar certeza.

— Voltei!

Continuo atônito. De tão superlativa, minha reação a desconcerta.

— Não vai me deixar entrar?

Dou passagem e ela entra, repara no ambiente que conhece.

— O ateliê de dona Olímpia! Inacreditável. Exatamente como da última vez que estive aqui.

Pelo tom, não sei se é crítica ou elogio, permaneço calado. Tento reconhecer quem veste aquela roupa. Radicais, o corte e a cor do cabelo combinam com o figurino extravagante. Ainda que amigos, não nos beijamos, não nos abraçamos de saudade, sequer um aperto de mão. Talvez, por exagero meu — o fim do "namoro" não impediria o gesto de afeto. Ela afasta algumas encomendas amontoadas no sofá, senta-se com intimidade, mas é outra.

— Sua mãe não está?

— Não. Foi entregar encomendas e fazer algumas provas.

— Que pena.

Ela me olha por algum tempo.

— E então? Gostou da surpresa?

— Não foi surpresa. Foi susto.

Ela acha graça.

— Susto?!

— É. Dos grandes. Ainda estou achando que é assombração.

— Nossa! Com essa cara, acho melhor eu ir embora.

— Que outra cara você queria?

Ela se impacienta.

— Tudo bem, eu entendo. Eu devia ter dado notícias.

— Amigos fazem assim, não fazem?

Lorena apresenta suas razões. Discorre sobre os dias apressados, os estudos em excesso, a guinada na vida, os horizontes que se abriram com a viagem à Europa e o entrosamento com outras culturas. Os países que conheceu depois de ter concluído o curso de línguas, o entusiasmo pelos muitos contatos que fez e mais isto e mais aquilo. Pausa. Finalmente, alguma fala me é concedida.

— E você? Quais são as novas?

Esbanjo má vontade.

—Tenho pouco para contar. Pretendo terminar o segundo grau, mas ainda não sei o que eu quero. Também ajudo meu pai no trabalho. O mar e a pesca me fazem bem.

— Dá para notar. Você está bem mais moreno, ganhou corpo.

Lorena se levanta, vem a mim, me envolve pela cintura e me beija de leve na boca, um selo no capricho. Talvez, um pedido de desculpas não verbalizado.

— Não fica zangado comigo.

O beijo, ainda que inconsequente, desperta curiosidade indevida.

— Vai passar a vir nos fins de semana como antigamente?

— Acho que não. Talvez um ou outro. Vim aqui mais para lhe fazer um convite. É que domingo que vem...

— ... é seu aniversário, eu sei.

Ela gosta de eu ter lembrado a data, sente-se importante. Afasta-se.

— Pois é. Vou celebrar meus 18 anos com uma grande festa para mais de duzentos convidados!

— Sério?!

— Ideia de duas amigas que moraram comigo em Londres. A turma lá do Rio está bastante animada.

— Legal, mais de duzentos convidados e eu não conheço ninguém.

— Deixa de ser bobo. Pelo menos dá um pulo lá. Vai ser uma festa incrível.

Ela desfila agora pela sala, passa a mão pelos vestidos que estão em uma das araras como se os examinasse. Crio coragem e jogo verde.

— Posso levar alguém?

— Pode, é claro! Vai ser ótimo ver você acompanhado.

Saio perdendo com o meu número. Em sua voz, nenhum ciúme ou curiosidade, prova de que sou mesmo passado distante. A indiferença me faz mal, corta, reabre o machucado. Me desconcentra. Raios! Tento entender o que acontece comigo, sensação de estranheza, desconforto, ela percebe. Trocamos mais umas palavras e o assunto se esgota. Pergunto se quer um suco ou uma água. Ela agradece, mas já está de saída. Alívio. Nos vemos no domingo? Sim, no domingo. Quase formais, nos despedimos com beijos no rosto. Fecho a porta. Adianta? Ressentido, o amor vem e me espeta. Quem é que acaba de sair aqui de casa? A anos-luz e ao alcance. Será que eu conheço? De onde? De quando? Que corpo haverá agora debaixo daqueles panos? Corpo que provei inteiro, desenhei com a língua e mapeei em beijos. Corpo que tanto me pedia e dava prazer. Corpo que me escapou. E, miragem, volta assim. No susto.

# A figura

Ao redor do terreno, um mar de automóveis estacionados. Pelas placas, convidados vindos do Rio de Janeiro. De bicicleta, posso chegar ao portão principal com facilidade. Rosa me vê de longe — sorte minha. Abre um sorriso, vem e me abraça, mente, diz a um dos seguranças que sou da família. Tudo certo, meu nome também está na lista. O bom é que ela me dá acesso à entrada ao lado que vai ter na garagem. Melhor, impossível. Guardo a bicicleta, revejo o jardim interno onde Lorena e eu nos expandíamos quando crianças. Sultão... o monstro que era amigo... Naquela árvore, havia um balanço! Apago as recordações inocentes e sigo adiante, escudado. No hall de entrada, a dona da festa recebe levas e levas de amigos, fala com um e com outro. Na minha vez, a provocação.

— Ué, veio sozinho?

— Vim.

— Eu sabia. Melhor assim. Rapidinho, você encontra alguém.

Ela me beija de leve na boca e, com entusiasmada surpresa, logo se dirige ao grupo que está atrás de mim. Pelas falas e pelos gestos, antevejo a noite. Vou entrando, não tenho nada a perder. Ambiente irreconhecível: poucas luzes, a fumaça dos cigarros, som alto e flashes coloridos na pista — nunca vi nada parecido, loucura. É, a festa promete. Que amizades tão livres estarão presentes? Quais serão as atuais? Multidão de desconhecidos, povo estranho. A impressão é a de que errei de endereço. Eu, o forasteiro. Refrigerante? Não, obrigado. Uísque? Champanhe? Opto pela taça e vou em frente. Opa, desculpe, esbarrei sem querer. Pelo jeito, dona Teresa e dr. Haroldo não vieram. Será que eles sabem da festa? Com tanto luxo e dinheiro envolvido, acredito que sim.

Rosa é meu único ponto de referência, sinto-me seguro quando a vejo transitar pelas salas, e os garçons não param de passar com salgados e bebidas. Impecáveis, vestem camisas e paletós brancos, alvíssimos, com calças e gravatas-borboletas pretas. Sem dúvida, os mais elegantes da festa, parecem até que são eles os endinheirados. A agilidade das bandejas impressiona. Pego outra taça de champanhe para ver se consigo me desinibir. E mais uma. Agora, sim. Nas salas ao redor da pista de dança, puxo conversa com quem esteja por perto. Decepção — nada que valha a pena. Talvez, aquele grupo lá na varanda. Ou aquela ali, fumando e olhando para ontem. Convém arriscar? Inúmeras tentativas sem sucesso, esforço inútil pretender conhecer alguém.

Quer saber? O melhor que faço é soltar o freio de mão e ir para a pista dançar comigo mesmo. Problema nenhum — mais uma gota no oceano de corpos que se agitam em ritmo alucinante. Questão de segundos, o champanhe me rodopia, enquanto os flashes de luzes multicoloridas me acendem e me apagam piscando freneticamente. Fantasio, fervo, entorno e choro o amor derramado. De repente, dane-se! Que venham outros, muitos outros! Alço voo, levito, exorcizo o demônio. Ou celebro com ele, sei lá. Fala no dito ele aparece? A figura exótica, cabelo louro eriçado e vestido verde, se aproxima sinuosa, sorri e, entre um movimento e outro, já me faz de par. A investida me agrada, sinto-me desejado. Revido cada olhar, dobro as apostas, pago para ver. Gula, apetite antropofágico — sei que a carne humana é doce, macia e saborosa. Acabamos nos mordendo e beijando voluptuosamente, mas não basta. Sou puxado para algum canto longe dali. Panos e peles que se roçam com fúria — se ela quer o comando, eu também quero. Lutamos e relutamos querendo mostrar quem manda mais. Depois de longo tempo, premeditada e doce, a primeira fala me desconcerta, agride — talvez, por eu ter vencido o embate.

— Você é o filho da costureira.

— Sou, por quê?

— Lorena me falou de você.

— Lorena, claro. Me apontou de longe e mostrou quem eu era.

Não foi preciso. A figura me viu sozinho no meio da pista e, pelo meu jeito de dançar e a roupa, ficou fácil adivinhar. Sim, o jeito e a roupa. Era capaz de apostar que a camisa havia sido feita por minha mãe. Isso mesmo, algum problema? Ao contrário, ela gosta, aprecia. Tão diferente... De perto, mais ainda. O tecido, as costuras, o acabamento. Tudo simples, feito à mão com capricho, dá para ver. Ela me beija.

— Posso falar uma coisa?

— Fala logo.

O veneno vem bem dosado na seringa. Minha roupa — e aí se refere ao conjunto com a calça e os sapatos — revela alguém que parou no tempo. O quê?! No bom sentido, é claro. Alguém que preza os valores do passado. Imagem de rapaz modesto, sério, trabalhador. Ela me afaga o cabelo e arremata com propositada afetação.

— Um rapaz humilde que se torna orgulhoso e prepotente quando se sente dono de alguém. Me senti ótima ao provocar essa ilusão em você.

Demoro a assimilar o que ouço. Cabeça a mil, o champanhe, a música, a figura exótica... Alucinação ou o quê? Vou direto ao que me interessa.

— Era assim que Lorena me via?

— Pode ser, não sei. Vocês tiveram uma história, é bem diferente, eu acho.

— Quando foi que ela falou de mim para você?

— Há pouco, lá no bar. O rapaz de família. Simples e, ao mesmo tempo, extremamente ambicioso.

— Ambicioso, eu?

— Sim. Com a maior das ambições: querer ser único, diferente de todos em tudo.

Volto aos meus delírios de menino. Acho graça.

— Nada de positivo?

— Alardeou que você é amoroso, romântico... E bastante criativo quando se trata de sexo.

Dito com ironia, o comentário incomoda.

— O que você quer de mim? A gente mal se conhece.

Ela sorri. De mim, não quer absolutamente nada. Tem 22 anos, busca prazer apenas. E o que esperava, conseguiu com bônus. Já posso ir, estou liberado. Agora, vai é procurar os amigos que vieram com ela, turma bem animada e divertida.

— Direi à Lorena que você não decepciona.

A figura se levanta, puxa o vestido, ajeita o cabelo e me beija, saciada. Dá uma piscada maldosa e vai embora. Entre dezenas de vultos, desaparece. Sem nome, como eu.

# Sementes de papel

A música distante, o povo lá dançando e bebendo. Lorena me acompanha, parece assustada por nos afastarmos da festa assim sozinhos, não entende o que pretendo. Talvez esteja mesmo um tanto bêbado, mas continuo lúcido — a tranquilizo. Passos de urgência, seguimos de mãos dadas pelo avarandado até o gramado oceânico e depois pelo caminho de azaleias vermelhas que vai dar no recanto onde aconteceu o primeiro beijo. Lembra? É claro que lembra, mas por que isso agora?! Vou revendo a cena como se tivesse sido há pouco — éramos duas crianças e achamos graça do feito inédito. Nossas bocas descobriram juntas um novo paladar. Momento de entrega inocente. Ou quase, ela rebate. E o Sultão latindo, querendo nos separar ou se juntar a nós. Depois, nos acarinhamos e nos abraçamos os três. Vou me agarrando a tudo isso enquanto seguimos em frente. Até que chegamos. Fim de linha: o recanto. Lorena tenta compreender o número. Coisa mais sem sentido se apegar ao que deixou de existir faz tempo. Dou razão a ela, volto ao presente.

— Por que empurrou para cima de mim aquela figura estranhíssima?

— Não empurrei nada. Ela bateu os olhos em você, me perguntou se eu o conhecia, contei a verdade, só isso.

— Deve ter dito coisas bem interessantes a nosso respeito.

— Não, não disse, simplesmente porque não há "coisas bem interessantes a nosso respeito".

Engulo o fora — a mentira. Recomeço do zero.

— Você não veio falar comigo em nenhum momento. Foi como se eu não estivesse na festa.

— Estava esperando que você tomasse a iniciativa. Só não imaginei que você me arrastasse para cá. Se está pensando em sexo para me conquistar de volta, esquece.

— O orgulho em pessoa.

— Olha quem fala. Somos iguais em tudo. A diferença é que eu tenho dinheiro. Você, não.

Lorena diz a verdade, por isso as palavras me enraivecem e atiçam ao mesmo tempo. Tento beijá-la, ela vira o rosto. Reflexo condicionado, me afasto, me dou um mínimo de dignidade.

— Te amei mais do que devia.

— Do seu jeito torto. Me idealizando. Querendo que eu fosse a Lorena perfeita! Uma Lorena que nunca existiu. E que eu nunca pretendi ser!

— Pelo menos, de algum jeito, eu te amei. E você, hein? O que queria de mim? Nada! Só sexo!

— Houve amizade também!

— Amizade com sexo não é só amizade! É amor! Admite!

— Lá vem você de novo com isso! A mesma discussão de quando a gente se separou e eu fui para a Europa. Pode haver amizade sem sexo, e pode haver amizade com sexo, sim! Quantas vezes vou ter que repetir isso?!

O sangue ferve.

— Por que apareceu lá em casa de repente, depois de dois anos sem dar notícias, hein?! Por que me convidou para essa festa, esse circo?!

Ela abaixa a voz, fala como se fosse a professora experiente e eu o aluno que precisa recordar a matéria dada.

— Porque pensei que você tivesse amadurecido e que pudéssemos voltar a ser amigos.

Recorro ao deboche.

— Com sexo ou sem sexo?

— Com ou sem, tanto faz. Se nós dois quisermos e houver clima, qual o problema? Amigos que se encontram de vez em quando para curtir bons momentos! Amigos!

— Desculpe, Lorena. Mas não dá para aceitar que você se deite comigo e com quem quiser!

— Temos 18 anos, Fiapo! Estamos nos descobrindo agora! Há muito ainda o que aprender! Que compromisso você queria? Namorar sério, noivar e casar?! Fidelidade eterna com a nossa idade?!

— Por que não?!

— Será que você não vê?! Estamos em 1975 e você parou no tempo! Parece umas amigas que eu tenho que ainda ficam no maior conflito se querem casar virgem ou não! Sinto pena, porque meu foco é outro. Nem penso em casamento! Primeiro, quero viver a minha vida, me realizar, ser dona do meu nariz. Ponto.

— A gente vai poder estar em 1985, 1995, no ano 2000! Mas tem coisas que nunca vão mudar, Lorena. Nunca!

— Tudo bem. Não quero convencer você de nada. E quer saber? Foi mesmo muito bom você ter vindo. Só assim a gente se liberta, acaba de vez com qualquer ilusão de amizade.

— Mais essa!

— Vivemos em planetas diferentes! Põe isso na cabeça, Fiapo! O bem e o mal que podíamos nos fazer, já fizemos. Fim.

Depois de longo silêncio, retomo quase inaudível.

— Fui ingênuo demais. Meu sonho era que você fosse sempre a única.

— Não. Seu sonho era outro. Que você, sim, fosse sempre o único. Único filho, único amor, único em inteligência, único em tudo. Mas a vida está lhe provando o contrário. E a verdade dói.

— Pelos menos, fui o primeiro.

— Primeiro, mas não único. É bem diferente, não acha?

Sem ter como a desmentir, tiro nosso retrato da carteira.

— O que sobrou. O único.

Ela pega, examina, demora.

— Vai rasgar? Uma pena. Mas por mim, tudo bem.

Aparentando indiferença, me devolve o retrato, se afasta.

— Quero que você seja muito feliz.

Levanto a cabeça, firmo o olhar e a voz.

— Serei. Pode apostar.

Lorena esboça um sorriso e vai embora.

Volto ao retrato. Foi tirado pela Rosa na praia aqui em frente. Nós dois sentados na areia, bem juntinhos e abraçados. O par perfeito. Dias depois do nosso primeiro sexo... Nosso primeiro amor.

Crio coragem. No primeiro rasgo, nos separo. No segundo, nos corto em quatro. Depois, nos decepo, nos desfiguro. Vou picando bem miúdo nossos rostos e espalhando nossos restos em um canteiro próximo — sementes de papel que não germinam.

# Colchão estreito

Dos jardins, ainda sob os efeitos do álcool, sigo direto para a cozinha. A luz fria que vem do teto me desperta, me sacode: abre os olhos, rapaz! Aqui no azulejo, é barulho de louças, talheres e vozes altas de trabalho acelerado. No meio do alvoroço, me despeço de Rosa. Ela transpira, porque ainda não parou um só instante, e sorri, porque se orgulha da função. Quando nos vemos? Não sei, acho que depois do que houve vai ser difícil. Ela desconfia, pisca o olho. Será? Me beija o rosto, pega a bandeja com salgados e retorna à gincana. Vejo-a desaparecer pela porta de vaivém. Saio por onde entrei, pego a bicicleta, a estrada de volta para casa.

Noite limpa, lua nova, o fundo negro é só das estrelas. Silêncio sideral. Vez ou outra, os faróis e o ruído de um veículo que passa — sinais de que estou na Terra. Estou? "Vivemos em planetas diferentes! Põe isso na cabeça, Fiapo!" Pensamentos viajam por outros tempos, outros lugares. Volto à cama dos meus pais. A cama onde aprendi que não há pecado na nudez, e que sexo é também amor. Meus pais! Terão sido eles que me fizeram romântico e imaginativo assim? Ou terão sido os livros que leio? As poesias, os romances, as aventuras que me transportam para outros planos...

Tantos e contraditórios amores em meu amor por Lorena — imprevisíveis amores, que mudavam de acordo com o bom e o mau tempo que me faziam por dentro. Assim, fui amor que espera, fui amor que alcança. Fui amor de posse e de entrega. Fui amor terno, dedicado, tempestuoso. Obsessivo e possessivo às vezes, reconheço. Despudorado amor, por alguém que, livre, veio, me cativou e se foi. Terá feito algum sentido a nossa história? Pense bem: alguém essencial entra, se aloja e sai de sua vida, assim sem mais nem menos. Alguém íntimo, confidente, que súbito se torna estranho, quase irreconhecível! Dói demais. E não adianta afirmar que há milhares de pessoas neste mundo, que encontrarei outro amor que logo me fará esquecer tudo isto — consolo que não me convence.

Novo par de faróis cresce em minha direção, brilha, passa meteórico. César, o colega do livro furtado, me vem à lembrança, estive com ele outro dia, lhe contei que Lorena havia me procurado. Ele levou as mãos à cabeça. Não, por favor! Essa garota de novo?! Sai dessa, Fiapo! Cigarro que se apaga não se acende! César, amigo, você está certo. Vou é cuidar de mim — afirmo e reafirmo embaixo. O asfalto acaba, vira terra batida, alegro-me ao ver as poucas luzes de Convés — meus pontos de referência. Pedalo mais rápido, anseio por chegar em casa. Ruas mais afastadas, ruas próximas. A vizinhança dorme. Quando eu usava calças curtas e sonhava em ganhar a primeira calça comprida, era aconselhado a não ter pressa, não provocar o tempo. Bem melhor aproveitar as horas livres e leves de calças curtas, não despertar da infância tão cedo! Por quê?! Ora, porque com as calças compridas viriam também as pesadas responsabilidades. Saudade imensa dos meus joelhos ralados... Eu era menino, meu pai me ensinou a andar de bicicleta sem pôr as mãos no guidão — a lembrança me conecta com algo maior. Sem precisar pedalar, embalo agora no declive fácil. O risco me liberta. Nenhum cuidado, e abro os braços. Inesperada sensação de completude! Vento no rosto, no corpo inteiro, já não defino meus limites!

Não sei onde acabo e começa a bicicleta, onde ela se perde e começa a rua, os pontos de luz... nos misturamos com as casas e seus moradores, o céu, os astros, as estrelas... Por abençoado instante, passamos a integrar amorosamente o Todo e tudo faz sentido. A verdade ao alcance. O voo imaginado dura pouco. Terminada a descida, sou obrigado a pedalar novamente. As mãos no guidão me devolvem a identidade terrena. Volto a ser Fiapo, o filho que, cheio de dúvidas, retorna ao lar.

Desponta a casa lá da esquina, aquela toda caiada de branco, portas e janelas verdes. Mal posso esperar para pôr a chave na porta. Pronto. Entro em silêncio. Vou pelo escuro, chego ao meu quarto, cama de solteiro. Até quando serei este colchão estreito?

# A fita preta

Presa com alfinete, aparece sem aviso no lado esquerdo da camisa de meu pai, um pouco acima do bolso. Me chama a atenção, porque é triste, caída, murcha. Contrasta com o entusiasmo que venho sentindo nos últimos meses por estarmos trabalhando juntos na nova traineira, entrosados como nunca e progredindo nos negócios. Mamãe, ele e eu tomamos o café da manhã. Sincero, como me ensinaram a ser, dou opinião.

— Pai, não gostei dessa fita preta aí nessa sua camisa abotoada.

— Você não sabe que sua avó Isaura faleceu?

— Sei.

— Então?

— Não entendo como um pedaço de pano preto seja homenagem a alguém.

Em voz baixa e pausada, papai encerra o assunto.

— Mesmo que você não goste ou entenda, esta fita vai ficar comigo durante algum tempo, porque é importante para mim e me dá conforto, certo?

Aceno afirmativamente com a cabeça, porque o olhar e a doçura de meu pai não precisam de explicações, mas a fita preta não me faz o menor sentido. Talvez porque, para mim, minha avó Isaura morreu faz tempo. Exagero? Nunca veio nos ver, morava sozinha em Itaperuna, norte do Rio de Janeiro — era obrigação visitá-la. Sempre de cara fechada e impaciente, nem de longe parecia avó. Quando eu era menino, costumava me emprestar um baralho para eu brincar comigo mesmo enquanto ela ficava reclamando da vida com papai. Lá, tudo era tão chato que às vezes eu dormia em um canto qualquer e só acordava na hora de ir embora. Minha avó nunca me deu um presente. Papai se chateava quando eu falava isso. E eu falava mesmo. Ué?! As avós não dão presentes para os netos? Um presentinho pelo menos? Lanche não vale. Lanche é comida, não é presente coisa nenhuma! Depois, arrependido, eu me calava, porque percebia que papai ficava decepcionado comigo, e eu não queria isso. Um dia, a gente já estava no ônibus, no caminho de volta para casa, quando ele tirou da maleta um embrulho e me deu. Disse que era surpresa da vovó pelo meu aniversário. Duvidei na hora. Por que é que ela não me deu o presente lá na casa dela? Porque queria que eu o recebesse durante a viagem, seria mais emocionante. Estava na cara que era mentira, mas eu fiz que acreditei, bem mais fácil, não custava nada. Minha maior alegria nem foi ter o carrinho de corda com que eu tanto sonhava, foi ver a alegria do meu pai quando eu falei que vovó Isaura era legal por ter se lembrado de mim. E ele, enganado, me abraçou e beijou todo orgulhoso.

Os anos passavam, e, embora a contragosto, eu ainda acompanhava meu pai nas visitas a Itaperuna. Por ele, é claro. Paciência sempre no limite, me obrigava a suportar o ambiente pesado e hostil — único neto, fazer o quê? Até que certo dia, rapazote, meus 14, 15 anos, aconteceu o inevitável. Papai e eu estávamos praticamente de saída, quando vovó começou a discutir comigo só por que eu insistira em saber um pouco mais sobre o único tema de conversa que ali me aguçava a curiosidade: o desaparecimento de tio Jorge — o filho que ela execrava e que foi embora sem dar notícias. Com destempero, ela decidiu que, pelo meu jeito, eu iria acabar que nem ele, um vagabundo imprestável, um inútil sem eira nem beira. Imagina se eu ia ouvir tudo aquilo calado. Levantei a voz, respondi mais alto que ela. Acabei pondo para fora o que estava entalado na garganta fazia tempo. Desastre total. Papai me repreendeu com firmeza. Isso mesmo. Que eu não estava na minha casa, que era minha avó e que eu devia a ela um mínimo de respeito. Me acalmei. Tudo bem. Cara amarrada, fogo pelas narinas, reconheci que tinha me excedido. Me desculpei, pedi licença e saí. Ia esperar por ele no andar térreo. Quanta raiva! Prometi nunca mais pôr os pés naquele lugar. E cumpri.

O triste episódio me revirou a cabeça. Quem era afinal meu tio Jorge? Por que minha avó falava dele com tanta amargura e ressentimento? Por que me amaldiçoou como se eu fosse ele? E por que meu pai, sempre tão sereno e afetuoso, se recusava a falar do irmão, a sequer mencionar seu nome? Maluquice, eu pensava. Minha família, como qualquer outra, também tinha seus segredos. E o tal tio Jorge era mesmo um grande mistério, parecia personagem de ficção. Por que ele teria sumido daquela maneira? A resposta me veio quando eu menos esperava.

Quinze de março de 1975. Semanas depois de papai ter prendido a fita preta na camisa. Final de tarde, chove torrencialmente. Um estranho causa o maior rebuliço dentro de nossa casa. Um estranho que, com a roupa encharcada, afirma ser irmão de papai. Ahn?! O vagabundo imprestável do tio Jorge?! O inútil sem eira nem beira?! Exato, ele mesmo! Meus olhos brilham. Empatia imediata. Que figura incrível! Barba hirsuta e cabelos grisalhos em desalinho, olhar expressivo, rosto marcante — personagem saído de um livro de aventuras, sem dúvida alguma! Papai esbraveja, quer que o homem se afaste de mim. Mamãe pede calma, é preciso conversar. Papai, transtornado. Raiva e dor, muita raiva e muita dor, chega a meter medo. Nunca o vi assim.

— Que conversar, nem meio conversar! Não tenho irmão! O único que eu tinha morreu faz tempo!

Apesar da animosidade de meu pai, o homem que diz ser meu tio transmite amor sem fim. É assim que eu sinto, porque gosto dele de graça, porque sua fala apaixonada logo me enfeitiça.

— Fui viver minha vida! Não tinha nenhuma obrigação de cuidar de mamãe nem de você nem de ninguém. Mas, mesmo assim, quando pude, tentei ajudar.

— O quê?! Tentou ajudar quando?! Sumiu, desapareceu no mundo! Me deixou sozinho com a mamãe, eu tinha 9 anos! Nove anos!

— Queria que eu fizesse o quê?! A gente vivia da pensão do papai, que mal dava para pagar o aluguel e as despesas, eu indo embora era menos uma boca para comer! Não era o que a mamãe vivia me esfregando na cara?! Que eu era vagabundo, que teatro era coisa de marginal! Mamãe nunca suportou eu querer ser ator, você deve se lembrar! Os gritos, as brigas!

— Eu sempre ficava do teu lado, porque te amava e te admirava demais! E você foi embora sem nem se despedir de mim!

— Você acha que foi fácil sair de casa e te deixar?! Eu era um moleque de 18 anos, Antenor! Pouco estudo, completamente despreparado para a vida. Mas nunca desisti da minha arte, do meu sonho, nunca!

Olho para o homem tio, que permanece ao meu lado, o rosto perto, assustadoramente perto. Já não sou o sobrinho, mas ele próprio quando abandonou o irmão com a minha idade! Papai, comovido, voz baixa, tom de menino.

— Desapareceu sem uma palavra...

— E a carta que eu deixei para você? Não valeu nada?! Não sei quantas páginas explicando tudo com o maior carinho, prometendo que ia voltar para te buscar!

— Carta, que carta?! Não sei de carta nenhuma!

— A carta que eu pedi para mamãe te entregar quando você voltasse da escola. E o meu cordão de prata com a imagem de São Jorge.

Papai, incrédulo caçula.

— Ela só me deu o cordão, disse que era presente seu. Perguntei se você ia demorar, ela disse que sim, e que talvez nunca mais ia voltar. Chorei muito, pedi para falar com você, mas era impossível. Você não deixou endereço, não avisou para onde ia.

— Se nem eu sabia!!!

O homem tio olha para mim, se desculpa por ter aumentado assim a voz. Não respondo, não pisco, acompanho toda a cena como se fosse filme vivo. Ele recomeça mais brando.

— Fui covarde, reconheço. Não tive coragem de te encarar e dizer que ia embora sem saber para onde. Esse foi o meu grande erro. Mas, no mês seguinte, além da carta que havia deixado para você, escrevi para mamãe já avisando onde estava. Fui para Ouro Preto. Tinha uns amigos por lá, que me acolheram até eu arrumar trabalho.

— Nunca soube de nada disso.

Agora, é o homem tio que se emociona.

— Mandei vários postais para você, contando minhas histórias e pedindo para você me escrever. Nunca recebi resposta.

Papai se exaspera.

— Como eu poderia responder se também nunca recebi nada?!

O homem tio anda pela sala como se estivesse ausente.

— Vivi três anos lá em Ouro Preto. Sempre escrevendo para você e para a mamãe sem nenhum retorno. Daí, desisti. Me sentia péssimo com aquela sensação de estar falando sozinho.

Papai o acompanha com o olhar aflito de irmão menor que sonha recuperar as cartas interceptadas, o tempo perdido, o tanto amor desperdiçado. Em passeio distante pela sala, tio Jorge continua sua história.

— Em 1950, quando completei 21 anos, saí de Minas e assumi de vez meu destino de cigano. Estive em tantos lugares que nem sei. Mas nunca me arrependi dos caminhos que escolhi. A vida tem sido generosa comigo. Apesar da morte prematura de papai, da rejeição de mamãe e da culpa por ter aberto mão de você, consegui ser feliz do meu jeito. Andanças... Amores... Arte... Minha vida se resume a isso.

Silêncio demorado. Papai parece mais receptivo, começa a olhar o irmão com outros olhos — eu vejo, eu sinto. Mamãe, aflita pelo cunhado ainda estar com aqueles trajes, aproveita o instante.

— Jorge, vou pegar uma outra calça e uma camisa seca para você. O Antenor tem mais ou menos o seu corpo.

— Não, por favor, não se incomode, não é preciso.

Serenamente enfático, papai avaliza a decisão.

— Claro que é preciso.

Mamãe sai para buscar a muda de roupa. Com carinho familiar, o homem tio se dirige a mim.

— Olha só: tão descuidado, eu. No abraço que nos demos, você também se molhou.

Me vejo, exibo a camisa parcialmente úmida, acho graça porque nem percebi. Penso é no bem que a visita-surpresa está me fazendo: uma história dessas, assim de repente, contada por um personagem de verdade — meu tio, ainda por cima! Vivo uma fabulosa aventura!

— Também penso em viajar muito, que nem você, tio Jorge!

Papai não gosta do meu entusiasmo. Não sei se pelo "viajar muito" ou se pelo exclamativo "que nem você, tio Jorge". Sei é que sua voz firme me freia o sonho.

— É, mas primeiro tem que terminar os estudos.

Meu tio me olha com olhos adolescentes de passado revisitado — visita rápida, porque mamãe volta com as roupas antes que ele possa me dizer alguma coisa. Não reclamo, até gosto, porque papai se antecipa e entra direto no capítulo seguinte.

— Como é que você me achou?

Tio Jorge respira fundo antes de retomar sua trajetória. Chegou ao Rio em 1963, conseguiu bom contato para trabalhar na TV Tupi. Eles tinham um programa infantil que ia ao ar todos os domingos, chamava-se *Teatrinho Trol*. Cada semana, uma peça nova. Atores excelentes, alguns já consagrados no palco, presente dos céus poder fazer parte do elenco. Depois, se tornou assistente do diretor Fábio Sabag, também ator e produtor. E, atualmente, graças ao diretor Sérgio Viotti, ainda faz alguns trabalhos na Rádio MEC. A verdade é que, bem ou mal, o teatro lhe dá alguma estabilidade.

— Enfim, depois de me organizar minimamente, voltei a escrever para nossa mãe lhe mandando dinheiro. Não por generosidade, admito. Mas para mostrar a ela que meu trabalho era sério e que, de alguma forma, eu poderia ajudá-la sendo ator.

Mamãe se apieda, quer dar um tempo.

— Jorge, vai trocar de roupa. Depois você acaba de falar.

— Não, obrigado. Se vocês não se incomodam, prefiro terminar.

A história segue.

— Como havia dinheiro envolvido e a promessa de lhe enviar uma quantia mensal, tive esperança de obter algum retorno, algum recado por alguém, sei lá. E a resposta finalmente veio: fria, dura, poucas palavras. Ela também me devolveu o dinheiro. Deixou claro que não precisava de ajuda. Vivia muito bem sozinha, já que você tinha se casado e ido morar longe com uma moça chamada Olímpia. Apenas isso. Fiquei arrasado, mas segui minha vida.

Triste silêncio.

— Até que, há uns meses, comecei a pensar nela com frequência. Assim, sem mais nem menos, num encontro com amigos, num ensaio de peça, ela me vinha à mente. Era algo muito forte, quase uma obsessão. Daí, em vez de escrever, resolvi ir vê-la, mesmo sem saber como seria recebido. Encontrei o apartamento fechado. Foi a vizinha que me deu a notícia da morte.

— Dona Gertrudes.

— Isso mesmo. Foi ela também que me disse onde você morava. Vim direto para cá.

Tio Jorge tira do bolso da calça um envelope amarfanhado e o entrega a papai.

— A carta que ela me mandou devolvendo o dinheiro e que confirma o que eu acabo de lhe contar. Você vai entender que meu sofrimento não é menor que o seu.

Tamanha dor e verdade na fala, tamanho vazio pelo que deixou de ser vivido por eles... Papai — fita preta ainda na camisa — não precisa de carta, de confirmação, de prova alguma. Precisa é de abraço. Seu coração diz que já esperou demais. Vejo os irmãos se olharem comovidos e se reconhecerem neste ou naquele detalhe. Vejo os corpos se aproximarem com cautela e contraditória ansiedade. Vejo a força e a demora do encaixe — tato que reinaugura o cheiro perto, o calor de bicho: reconhecimento físico daquela irmandade.

Quando tio Jorge, sem pedir licença, beija papai no rosto, e o olha nos olhos e o torna a abraçar, vejo o recomeço de uma amizade antiga de meninos, o nascimento de outra família, novos aprendizados.

Com o abraço, a fita preta se desprende da camisa de papai. É tio Jorge que se abaixa para apanhá-la. Comovido, a entrega de volta ao irmão. Papai apenas sorri, guarda a fita no bolso da calça e desabotoa a camisa. Que alívio ao ver a cena! Papai liberto do luto e novamente ventilado!

Os irmãos seguem para o quarto onde tio Jorge irá se despir de si e se vestir de meu pai. Belo recomeço.

# Todos os males e dores

Varremos para debaixo das artes! Justificou-se com a alma cicatrizada e o olhar incandescente. Vá às artes, meu rapaz! Vá às artes com paixão! Não perca mais tempo! Alimente-se de música, literatura, pintura, dança, escultura, teatro e cinema! Chame as musas, invoque os deuses! Peça a eles sensibilidade e entendimento. Descubra-se naquela criação que o emociona e surpreende! Veja e ouça atentamente, porque é na manifestação do outro que aprendemos e nos aprimoramos — seja no poema ou no canto do pássaro, na sinfonia ou no sibilar da serpente.

Sim, todos os males e dores varremos para debaixo das artes! — insistiu. Não para escondê-los, mas para absorvê-los com o bom, o belo e o verdadeiro e, assim, deixá-los apascentados em seu devido lugar. E continue a ler, meu querido! Leia muito, sempre, cada vez mais! Histórias que perturbam e instigam e causam espanto! O episódio do livro furtado me comoveu. A ousadia do gesto já era sinal do seu faro pelo conhecimento. Agora, você tem de seguir adiante, ampliar seus horizontes! Não, não me venha com desculpas, que acomodação não dá futuro a ninguém. Ainda mais a alguém que se declara tão ambicioso. Entendo que o trabalho com Antenor o fortalece, é treinamento válido, mas não basta. Sonhos anseiam por voos mais altos, mergulhos mais profundos. O que está esperando, então? Seu espírito é criativo, observador, sua alma é curiosa, aventureira! Liberte-os! Admito que seu pai tenha razão: a prioridade agora é concluir o secundário, mesmo que a escola pouco lhe acrescente. Aí, sim, certificado na mão, você terá que tomar as rédeas de seu destino, definir caminhos, atirar-se ao mundo e aos amores! O que dizer de Lorena? Que garota! Você há de admitir que ela muito lhe ensinou e, mesmo separados, ainda lhe ensina com esses desconfortos que restam e questionamentos que o incomodam. Portanto, seja grato a ela pelos anos de amizade, porque a vida está sempre a aprontar surpresas que nos alegram ou desconcertam. Agora, por exemplo, caio eu de paraquedas aqui no seu quarto. Mesmo que por uns dias, tomo a cama que você me oferece em troca de dormir no chão. E lhe encho os ouvidos com esta falação desatada, e me emociono, porque me vejo em você, meu sobrinho: 18 anos! Justo quando saí de casa! Verde, inexperiente, ignorante de quase tudo. Quem me dera ter tido alguém que me preparasse minimamente para a jornada que me propus encarar...

Silêncio demorado, olhos nos olhos, inexplicável afinidade.

— Enfim, são quase três da manhã. Estamos aqui há quatro horas trocando confidências e...

— ... nenhuma gota de sono. Quero mais é que a conversa continue.

Riso satisfeito — e talvez porque tenha visto sinceridade animal em meu olhar —, tio Jorge me dá umas batidas no ombro e me afaga a cabeça como se eu fosse um cão. Minha pele vira pelo, porque me sinto meio bicho, e me agrada e atiça aquele tato de cumplicidade caseira. De onde me acomodo, faz-me bem vê-lo com pijama de meu pai a me dizer coisas que nunca imaginei ouvir. Para ele, dificuldade alguma é empecilho: se na pacata cidadezinha praieira não há cinema nem teatro nem museus, que eu peça folga no trabalho e vá passar uma temporada no Rio de Janeiro — ele me hospeda. Se não há livraria e a biblioteca municipal é modesta, que eu leve uma mala vazia e ela voltará pesada de livros essenciais — ele dá a palavra.

Quase cinco. Luz apagada, afinal. Cada um vira para o seu canto e dorme? Eu, não. Sei que logo cedo tenho de encarar trabalho pesado, mas o pensamento dá trégua? Avalanche de estímulos. Que figura, esse meu tio! Que profissão, essa de ator! Que incrível poder incorporar infinidade de personagens, viver em épocas diferentes. Ser pobre, rico, bom ou mau caráter. Provocar choro ou riso nas pessoas. Quanto estudo! E que preparo! Por isso, fica difícil acreditar que minha avó Isaura o tenha execrado a vida inteira só pelo fato de ele ser ator. Tudo bem, era outra época. Ela também era irascível, propensa a atitudes extremas, todos sabemos. Mas há algo maior a ser desvendado nessa história, claro que há. Algum mal, alguma dor que ele varreu para debaixo das artes. Meu tio não é homem comum. Não mesmo.

Três dias conosco são suficientes para provar que laços de família nunca se desfazem. E os irmãos, hoje com 47 e 38 anos, continuam tão ligados como quando se viram pela última vez, aos 18 e 9 anos de idade. Pois é. O adolescente e o garoto se tornaram homens calejados pela vida — cada um com suas crenças, sua visão de liberdade, embora divergências não pareçam impedir o entendimento entre eles. Meu tio não quis casar ou ter filhos, mas diz que nossa casa é o lar com que sempre sonhou. Cita o aconchego, a simplicidade, os pequenos gestos de afeto — se espreguiça. Sua vontade era se deixar estar para sempre. Então, por que não fica? Será mais que bem-vindo! Ele acha graça. Virá mais vezes, é certo, mas seu lugar é na cidade grande. É lá que deve atuar, cumprir missão.

Dia seguinte, fim de tarde. Fusca cor de tijolo, tio Jorge me chama para pegar estrada, dar uma volta por perto. Conversa fácil, assuntos dos mais variados, bom demais. De repente, do nada, me pergunta onde fica a casa dos pais de Lorena. O quê?! É, a tal casa onde vivi meu primeiro "amor-amizade", e a tal praia das muitas histórias e sofrida separação. Resisto, mas ele insiste, quer ver "o palco dos acontecimentos" — fala de um jeito engraçado que me descontrai. Tudo bem, concordo em levá-lo até lá. No caminho, me pego contando casos dos anos com Lorena, alguns surpreendentemente íntimos. Avistamos a casa, passamos em frente a ela e seguimos em direção à praia. Saltamos do carro, tiramos os sapatos com disposição e caminhamos até a beira do mar. Estando ao lado dele, vejo aqueles cenários com outros olhos. Não há dor, apenas alguma saudade. Tudo me parece mais leve e compreensível. Meu tio está certo: a gravidade de certas coisas está no grau de dramaticidade que atribuímos a elas.

Terminada a breve estada em nossa casa, tio Jorge acompanha papai a Itaperuna para desmancharem o apartamento e entregarem as chaves ao proprietário. Quero ir, não me deixam. Têm muito o que decidir e acertar durante a viagem. Quem me dera estar com eles, poder participar da conversa. Abraçado com minha mãe, vejo o carro se afastando com os dois dando adeus. Pego a medalhinha de São Jorge e a prendo entre os dentes — papai me deu o cordão ontem de noite depois do jantar. Lembrou comovido o dia em que o havia recebido de presente e jurado que só o usaria quando reencontrasse o irmão. Agora, achava que era eu que deveria usá-lo. Tio Jorge abençoou o gesto. Afinal, comigo, por pura mágica, a história do cordão recomeçava aos 18 anos!

O fusca dobra a esquina e o perdemos de vista. Mamãe me dá leve tapa na mão para que eu tire a medalha da boca. Acho graça. Ela nem repara, já vai entrando. Anda, vamos cuidar da vida. Não arredo pé do batente da porta, cabeça e coração querem ficar encostados ali mesmo. Juntos, chegam à conclusão de que tio Jorge não entrou em nossa história por acaso. É traço de união essencial. Disse-me há pouco, ao se despedir, que na matemática da vida há dois números que são pronomes. Não entendi. Números que são pronomes? Exato. O número "nós", algarismo maior que reúne. E o número "eu", algarismo menor que exclui. O número "nós" é o que, em progressão geométrica, nos inspira. No fim das contas, é o que nos aglutina e dá sentido a todos.

Respiro fundo. Afinal, cabeça e coração conseguem estar de acordo. Animados, se dão um bom e forte aperto de mão. Fôlego redobrado, seguem os dois para o trabalho, e eu vou junto.

# Que falta faz!

Um telefone? Isso mesmo. Um telefone! Finalmente, papai decidiu investir no patrimônio e comprar uma linha aqui para casa. Parcelou em doze vezes com juros — única maneira de adquirir o bem. Quando o técnico veio instalar o aparelho, ele e mamãe não saíram de perto. Ansiedade infantil. Ela, porque já imaginava o conforto — bem mais fácil receber encomendas e marcar horário de visitas sem precisar andar até o telefone da praça. Ele, porque poderia falar com o irmão no Rio de Janeiro a hora que quisesse. Aliás, foi para lá a primeira ligação feita.

— Deu sinal.

— Então, disca, homem de Deus!

— Cadê o número, Olímpia?

— Eu sei lá!

Pego o pedaço de papel deixado em cima do sofá e entrego a ele.

— Aqui, pai.

— Diz aí para mim.

Dito os números. Expectativa. Papai parece mesmo criança.

— Está chamando.

Tempo.

— Não atende, ele deve ter saído.

— Calma. Espera um pouco.

— Atendeu! Alô, Jorge? É Antenor.

Abraçados, mamãe e eu acompanhamos a cena. Papai dá uma risada gostosa.

— É, já tenho telefone, rapaz! Estou falando de casa! O técnico acabou de sair daqui!

Outra risada. A conversa segue só por uns poucos minutos, é preciso desligar porque senão a ligação interurbana vai sair cara. Papai passa o número para tio Jorge, que liga em seguida só para teste, mas acaba se demorando. Pede ainda para dar uma palavrinha comigo. Primeiro, faz gozação. Diz que papai fala como se o telefone acabasse de ter sido inventado. Pondero que, para nós, acabou de ser inventado mesmo. Afetuoso, ele me dá razão, pergunta quando me animo a visitá-lo no Rio de Janeiro, já tem toda uma programação para mim. Proponho que seja lá para o fim do ano, vamos ver. Tudo bem. Ele volta a falar com papai para se despedir. Parabéns pela bela novidade, lembranças à cunhada e telefone no gancho.

A dívida com a compra da nova traineira, somada à prestação do telefone, nos obriga a apertar os cintos por algum tempo. Não nos importamos, porque sabemos que o gasto extra é investimento. Orgulhoso dos esforços de meu pai e de minha mãe para manter as contas em dia, ofereço-me para contribuir nas despesas da casa. A princípio, eles se recusam, imagina! — o que ganho é poupança para o meu futuro. Tanto insisto e argumento que papai acaba cedendo, mas impõe condição: que eu me torne sócio dele em seu pequeno entreposto. Embora modesto, o negócio é próspero, e a proposta de me dar participação no lucro das vendas do peixe significa, no fundo, uma baita promoção. Fico tão entusiasmado com o acerto que passo a me dedicar de corpo e alma à atividade pesqueira. Quem mais aprecia me ver na labuta, vestindo e suando a camisa, é meu padrinho Pedro Salvador. Apareceu-me outro dia com um pequeno pescador de madeira talhado à perfeição.

— É tu, Fiapo.

— Eu?!

— Gostou não?

Sentado sobre uma rocha, braço direito apoiado sobre a perna, o pescador tem olhar expressivo. E, o mais incrível, se parece mesmo comigo! Meu padrinho decidiu fazê-lo porque a coleção de barcos já está completa faz tempo. É também um prêmio de merecimento pela dedicação no trabalho, seja na pesca, seja na administração do entreposto. Nem sei direito o que dizer diante da surpresa.

— Você é muito especial, padrinho. Muito. Artista de talento, nossa! Com todo o respeito, não devia ser chumbeiro, trabalhando tão pesado. Devia valorizar essas mãos. Viver da sua arte!

— Num diz besteira, menino! Num tenho estudo nem nada. Condo a gente faz essas coisa é por gosto, passatempo. Só isso. É mais um carinho pra tu.

Esse ambiente de camaradagem com os pescadores e o crescente entrosamento com papai vão me enredando de tal jeito que meu horizonte vai chegando perto, bem ao alcance. Que mal tem? Minha ambição agora se resume a ser feliz aqui onde nasci e me criei. É lógico que não faço pouco dos conselhos de tio Jorge, de toda aquela história de que preciso de "voos mais altos, mergulhos mais profundos". Mas olho para meu pescador de madeira e me pergunto: Pedro Salvador também não consegue voar alto com a arte e mergulhar fundo com o chumbo das redes? Não se realiza, se alegra e se sente útil assim? Então? Posso ir lá ao Rio de Janeiro, conhecer a cidade, ver museu, cinema, teatro. Trazer mala cheia de livro para ler. Nada disso me impedirá de fazer minha vida ao lado dos meus pais e da minha gente, ganhar meu sustento com a pesca, amar e... ter alguém que me ame. Não é sonho impossível, é? Amor nosso de cada dia: que falta faz!

# A primeira vez

É sempre experiência que felicita ou decepciona, mistério que se desvenda ou aumenta. Ainda menino, eu já colecionava algumas primeiras vezes marcantes. Quando fui sozinho para a escola, senti uma liberdade estranha, que me conduzia e firmava os passos para o dever, a responsabilidade — diferente daquela liberdade de poder brincar na rua com os meninos da vizinhança. Felicitou-me andar desacompanhado pelo caminho que escolhesse, mesmo tendo o destino por certo. E depois, ao chegar de volta das obrigações, estufar o peito e abrir a porta de casa com minha própria chave! Como esquecer essa primeira vez?

Finalmente, decido visitar meu tio. Primeira vez que viajo para longe da família, primeira vez em cidade grande, primeira vez que carrego mala com muda de roupa — por não querer fazer feio, penei para decidir o que levar. Bênção, minha mãe, bênção, meu pai. Vai com Deus, meu filho, telefona avisando assim que chegar. Três horas e vinte minutos de asfalto e desembarco na rodoviária Novo Rio. Levas de passageiros andam de um lado para outro. Paro, olho, vou e volto. Pergunto aqui e ali, acabo descobrindo o meu fluxo e tomando a condução certa para Copacabana. Rios de automóveis, ônibus e caminhões deságuam em viadutos e avenidas. Ufa, aqui estou! Rua Santa Clara, número 153. Tio Jorge deixou as chaves com o porteiro e um bilhete: "Estou ensaiando, devo voltar lá para as sete da noite. Tem toalha de banho limpa dobrada sobre a sua cama e comida na geladeira. Sinta-se em casa. Beijos do tio."

Expectativa ao abrir aquela porta, conhecer outro universo, o dono ausente! Um giro rápido pelo apartamento. Sala, dois quartos, banheiro, cozinha e uma pequena área de serviço com máquina de lavar e varal com algumas roupas secando — camisas, cuecas, meias, uma bermuda. Intimidade exposta de alguém que estimo e admiro. Volto para a sala, dou com o telefone sobre a pequena mesa de canto. Tenho autorização para ligar para casa e é o que faço. Falo primeiro com minha mãe e depois com meu pai. Conto rapidamente sobre a viagem, a chegada ao Rio de Janeiro, o impressionante movimento no terminal rodoviário, o trajeto de ônibus até Copacabana, a alegria ao passar pelo Aterro do Flamengo e ver o Pão de Açúcar pela primeira vez! A ansiedade que me fez saltar logo no início da rua Barata Ribeiro e caminhar vários quarteirões até chegar ao ponto onde deveria ter descido e, é claro, a emoção por estar no apartamento de tio Jorge. Minha vez de ouvir as recomendações de praxe: demonstrar gratidão, nada de ser espaçoso e ajudar no que for possível. Que fiquem tranquilos, tudo sairá bem.

Livros e mais livros cobrem as paredes do quarto onde vou ficar — vontade de levá-los todos para mim. Uma cama de solteiro, mesinha de cabeceira e, encaixada numa das estantes, boa mesa de trabalho com cadeira giratória. Abro as duas portas do armário embutido. Surpresa. Além do espaço vazio que me foi reservado, há outra parte com roupas estranhíssimas penduradas, inclusive uma batina de padre ao lado de um vestido comprido do século passado. Figurino de teatro, só pode — acho graça. Não sei se é correto, mas a incurável curiosidade me leva ao quarto onde ele dorme. A cama de casal está desfeita. Uma poltrona de leitura, imagino, porque há um abajur de pé e uma pilha de livros na mesinha ao lado. O armário do quarto é bem maior. Vontade de abrir, mas não abro. O que haverá nas gavetas da cômoda? A mão coça, mas me contenho. Melhor sair dali e ir para a sala. Debruço-me na janela que dá para os prédios vizinhos — rua de tráfego intenso e farto comércio, inclusive com cafés e bares. Ainda bem que os quartos são de fundos. Penso em desfazer a mala, desisto. Será que tio Jorge gosta de morar aqui sozinho? Deve ter amigos, é claro. Mas acho triste acordar de manhã e não ter ninguém perto. Me esparramo no sofá, reparo nos detalhes da decoração. Sobressaem os cartazes de peças teatrais que sempre trazem o nome dele no elenco. Muito legal. Gosto da bagunça aparente que é informalidade e aconchego ao mesmo tempo. Volto para a janela. Tomo banho ou não? Melhor deixar para mais tarde. Também já fui à cozinha dar uma olhada na geladeira, está bem farta, mas não tenho fome. Televisão? Lá em casa não tem. Dela, papai não quer nem ouvir falar, e mamãe se contenta com o rádio. Decido arriscar e ligar o aparelho, que é pequeno, imagem em preto e branco. Passo pelos muitos canais: TV Globo (4), TV Rio (13), TV Tupi (6) e TVE (2). De que servem tantos, se nada me desperta interesse? Depois do senta-levanta para mudar de estação, acabo desligando. Cinco da tarde. Me estico na cama, caio no sono. Acordo com a luz da sala acesa e tio Jorge me sacudindo o ombro, afinal, não devo estar tão cansado assim. Justificando-me, cara amarrotada, levanto-me para abraçá-lo.

— Cheguei faz tempo. Foi falta do que fazer mesmo.

— Falta do que fazer?! Você vai ver só o que é falta do que fazer!

Na mesma noite, começamos a maratona em passo acelerado e mantemos o ritmo nos dias que seguem. Avalanches de informação. O Rio de Janeiro me revira por dentro, me excita e assusta ao mesmo tempo. Sua beleza agressiva me tira dos eixos. Fico sabendo que um visitante ilustre, ao ser indagado sobre a cidade, resumiu: "A natureza aqui perdeu a cabeça!" Não é que é verdade? No topo do Corcovado ou no alto do Pão de Açúcar, confirmo: cada paisagem que se descortina nos extasia. Uma fotografia e outra e mais outra. Nas pedras do Arpoador, tio Jorge pede que eu chegue mais para a esquerda. Ótimo. Desse modo, os Dois Irmãos aparecem sem me cortar. Dali, caminhamos até o famoso Barril 1800 para tomar um chopinho, beliscar alguma coisa e definir o que faremos em seguida. Tim-tim! Um brinde a esta primeira visita! A bebida gelada desce goela abaixo, e minha cara é de incontida satisfação. Outro gole generoso e as provas da batata frita e do filezinho no palito. Da mesa onde estamos, vejo pessoas saírem da praia e entrarem no restaurante com a roupa de banho, algumas ainda molhadas. Alguns casais, em trajes mais apurados. Dezoito anos, cabeça girando com tanta novidade, com tantos modos de ser e de viver diferentes dos meus. Tio Jorge escancara um sorriso. Garçom, mais dois chopes, por gentileza!

Em poucos dias, programação intensa. É primeira vez que não acaba mais! Primeira vez que vou a uma sessão de cinema, dá para acreditar? Filme brasileiro de diretor renomado: *O amuleto de Ogum*, de Nelson Pereira dos Santos. Primeira vez também que assisto a uma peça de teatro: *Gota d'água*, de Chico Buarque e Paulo Campos, com a atriz Bibi Ferreira no papel principal. Fiquei fascinado com a trama, as músicas, o cenário, os atores ao vivo, tudo! Fomos ao camarim cumprimentar a grande dama e ainda consegui que ela me autografasse o livreto! Primeira vez que entro em um museu! E foram tantos! Museu de Belas Artes, Museu de Arte Moderna, Museu da República, Museu Histórico e Museu Nacional da Quinta da Boa Vista. Como foi possível ignorar tudo isso por tanto tempo?! E ainda há mais exclamações: primeira vez em um concerto para piano e orquestra! A harmonia, a disciplina, cada instrumento se sobressaindo ou calando na hora precisa. O comovente diálogo entre os músicos e o pianista, os gestos suaves ou vigorosos do maestro. A formalidade das roupas que usavam. E a Sala Cecília Meireles, preciosidade situada no conjunto arquitetônico da Lapa — tarde inesquecível em que ainda fomos à histórica Confeitaria Colombo, frequentada em outros tempos por ninguém menos que Machado de Assis. Para concluir, conheço o Theatro Municipal. Dou sorte, porque um espetáculo de dança entra em cartaz justo na véspera de eu voltar para casa, e tio Jorge faz questão de me levar. Ficamos nos assentos mais altos, que são os mais em conta. Que importa? Primeira vez que vejo balé ao vivo, e só entrar naquele teatro já é sonhar acordado!

Fim da temporada. Que outros aprendizados me aguardam? Quanto haverá de vida que ainda não sei? Tio Jorge sempre me fustiga a curiosidade — conversas intermináveis sobre os assuntos mais variados. Discordamos em muita coisa, mas não ficamos chateados ou desapontados com isso. Ouço que, mais que natural, discordar é saudável. Ahn?! Como assim?! É que opiniões contrárias nos obrigam a refletir, a pensar duas vezes, a não nos arvorarmos de donos da verdade. Sou então convidado a ler os clássicos gregos: Sócrates, Aristóteles e Platão certamente estarão na tal mala de livros que levarei comigo. Aprendo que, na Grécia Antiga, nasceu o diálogo. Primeira civilização que valorizou o contraditório, ou seja: a tese, a antítese e a síntese — melhor forma de evoluirmos e nos aprimorarmos. Por não terem livros sagrados, os gregos não eram dogmáticos, e estavam, portanto, abertos à possibilidade de rever posições. Aprendiam e cresciam por meio de seus erros e acertos, tornavam-se sábios pela experiência. Lá, não havia profetas. Havia poetas!

Tio Jorge me leva à rodoviária, fica comigo até a hora de eu embarcar.

— Pronto. Pelo menos por enquanto, meu trabalho está concluído. A partir de agora, será com você. Venha me ver sempre que quiser ou precisar.

— Obrigado, tio. Pelos passeios, pelos livros e por tantos conhecimentos que já levo comigo.

— Vou sentir falta da companhia no café da manhã.

Não digo nada, apenas lhe dou um demorado abraço.

— Vai lá, anda. Todo mundo já entrou no ônibus, só falta você.

Sentado à janela, ainda o vejo na plataforma. Mais um adeus e nos perdemos de vista. A cidade se vai distanciando, paisagens passam e se vão perdendo lá atrás em algum lugar. O ônibus acelera e segue, e minha ida ao Rio de Janeiro torna-se um livro de contos que acaba de ser lido — primeiro volume, espero. Capítulos me vão ocorrendo. Revejo tio Jorge contando as peripécias de sua primeira peça de sucesso: *O noviço*, de Martins Pena, um clássico da dramaturgia nacional. Por isso, guarda com tanto carinho a batina e o vestido de época — figurinos do personagem Carlos, vivido por ele com paixão. O papel, que lhe foi confiado pelo diretor Fabio Sabag, lhe valeu importante prêmio e representou a oportunidade definitiva para sua carreira de ator. O pensamento corta para outra cena. Esta, uma discussão com direito a ânimos bastante exaltados. O motivo? Lorena, é claro. Eu a criticando e ele a defendendo. Que insensível coisa nenhuma, uma garota lúcida, isto sim! No fim das contas, ela demonstrou ser a mais amadurecida dos dois, uma maluquice querer casar e formar família tão cedo. Onde já se viu? Inexperientes, íamos querer fazer depois de velhos o que não havíamos feito quando jovens, uma tristeza, pensa bem. Se ele, com 47 anos, ainda tinha muito o que aprender, imagina eu, que não havia chegado aos 20! Foi quando acabei sendo extremamente duro ao afirmar, com irritação, que a última coisa que eu queria na vida era chegar à idade dele assim sozinho, sem um amor, sem filhos, sem ninguém...

Lembro-me do silêncio que tomou conta da sala e do arrependimento que logo me bateu por ter verbalizado algo tão rude. Envergonhado, pedi desculpas, havia falado sem pensar. Em voz baixa, tio Jorge garantiu que continuava tudo bem, se o que saíra de dentro de mim havia sido honesto. Mas continuava acreditando que era prematuro eu me fixar no trabalho, já pensando em ter mulher e filhos. A história dele era bem diferente. Numa próxima visita, com calma, falaria a respeito. Por me ver ainda triste é que começou com a conversa dos gregos, de não precisarmos ficar aborrecidos quando discordamos de alguém, principalmente se for alguém que amamos. Aquela foi a primeira vez que estivemos em lados opostos. Certamente, haveria outras. E daí? Pensar diferente é natural. E saudável.

# Viajar é bom demais

Mas voltar para casa é ainda melhor. Nada como reencontrar o teto que nos protege e as paredes que nos acolhem — sensação de pertencimento que nos leva a largar as malas no primeiro chão, respirar fundo, olhar ao redor e agradecer por termos chegado à toca, bichos que somos. São os cheiros, as luzes e as sombras dos ambientes. São os ruídos familiares, as coisas todas que ficaram ali à nossa espera — porque vivem e se realizam em nós com prestativa e silenciosa amizade. São as janelas que vamos abrindo e as portas que dão acesso ao que nos é familiar.

Mamãe está na cozinha, porque sabia que eu chegaria para o almoço. Apaga o fogo, deixa o refogado e vem me abraçar. Alegria, curiosidade. Quer saber tudo com detalhes. Pede que eu vá preparando a salada enquanto ela acaba de fazer o arroz. Nossa, como é bom estar de volta! Quinze dias que me parecem quase um ano. Nem tanto pela distância e o tempo, mas pela quantidade de experiências inéditas. Tio Jorge é colossal. Não é exagero, mãe. O adjetivo é exatamente esse. Meu tio é desmedido como o Rio de Janeiro. Não entendo como tanta vida cabe em um só corpo. Quero tê-lo como exemplo. Não que ele seja perfeito, longe disso. Também discutimos muito e uma vez quase brigamos, o que por fim nos aproximou ainda mais, dá para acreditar? Se a senhora quer saber, o que mais me impressiona nele é a compreensão por nossos erros, o entusiasmo por nossas conquistas. Por isso, a sede do saber, a urgência dos aprendizados, a essencialidade dos estudos para descobrirmos o que nos irá realizar e definir os caminhos. É fundamental nos aventurarmos, principalmente se somos jovens.

Se estou tentado a ir morar na cidade grande? A pergunta me desconcerta, me quebra a eloquência do discurso. Penso antes de responder. Sim, com o êxito desta primeira viagem, é claro que me sinto tentado a me atirar ao novo. Mas ao mesmo tempo me vejo tão apegado às minhas raízes que me pergunto se faria sentido abrir mão do que já conquistei e que tanto me satisfaz.

Mamãe vê sinceridade no que afirmo, mas sabe que o tempo apronta, e, de repente, tudo se altera. Por enquanto, tenho ali o meu espaço, é verdade. Mas nada de apegos, ela frisa. Temos de estar sempre preparados para as pequenas reviravoltas da vida, que são as que costumam nos pegar desprevenidos. Diz isso enquanto põe três lugares à mesa — papai deve estar chegando a qualquer momento.

Durante a refeição, a conversa se estende animada. Ao abrir a garrafa de vinho, seu Antenor decreta que hoje não se trabalha mais naquela casa. Dona Olímpia aprova a ideia. É mesmo? Que ótimo! E quem lava a louça? O velho pescador não perde o passo, aconselha deixar tudo empilhado na pia, que mais tarde uma sereia virá pôr tudo em ordem. Mamãe olha de revés. Sereia, sei: aquela que preparou o almoço e que está ali a servir os pratos. O beijo demorado na boca lhe diz que dois exímios voluntários terão o maior prazer em ajudá-la, pretexto para levantarmos os copos e brindarmos ao meu regresso, à boa comida, a estarmos reunidos de volta à mesma mesa! Presto atenção em meus pais. Ela, água. Ele, vinho — já disse certa vez. Penso que tio Jorge veio para separá-los dentro de mim. Ou água ou vinho, que a vida não é missa. Mal nenhum alterná-los a gosto, ou acrescentar, a um e a outro, novas poções e, com elas, descobrir diferentes cores, variados sabores.

Tudo bem que mais adiante seja assim, mas, por enquanto, prefiro ser apenas a mistura dos dois. Exemplo? Quando lhes conto sobre a experiência de ter ido ao cinema pela primeira vez, eles me ouvem sem interesse especial. Com a maior naturalidade, dizem que já haviam assistido a um filme aqui mesmo na cidade. O quê?! Quando?! Onde?! Mamãe diz que eu deveria ter meus 3 anos, me levou no colo e, felizmente, dormi o filme inteiro. Uma história tristíssima, mas muito bonita, passada numa favela do Rio de Janeiro. A produção, que viajava pelo interior do estado, promovia sessões ao ar livre. O público compareceu em peso, teve gente sentada na areia. Na areia?! Sim! Papai explica que tiveram a ideia de fazer a projeção na praia, porque haveria mais espaço. Já não se lembra do nome do filme. *Orfeu Negro*, mamãe diz na hora. Isso mesmo, o título era esse. Acontece que os organizadores escolheram a noite errada, uma pena. Choveu?! Não, ao contrário, papai se diverte. Era noite de lua cheia. E quando ela surgiu, esplendorosa, toda a plateia se voltou para apreciar o espetáculo. Como esquecer os suspiros, as expressões de encantamento? Casais se beijavam, se abraçavam e mais se aconchegavam. Muitos se dividiam entre a luz projetada na tela e a luz projetada no mar. Mamãe, que é água, lembra-se do filme em detalhes. Papai, que é vinho, diz que jamais haverá luar igual! Eu, que ainda dormia para o mundo, guardarei as duas lembranças contadas: as luzes da lua e as do cinema misturadas.

# S.O.S.

O pedido de socorro chegou quando já estava braçadas e braçadas à frente, papai me conta com olhos marejados e expressão de desamparo. Ele ouviu os gritos, voltou o mais rápido que pôde para salvar o amigo, mergulhou várias vezes tentando encontrá-lo, esforço inútil. Imprudência terem acertado aquela competição em manhã chuvosa de ventos fortes e águas revoltas. Mas Paulo, autor do desafio, não se deixava convencer por nada. Provocador, havia decidido que mau tempo não era razão para adiamento, quem desistisse da prova seria considerado perdedor e teria de pagar a aposta. Pois bem, com ímpeto viril, partiram da areia, atiraram-se ao mar, furaram a arrebentação e seguiram rumo à ilhota que haviam definido como ponto de chegada. Absurdo, insanidade! — papai não se conforma. Como se deixou levar pela vaidade? A tragédia aconteceu há nove anos em Cabo Frio e agora se desdobra batendo à nossa porta.

Coincidência ou não, S.O.S. são iniciais que irão mudar a rotina desta casa para sempre. Agora, o pedido de socorro chega em silêncio por telegrama:

"*Sônia Oliveira Soares faleceu. Favor entrar em contato urgente. Grata. Adélia Souza.*" *11:11 28 abril 1976*

Mamãe me mostra o papel recebido na véspera. Com serenidade, diz que precisarei ser compreensivo e que, mais que nunca, deveremos estar unidos. Os três — ela frisa. Tento entender o que se passa.

— Quem é Sônia?

— Mulher de Paulo.

— Sim. E o que temos a ver com a morte dela?

Papai pede que eu me sente a seu lado, prossegue com alguma dificuldade.

— Semanas depois, Sônia veio de Cabo Frio só para me ver, estava grávida, desesperada, não sabia o que ia decidir. Não tinha família, mal conseguia se manter, Paulo era o seu apoio. Sem ele, como pôr uma criança no mundo? Não tinha cabimento. Pediu ajuda para fazer o aborto. Sua mãe foi logo dizendo que não.

— Disse mesmo. Eu quase não via o Paulo, só uma vez ou outra, quando ele passava aqui pela cidade. E tinha acabado de conhecer a Sônia. Dava pena. Eu não podia concordar com aquela decisão, de jeito nenhum. A pobre estava completamente perdida.

— Então, mesmo com dificuldade, sua mãe e eu decidimos mandar uma quantia todo mês para ajudar ela nas despesas da gravidez e, depois, na educação do filho... Ajuda que damos até hoje.

Incrédulo, olho para meu pai, olho para minha mãe. Não sei se sinto orgulho pelo gesto de generosidade ou se os recrimino por nunca terem me contado nada a respeito. Indignado, o pensamento dá um passo à frente.

— Essa criança deve ter hoje uns 9 anos... e eu nem sabia de sua existência.

Confessional, papai me olha nos olhos.

— A verdade é que ainda me sinto culpado. E se tivesse sido eu? Como sua mãe ia ficar? Paulo não sabia que ia ser pai, mas você já era nascido, filho. Tinha a idade do Juliano hoje.

Voz embargada, papai não vai adiante. Mamãe releva com afeto.

— Não tem culpado, Antenor. Você arriscou a vida tentando salvar seu amigo. Fez o que pôde, era o destino. E, mesmo de longe, sempre ajudamos a Sônia a criar o filho.

Levanto-me, ando pela sala, pressinto o que está por acontecer.

— E agora? O que vai ser desse menino?

Voz pausada, mamãe fala como se tudo já estivesse resolvido.

— Ontem mesmo, consegui falar com dona Adélia, que se ofereceu para ficar com o Juliano por um tempo. A gente já sabia que a Sônia estava com câncer, mas não esperava que ela fosse assim tão rápido e...

Eu mesmo completo a frase.

— ... o Juliano vem morar conosco.

— Isso mesmo. Por enquanto, ele pode ficar aqui na sala.

Com ironia, tento organizar as ideias.

— Vamos adotá-lo?

O revide vem de pronto.

— Não, porque ele já tem certidão de nascimento com nome do pai e da mãe. Mas eu, Antenor e você vamos receber ele com todo amor e dar abrigo enquanto ele precisar.

— Está certo, está tudo muito bem. Só não entendo por que uma criança despenca em nossas vidas e eu tenho de receber a notícia quando tudo já está decidido.

Papai é paciente.

— Sua mãe já explicou que a gente não pensava que a Sônia estava tão mal. A gente ia ter essa conversa com você, mas não desse jeito. O tempo todo a intenção foi poupar você.

Impositiva, mamãe arremata em outro tom.

— Seja como for, a partir de agora, a prioridade nesta casa vai ser Juliano, que não tem mais ninguém no mundo. Seu pai e eu esperamos contar com a sua compreensão e o seu apoio.

79

Apelo para a brincadeira sincera.

— Claro. Ainda estou meio tonto com essa gravidez inesperada, mas podem ter certeza de que cuidarei dele como irmão caçula.

— Melhor assim.

Pela seriedade das falas e o envolvimento ostensivo, é evidente que mamãe se sente responsável pelo nascimento de Juliano e, agora, por sua vida. Sempre sentado, visivelmente abatido, papai leva as mãos à cabeça. Vou até ele para abraçá-lo, forma de expressar apoio, mesmo havendo sido excluído de toda a história. Ele se deixa confortar. Depois, me agradece, pede desculpas mais uma vez pelo comportamento irresponsável do passado, diz que o Paulo e a Sônia ficarão felizes sabendo que o filho estará em boa casa. Concordo sem muita convicção e, como quem arregaça mangas para encarar a realidade, toco o assunto adiante.

— Quando o caçula chega?

— Aguardava só esta conversa com você para ir buscar ele. Amanhã mesmo, pego a estrada.

— Mamãe vai junto?

Ela diz que não. Pensa que, para Juliano, será melhor que esteja aqui em casa para lhe abrir a porta, recebê-lo com beijo e abraço de mãe — esses primeiros gestos podem ganhar grande significado para ele. Postura matriarcal, vem para perto da família já feita, afaga os cabelos de papai, que ali é quem está frágil. Ficamos os três assim, aconchegados, pensativos, grávidos não de nove meses, mas de nove anos. Já sabemos que é menino. Que a cegonha traga no bico alguém de boa índole que venha para agregar.

# Avesso

É a palavra que me ocorre quando o vejo pela primeira vez. Irmão caçula? Como, se tão diferente de mim? Eu era moreninho e magrelo, olho de jabuticaba. Juliano é forte, o dobro do meu tamanho quando tinha a idade dele. Pele clara, alourado, olhos azuis! Irmão caçula? Não mesmo. No aperto de mão do seja bem-vindo, o tato já me antecipa que a química é outra. Não sorri para mim em momento algum, mas me olha nos olhos, o que é bom sinal. Reconheço que para ele não deve ser fácil a adaptação — por mais carinho que receba, somos estranhos. Mas custava ser um pouquinho mais receptivo às tantas atenções? Mamãe e papai se desdobram para que o "novo filho" se sinta à vontade. Eu, nem tanto. Vou dançando conforme a música. Antes de conhecê-lo, cheguei a pensar em me oferecer para dividirmos o quarto. Ainda bem que mudei de ideia e não abri a boca, penso que será melhor e mais prudente mantermos certa distância — com a idade que tem, ficará muito bem acomodado na sala. O sofá-cama é confortável, e no armário duplo, destinado à rouparia, mamãe reservou um belo espaço para ele. Então? Quer mais o quê?

Na hora do almoço, constato que não temos mesmo nada de parecidos. Eu costumava comer muito pouco quando menino. Um tantinho assim disto ou daquilo e já me dava por satisfeito. Juliano é poço sem fundo. Fico impressionado com o que consegue pôr para dentro. Papai se alegra, sente gosto ao vê-lo bater o prato com tanto apetite. Mamãe diz que é sinal de que gostou da comida, não é verdade? Ele sorri — aleluia! — e faz que sim com a cabeça. De vez em quando, olha para mim, sabe que está sendo observado. Pelos anos que nos separam, entende que não competimos um com o outro, mas deve ter noção de que, ao entrar em nossas vidas, passa a fazer parte de um universo que era exclusivamente meu. Portanto, em nome da boa convivência, melhor já irmos definindo fraterna e hierarquicamente quem é quem debaixo deste teto. Terminado o almoço, como quem não quer nada, lhe pergunto se gostaria de ter tido um irmão — jogo verde, é claro.

É quando Juliano me surpreende e, em vez de aprender algo comigo, me aplica a primeira lição. Ao repetir a pergunta em voz baixa com expressão de estranhamento, já me desconcerta.

— Se eu gostaria de ter tido um irmão?

— É, um irmão. Para brincar com você, lhe fazer companhia, sei lá.

A resposta vem de imediato nos olhos.

— Antes, não. Porque não precisava. Mas agora, sim, eu queria. Mas tinha que ser irmão mais velho. Porque, se fosse mais novo, eu ia ter que cuidar dele, explicar por que a mamãe foi embora, dizer para ele não chorar, essas coisas... E eu não ia conseguir. Então, sem irmão mais velho, melhor ser sozinho mesmo.

Mamãe disfarça a emoção, levanta-se, diz que vai fazer o café. Pede que papai pegue as xícaras. Ficamos Juliano e eu, frente a frente. A bola, comigo. Silêncio. A cabeça quer falar, mas não consegue. O coração, afoito, toma a palavra.

— Quem sabe no futuro, quando a gente se conhecer melhor, eu possa ser esse irmão mais velho?

De pronto, ele pede licença para se levantar da mesa, vai até o armário onde estão as coisas dele e volta com um retratinho 3 × 4 para me mostrar.

— Minha mãe.

— Bonita, muito bonita.

Ele concorda com a cabeça.

— Por que você trouxe o retrato de sua mãe para eu ver?

— Ué? Se eu já sei quem é a sua, você tinha que saber quem é a minha, também.

Acho graça. Ele continua olhando o retrato.

— Tenho medo de esquecer o rosto dela. Por isso, vou guardar sempre este retrato.

— Não se preocupe. Você nunca vai esquecer o rosto de sua mãe.

— Será? Eu lembro muita coisa que a gente fez junto, mas já parece sonho, entende? Por exemplo. A gente gostava de ir à feira. Agora, eu fecho bem os olhos, tentando ver alguma coisa inteira e não consigo. Só vejo pedaços.

— Pedaços?

— É. Lembro dela abrindo a carteira para pagar o seu José, ou uns sapatos que ela usava, a barraca do peixe, ela de costas escolhendo verdura, um grampo colorido que ela tinha para prender o cabelo... só pedaço disso ou daquilo.

— É que as lembranças são desse jeito mesmo. Como se fossem as pecinhas de um quebra-cabeça.

— Eu quis guardar um vestido que ela usava quando ia me levar ou pegar na escola, mas dona Adélia não deixou. Disse que não era bom, que ela ia ficar presa aqui na Terra. O melhor era dar as roupas para quem precisava. Mas eu fico triste porque, no pensamento, o vestido está indo embora. Daqui a pouco, ele vai sumir que nem minha mãe.

A lucidez de Juliano começa a me impressionar. A serenidade com que ele encara suas perdas me comove. Tão diferente de mim, repito. Sempre fui imaginativo, ardiloso. E nunca me conformei com os nãos que a vida me impôs. Desde que me entendo por gente, questiono, opino, me revolto até. Indignado, procuro desvendar os porquês que me vão surgindo pelo caminho. Juliano é pura aceitação, as respostas parecem lhe ocorrer naturalmente, como se ele intuísse o que pode ou não ser feito. Talvez, por experiência, já tenha aprendido ser inútil dar murro em ponta de faca — o velho e sábio ditado. Quando lhe mostrei meu quarto e a coleção de barquinhos, tive a prova real e dos nove de que éramos o oposto um do outro.

— Então? Gostou?

— São lindos!

— Quando quiser brincar com eles, é só me falar.

Sua expressão é de surpresa.

— Brincar?

— Isso mesmo. Eu vivia verdadeiras aventuras com eles. A cama era o alto-mar, o chão eram as águas do litoral! Eu inventava viagens pelo mundo, competições, pescarias, travessias perigosas, perseguições emocionantes!

Ele me olha como se eu, sim, fosse o caçula. Diz que prefere apreciar os detalhes de cada um, sentir seus diferentes perfumes. Com o maior cuidado, tira um barquinho da estante, afaga e cheira.

— Cedro-rosa, madeira muito macia, boa para se trabalhar.

— Você entende disso?!

— Conheço os diferentes tipos de madeira. Os principais, pelo menos. Mamãe trabalhava como balconista numa madeireira e eu sempre ia para lá depois da escola. O depósito era imenso, eu quase me perdia dentro dele.

Ainda surpreso, pego o barco que está ao lado só para testar conhecimento.

— E esse daqui? Que madeira é essa?

— Itaúba. Repara que o barquinho é amarelo-escuro e é mais pesado também.

— Incrível. Você é capaz de identificar as madeiras que estão aí?

— Acho que sim. Tem muitas repetidas. Olha só: esses três aqui são de jequitibá. Aqueles lá são de jaqueira. A maioria é cedro-rosa.

Ele olha a estante de cima a baixo.

— O que tem menos aí é vinhático.

Incontido, lhe dou um belo abraço.

— Poxa vida, você entende mesmo do assunto. Eu não sabia nada disso nem nunca me interessei. Pedro Salvador vai ficar orgulhoso. Ele é um grande artista, um mestre!

— Você conhece quem fez os barquinhos?!

— Claro! É meu padrinho!

— O quê? Sério?!

— Você vai conhecer. Ele também é pescador, trabalha com papai.

— Um artista que é pescador...

— Para você ver como são as coisas. Ele tem umas peças lindas na casa dele. Mas a escultura é só passatempo. Trabalho mesmo, o ganha-pão, é a pesca. Acho uma pena ver tanto talento desperdiçado.

— Pena por quê? Se ele é feliz...

— Está vendo aquele pescador ali na mesinha de cabeceira? Sou eu. Também foi ele que fez.

Juliano senta-se na pontinha da cama, pega o pequeno pescador, vira de um lado e de outro, examina, sente o perfume. É canela, diz solene. Depois, como se fosse raridade, põe a peça de volta ao lugar. Levanta-se, olha ao redor com reverência, dá a impressão de estar numa igreja.

— Gosto daqui. É quieto.

Dou uma bela risada.

— Quieto?! Então é diferente de mim, que sou tão agitado.

— Você não é agitado.

— Espera só para você ver.

Primeira vez que Juliano sorri para mim. Recebo como presente. Ele percebe, aproveita e emenda intimidade.

— Fiapo. Por que chamam você assim? É engraçado.

— Eu tinha a sua idade e me deram o apelido no colégio. Eu gostava de ser chamado desse jeito. Daí, pegou e ficou.

— Nunca ninguém me deu apelido.

— Você quer um?

O rosto dele se felicita.

— Você escolhe para mim?

— Não preciso. Já tenho um que é a sua cara: Avesso.

— Avesso? Gosto do som. É uma palavra que fala baixinho.

Como é possível? Em nenhum momento ele quis saber o significado ou a razão do apelido. Contentou-se com o som "baixinho" que, no seu entender, "mais parecia segredo" e era "muito bonito". Agradeceu com o braço direito estendido para um bom aperto de mãos — sinal de acordo, de acerto, de cumplicidade, gesto que, como resposta específica, foi mais forte que abraço. Irmão caçula? Não mesmo. Avesso é bem mais velho que eu. Mais a ensinar do que a aprender. Quem me dera ter tido essa maturidade aos 9 anos. Avesso é meu lado direito. Como explicar isto a ele?

# Quem me deu ele de presente?

Agora, as luzes apagadas. Todos acomodados para dormir. Primeira noite de Avesso. Fui vê-lo e confirmei, ele está lá aninhado no sofá, rosto enfiado no travesseiro. Veio para ficar. É fato. Outro dia, foi tio Jorge aqui neste quarto, nesta cama. A seu modo, embora vivendo distante, também veio para ficar. Parece sonho — é que, no escuro, toda realidade se veste de ficção. Penso na chegada repentina de dois estranhos que, de imediato, se tornaram íntimos, com estreitos laços de afeto e parentesco. Loucura as experiências que a vida me impõe. Quando eu poderia imaginar essas duas avalanches porta adentro? Onde aquele núcleo formado por pai, mãe e filho, feito sob medida e tão bem assentado em meu corpo? Por que, sem aviso prévio, a família altera suas medidas e nos obriga atitudes, reflexões, comportamentos? Papai está para tio Jorge assim como Avesso está para mim? Não acredito em coincidências, mas em aprendizados que surpreendem.

Há pouco, lembrei-me de Lorena, ainda menina, me repetindo que sua casa de bonecas era "verdadeira obra de arte: bonita para se ver e pronto". Quanta falta de imaginação diante de um brinquedo! — decretei, dono da verdade. E hoje, tantos anos depois, Avesso me encanta ao afirmar que prefere apreciar os barquinhos de madeira a brincar com eles — portanto, mais afinidade com minha antiga rival. É a vida a me mostrar que, até nas crianças, há diferentes modos de ver o mundo e vivenciá-

-lo. Aquela ilusão de querer ser único, insubstituível? Também se desfaz a cada dia, e a chegada de Avesso, mais uma vez, me põe em confronto comigo mesmo. Da maneira como se integra à família, quem será ele no futuro? O mais inteligente? O mais carinhoso e prestativo? O mais companheiro? Luzes apagadas nos instigam os piores fantasmas, e, neste exato momento, enfrento antecipada crise de ciúmes. Os anos passam sem que a gente perceba, sabemos todos. Um menino que dorme no sofá da sala é anjo; um homem, certamente, será estorvo. E, com passado tão trágico, que homem ali haverá de despertar?

Quando amanhece, os fantasmas já se foram. Ânimo para o batente. É o sol que me aquece o rosto — despertador silencioso. Melhor ainda depois do banho tomado, do café com leite, pão e manteiga — nada como a eternidade aparente das rotinas caseiras, a certeza de que sempre haverá chuveiro e mesa posta como prova de nossa existência.

— Bom dia, pai! Bom dia, mãe! O Avesso ainda está dormindo. Gostou do sofá, porque apagou de verdade.

Ambos se espantam.

— Avesso?!

— É o apelido que eu dei para o Juliano, e ele gostou.

Vou explicando, enquanto pego o bule e me sirvo de café. Os dois balançam a cabeça e, pelas expressões, não querem perder tempo com bobagem, preferem tratar do que importa: a transferência de Juliano para a escola onde estudei. Será que posso cuidar disso? Lógico, faço com gosto. Ponho tanto empenho na responsabilidade que tudo se resolve rápido. Em pouco mais de uma semana, com papéis em ordem, Avesso já está autorizado a frequentar as aulas. Emocionante essa volta ao passado. Dona Zélia e outros professores continuam lecionando, ficam radiantes com o inesperado reencontro — é lembrança que não acaba mais. E, agora, é certo, a expectativa com relação ao novo aluno.

Pelo jeito atento com que acompanha a conversa, eles têm certeza de que Juliano estará entre os primeiros da turma. Será? Olho para ele, o apuro do uniforme, o cabelo bem penteado, sua postura respeitosa — que contraste com o que eu era! Enfim, deixo-o lá com o que é comum a todos os colegas: os questionamentos, os deveres de casa, o sono quando os ponteiros não andam em determinada aula e o esperado intervalo do recreio. Na hora da saída, estarei a postos para buscá-lo — outro compromisso assumido por mim. Pelo menos nesse começo, é preciso que ele se sinta confiante tendo companhia para levá-lo ao colégio e trazê-lo de volta para casa.

Assim passam-se os dias, as semanas, os meses. Avesso imprime mais vida e movimento à nossa casa. Outra noite, Pedro Salvador veio filar o jantar, caiu de amores por ele e logo o convidou para receber aulas de entalhe — convite imediatamente aceito, já que os dois se entenderam à perfeição. Para conhecê-lo, também tio Jorge se animou a vir passar um fim de semana conosco, emendando com o feriado que caía na segunda-feira. Que delícia! Primeira vez que presenciei falação entusiasmada debaixo deste nosso teto. A mesa de três, historicamente comportada, ao ganhar os novos integrantes, tornou-se festiva, aumentou o volume das vozes porque todos tinham algo a dizer, às vezes ao mesmo tempo. Até o Avesso, de poucas palavras, sentiu-se mais solto na presença de tio Jorge — é que o velho ator não lhe deu sossego com as provocações. Experiente na arte de representar, contou histórias, inventou personagens, apresentou números de mágica que desconcertaram e divertiram o menino.

Pois é, com seu jeito tranquilo, um tanto introvertido, Avesso nos vai ganhando a todos. Até que, em março de 1977, quando está prestes a completar um ano morando conosco, o impensável acontece. O caçula levanta-se cedo, como de hábito. Já uniformizado, toma o café da manhã, despede-se e pega a bicicleta para ir à escola. Não é mais visto. Só vamos dar por sua ausência na hora do almoço. Meu Deus, o que terá havido? Mamãe se aflige, porque Juliano não é disso, teria avisado como já fez outras vezes. Papai prefere acreditar que, por alguma falta, tenha ficado preso no colégio, copiando linhas. Avesso, comportamento exemplar, de castigo? Duvido muito. Decido ir até lá tirar a história a limpo.

— O quê? Não apareceu?!

Dona Zélia, bastante preocupada, me confirma a informação que me foi dada na recepção.

— Infelizmente, Juliano não veio hoje. Como é assíduo, pensamos que estivesse doente.

Tento não me desorientar, conjecturo. Na certa, o danado matou aula e foi para a casa de Pedro Salvador. Ultimamente, os dois vivem se encontrando por conta dos entalhes em madeira. Esperança e decepção chegam praticamente juntas.

— Mi desculpa, Fiapo. Desde onte, num vejo o Juliano.

Meu padrinho me acompanha na volta para casa, mamãe e papai são avisados imediatamente. A aflição aumenta. Juntos, procuramos pistas, repassamos fatos recentes. Dia 26, agora, é aniversário dele. Estamos programando uma festinha com bolo e tudo, ele sabe disso, nos deu, inclusive, o nome dos colegas que desejava convidar, parecia feliz. Mamãe não se conforma, começa a chorar. Afinal, não vê motivo algum que justifique ele ter fugido. Sempre tão afetuoso com todos, boas notas no colégio, querido pelos colegas e professores. O que pode ter havido de errado? Concordamos que, agora, o importante é manter a calma e sair para procurá-lo. E assim é feito. Primeira providência: ligar para dona Adélia, em Cabo Frio. São quase trinta quilômetros daqui, mas tudo bem, não custa tentar, ele ficou um tempo morando com ela. Talvez tenha entrado em contato ou telefonado.

— Sinto muito, dona Olímpia, mas não tenho nenhuma notícia do Juliano. Mas pode deixar que, se ele aparecer por aqui, eu aviso.

Sem querer nos alarmar, meu padrinho acha que não podemos afastar a hipótese de um acidente nos arredores da cidade. Ele estava de bicicleta, não estava? Então? De repente, nem houve nada de tão sério, um pneu furado, uma engrenagem quebrada e ele está a pé, por aí, na estrada. A possibilidade é razoável, só que, por minha conta, decido pegar um ônibus e ir para Cabo Frio. Algo me diz que Avesso anda por lá. Meu argumento? Passado não vai embora fácil. Ainda mais na cabeça de uma criança.

— Vou falar com dona Adélia, com os vizinhos na rua onde ele morava, descobrir os lugares aonde ele costumava ir, a tal madeireira onde a mãe trabalhava, sei lá!

Durante a viagem, fico de olho nos dois lados da estrada. Vai que meu padrinho esteja certo. A garotada apronta, perdi a conta das vezes que dei susto assim em meus pais. Otimismo vai e volta, fica um pouco e torna a sumir. Aí, vem pensamento ruim, vejo morte, acidente sério, sumiço para sempre. Pego minha medalhinha de São Jorge, mordo, peço proteção ao santo guerreiro — medo, nervoso, tudo isso apura a fé da gente. Em Cabo Frio, faço peregrinação, operação pente fino. Bato de porta em porta, pergunto, fuço, reviro. Na madeireira Irmãos Unidos — nome significativo —, o primeiro sinal de vida. Sim, ele passou por lá. Quando?! Pouco depois do almoço, umas duas e meia, mais ou menos. O gerente me tranquiliza.

— Ele me pareceu triste, rosto cansado. Perguntei se estava acompanhado, ele disse que sim. Passeou pelo depósito, ficou um bom tempo perto do balcão onde a mãe trabalhava, se despediu e foi embora.

Acompanhado?! Tenho de me conter, respiro fundo, nó na garganta. Eu bem que comentava lá em casa que achava estranho nunca ninguém ter visto o Avesso chorar. Achava impressionante ele superar a perda da mãe com aquela serenidade. Papai argumentava que a morte não fora de repente, que ele acompanhara todo o processo no hospital e sofrera muito com a doença dela. De certo modo, estava preparado para o desenlace. Pois aí está! Preparado? Preparado coisíssima nenhuma. Algo sério disparou nele essa urgência de voltar ao passado, reviver sentimentos não sepultados. Enfim, são cinco horas da tarde agora. Ligo para dar algum alívio a meus pais: Avesso foi visto e acho que já sei onde encontrá-lo.

A cena é impactante, ficará gravada em mim para sempre. A bicicleta posta de lado, e Avesso, uniforme do colégio, dormindo no chão, encostado à campa onde a mãe está enterrada. Em suas mãos, um punhado de pequenas flores. Chego perto e, na placa de cimento, leio o que me surpreende.

*Sônia Oliveira Soares*
*\* 24 de março de 1936 + 28 de abril de 1976*

Está explicado: 24 de março é hoje! Estávamos tão envolvidos com o aniversário dele que não nos demos conta de que o nascimento de sua mãe era a data maior que ele desejava celebrar. Como poderíamos saber? A vida nos prega peças. Levo algum tempo para acordá-lo, preciso ganhar fôlego, criar coragem. Finalmente, sento-me a seu lado e lhe acaricio os cabelos, chamo em voz baixa.

— Avesso...

Ele desperta sem susto, rosto de quem chorou muito. Incontido, me abraça apertado e desata a chorar novamente. Só faço é lhe dar aconchego e pedir que ele chore, sim, chore tudo o que puder, chore todo o tempo que passou a seco. Ele levanta os olhos e, ainda em prantos, diz que não quis assustar ninguém.

— Está tudo resolvido, meu querido. A gente ficou um pouco preocupado, só isso. Mamãe e papai vão ficar felizes quando eu contar que você veio até aqui prestar essa homenagem à sua mãe. Agora, vamos voltar para casa, certo?

Ele faz que sim com a cabeça. Levantamo-nos os dois ao mesmo tempo. Alguns minutos de prece silenciosa, as florezinhas sobre a campa, e saímos.

— Você também veio de bicicleta?

— Não. Vim de ônibus e vamos voltar de ônibus.

Rosto ainda lavado de choro, ele esboça um sorriso.

— Ainda bem. Não ia aguentar pedalar tudo de novo.

Me alegra vê-lo aliviar o semblante. Cuido.

— Você comeu alguma coisa?

— Só o lanche que era para eu levar para a escola e o pedaço de bolo que a mamãe me deu.

Avesso fala com a naturalidade de quem está realmente bem alimentado. Bom garfo que é, imagino que deva ter sonhado, criando esse mecanismo de defesa para não sentir fome — a mente é capaz de feitos fantásticos, concluo. Portanto, sugiro que façamos uma bela refeição antes de pegarmos a estrada. Não precisa, ele garante. Está ansioso para chegar em casa, abraçar papai e mamãe. Continuo sem acreditar no que ouço, olho para o céu e me pergunto de onde terá vindo essa força, esse sustento.

Mal o ônibus dá a partida, Avesso apaga do meu lado. Quase um ano que nos conhecemos. Às vezes, parece que foi ontem. Às vezes, como agora, parece que o vi nascer. Quem decifra esses mistérios? Quem explica sentimentos, afinidades, parentescos inventados? Avesso viaja abraçado comigo, pleno, entregue. Antes, era intruso. Hoje, irmão caçula. Quem me deu ele de presente? Foi cegonha? Foram meus pais? Sônia e Paulo combinados?

# Só o espanto me serve

O sumiço de Avesso e o desespero que nos causou só fazem provar que a família cresceu em número, e eu, em humanidade. O filho caçula voltou para a alegria de todos — a acolhida que recebeu de meus pais, em vez de ciúmes, me despertou foi amor fraterno. E me comovi quando Avesso me puxou pela mão para me enlaçar e incluir no abraço. Agora, somos quatro — pensei — misturados aqui em cabeças, troncos e membros. Tudo faz sentido quando transgredimos nossos limites e, libertos de nós mesmos, passamos a integrar o Todo que amamos. É experiência sublime, táctil, prazerosa. É também o tanto mais que não alcançamos.

À medida que o tempo passa, torna-se cada vez mais forte e aglutinadora a presença de Avesso — aquele que me desperta outras curiosidades ao me apresentar a um mundo estranho, fantástico, sobrenatural. Aquele que, já na visita ao túmulo da mãe, me inspira novas conexões. Antes dele, eu só pisava em terra firme. A ida ao Rio de Janeiro, por exemplo, me confirmou o desejo de me aprofundar nos estudos — desejo que passou a ser saciado com aquela mala de livros que ganhei de presente. Leituras das mais variadas: dos clássicos gregos aos franceses, ingleses e nacionais. Dos poetas modernistas brasileiros aos americanos da geração beat. Com frequência, escrevo para tio Jorge para trocar ideias, reclamar dos autores que não vêm para me esclarecer, mas para me desconcertar e confundir. Em vez de cartas, tio Jorge me telefona. Diverte-se com meus questionamentos. Que bom que os livros me incomodam, me revoltam até! Sempre toma o lado deles. Certa vez, disse-me que eu encarno o personagem Fausto: o eterno insatisfeito que acaba recorrendo à magia para chegar ao conhecimento absoluto. Foi quando eu lhe disse que, aqui em casa, não precisava apelar para esse recurso, porque Avesso já me fazia transitar por planos fabulosos. Ou mágicos, se preferisse.

Lembro-me de quando o peguei falando enquanto entalhava um pedacinho de madeira sentado no chão do meu quarto.

— Falando sozinho?

— Não. Estou conversando com minha mãe.

Por conta daquele episódio do bolo, levo a sério a afirmação.

— Vocês conversam sempre?

Ele não interrompe o trabalho.

— Só quando ela vem me ver.

— Ela está aqui agora?

— Está dizendo que você vai sair da cidade.

Acho graça, provoco.

— Assim, meu quarto pode ficar para você, não é?

Ele concorda com a cabeça.

— Você quer que eu vá embora?

Pela primeira vez, ele interrompe o trabalho e me olha sério.

— Que pergunta boba.

— Você prefere então que eu fique e a gente divida o quarto.

— Claro. Mas não ia dar certo, porque, mesmo sozinho, você já reclama que o espaço é pequeno demais.

— Por que você diz isso?

— Ah, porque eu escuto as coisas que você fala. Tudo o que sente vontade de fazer, mas não faz.

Ele volta ao entalhe, parece ter terminado, porque guarda a lâmina, e com uma pequena escova junta as raspinhas da madeira. Antes que eu diga qualquer coisa, completa com naturalidade.

— Mamãe está indo embora. Você deixa eu terminar minha conversa com ela?

— Lógico. Fique aí o tempo que quiser.

Ele sorri agradecido, eu saio, a conversa continua. Tio Jorge acha que estou dando asas à imaginação de um menino carente e, pelo visto, tão criativo quanto eu.

— Por que não pode ser verdade, meu tio? Há muita coisa que não entendemos. E acho que você também deveria estar aberto à experiência. Quem sabe, agora, vovó Isaura esteja mais receptiva a conversar com você?

Silêncio do outro lado. Sinto que a fala causou impacto. Ele retoma em tom mais baixo.

— Se quando estávamos tão próximos não houve entendimento possível, imagina agora, depois de morta. Não acredito em nada disso. De qualquer modo, me interessa ouvir mais sobre você e o Juliano. Quando puder, venha ao Rio me ver.

— Prefiro escrever.

— Carta é monólogo, e demora para chegar, uma chatice.

— Em compensação, você terá registro de tudo por escrito. Ele brinca.

— Você está fugindo do diálogo, não adiantou nada ler os gregos.

Acho graça, fico de pensar no caso e acabamos mudando de assunto.

A história do rompimento definitivo entre minha avó Isaura e tio Jorge ainda me instiga e impressiona. Acredito que muito do que ele se tornou deve-se à sua triste experiência familiar. Espero o dia em que possamos conversar abertamente sobre os males e as dores que ele diz ter varrido para debaixo das artes. Sempre penso que somos o resultado da criação que recebemos. Aos poucos é que ganhamos identidade, firmamos o caráter e definimos o espírito. É assim que, pelas influências recebidas, uns levam vantagem sobre outros. Triste, mas verdadeiro.

No meu caso, 19 anos agora, pareço competir comigo mesmo em um daqueles jogos de cabo de guerra — falo sério. Em uma das pontas, sou puxado por Avesso. Em outra, por tio Jorge. Dependendo do tema, mamãe e papai alternam lados. Assim, fica difícil adivinhar o time vencedor: o que me prende no aconchego da família ou o que me arrasta para os riscos da aventura? O que me assegura o trabalho que bem conheço ou o que me leva para aprendizados distantes de casa? O que me faz sonhar com um único e verdadeiro amor ou o que me entusiasma a viver grandes paixões com relacionamentos sem compromisso?

Peço paciência ao cérebro e calma ao coração. Longe ou perto, ainda preciso de tempo. Não estou pronto para me encarar no espelho e, de repente, ver o que não quero. Longe ou perto, preciso pôr meus medos e ousadias à mostra. Longe ou perto, preciso realizar as ambições de infância — guardadas, mas nunca esquecidas. Que eu me assuste comigo, não importa. No melhor ou pior de mim, neste jogo de forças, só o espanto me serve.

# As quatro facas

Pedi tempo ao tempo e tempo me foi dado. Três anos dedicados ao entreposto e às leituras, aos namoros passageiros e aos pequenos prazeres. Três anos à espera de uma inspiração, algum sinal que me desse rumo, porque, misteriosamente, tudo o que a vida me oferecia de bom não me bastava.

Madrugada de 30 de maio de 1979. Meus 22 anos. Dona Zélia me chega em sonho — presença assustadora de tão real. Muito bem vestida, me oferece uma quantidade incontável de peças de ouro e prata. O brilho excessivo da fortuna exposta chega a me ferir a vista. Recuso-me a receber o presente. Ela insiste, diz que tudo aquilo é meu por direito. Continuo firme na decisão de não aceitar o que, no meu entender, não me servirá de nada para a realização do meu projeto. Ela então me faz olhar para cima, onde havia apenas quatro facas afiadíssimas paradas na posição vertical. Pede que eu fique sempre atento a elas, porque meus êxitos ou fracassos dependerão do movimento que eu lhes imprimir mentalmente. Pensamentos positivos farão com que elas girem feito hélices que soprarão ventos favoráveis — neste instante, as facas começam a girar em grande velocidade como se fossem pás de ventiladores, e o vento que produzem me dá a impressão de que estou sendo conduzido para o alto, realizado e vitorioso. De repente, elas param na posição original. Com as lâminas agora voltadas para mim, as quatro facas são lançadas ao mesmo tempo em minha direção, como se eu fosse o alvo. A fúria com que são atiradas me obriga a abaixar instintivamente — por um átimo de segundo, não sou atingido. Sobressalto. Acordo neste exato momento, apavorado, coração na boca. Ainda estremunhado, sinto dona Zélia me beijar a testa e me dizer que eu não me preocupe, porque receberei avisos sobre como manusear as facas.

Já impressionado com a experiência inédita, mais me assusto ao saber do falecimento de dona Zélia na mesma madrugada. Impossível não interpretar o sonho como visita de despedida. Acompanhados de nossas famílias, alunos e ex-alunos estamos presentes para a homenagem a quem foi exemplo de amor, dedicação e sabedoria. César não para de chorar ao lado dos pais. Avesso e eu, sempre colados, parecemos uma extensão um do outro. Nesse dia, o cabo de guerra mais pende para o aconchego do lar, o refúgio do meu quarto. De que adianta, se a alma não me dá sossego? Na cama estreita, me encolho, me escondo no lençol, mas não me aquieto. Feito cinema, me projeto possibilidades para o futuro: a certeza de que, metido em figurino estranhíssimo, algo espantoso me será destinado. Futuro distante? Ficção científica? Que algo espantoso? — insisto em perguntar e não obtenho resposta.

Espantos não me têm faltado, é certo. Mas não fui eu que os causei. Lorena, tio Jorge, Avesso. Eles, sim, me surpreenderam porta adentro, me arregalaram os olhos. Meus pais? Descobriram-se e se apaixonaram no primeiro encontro! Batalharam juntos, superaram as piores adversidades — também me causa admiração ver onde chegaram. Meu padrinho transforma pedaços de madeira em obras de arte que me encantam! E eu? Nestes meus anos, que diferença fiz? As quatro facas continuam lá em cima, à espera de pensamentos que as façam girar para o bem ou para o mal. Se no sonho recusei o ouro e a prata, que ambição me resta? Quer saber? Não vou me preocupar com isto agora. Ficarei mais atento aos sinais. Não é muito, mas é um primeiro passo. Que meu destino não se trace por imposição alheia, mas por convicção nascida de mim.

As facas começam a girar. Bons ventos sopram. E o sono vem.

# Sejam bem-vindos!

Seres de passagem, ilustres desconhecidos! Neste domingo, dedicarei especial atenção aos forasteiros — por sugestão de Avesso, aborrecido com minhas intermináveis queixas de que nada há de novo em Convés: "Então, vai, senta em um banco da praça e espera por alguém diferente, ora!" Vindo dele, levo a sério a intuição, mais que conselho. Sim, porque, até hoje, lidei apenas com os moradores da cidade — todos com nome, sobrenome e endereço fixo. Sei onde vivem, o que fazem, a quantas andam. Sou capaz de identificá-los de olhos fechados — pela voz, pelo cheiro. Conheço-lhes a tosse, o assobio, a gargalhada. Tão próximos somos que nos tornamos tribo. Os mesmos costumes, os mesmos provérbios, as mesmas superstições. Homem, mulher, velho e criança, pergunte-me sobre qualquer um e dou a ficha completa — a parentela, os antepassados e quando aqui chegaram. Agora, basta. Neste banco de praça, estarei atento à porta da pensão de dona Maria Cândida — único pouso para estranhos na cidade.

A praça é o coração da taba. Nela, entre duas palmeiras, sobressai a igreja da Santíssima Trindade, com sua torre, o relógio e o sino. No lado oposto, fica a escola e seu par de frondosas mangueiras. No centro, o coreto, que mais serve é de enfeite. Em volta, o pouco comércio — de portas fechadas pelo dia santo. O tempo se arrasta, nada acontece. Não desanimo. Peço aos céus conversa que me renove, conhecimento que me desafie. Há de haver viajante que apareça.

Seis horas da tarde, o sino avisa alto que a missa começou. Velas acesas, os fiéis já estão lá dentro. Padre, sacristão, cânticos, fervor. Sentados, em pé ou de joelhos, o que importa é o olhar contrito na direção do altar. Me dou conta de que, em bancos de igreja, não se deve falar com quem está ao lado. Em bancos de escola, também não. Mas aqui fora, nos bancos da praça, mais que permitida, a conversa é desejada — modo de se chegar ao outro e se dar a conhecer, fazer amizade, quem sabe? Sempre às voltas com escritores, recorro ao pensamento de Gabriela Mistral, que me foi passado por tio Jorge e diz mais ou menos assim: "Saí à procura de Deus, não encontrei ninguém. Saí à procura de mim, não encontrei ninguém. Saí à procura do meu próximo, e nos encontramos os três." Quanta sabedoria em tão poucas palavras! Quem me dera alcançar esse grau de entendimento da escritora chilena! Muito chão pela frente. Será que um dia?

Começa a escurecer, hora de voltar para casa, deixo-me estar mais um pouco. Observo. De repente, esperança. Um caminhão para no outro lado da praça, traz animado grupo de homens e mulheres em pé, na carroceria. Pelas roupas, parecem ciganos. Uma das mulheres salta com agilidade, vem decidida em minha direção. É cigana, com certeza. Lenço vermelho ajustado na cabeça, traje rodado e colorido. Não desviamos nossos olhares. Ela chega, me encara com altivez, pele morena, olhos negros que brilham.

— Posso sentar?

— Claro. Há espaço de sobra.

Ela sorri. Acomoda-se bem próxima.

— Deixa eu ler tua mão.

— Não, obrigado. Meu destino, escrevo eu.

Ela acha graça.

— Preciso de algum dinheiro.

— Que novidade.

— Não gosto de ironia.

— Há outras pessoas na praça. Por que veio direto falar comigo? Vi quando você saltou do caminhão.

— Lógico que viu. Você estava me esperando.

— É mesmo?

Ela insiste.

— Já que não posso ler teu futuro, preciso de algum dinheiro na minha mão. É interesse teu.

— Interesse meu.

— É, interesse teu, e vamos logo com isso, que meu povo está lá no caminhão esperando. Não me faz perder tempo.

Para me livrar da infeliz — só me faltava essa! — tiro a carteira do bolso, pego uma nota de valor baixo e lhe ofereço.

— É o que posso lhe dar.

Num piscar de olhos, ela mete a mão na carteira e puxa todo o dinheiro que levo comigo.

— Viu como a gente consegue ser generoso?

— Me devolve isso, anda.

— Desculpa, mas isto aqui não te pertence mais.

Começa a rasgar todas as notas. Eu, perplexo, sem reação.

— Enlouqueceu?!

Não há resposta. Com agilidade, ela vai picando nota por nota, até ficar com o montinho de papéis na palma da mão. Olha nos meus olhos, fala com autoridade.

— Quero que você escarre em cima do que já não presta.

Eu já achava difícil ela conseguir usar o dinheiro, mas, mesmo assim, faço o que me ordena sem hesitação. Minha atitude a felicita. Ar de desprezo, ela também escarra sobre as notas e as fecha na mão com firmeza. Continuo sem acreditar no que vejo.

— Trabalhei duro para ganhar o que você me tomou.

— Trabalho é obrigação tua.

— Vai me fazer falta.

— Não, não vai. Repete: "Esse dinheiro não vai me fazer falta."

Sugestionado, falo com surpreendente convicção.

— Esse dinheiro não vai me fazer falta.

— Certo. Mais que certo.

Ela abre a mão para me mostrar a maçaroca de papel e cuspe. Sinto nojo, viro o rosto. Ela provoca.

— Quer? Pode ficar.

— Leva isso embora daqui. Faça bom uso.

Ela ri com uma pitada de soberba.

— Você ainda tem muito o que aprender. Mas foi bom começo.

Levanta-se em um rompante. De propósito, deixa toda a porcaria cair no chão, pisa em cima sem tirar os olhos de mim. Esfrega as mãos na saia e vai embora. Bruxa, alma penada ou o quê? Com a ajuda de um dos homens, pula de volta para a carroceria. O caminhão parte, desaparece feito miragem. Continuo atônito. Qual o sentido de tamanho acinte? E eu que exaltava a extroversão dos bancos da praça, tão diferentes dos bancos da igreja e da escola! Volto a olhar para o chão. O que fazer com a sujeira exposta? Responsabilidade minha deixar a praça limpa. Crio coragem, pego o que não me pertence e ponho na cesta de lixo mais próxima. Alívio. Limpo as mãos na calça — preciso de um bom banho assim que chegar em casa. César e a namorada Ritinha passam por mim, estão noivando sério para se casar. Beijam-se enquanto caminham, completamente apaixonados. Sentam-se no banco onde eu estava. Muitas carícias e afagos. Romântica e previsível, a cena contrasta com o inusitado vexame a que fui submetido. Volto à realidade de Convés sem queixas. Não queria experiência inédita com desconhecidos? Então? Que girem as quatro facas! Já que recusei o ouro e a prata, que me levem também o que houver na carteira! Meus rumos, sou eu que os defino. Com ou sem prumo, sejam bem-vindos!

# Ponto de não retorno

No jantar, nada comento sobre o prejuízo com a cigana. Interesso-me pelos assuntos de meu pai, pelos casos de minha mãe, pelos progressos de Avesso na arte do entalhe. Que contraste entre este momento e o que vivi há pouco na praça! Aqui, a clareza. Lá, o mistério. Aqui, o voo certo. Lá, o que me foge ao controle, mas também os sinais que, espero, me ensinarão a manusear as quatro facas. A voz materna me traz de volta à Terra.

— Você está longe. Pensando em quê?

Demoro a pousar, disfarço.

— Nas tarefas do entreposto que estão meio atrasadas e no trabalho puxado que me espera amanhã cedo.

Papai é todo reconhecimento.

— Acertei em cheio quando propus sociedade a você, meu filho. Já não vejo o negócio ir para a frente sem a tua participação.

A afirmação me desconcerta. Tento diminuir minha importância.

— Que isso, pai. O entreposto já caminha por ele mesmo. Nossa equipe é ótima. Sou apenas mais um a vestir a camisa.

Papai não acredita em minha súbita modéstia. Enquanto mastiga, olha para mamãe e para mim com cara de aí tem coisa. Dá outra garfada e, antes de levar a comida à boca, arremata, sério:

— É, pode até ser, mas que você ia fazer falta, ia.

O faro de meu pai sempre me impressiona. Silêncio. Como não o consigo desmentir, é Avesso que vem em meu socorro.

— Não tive pai, perdi minha mãe e estou feliz aqui com vocês, não estou? Então? Mamãe dizia que o tempo dá jeito em tudo.

Sentado ao seu lado, papai o abraça apertado.

— Você é especial, garoto.

Avesso olha para mim e conclui.

— Mesmo longe, a gente pode estar perto de outro jeito.

Trocamos imperceptíveis sorrisos de cumplicidade. Mamãe, servindo-se de água, concorda de imediato, dá o exemplo do próprio Avesso.

— Tem toda a razão, Juliano. Antes do seu nascimento, Antenor e eu já estávamos bem perto de você. E depois, mesmo daqui de casa, a gente acompanhou todos os seus passos.

Estou imaginando coisas ou minha partida já é dada como certa? Nunca mencionei uma palavra sobre meus planos, mas papai, com seu enredo, parece preparar terreno para que eu saia de casa sem me sentir culpado. Diz que sempre soube que seu destino era o mar. Não foi fácil deixar vovó Isaura, os amigos, a cidade onde nasceu. Mamãe é que deu força para mudarem de vida, mesmo ele já tendo emprego com carteira assinada — não era grande coisa, mas dava para chegar com alguma folga ao fim do mês. Jovens e dispostos, juntaram as economias e arriscaram tudo pelo sonho de abrir seus próprios negócios: ela com as costuras, ele com a pesca. O segredo? Há que se ter coragem. Depois? Entusiasmo e paciência. Foi assim que, passo a passo, superaram as tantas dificuldades e prosperaram. Sozinho ou acompanhado, o importante é que se busque o que nos dá felicidade.

— Mas eu estou feliz, pai. Gosto do que faço, e morar aqui com vocês é uma bênção, um privilégio.

— Tudo bem, filho. Mas se, por qualquer razão, você decidir se aventurar como sua mãe e eu, fica sabendo que tem todo o nosso apoio.

Os dois sorriem, voltamos aos pratos, e a conversa toma outra direção — como o vento que sopra para onde lhe apraz e nem percebemos.

Nesta mesma noite, no meu quarto, atendo ao pedido que Avesso vive me fazendo há tempos: espetarmos e colarmos nossos polegares em pacto de irmãos de sangue. Ele mal acredita.

— Por que hoje?!

— Porque vivi uma experiência muito forte graças a você.

— Experiência boa?

— Não muito. Teve a ver com aquele sonho das quatro facas.

Descrevo com detalhes a cena com a cigana — a expectativa, a esperança, a decepção, o espanto, o nojo, a vergonha, tudo.

— Entendi que, como o ouro e a prata que recusei no sonho, preciso abrir mão do que tenho para seguir adiante.

— "Seguir adiante" é "ir embora"?

— Meu trabalho aqui já está cumprido, Avesso. Quero estudar mais, trabalhar com pessoas diferentes, experiências novas, me conhecer melhor, entende?

— E vai viver de que no Rio de Janeiro?

— Não faço ideia.

Caímos na gargalhada — risos nervosos. Depois, com seriedade de primogênito, me esforço para tranquilizá-lo.

— Tenho umas economias. Espero que dê para sobreviver até arrumar trabalho. Você acha que é muita loucura minha?

— Loucura coisa nenhuma. Vai tranquilo, que vai dar tudo certo. Papai e mamãe já estão do seu lado.

O envolvimento de Avesso me dá asas e cativa ao mesmo tempo — não é sempre assim?

— Acho que é hora de espetarmos nossos dedos.

Ele se anima.

— Agulha ou alfinete?

— Trouxe os dois. Você escolhe.

Estamos sentados no chão, frente a frente. Tiro a cartela do bolso e mostro a ele. Avesso olha, pensa, faz uma de suas expressões gaiatas e a saída é típica.

— Agulha anda, alfinete fica parado. Prefiro agulha.

— Então, vamos de agulha!

Concordamos também que o polegar — dedo que fez a humanidade evoluir — é que deve ser espetado. Solenes, estendemos nossas mãos e cumprimos o ritual. Comprimimos os dedos um contra o outro e misturamos nossos sangues. Depois, a alegria ao provarmos e sentirmos o gosto dos brotos vermelhos. Bom? Muito bom. Para sempre irmãos? Para sempre irmãos. Em nome de nossos antepassados, a conexão está feita. Em segundos, encaramos o mundo dos mortos e dos vivos como se um só mundo fosse. Falamos como se não houvesse fronteira entre este lado e o outro.

Conto histórias que ouvi de meus pais sobre os que vieram antes e já não estão, Avesso também me conta histórias que ouviu de Paulo e Sônia. Os dois ainda jovens e apaixonados. Fisicamente, é a cópia do pai; por dentro, saiu à mãe — sabe, porque todos comentam. É grato a ela pelos vários ensinamentos e cuidados, e pelos conselhos que lhe deu durante a doença. A preparação para o momento da despedida, que ela interpretava como um "até logo" e não como um "adeus". E o pedido, sempre reiterado, para que ele encarasse a morte como uma grande porta que se abre. Por algumas frestas — ele completa — podemos ver mais adiante. E é bonito, bonito demais o que se vê!

O certo é que, queiramos ou não, os mortos sempre vivem em nossas lembranças. Assim, de alguma forma, continuam presentes. Vovó Isaura, por exemplo, às vezes anda por perto. Benzo-me, faço umas orações e pronto. Se, quando ela morreu, estávamos brigados, imagino que agora não posso ir muito além das preces. Com que credenciais poderia pedir a ela que fizesse as pazes com o filho e me contasse o que causou de verdade a separação entre eles? Sei que não foi só o teatro, não mesmo.

Pois é, Avesso e eu já estamos acostumados. Volta e meia, nossas conversas giram em torno da morte. Talvez porque tenha sido ela que o trouxe a mim. Pensamento atrai realidade, começamos a ver o que a mente cria — é fato. A fita preta e o aparecimento de tio Jorge, o sonho com as quatro facas na madrugada do falecimento de dona Zélia, o episódio com a cigana na praça... Sinto que, ao me envolver com esse outro universo, vou traçando meu destino. Medalha de São Jorge na boca, levo fé. Avesso é a maior prova de que o amor não deixa espaço vazio. Momento de decisão. Ponto de não retorno.

— Esta noite, você já dorme aqui. O quarto agora é seu.

# No sofá da sala

Sou eu remanchando para acordar. Minha mãe se chega, arruma uma pontinha para se sentar. Me desperta quase em segredo. Abro os olhos, preciso ter certeza de que ela está ao alcance. Em seu rosto, nossa história se projeta em filme. O som da velha máquina de costura, o pé aliviando o ritmo ou pisando firme no pedal, as mãos hábeis correndo o pano com a linha que segue junto. Ao redor, o universo mágico de onde sai parte do nosso sustento. Manequins que se equilibram em hastes de madeira e têm vida, porque respiram a plenos pulmões mesmo sem as cabeças, e trocam de roupa quando menos se espera. As caixas repletas de retroses coloridos, as cartelas com dezenas e dezenas de agulhas e os potes de alfinetes. O ovo de cerzir meias, a coleção de dedais, os bordados e bastidores. Os tecidos das incontáveis encomendas: lã, algodão, renda, seda, linho, crepe e outros tantos que nem conto — lisos, quadriculados, de listras ou estampados. Tesouras de todos os tamanhos, algumas até para cortes dentados — pura arte! Os lápis, as réguas, os esquadros — sofisticada engenharia. Os moldes de papel, que abertos na mesa parecem mapas de navegação. Tudo me enche os olhos, porque em tudo há dedicação e esmero. Orgulho. Corpos que se vestem pelas mãos de minha mãe! Corpos! Em cada canto da casa, sempre um trabalho que lhes dê trato. Na área, o tanque, o sabão de coco, as bacias e o anil. Lá fora, o corar a roupa branca ao sol — vejo nítido o quadro, a intensidade da luz. Quando menino, gostava de brincar com os grampos de madeira e me oferecia para pendurar as peças menores no varal. Os lençóis eram desmedidos para mim, só ela dava conta de estendê-los. Tornavam-se, então, imensas cortinas, às vezes quietas, às vezes revoltas ao sabor do vento. E a felicidade com a chegada da máquina de lavar? Grande dia, celebração. Mais uma ajuda, outro barulho bom de se ouvir. Mas seria preciso muita atenção ao pôr as roupas ali dentro, aprendi. Separar as brancas, as de cor, as mais leves e as pesadas. Algumas, só mesmo à mão, em ritual milenar — porque frágeis como a carne, a pele, o ser. Ah, as roupas e suas finalidades precisas! Na cozinha, minha mãe usa avental — possui bela coleção. Ainda tenho um, que ela fez para mim. Acho engraçado. Digo que avental não passa de um babador metido a besta. Ela não me leva a sério. Se é para falar asneira, melhor ficar calado. Me toca de perto, me chega para lá, precisa se concentrar na panela. É que, com outro tipo de arte, continuará a cuidar dos nossos corpos...

O filme se apaga. Novamente em close, ela me confidencia.

— Gostei de encontrar você aqui no sofá. Modo delicado de me dizer que já é hóspede.

Mostro meu polegar espetado.

— Avesso e eu nos tornamos irmãos de sangue.

— Vocês dois... Quero só ver como vai ser depois que você for embora.

— Ele ficou tão feliz quando eu disse que o quarto era dele.

— Posso imaginar. Vou lá chamar ele, que já passa das seis.

— Também vou me apressar. Hoje, o trabalho vai ser puxado.

— Seu pai já está no banho.

— Ótimo. Assim, saímos juntos.

A caminho da lida, conversamos. Com meu pai, a vida parece simples como o abrir e fechar dos olhos. É um apaixonado, sim.

Mas também sabe ser direto e objetivo. Se decidi mudar de rumo, fará de tudo para facilitar o meu lado. Problema nenhum, minha felicidade é a felicidade dele. Além do mais, admira minha decisão, que considera inteligente e corajosa. Que pai não quer ver o filho estudar, se formar e ter profissão de prestígio? Insisto que só sairei depois que ele encontrar alguém para o meu lugar.

— Ninguém vai ficar no teu lugar. Outro sócio? Nem pensar. O entreposto voltará a ser como antes.

— Mas, pai...

— Não se preocupa. Faz tudo no seu tempo, não se prende. Só me passa os contratos que estão com você. Aos poucos, vou vendo o que me interessa renovar. É coisa fácil.

— Não acho justo.

— O que não é justo é você sacrificar os seus estudos e perder o seu futuro ficando aqui.

Continuamos andando em silêncio. Ele olha para mim, me abraça com entusiasmo.

— E muda essa cara, anda! Tristeza não vai trazer sorte a você nem a mim!

Obedeço. Que jeito? Ele volta a me olhar, gosta do que vê.

— Hoje, você vai comigo na traineira!

— Não vai dar, pai. Tenho muito trabalho acumulado.

— E vai acumular muito mais depois que você for embora. Que se dane!

Dá uma gargalhada que contagia.

— O mar está para peixe, pode apostar. E quero você do meu lado!

Emocionado, agora sou eu que o abraço.

— Que Deus me dê só um pouquinho dessa sua força, pai.

Ele põe a mão no bolso da calça, finge que tira algo e põe no meu bolso.

— Não precisa pedir a Deus. Força, ele já nos deu de sobra. Em todo caso, toma mais um pouco.

Acelera o passo, e eu me apresso para o acompanhar — saudade antecipada desse velho pescador.

O dia foi positivo e próspero. Revisitar o mar alto me fez imenso bem, ainda mais porque ele estava mesmo para peixe. As gaivotas se fartaram durante a pesca e a traineira voltou pesada para o entreposto. Motivado, ainda tive fôlego para pôr parte do trabalho em dia. Expediente produtivo, cansaço bom — há dias assim.

Em casa, começam alguns ajustes na rotina. Depois do jantar, Avesso e eu vamos para o quarto acertar os detalhes da mudança. Nestes dias que antecedem minha partida, decido me instalar na sala. Trocamos de armário. Muita roupa deixo para ele, que, com 12 anos, está quase do meu tamanho. Ele se diverte experimentando camisas e bermudas, morre de rir com as calças que ainda estão um pouco grandes, mas quer ficar com elas assim mesmo. O clima é de festa, como pode?

— Você parece bem feliz por se livrar de mim.

Ele lá se importa com o que eu falo? Nem responde. Cara de moleque, pergunta se pode ficar com o boné vermelho, que logo põe na cabeça com a aba virada para trás.

— Você não presta mesmo. Fica com o boné, vai.

Ele separa o boné com os outros ganhos que vai juntando em cima da cama. Me alegra vê-lo assim animado em torno deste mundo concreto, real, palpável. É como se ele também estivesse iniciando uma nova fase em sua vida. Como se tivesse, definitivamente, encontrado o seu espaço, o seu ninho, o seu verdadeiro lar. Nestes três anos conosco, nunca se queixou de nada ou pediu alguma coisa, ao contrário. Sempre se mostra agradecido pelo que lhe é dado. Avesso parece ser de outro planeta, ter caído aqui na Terra por engano. Quando posso, o ponho à prova.

— Você me ajuda a embalar os barquinhos? Pretendo começar a fazer isso o quanto antes.

A pergunta arrefece o clima de brincadeira. Ele responde enquanto arruma o que ganhou.

— Claro. A gente vai ter que embalar tudo com muito cuidado.

Sério, continua dobrando as roupas. Estico o assunto.

— Você já pensou no que vai pôr na estante?

— Acho que alguns livros e material da escola... A caixa de ferramentas que o tio Pedro Salvador me deu, algumas madeiras e as peças em que estou trabalhando, talvez.

— Ótima ideia essa de dar outra função à estante, algo diferente, mais prático.

Ele concorda com a cabeça, interrompe o que faz.

— Vou sentir saudade dela arrumada assim com os barquinhos.

Falsamente consternado, mantenho o clima de despedida. Dou um tempo e, súbito, o surpreendo.

— Não vai, não. Os barquinhos são seus.

— O quê?!

— Já decidi faz tempo. Os barquinhos ficam de presente para você.

Não querendo ser visto, Avesso leva as mãos ao rosto, começa a chorar. Sua reação me desconcerta. Vou até ele e o abraço.

— O que é isso, rapaz? Se é para você ficar desse jeito, pego eles de volta, embalo e levo para o Rio comigo.

Ele continua a chorar com o rosto escondido em mim.

— Deixa de ser bobo, Avesso. Olha para mim, anda.

Ele me atende. Com esforço, verbaliza o que sente.

— Eu não posso ficar com eles, Fiapo.

— Por quê?!

— Eles são a sua história... São muito valiosos.

— Sim, são muito valiosos. Por isso, vão ficar aqui com você. Algum tempo e, no aconchego, seu coração se vai aquietando.

— Se você quer assim, pode ir tranquilo. Vou cuidar muito bem deles.

— Tenho certeza disso.

Nossos pais dormem, hora de também nos recolhermos. Avesso gosta da porta do quarto aberta — igual a mim. As luzes da casa já apagadas. Vou me orientando até a sala pela pouca claridade que vem da rua. Acomodo-me no velho sofá, ajeito o travesseiro, puxo o lençol. Alguns pensamentos ainda me ocorrem.

Cuidar e ser cuidado, criar laços, ficar com a família ou com alguém que se ama pelo tempo que for — às vezes breve, às vezes sempre. Nômades ou sedentários, todos somos chamados a tomar as rédeas de nosso próprio destino rumo ao que sonhamos. Viagem que nos assombra porque nos foge ao controle. Porque começa e acaba não se sabe como, não se sabe onde, não se sabe quando... Preciso falar com tio Jorge para colocá-lo a par do que acontece, talvez seja melhor lhe escrever ou...

Apago no sofá da sala.

# Partes que vão, partes que ficam

Meu tio quer entender o que aconteceu para, assim de repente, eu decidir o que já era para ter sido decidido há tempos. As dúvidas, os anseios, os planos sempre adiados estão todos lá nas cartas que lhe escrevo. Lamento, mas não dá para contar agora por telefone, a história é longa. E também envolve sonho premonitório, encontro com cigana, mensagens de mortos, enfim, nada em que ele acredite ou considere. Tudo bem, não tem problema. Dentro de duas semanas, estarei no Rio, e aí conversamos. O que importa é a decisão tomada.

— Você não calcula minha felicidade. Seu quarto já vai estar pronto!

— Tio, agradeço, mas não vou ficar aí.

— Como não vai ficar aqui?!

— Prefiro ir para uma pensão. Com 22 anos, é bom começar a me deslindar sozinho. Não acha, não?

— Concordo, mas... Pelo menos até você arrumar algum trabalho.

— Dona Maria Cândida já falou com um amigo dela aí no Rio que vai me alugar um quarto no Catete. O preço é bem em conta.

— Está certo. Se você prefere assim, que seja assim. Conte comigo para o que precisar.

— Se souber de algum serviço... Qualquer coisa, só para começar.

— Claro. Vou ver o que eu consigo.

— Logo que chegar, eu aviso. Quero muito te ver.

— Também. Preciso saber que bicho te picou para você se mexer e sair da toca.

Achamos graça, mais algumas falas, e telefone no gancho.

Lembranças recentes, coração apertado. Ontem, à mesa da sala de jantar, papai, mamãe e eu conversamos até quase de madrugada — espécie de despedida. Por experiência, ambos reconheceram ser mesmo difícil deixar o lugar onde nascemos, brincamos e crescemos. Fazer o que, se a separação é inevitável? Página virada, capítulo encerrado, é assim que tem de ser e pronto. É lógico que dói ver os filhos partirem para viver suas próprias vidas. Mas nascer dói, crescer dói, aprender dói... Enfim, viver dói. Todos, sem exceção, vamos deixando partes de nossa história pelo caminho. Com alguém ou em algum lugar, largamos um pedaço aqui, outro pedaço ali, até o fim. Não à toa, além de "ir embora", "partir" também significa "quebrar".

No domingo, vou me despedir de meu padrinho Pedro Salvador e de minha madrinha Eunice. Eu, o filho que não tiveram, sempre repetem. Quantas recordações desde que nasci! Como as casas são praticamente vizinhas, eu vivia correndo de uma para outra. Ia para lá brincar de comidinha — brincadeira de menina, e daí? Minha madrinha lembra que eu adorava fazer bolinho de lama, arroz de papel picado com salada de mato, e depois dava para ela comer. Era preciso agilidade de mágico para me enganar e fingir que tinha raspado o prato! Muitas risadas. Mas a vida lhes compensou com delicadeza, argumento. Avesso já não toma o meu lugar? Mais ainda, porque também apaixonado pela arte do entalhe e, por isso, companhia mais assídua. Juliano chegou em boa hora e trouxe alegria, admitem, mas é diferente. Meu lugar estará sempre reservado naquela casa. Emoção grande quando conto ao padrinho que os barquinhos vão ficar lá na estante, que também foi feita por ele. O conjunto é muito bonito, seria mesmo uma pena desfazê-lo. Mas o pequeno pescador já está na mala. Dele, não me separo. Conversa vai, conversa vem, hora da despedida. Enfim, o Rio de Janeiro não é tão longe, e sempre poderei vir visitá-los. Está tudo certo, concordamos. Sua bênção, madrinha. Sua bênção, padrinho. Já mais afastado, ainda me volto para vê-los. Os dois, na porta, abraçados, me dão adeus — partes da minha história que ficam com eles, partes da história deles que vêm comigo.

Semana seguinte. Mala fechada, pronta para a viagem. Dentro dela, algumas roupas e meus livros mais queridos. Ao seu lado, na surrada pasta de couro — aquela do meu tempo de colégio —, canetas, alguns cadernos de anotações e o essencial para arregaçar as mangas e recomeçar a vida. Parece mentira, mas a última coisa que guardo para levar é o baralho que minha avó Isaura me emprestava quando eu ia visitá-la. Falo sério. Papai decidiu trazê-lo para mim de presente quando foi com tio Jorge desfazer e entregar o apartamento. Ele sabia que aquelas cartas eram especiais para mim. Quantas histórias inventei com elas! Reis e rainhas, príncipes e princesas, os bobos da corte! Crimes, traições, amores! Os exércitos pretos enfrentavam os exércitos vermelhos em sangrentas batalhas! Sim, este baralho foi meu companheiro de infância, única lembrança alegre da casa de minha avó.

Engraçado como alguns mortos ficam mais vivos que outros. Não conheci meu avô Tobias. Dele, sei apenas que era um homem honesto e batalhador, que vivia por conta própria como eletricista, e que morreu cedo em um acidente de trabalho — isto lá é biografia? Gostaria de ter conhecido vovô Tobias, ouvir sua voz — que é o que nos dá mais presença. Que histórias e vantagens teria para me contar? Muitas, com certeza. Eletricista é trabalho de respeito. E arriscado — sua trágica morte é prova. Às vezes, fico imaginando como meus filhos iam se dar com papai e mamãe, que tipo de relação iam ter. Será que iam ser mais chegados à família da minha mulher? Todo mundo diz que a família da mulher manda mais. Será verdade? Porque, aqui em casa, foi bem o contrário. Do lado de minha mãe, nunca conheci ninguém. Nem sei os nomes dos pais e dos irmãos dela, se estão vivos ou se estão mortos. Sei é que ela morava na roça, família pobre demais, única mulher e um bando de homens. O pior é que era obrigada a trabalhar para todos eles: lavar, passar, cozinhar, o que fosse. Nada de brincadeira, nada de estudo. Dois vestidos surrados e andava de pés no chão. Com 13 anos, deu um basta no abuso. Sapato, ainda não tinha. Nem se importou. Saiu de madrugada, descalça e com a roupa do corpo. A noite fechada não a assustou, pelo contrário, lhe deu foi coragem, ela conta. Sabe é que andou e andou e andou até fazer bolha no pé. Chegou a Itaperuna tão exausta que acabou dormindo na primeira calçada. Sorte dela que uma senhora passou, viu a cena e sentiu dó. Uma menina nova daquelas, caída na rua, pensou até que a infeliz tinha passado mal, sabe-se lá. Acudiu, lhe ouviu as queixas e, feito um anjo bom, resolveu ajudá-la. Deu casa, comida, roupa e sapato. Deu trabalho e, o principal, deu amor. Iracema era o seu nome. Morreu faz tempo. Mamãe diz que, graças a ela, pôde estudar, aprendeu a costurar e tomou gosto pelo ofício. Também graças a ela, conheceu papai. Isso mesmo. Vovó Isaura e dona Iracema eram amigas! Dá para acreditar?! Daí eu me pergunto: foi a tristeza e a revolta que guiaram os passos de minha mãe até aquela calçada? Nunca havia estado em Itaperuna, sequer sabia o nome da cidade! Por que dona Iracema resolveu passar por ali justo naquele dia e naquela hora? Que força a fez querer se aproximar e acolher minha mãe a ponto de torná-la uma filha? E adianta perguntar o que foi que fez papai encontrar o amor da vida dele sem precisar sair de casa? Mamãe ainda lembra que, só por insistência, decidiu acompanhar dona Iracema à casa da amiga Isaura. Lá, ao dar com meu pai, a atração foi imediata. Que belo início de biografia! A vida é mesmo feita de surpresas e mistérios. Por isso, melhor será vivê-la que explicá-la, tento me convencer.

Ninguém em casa. Aproveito para passear pelos cômodos e lhes fazer companhia. Falo com um e com outro, repasso nossas conversas. Afago paredes, móveis e as menores coisas que me ouviram. Por fim, despeço-me do quarto que foi meu.

— Algumas horas mais, amigo, e estarei no ônibus a caminho do Rio de Janeiro. Obrigado por todos os anos que passamos juntos. Bem diferente é o quarto que me espera na cidade grande. Quarto bem vivido, porque já foi de muitos. Dá para imaginar quantos estranhos hospedou? Para ele, serei mais um. Torça para que a gente se dê bem. Logo que puder, voltarei para revê-lo. Cuide de Avesso como cuidou de mim.

Pedi que ninguém me acompanhasse até o ônibus. Preferia que nos despedíssemos em casa. Aceitaram? Fomos os quatro a pé até o ponto. Em silêncio, parecendo orgulhoso, papai carregou a mala — fez questão. Quieto, Avesso levou a pasta para também mostrar serviço. Querendo aparentar naturalidade, mamãe e eu seguimos de braços dados, conversa descosturada, assuntos soltos, mal alinhavados. As poucas quadras pareceram léguas. Amor é isso?

Fui o primeiro a embarcar. Abraços, beijos, recomendações sem fim, mais abraços e beijos. Insisti para que voltassem às suas rotinas — melhor acabar logo com aquele sofrimento. Adiantou? Que família não prima pela teimosia? Ficaram os três postados diante da minha janela. Vez ou outra, um sorriso tímido, um adeus envergonhado, um disfarce de que estava tudo bem.

Porta fechada, motor ligado. Os três sabem que agora o adeus largo é permitido, leio o que os lábios ainda comentam — lá vai o nosso Fiapo, dizem os de minha mãe. Coração apertado, noção clara do quanto aquelas figuras me são queridas. Indiferente, o ônibus acelera, não quer saber de mais nada. Partes da minha história vão ficando lá atrás. Espalhadas? Partes das histórias de mamãe, papai e Avesso se agarram comigo, juram que jamais serão esquecidas. Fecho os olhos e acredito.

# O passageiro ao lado

É um senhor baixo, careca, de barba branca bem aparada. Puxa conversa logo que pegamos a estrada. Mantenho os olhos na paisagem, não demonstro a menor vontade de falar, mas ele insiste.

— Vai passar férias no Rio?

— Não.

Ele espera um pouco e continua.

— Mas era sua família que estava lá no ponto do ônibus com você, não era?

— Era.

— Pelo jeito, então, vai ficar mais tempo fora.

— Vou.

Breve intervalo e ele provoca.

— Você é monossilábico?

— Não.

Ele começa a rir. Me dou conta da resposta contraditória e acabo rindo também. Voltamos a ficar sérios. Agora, sou eu que tomo a iniciativa da conversa.

— Me desculpe se pareci grosseiro.

— Esqueça, não levei a mal. Vi que você estava triste e pensei que se sentiria melhor conversando.

— É saudade antecipada. Estou saindo de casa para morar no Rio de Janeiro. Pretendo completar meus estudos.

— Decisão mais que acertada.

Espero que o velhote demonstre alguma curiosidade e volte a me fazer perguntas, mas ele se vira para o corredor e fica observando os passageiros que estão próximos, nenhum sinal de que queira levar meu assunto adiante. Aproveito para saber da vida dele.

— Conheço Deus e o mundo, e nunca vi o senhor em Convés.

— Vim só passar uns dias. Estava hospedado na pensão de dona Maria Cândida.

— Claro. Não haveria mesmo outra opção. Minha cidade parou no tempo.

— Ela é que é feliz.

Não entendo o comentário. Contradigo.

— Faz alguns anos, numa festa de ricos, uma garota me disse que, pela minha roupa e pelo meu jeito, parecia que eu tinha parado no tempo. Me deu muita raiva.

— Pois devia ter tomado como elogio. Para essa garota, você realizou o sonho de qualquer ser humano: conseguir parar no tempo, se eternizar!

— Teria sido uma ótima resposta. Pena que não me ocorreu.

— E se a sua cidade parou no tempo, como você diz, é porque está feliz com o que tem: trabalho, lazer e espaço para todos.

— Acontece que já conheço o Rio de Janeiro. Impossível não fazer comparações. Lá poderei ampliar meus horizontes ao infinito.

— Porque o Rio não conseguiu esse dom de parar no tempo. Como toda cidade grande, quer viver a ilusão de crescer sem limites. Prédios cada vez mais altos, famílias empilhadas, umas em cima das outras. O espaço se reduz, a pobreza aumenta e, com ela, as disputas, os roubos, a violência. Loucura que não faz o menor sentido.

— Mesmo assim, quero ir para lá, porque o lugar onde nasci não me dá o que eu preciso.

— Prova de que a tal garota se enganou. Você também não conseguiu parar no tempo. E, pelo visto, ainda vai precisar viver muito para realizar essa proeza.

O leve sorriso ao fim desta última fala me obriga a refletir sobre o que me foi dito. Ele fecha os olhos. Mais um tanto de asfalto e parece dormir. Volto às paisagens que passam em velocidade. Acabo dormindo também, e estranha fabulação me vem em sonho.

Estamos os dois em uma minúscula ilha perdida no meio do oceano, mas só eu me vejo como náufrago. O velho sentencia.

— Parar no tempo não significa se isolar nem se distanciar de tudo e de todos.

— E como eu faço para sair daqui?

— Peça o essencial.

— Um barco e remos.

O barco e os remos surgem diante de mim, e me liberto. Mas não consigo me orientar.

— Preciso chegar a algum porto.

— Queira o essencial.

— Uma bússola.

A bússola me é oferecida e, com ela, tomo rumo. Chego ao porto desejado, mas lá não há ninguém.

— Preciso ver pessoas.

— Pense no essencial.

— Minha família e as amizades mais queridas.

Logo me vejo rodeado por elas. Meus pais, Avesso, tio Jorge, meu padrinho e minha madrinha, César, meus antigos companheiros de pesca.

— Agora, como faço para me realizar e me dar sentido?

— Ame. Seja o amor que for. Por alguém, por um ideal, por um projeto de vida, por um simples trabalho...

Acordo nesse exato momento. O ônibus segue em velocidade de cruzeiro. Impressionado com o sonho, demoro a voltar à realidade. As paisagens lá fora não me bastam, os passageiros, tampouco. Livro na mão, concentrado na leitura, meu vizinho me desperta curiosidade. Me esgueiro tentando descobrir o que ele lê, mas não consigo. Sua voz me surpreende.

— Você tirou aí um bom sono. Encurtou bastante a viagem.

— Com certeza. Só que eu saí de uma viagem e entrei noutra.

— Acontece.

— O que é que o senhor está lendo?

Ele me mostra a capa.

— *Walden*, de Henry Thoreau.

— Não conheço.

— Foi um escritor norte-americano do final do século XIX. Suas ideias inspiraram Gandhi e Martin Luther King. Tome, pode ficar com o livro.

— Mas o senhor está no meio da leitura.

— Perdi a conta das vezes que li este livro. Fique com ele, eu insisto. Vai ajudá-lo a parar no tempo.

Sorrimos os dois. Embora encabulado, aceito o presente, é claro. Ele olha o relógio.

— Bem, meu amigo, hora de nos despedirmos.

— O senhor vai descer aqui?!

— Vou, já combinei com o motorista.

— Mas não há nada por perto.

O velho se levanta, me estende a mão.

— Gosto de me sentar no corredor por isso. Posso sair em qualquer lugar sem incomodar ninguém.

Nos damos um bom e forte aperto de mão.

— Leia *Walden*. É essencial.

Ele pisca o olho para mim, caminha pelo corredor, fala alguma coisa com o motorista e desce do ônibus sem bagagem alguma, com a roupa do corpo. Levanto-me para ver se ainda o vejo lá fora. Nada. Neste ponto, dos dois lados da estrada, só o verde dos campos e das matas. O ônibus dá a partida. Por inexplicável vontade, passo para a poltrona que era dele. Tento digerir os dois encontros. Qual terá sido o mais fabuloso, o do sonho ou o da realidade? Abro o livro e, na primeira página, escrito à caneta com bela caligrafia, o meu nome: João. Meu? Ou do passageiro ao lado?

# Primeiras horas

Rua do Catete, pensão familiar. Localizado no terceiro andar do velho sobrado, o quarto número 11 dá para um pátio interno, com a vantagem de ser silencioso — me garantiram na recepção. Ambiente extremamente simples. Mobiliário meio bambo, cansado de anos, e roupa de cama limpa — que é o que importa. No banheiro, um chuveiro elétrico honesto — preciso saber onde estão as toalhas de banho e de rosto. O pequeno espelho em cima da pia pode ser aberto — há espaço para colocar escova de dentes, objetos de higiene pessoal e, eventualmente, remédios. A descarga da privada funciona bem. Enfim, não posso reclamar. Tenho aqui o essencial.

Terminada a inspeção, abro a pasta. O despertador, o pequeno pescador e *Walden* vão para a mesinha de cabeceira. Ao lado deles, o abajur que estava ali sossegado — imagino quanta coisa alheia ele já viu chegar e ir embora. Dentro da gaveta, guardo o baralho de vovó Isaura, a carteira de dinheiro, os documentos e outras miudezas. Os cadernos de anotações, as canetas e o dicionário vão para a mesa que fica perto da janela. A luminária de metal não é tão simpática quanto o abajur, mas, em compensação, a cadeira em frente à mesa me recebe muito bem — entende que preciso me sentir minimamente confortável para escrever minhas cartas e estudar. O armário, coitado, sofre por causa das juntas, que rangem quando ele é aberto. Descubro que, com uma ligeira levantada na porta direita, tudo se resolve.

Seis e meia da tarde. Preguiça de desfazer a mala. Vou é ligar para o tio Jorge para avisar que cheguei. Quem sabe jantamos juntos? Quando já estou fechando a porta para sair, dou com a arrumadeira, que se dirige a mim com amabilidade.

— Suas toalhas. Desculpe, já deviam estar aqui com você.

— Que ótimo, estava mesmo procurando por elas, obrigado.

— Com licença.

Ela entra, deixa as toalhas no banheiro e volta.

— O que precisar é só pedir. Meu nome é Marta.

— O meu é João.

— Seja bem-vindo, João.

Falo enquanto tranco a porta do quarto.

— Preciso fazer uma ligação. Você sabe onde encontro um telefone?

— Tem um bem aqui na esquina. Você pode comprar as fichas no jornaleiro ao lado.

— Perfeito.

Vamos nos conhecendo enquanto descemos os dois lances de escada.

— Veio passear no Rio?

— Vim estudar. Você vai ter que me aturar por um bom tempo.

Ela acha graça.

— E você? Gosta de trabalhar aqui?

— Gosto muito. Os patrões são bons comigo. Faz quase cinco anos que estou com eles.

— Poxa, que sorte.

— Sorte mesmo.

No térreo, nos despedimos. Deixo a chave na recepção e saio. Tio Jorge já estava em casa à espera da minha ligação. Radiante, pergunta se não quero ir vê-lo. Claro, é só o tempo de pegar um ônibus. Na praia do Flamengo, ele ensina, há vários que vão pela rua Barata Ribeiro. Já sei que preciso descer no ponto perto da rua Santa Clara. Isso mesmo. Como é hora de saída do trabalho, o trânsito estará engarrafado e é quase certo eu ter de viajar em pé e um pouco espremido. Tudo bem, já fiquei muito tempo sentado. Ele se ri. Diz que, para compensar, vai me levar a um lugar bacana para jantar. Tem novidades para mim.

O reencontro é emocionado. Em segundos, revivo aquela primeira temporada na cidade. O apartamento, mesmo com seu jeito tão pessoal, parece extensão da casa de meus pais, porque tem cheiro de família. Olho ao redor — bem que poderia ter aceitado o convite para vir para cá e... Bobagem, logo me contesto. A pensão é meu aprendizado, minha independência e liberdade. Tio Jorge quer saber do tal bicho que me mordeu e da viagem e do quarto que aluguei, mas minha curiosidade é maior que a dele.

— Você disse que tem novidades para mim.

— Tenho, sim, duas. De uma você vai gostar. Da outra, não tenho tanta certeza.

— Fala primeiro a que eu vou gostar.

— Arrumei trabalho para você. Não tem carteira assinada, mas vai te manter ocupado e, o principal, vai te dar experiência em algo que, acredito, pode te dar futuro.

— Não sei o que é, mas já topei! Quem vai me contratar?

— A Helena Krespe. Grande amiga minha, uma atriz maravilhosa e uma pessoa incrível, divertidíssima. Ela está com uma ideia para uma peça de teatro e precisa de alguém para ajudá-la a escrever. Li a sinopse e achei ótima. É um monólogo.

— Como é que eu vou ajudar, tio?! Não sei nada de teatro!

— Mostrei a ela algumas das muitas cartas que você me enviou.

— Não, você não fez isso.

— Fiz. E ela amou tudo o que leu. Achou inteligente, poético e criativo. Todas as qualidades para o que ela tem em mente.

Impossível disfarçar o meu orgulho. Mal chego e recebo um trabalho desses! Cara de felicidade, assumo a responsabilidade.

— Bom, se ela está acreditando que eu posso ser útil, tudo bem. Conta comigo.

— Helena está animadíssima, me garantiu que, se você se sair bem, vai assinar a peça junto com ela.

— O quê?!

— Isso mesmo que você ouviu. Portanto, é bom já ir escolhendo um nome.

Penso um pouco e arrisco.

— O que você acha de João Fiapo?

Silêncio demorado. De repente, o sorriso antecipa a aprovação.

— Diferente. Eu gosto.

— Gosta mesmo?

— A composição forma um contraste curioso. João é um nome aumentativo, esférico. Fiapo é uma nesga, quase nada. Sim, eu gosto e aprovo.

— Decidido, então.

— Agora, vamos torcer para que vocês dois se acertem e o projeto se concretize.

— Quanto é que eu vou ganhar?

— Não sei nem perguntei. E o aconselho a não tocar no assunto. Certamente, ela lhe dará um pró-labore mais o percentual de bilheteria. Encare esse primeiro trabalho como uma oportunidade e um investimento.

— Claro. E qual é a novidade de que talvez eu não goste?

— Temos um casamento.

— Nem pensar!

— Melhor ir pensando, sim, porque você vai. O casamento é amanhã.

— Para começar, nunca usei paletó e gravata. Nem tenho!

— Eu sei, não se preocupe. A gente sai e compra. Dou a você de presente.

— Por que é que eu tenho que ir a esse casamento?

— Porque Helena é a mãe da noiva, e eu quero que vocês já se conheçam.

Mantenho o olhar em quem decide e aceito o convite que, afinal, é ordem.

— Está certo. Vou encarar como o início dos trabalhos.

— A recepção será na casa de Vicenza Dalla Luce, uma das maiores cantoras líricas da atualidade, reconhecida e admirada em toda a Europa. O meio artístico vai estar lá em peso.

Tio Jorge sabe como pôr a isca no anzol para me fisgar. Fala sobre a importância de eu frequentar lugares assim, conhecer pessoas de conteúdo, me desembaraçar socialmente. Fica orgulhoso por eu querer entrar para a faculdade de Filosofia, mas devo conciliar meus estudos com a escrita. A criatividade e a facilidade que tenho com as palavras me obrigam a investir no dom que, tem certeza, me abrirá muitas portas. E agora vamos jantar, que já é hora.

# É ela!

No dia seguinte, saímos para comprar a tal roupa do casamento. Vamos a uma loja de moda masculina lá mesmo em Copacabana. Experimento alguns ternos, mas tio Jorge acaba optando por um blazer azul-marinho com calça cinza, porque poderei usá-los separadamente em outras ocasiões menos formais. Observando-me diante do espelho, o vendedor — um senhor de voz pausada e gestos elegantes — é só elogios. Calça e paletó parecem ter sido feitos sob medida.

— Perfeito, vestiu muitíssimo bem. Seu sobrinho tem corpo de manequim.

Primeira vez que alguém elogia minha magreza. Estufo o peito e já não me sinto tão desconfortável com toda aquela indumentária. Mas ainda faltam a gravata, a camisa social, as meias e os sapatos.

— Sapatos?!

— Claro. Você não estava pensando em ir com esses, estava?

Nem consigo responder. Tomo fôlego e encaro o dever que me é proposto. Constrangimento, irritação, cansaço, um pouco de cada. Habituado a andar descalço ou a usar sandálias, custo a encontrar um modelo que não me machuque. Até que, acomodados com palmilha em um número maior — e graças à santa paciência do vendedor —, meus pés se adaptam finalmente a uma nova fôrma. Neste exato momento, penso em minha mãe, que só aos 13 anos calçou sapatos. Penso no valor que ela sempre deu a este item do vestuário — sua ascensão social, sua dignidade. Enquanto que, para mim, sapatos sempre foram mais incômodo que proteção. Mas tio Jorge não quer saber de histórias. Se gostei destes últimos, melhor já me acostumar com eles para hoje à noite.

— Veja lá, tem certeza de que estão mesmo confortáveis? Nada pior do que sapatos apertados ou folgados demais.

Dou mais uns passos pela loja. Confortáveis, não estão. Mas são bem bonitos e perfeitamente suportáveis. Acredito que, com o tempo, eles e meus pés acabarão se entendendo.

— Tudo bem, tio. Gostei, vou levar.

Sorrisos de alívio. Feito o pagamento, agradecimentos do vendedor, que faz questão de nos levar até a porta. Saímos da loja carregados, ainda bem que tio Jorge mora perto.

— Você vai se vestir lá em casa. Não pretendo ir ao Catete para depois voltar e ir para a Gávea.

— Manda quem pode, obedece quem tem juízo.

Tio Jorge argumenta que será mais rápido já sair de Copacabana. Fernando, um amigo, vai conosco no carro. Não, ele não é ator, é médico, clínico geral. Me surpreendo. Deve ser bom ter amigo médico. Qualquer coisa é só chamar sem precisar pagar a consulta. O comentário não obtém retorno, sinal de que a graça e a pertinência passaram longe. É verdade que a avenida Nossa Senhora de Copacabana está bastante movimentada e não dá margem a muita conversa. Mesmo assim, insisto em perguntas. Estranho celebrar casamento em casa e não na igreja, é possível isso?

— Claro que é.

— Vai ter padre e tudo?

— Padre, sacristão, músicos, tudo. Helena Krespe e Vicenza Dalla Luce são amigas de longa data. Vicenza ofereceu a casa e dará a recepção. Como já lhe disse, ela é conhecida pelas grandes festas que promove. Já estive em várias delas, são animadíssimas.

Encerro o assunto e me mantenho calado. É que minha única experiência com uma "grande festa" não foi das melhores. De imediato, revisito meus 18 anos e aquele circo na casa de Lorena. Espero que, pelo menos nesse casamento, o espetáculo valha o sacrifício de ter de usar sapatos novos.

Seis da tarde. Tio Jorge e eu já estamos prontos. Não paro de me olhar no espelho, a vaidade em pessoa. Não é que me vejo diferente? Parece que sou outro, como é que pode? Terei incorporado alguém novo que desconhecia em mim? Orgulho por ter aprendido com rapidez a dar o nó na gravata e ter sido elogiado por tê-lo ajustado tão bem ao colarinho. Viro de lado e novamente de frente, ajeito os punhos, abotoo e desabotoo o blazer, ponho as mãos no bolso. Gosto demais de me ver refletido assim tão nobre. Só os sapatos me incomodam um pouco, mas não chegam a quebrar a minha pose.

— Vai acabar gastando o espelho de tanto se olhar.

— Culpa sua, que criou o personagem.

— Se você se sente personagem, o problema é seu. Apenas lhe dei a roupa que está de acordo com o ambiente de um casamento. Imaturidade se sentir mais importante por isso.

Dizer o quê? Só me resta calar. Ainda bem que a campainha da porta me salva. É o Fernando. Tipo simpático, extrovertido, 40 anos no máximo. Os óculos ovais, aro de tartaruga, lhe conferem certo ar de intelectual. Um bom aperto de mãos e a impressão é a de que há muito nos conhecemos. Pouca conversa porque já estamos em cima da hora. Durante o trajeto até a Gávea, apenas assuntos leves do dia a dia e mais alguns que têm a ver com o casamento e com quem estará ou não na festa. Ao chegarmos à rua dos Oitis, já não há vagas; há muitos automóveis de luxo, alguns com chofer. Começo a achar que o fusquinha de tio Jorge não combina em nada com o apuro e a elegância de nossos trajes — ainda bem que só na praça Santos Dumont encontramos onde estacionar, e ninguém nos vê saltar do carro. De repente, me lembro da simplicidade de meus pais, me envergonho por minha súbita afetação. Mas quer saber? O desconforto dura pouco. Tiro logo da cabeça o que me incomoda e volto à pose de bacana. Nesta noite de estreia, quero brilho e refletor, quero mais é que me vejam.

A caminhada até a casa de Vicenza apetece, friozinho agradável. A ansiedade aumenta à medida que nos aproximamos. Portas abertas, luzes feéricas, entramos os três. Fernando e tio Jorge vão à frente, eu os acompanho, cabeça girando para todos os lados de modo a não perder coisa alguma. Tudo é novidade que deslumbra. Uma mesa imensa exibe retratos com dedicatórias de celebridades. Identifico apenas o do ex-presidente Juscelino Kubitschek, que conheço dos livros de história, e os de Luciano Pavarotti e Maria Callas — já os vi em capas de LP. Seguimos adiante. Os vários ambientes exalam tradição e requinte. Nada que lembre aquela ostentação festiva de Lorena e sua turma. Sinto-me mais à vontade aqui, apesar da formalidade das roupas e de os convidados serem bem mais velhos que eu. Pequenos grupos conversam animada e educadamente. A voz entusiasmada de meu tio me desperta.

— Vicenza Dalla Luce! Bela e exuberante como sempre!

É ela, a anfitriã, dona e senhora de todo aquele mundo de mágica e encantamento. Seus cabelos são ruivos, incandescentes, pele alvíssima e carnadura pétrea que impressiona. Que mulher é essa?! O vestido longo, cor de vinho, exibe generoso decote, e o colar de rubis me inibe e seduz ao mesmo tempo. Pelos cumprimentos íntimos e efusivos, vejo que tio Jorge e Fernando são amizades históricas. Há alegria e imenso carinho no reencontro. Chamado a me aproximar, sou apresentado à diva, que me sorri e beija afetuosamente o rosto. Sim, o sobrinho que veio estudar no Rio de Janeiro, e já foi convidado para escrever uma peça com a Helena Krespe! Vicenza aprova com entusiasmo.

— Que maravilha! Parabéns, meu rapaz! Helena é uma amiga adorável. Tenho certeza de que vocês se darão muitíssimo bem. Ela está por aí, chegou cedo.

Tio Jorge consegue avistá-la, pede licença para ir até a roda de amigos onde ela está. Meu coração acelera. Agora, vou conhecer quem me dará meu primeiro trabalho na cidade grande. Trabalho de responsabilidade, que poderá me abrir muitas, muitas portas. Tio Jorge não disse? Então é assim que eu vejo. Uma peça de teatro que deverá levar minha assinatura: João Fiapo! Sonhar não custa nada. Vai que ela goste do meu texto, vai que o espetáculo seja produzido, vai que faça sucesso! Pronto, aqui estamos. Helena é diferente, logo percebo. Quase feia, mas extremamente carismática. Sua alegria a faz sorrir com o rosto inteiro. Olhos azulíssimos, curiosos. O tom do vestido deve ter sido escolhido de propósito. Cercada de gente de teatro, comenta sobre alguma peça em cartaz. É quando acontece o inesperado. Ao me ver — tão pouca idade com tio Jorge e Fernando —, Helena os ignora e vem direto para mim.

— Finalmente! Aqui está quem eu mais quero! Meu parceiro tão esperado!

Diz isso e me abraça e beija sem a menor cerimônia. Custo a acreditar na cena. Apanhado de surpresa, tento retribuir o gesto com igual carinho. Afinal, é meu momento de glória, momento em que fui saudado sem apresentações e enaltecido na frente de todos. Helena diz que guardou uma de minhas cartas, pretende usá-la na peça, se eu autorizar, é claro. E por aí vai, numa enxurrada de informações sobre o projeto. Cumprimenta tio Jorge e Fernando com a naturalidade dos que se veem quase todos os dias, e me puxa pela mão para eu conhecer alguém muito especial: o ator e diretor Sérgio Viotti.

— Sérgio, veja só quem chegou. Nosso aprendiz de dramaturgo!

Fico sabendo que ele dirigirá a peça que vier a ser escrita. Extremamente gentil, sua figura e voz inspiram segurança. Ar paternal, fala pausado, as palavras muito bem articuladas. Resume de modo claro e objetivo o que Helena e ele pretendem de mim. Momento em que me dou conta da importância de meu trabalho, do quanto terei de me dedicar para fazer jus à confiança que os dois depositam no meu texto. A conversa segue sem Helena — ela precisa subir para ver a filha, que está se preparando no quarto de Vicenza e já deve estar quase pronta para a cerimônia. Nem acredito, eu sozinho conversando com Sérgio Viotti! Quando poderia imaginar? Querendo tirar minha carta de seguro, volto a lembrar que não tenho experiência alguma com texto teatral, que vou precisar de muita orientação e ajuda. Que eu não me preocupe, estou em ótimas mãos, ele me tranquiliza, e acrescenta que também leu as cartas que escrevi. Todas muito bem escritas e, o principal, com estilo próprio e bastante original. É claro que um texto para teatro com tramas e personagens requer mais que isso, mas, como se trata de um monólogo, algo bastante confessional, confia que eu vá me sair a contento. Meu orgulho é tanto que neste instante o paletó precisava ser um número maior.

Nosso diálogo é interrompido pelo anúncio tão esperado: convidados a postos, a noiva está descendo para a cerimônia. Ouve-se música sacra magnificamente executada por um quarteto de cordas. As atenções se voltam para a escada ornamentada com flores de laranjeira. O noivo, ladeado pelos pais, já está embaixo, em um fraque impecável, aguardando — parece ansioso. Primeiro, descem os padrinhos. Depois, acompanhada pelo pai, a noiva. Natural que todos a estejam admirando por sua classe e beleza. Menos eu. É que não consigo tirar os olhos de uma das madrinhas que vem alguns passos à frente: deusa saída dos livros de mitologia grega? O porte, a leveza do vestido, os cabelos... Custo a acreditar no que vejo. Como é possível?! É ela! Lorena!

# Como manda o figurino

Orientado por meu tio, é assim que ajo. Nada fácil, admito. Mas a situação agora é diferente. Estou aqui prestigiado por artistas conhecidos, já contratado para trabalho de relevância. Como ensinaram meus pais, diferença sendo feita não pela aparência, mas pelo conteúdo. Sendo notável pelo que faço, mais que notado pela roupa cara comprada em loja. A cerimônia prossegue, Lorena em destaque no papel de madrinha da noiva, ao lado de um rapaz, bela estampa, o padrinho. Está tão envolvida com o ritual que nem olha para os lados. Assim, continuo com a vantagem de vê-la sem ser visto, posso perfeitamente engendrar o ataque-surpresa — de forma civilizada, é claro. Como manda o figurino.

Novamente, a música que enleva e comove. Volto-me agora para os convidados, as mulheres, principalmente. Não consigo imaginar minha mãe nesses vestidos, mas vejo as mãos dela em todos eles. Fecho os olhos e, ao som do sagrado, dona Olímpia está lá na máquina de costura, ou cortando os moldes sobre a mesa da sala de jantar, ou fazendo provas, marcando bainhas. Quanto orgulho, minha mãe! Não há traje nesta festa que não pudesse ter sido confeccionado por você, sua arte, seu talento.

A troca das alianças. Lorena se emociona, eu me emociono — pelo amor adolescente não realizado? Tio Jorge me observa, disfarço. Fiz bem em não ser tão teimoso e aceitar o lenço que ele fez questão de me emprestar quando eu ainda me vestia.

Lenço? Para que lenço? Nunca se sabe, aconselhável tê-lo no bolso de dentro do paletó — eu ou alguém poderíamos precisar. E ainda o borrifou ligeiramente com perfume. Quantos aprendizados nas roupas, nos hábitos que elas nos ditam e inspiram. Vicenza Dalla Luce e Helena Krespe se olham e sorriem com cumplicidade, filme, cores fortes, cena imperdível. E eu que não queria vir ao casamento. Selvagem arrogante. Sorte minha ter um tio para me bem-educar. Os noivos agora se beijam, aplausos, bravos, vivas. Cumprimentos comovidos, a música aguça os sentimentos. Um batalhão de garçons entra com taças de champanhe. A festa começa.

Ao tirarmos nossas taças da bandeja, meu futuro diretor e eu brindamos aos noivos, à nossa saúde e ao sucesso da peça! Alguém o chama, e lá vai ele para novos brindes. Passando entre um convidado e outro, tento me aproximar de tio Jorge e Fernando, que, mais afastados, preferem não disputar os primeiros cumprimentos aos noivos e seus pais — há o momento certo para tudo, aprendo. Depois, reparam em alguém, comentam algo em voz baixa, acham graça. Vejo troca, afeto e admiração recíprocos, sinto-me bem por estar com eles, protegido ao transitar por este mundo novo. Por isso, o brinde no ar a mim mesmo e o gole generoso no champanhe. Mais uns passos e, em parede de visibilidade, dou com o quadro que me impressiona tanto pelas dimensões quanto pelo que está na tela. É mensagem? Recado? Aviso do que não pode ser esquecido? Chego bem perto, leio a assinatura do artista: Almeida Júnior. E a plaquinha na moldura com o título: *Paciente pescador*. A vida é mesmo cheia de surpresa e mistério. Em plena celebração, de paletó e todo engravatado, esbarro em um homem com sua vara de pescar, sentado em uma pedra, pensativo, à espera do primeiro peixe que se deixe seduzir pela isca. Moreno como meu pai e — detalhe que me transporta — a camisa desabotoada.

— É ele. Meu pai.

Tio Jorge reconhece a semelhança com o irmão, mas não vê motivo para eu ficar tão impressionado assim. Tenta contrabalançar a emoção com o peso da razão e do conhecimento. Almeida Júnior foi um pintor brasileiro da segunda metade do século XIX, período realista. Ficou conhecido por seu regionalismo e por retratar tipos comuns, anônimos. O quadro é de fato uma preciosidade, por isso está onde está, bem à mostra.

— É muito lindo, tio. E a paisagem... Parece que estou em Convés, com meu pai.

— Não, não está. Está em um casamento na rua dos Oitis, na Gávea, Rio de Janeiro. E é bom se preparar, porque Lorena já o viu e está vindo para cá.

Penso rápido. Melhor continuar admirando o quadro e só me virar quando solicitado. Terei tempo suficiente para preparar minha reação. Peço ajuda, tio Jorge e Fernando encenam conversar comigo. Ela chega e, bem próxima, me chama com alegre surpresa. Fiapo! Viro-me naturalmente, não demonstro espanto, apenas educada receptividade. Lorena? Ela me olha de cima a baixo, sorri com satisfação.

— Nossa! Você mudou.

— Impressão sua.

— Mudou sim, e muito.

— Talvez a roupa.

— Também. Mas a voz, o jeito de falar, é outra pessoa.

Não levo o assunto adiante. Recorro às apresentações.

— Meu tio Jorge e Fernando, um amigo.

Lorena conhece muito bem as regras do jogo, sabe como agradar.

— Prazer em conhecê-lo. Adoro teatro e já o vi atuar em várias peças. Admiro muito o seu trabalho. O mais recente, se não me engano, foi em... *A morte do caixeiro-viajante*?

— Exato.

— Arthur Miller é um gênio, e o seu Willy Loman foi inesquecível. Parabéns.

Tio Jorge agradece, acrescenta amabilidades, Fernando também troca com ela algumas gentilezas. Depois, aliviando o meu lado, pedem licença para ir cumprimentar os noivos. Ficamos os dois diante do *Paciente pescador*. Volto a olhar o quadro, como se quisesse estar ali, na companhia paterna. Lorena tem faro, insiste.

— Não adianta se procurar nessa tela. Você é outro, Fiapo.

— Quatro anos que não nos vemos. Devo ter evoluído.

— Quando poderia imaginar que iria encontrá-lo aqui, no casamento da Mônica!

— O mundo é pequeno.

— O dos ricos, principalmente.

Finjo achar graça, Lorena e suas tiradas de sempre. Como é possível que aquela deusa grega, que vi há pouco de longe, se tenha tornado, agora ao meu lado, uma simples mortal? O melhor de tudo? Poder provar a mim mesmo que podemos falar em pé de igualdade. Quer saber o que fiz durante esse tempo? Pois bem, eu conto, e com detalhes. Minha primeira vinda ao Rio de Janeiro, a importância de tio Jorge, meus estudos, minhas leituras, meus planos de entrar para a faculdade de Filosofia, e ainda o trabalho com Helena Krespe. Sim, será minha estreia no teatro, o Sérgio Viotti irá dirigir a peça. Estamos todos muito entusiasmados com o projeto. Meu nome artístico já está escolhido: João Fiapo.

— Que bom ouvir tudo isso! Saber que você não se acomodou naquela vidinha de Convés, e está levando adiante o seu sonho de se aprimorar e se tornar alguém.

Contrastando com minha arrogância, ela demonstra carinho e até alguma admiração. Raios! Refere-se a eu não ter me acomodado "naquela vidinha de Convés", me "tornar alguém", e não me ofendo! Pelo contrário, o comentário me cai bem. Por quê? Por abrir a possibilidade de futuras conversas? Por revelar desejo de aproximação e, quem sabe, a tal amizade livre? Calma, Fiapo! Não vá tão depressa, reduza a velocidade, não comece a criar expectativas! Ela propõe um brinde ao inesperado reencontro, batemos as taças. No momento em que bebemos, alguém lhe esbarra e ela entorna o champanhe pelo decote. Susto cheio de graça, reflexo condicionado, tiro o lenço do bolso e lhe ofereço. Perdida de rir, ela agradece, enxuga-se com ele. É sorte! O perfume na cambraia de linho não passa despercebido. Ela me olha nos olhos e me devolve o lenço.

— Você mudou mesmo. É outra pessoa. E eu gosto do que vejo.

Permaneço calado de modo a não desmenti-la. Sorrio e peço que me leve até a noiva. Ainda não a cumprimentei.

— Claro. Mônica é uma grande amiga, inteligente e divertida igual à mãe. Vem, acho que vocês têm muito em comum.

Só ou acompanhado, todos os ventos a favor. Transito com desenvoltura, conversa fácil, sempre tendo prazer em conhecer e, ao ser levado a falar de mim, ser conhecido. Confesso que prefiro ouvir. As pessoas me interessam, os assuntos. Gosto especialmente de Mônica — muitas afinidades descobertas — e do noivo, Hugo. Pena que os coitados são obrigados a dar atenção a todos da festa. Por curiosidade, também não paro quieto. Com licença, vou circular um pouco. Claro, à vontade. Cercada de amigos, Helena me chama, quer me apresentar ao barítono Paulo Fortes. Encorajado pelo álcool, e com base na vasta coleção de discos de meu tio, aventuro-me a mencionar algumas óperas e árias que aprecio, consigo causar excelente impressão. As horas voam, duas da manhã. Tio Jorge me chama para irmos embora. Peço só um tempo para me despedir de algumas pessoas. Lorena, inclusive. Bom demais ter estado com ela já livre das cobranças do passado. Conversamos demoradamente e saímos ilesos. Devo ter mudado mesmo. Talvez porque, hoje, o conteúdo me fortaleça mais que o laço da gravata. Prova? Quando ela me pede meu telefone, digo que não tenho. Para recados, posso dar o do meu tio ou o da pensão onde estou hospedado no Catete. A informação, dada sem inibição na frente de quem estava ao redor, é recebida com naturalidade. Ela consegue uma caneta e um pedaço de papel, que divide em dois. No primeiro, anota os meus números. No outro, o dela, enquanto brinca dizendo que não tem cartão.

— Toma, me liga quando quiser. Quero saber mais de você.

— Falei de mim quase o tempo todo. Eu é que preciso saber mais de você.

Ela sorri, finge que ajeita o nó da minha gravata e me beija o rosto. Retribuo o beijo com igual carinho. Saio olhando o papel com o número anotado e o dobro e guardo discretamente na carteira, no mesmo lugar onde ficava o nosso retrato — tão diferente o que me vai agora no coração. Despeço-me, por fim, de Vicenza Dalla Luce. Agradeço a belíssima recepção, e ainda arrumo maneira de lhe dizer o quanto o *Paciente pescador* me cativou e fez pensar... Mágica! — é a resposta que recebo de imediato. Para Vicenza, nada acontece por acaso. Eu e o pescador iríamos nos encontrar mais cedo ou mais tarde. Excelente sinal ter sido em momento festivo com a casa repleta de amigos. Pessoas, lugares, coisas: sempre somos conectados com o que importa para o nosso aprendizado pessoal, ela completa.

Mágica. Levo a palavra comigo, enquanto caminho pela famosa rua dos Oitis. Tio Jorge e Fernando vão um pouco à frente. Feliz comigo mesmo, aperto o passo para alcançá-los.

Mágica. Tão presente nesta noite de sonhos, reencontros e mágoas superadas. Noite de novos conhecimentos e portas que se abrem. Noite em que meu pai e minha mãe de alguma forma estiveram presentes. Mágica. Preciso me convencer de que é ela que norteia a minha vida. Desde a casa de minha infância, a escola, as traineiras, os barquinhos de madeira e as mãos de meu padrinho Pedro Salvador. Mágica no meu encantamento menino e adolescente por Lorena — primeiro beijo, primeira nudez, primeiro sexo, primeira grande raiva e dor. Mágica. Na tempestuosa chegada de meu tio e na abençoada vinda de Avesso, na sabedoria de um e na luminosidade de outro. Tudo súbito, tudo susto, tudo espanto. Mágica. No sonho com dona Zélia e as quatro facas, no encontro na praça com a cigana, no passageiro João que viajava com a roupa do corpo e me presenteou com *Walden*, de Thoreau. Portanto, Vicenza Dalla Luce está certa. Que haja mágica! E que eu aja sempre como aconselham os sábios, como rezam os rituais, como manda o figurino.

# Contraste

Tio Jorge me trouxe até a pensão. A vida, às vezes, nos esfrega no rosto nossas tristes contradições. O mesmo carro que me fez sentir tão envergonhado ao saltar lá na praça Santos Dumont me desperta agora sentimento de gratidão por vir até o Catete refestelado no seu banco de trás. Sorte ter, a esta hora, condução gratuita que me deixe na porta de casa. Despedida, agradecimento, uma batidinha afetuosa na carroceria do velho fusca. Boa noite, Fernando. Obrigado, tio. Essa carona foi mais que colo! Meu aceno sonolento e os três se vão.

Chamo o recepcionista. Onze, por favor. Recebo as chaves e subo para o quarto. Já no corredor do terceiro andar, encontro a arrumadeira circulando com material de limpeza.

— Trabalhando às três da manhã, Marta?!

Expressão de cansaço, diz que já terminou o serviço, precisava limpar os quartos que vagaram, porque vai chegar um grupo de hóspedes amanhã bem cedo — ou seja, daqui a pouco. Em segundos, diante um do outro, nos damos conta de nossas roupas e, portanto, das noites tão diferentes que tivemos. Voz baixa, ela se refere ao contraste com delicadeza.

— Nossa. Você está muito bonito e elegante.

Não posso retribuir o elogio, é claro. Uniforme surrado de faxina, cabelo preso sem nenhum cuidado, mãos no carrinho com todos aqueles produtos e balde e panos de chão e flanelas e vassoura e rodo e... o olhar mais conformado que há. O jeito é mentir, desvalorizar minha noite de sonho, transformá-la em tédio. Teatral, vou abrindo o colarinho, afrouxando e tirando a gravata. Com meias verdades, desmonto o personagem de conto de fadas. Demonstrando alívio, queixo-me da obrigação de comparecer a um casamento chatíssimo lá na Gávea, da falação do padre, do fato de não conhecer quase ninguém. Em resumo, verdadeira tortura.

Marta se decepciona.

— Que pena. Preferia que você tivesse aproveitado a noite. Adoro festas. Gosto de me enfeitar para sair e me divertir com os amigos. E aí, quando volto para casa, durmo que é uma beleza.

— E em noites como a de hoje?

Ela dá de ombros.

— Os cansaços são diferentes, mas o que importa é que, trabalhando ou me divertindo, sempre caio na cama e apago.

— Queria ser assim.

— Não é só o corpo que quer descanso. Você também tem que pôr o pensamento para dormir.

— E como é que eu faço?

— Esquece passado, futuro. Deixa eles para lá, que eles se aquietam no tempo deles, e você dorme feito um bebê.

Acho graça na receita caseira, mas não faço pouco.

—Vou tentar, pode ser que dê certo.

— Preciso ir.

— Bom descanso.

— Bom sono.

Dou espaço para ela passar com o carrinho e sigo para o quarto. Esquecer passado e futuro, como se fosse fácil. Morto de sono e nem sei se conseguirei dormir. A mente começa a trabalhar no presente, que é quando ela mais descansa: chave na porta, tiro paletó, tiro camisa, tiro sapato, desaperto cinto, tiro calça, tudo em cima da cadeira. Ida ao banheiro, descarga, água nas mãos e no rosto, sabonete, mais água nas mãos e no rosto, toalha para enxugar. Agora, pasta de dente e escova, para cima e para baixo e para os lados em círculos, água na boca, bochecho, mais água na boca, novo enxague, pronto, escova de volta no copo. Uma olhada no espelho, cara de quem bebeu demais, dane-se, a festa foi ótima, Lorena, quando eu poderia imaginar que iria encontrá-la aqui no Rio de Janeiro, não posso perder aquele papel com o telefone e... olha o passado aí a se fazer presente. Tudo bem, Marta. Vou seguir o seu conselho e esquecer o tempo. Volto para o quarto, puxo as cobertas e me deito, olho o relógio, 3h40, apago a luz, ajeito o travesseiro. A pouca claridade que vem da janela é o único ponto de referência. Fecho os olhos e vejo tio Jorge — incrível isso, ver alguém ao se fechar os olhos. Incrível, mas verdadeiro, ele está bem nítido em minha mente, ainda com a roupa do casamento. É que ficamos de nos ver amanhã, precisamos ter longa conversa, quer almoçar comigo, que eu tire o dia para ele. Será sobre o quê? Sei apenas que é sobre nós dois. Sobre ele, principalmente. Meu pai e minha mãe já estão a par de tudo, mas vou me surpreender, e muito. Se falou de modo sereno, não deve ser nada assim de tão sério ou grave. Doença, não pode ser, duvido. Meus estudos e meu trabalho com a Helena Krespe, talvez... olha o futuro aí a se meter no meu sono. Vê, Marta, como é difícil? Viro de bruços, abraço o travesseiro, bem que poderia ser Lorena. Ela estava tão linda, deusa falível e mortal, ainda não acredito que a gente tenha se entendido. O tempo sabe das coisas. Sabe mesmo? Deveria então parar agora, me deixar dormir. Melhor deitar de lado, nada de me sentir carente, que hoje a noite foi especial, uma nova fase em minha vida, mal vejo a hora de começar a escrever a peça. Helena já marcou comigo semana que vem, conseguiu para mim uma máquina de escrever elétrica. Monólogo de João Fiapo, direção de Sérgio Viotti! Aprendi que, no teatro, o nome do autor fica sempre na frente. No cinema, é o diretor que vem em primeiro lugar. Chega, rapaz! Esquece passado e futuro, deixa eles para lá, que você dorme feito um bebê. Bebê não pensa na vida, só acorda e dorme. Marta, por favor, me ensina a esquecer o tempo, me ensina a dormir feito um bebê… Marta, que contraste as nossas noites, as nossas roupas… Eu não devia ter mentido para você, que gosta tanto de festas. Marta, me ensina a entender os contrastes, me ensina a…

# Montese

O céu azul só faz acentuar o contraste. Maldade. Por que isso, meu Deus? Explico: a noite bem dormida me encheu de disposição e ânimo. Logo cedo, todo prosa, pendurei gravata, paletó e calça no armário, lavei a camisa social, meias e cueca, e as pus para secar no pequeno varal improvisado na janela — minha roupa de estreia, testemunha de meu belo desempenho e sucesso ontem à noite. E a receita de Marta para pegar no sono bem que funcionou — entre umas poucas conjecturas passadas e futuras, acabei dormindo. Marta me parece especial, sua simples presença me alegra. Gostaria de tê-la encontrado agora ao sair para o almoço.

Volto ao azul deste dia de inverno e, com ele, ao meu bem-estar, à minha ansiedade para a conversa com tio Jorge. Na praia do Flamengo, tomo o ônibus para Copacabana, sento-me à janela da esquerda, quero apreciar a paisagem, o verde do parque. Deus é bom, Deus é perfeito. O ônibus entra na avenida Oswaldo Cruz — o grande cientista — e desemboca na praia de Botafogo, jardins, novas e belas vistas, a enseada de um lado, o Corcovado do outro. Sinto paz, felicidade pelo que a vida me oferece. Mais umas centenas de metros, ônibus e automóveis vão mais devagar, o trânsito congestiona. Algo deve ter acontecido, alguém comenta, porque não é hora de engarrafamento. Vamos a passo, expectativa, impaciência de alguns. Mais adiante, já se vê um guarda a desviar o trânsito. Chegamos ao local do acidente e, justo do meu lado, a cena da tragédia. Não há como evitar o horror. Um carro parado, uma mulher aos prantos, sendo consolada por um homem, o marido, talvez. Em frente, um jovem estendido no asfalto, o corpo inerte com a última roupa em vida, ensanguentada — atropelamento, com certeza. Uma senhora se aproxima e, com um lenço branco, cobre ao menos o rosto do pobre rapaz. O ônibus segue, ouve-se uma sirene que se aproxima. Alarde inútil. Olho para o alto, céu azulíssimo. Maldade. Por que isso, meu Deus? Ainda bem que não há ninguém sentado ao meu lado. Não suportaria agora uma respiração, uma voz, um sinal de vida assim tão perto.

Já na Barata Ribeiro, salto uns pontos antes para ser obrigado a caminhar até a Santa Clara, movimentar o corpo, me acalmar. Não adianta. A revolta e a indignação continuam dentro de mim. Um copo d'água? Aceito.

— Não dá para entender, meu tio. Não dá mesmo.

— Nem tente. Perda de tempo.

— Eu estava tão bem, tão animado com o nosso encontro, e, de repente, isso.

— É como normalmente as coisas acontecem, sem aviso prévio. Temos de estar sempre prontos para o inesperado.

— Não queria chegar assim para o nosso encontro.

— Pois lhe garanto que essa experiência vai fazer com que você me ouça melhor. Com os pés mais no chão que nas nuvens.

Ando de um lado para outro, não me aquieto.

— Desculpe, tio. Mas nem quero almoçar agora, perdi a fome.

— Não tem problema. Falamos aqui mesmo e comemos mais tarde.

Difícil tirar da cabeça a imagem do rapaz, imaginar os pais quando souberem. Terá irmãos? Namorada? Imprudência atravessar logo ali em pista de velocidade. Queria o quê? Se matar?! Abatido, sento-me por instinto, esforço-me para me fazer atento.

— Tudo bem? Podemos conversar?

Faço que sim com a cabeça. Tio Jorge respira fundo como se quisesse ganhar fôlego para iniciar sua fala. Depois, palavras soltas que combinam com meu estado de alma.

— Morte, perplexidade, indignação, revolta. As razões de eu ter saído de casa aos 18 anos.

A revelação me arranca das conjecturas e visões distantes e me puxa violentamente para dentro do apartamento, como se eu tivesse desabado no sofá onde estou.

— Eu sabia! Desde o início, eu sabia que não poderia ser o teatro!

— Foi o teatro, também. Porque sua avó Isaura não suportava a ideia de ter um filho ator. Tente imaginar uma cidadezinha do interior do Rio de Janeiro em 1945.

— Não faço ideia.

— O teatro acabou sendo a desculpa oficial para as pessoas da cidade. Mas o real motivo foi aquele que me fez adotar o nome artístico de Jorge Montese.

Meu coração acelera, outra revelação ansiosamente aguardada. Eu sempre quis saber o porquê de Montese, e a resposta era "um dia eu conto". Pois bem, o dia é hoje e a hora é agora. Se cheguei aqui com a notícia da morte trágica de um rapaz, tio Jorge começa sua história com a morte de Domenico Montese, aos 18 anos, em 1º de maio de 1946. Os pais, Carlo e Anna Montese, haviam fugido da Itália dez anos antes por causa da guerra iminente, e vieram para o Brasil porque já tinham parentes no Rio de Janeiro. Carlo fixou-se em Itaperuna, era mecânico e, com a ajuda dos filhos mais velhos, abriu uma pequena oficina.

— Domenico e eu começamos a estudar juntos no início da adolescência e nos tornamos inseparáveis. Ele tocava violão muito bem. E ainda compunha canções, enquanto eu colocava os versos e inventava pequenas histórias. Dava certo, era divertido, fazíamos sucesso cantando e representando. Chegamos até a ganhar alguns trocados. Alardeávamos que seríamos famosos, viajaríamos pelo Brasil, ficaríamos ricos.

Tio Jorge faz pequena pausa e, sem pressa, me vai revelando fatos que me trarão à tona preconceito que eu não imaginava ter.

— Quando Domenico e eu nos conhecemos, seu avô Tobias já tinha falecido. Lá em casa era o inferno, como aliás sempre foi, mesmo quando papai era vivo, mas esta é outra história.

Então abre sorriso que é saudade.

— Domenico foi um presente do destino. O melhor presente que eu poderia receber, porque pôs alegria onde só havia tristeza. Porque, com seu amor, me fez ver a vida com olhos de compreensão. Porque permitiu que eu descobrisse minha verdadeira natureza.

Tio Jorge levanta-se, vai até onde estão as bebidas, serve-se de uísque. Me oferece, digo que estou bem com a minha água. Tento processar com naturalidade o que acabo de ouvir. Respeitoso, escondo a surpresa e a decepção. Tento facilitar o entendimento verbalizando algo sincero.

— Bela homenagem adotar o sobrenome dele como nome artístico.

— Era a única coisa que eu poderia fazer para tê-lo comigo depois de tudo o que aconteceu.

Mais um gole, volta a se sentar e prossegue.

— Tínhamos a mesma idade, e dos 13 aos 18 anos, quando ele morreu, posso lhe dizer que vivi alguns dos momentos mais bonitos e felizes da minha vida. Contraste absurdo com minha realidade familiar.

— Ele frequentava a sua casa?

— Frequentava, claro. Vivíamos um na casa do outro. Antenor era muito apegado a ele, por conta das palhaçadas e brincadeiras que ele aprontava. Sua avó é que reclamava da frequência com que a gente se via. Tinha razão, no caso. Mas, às vezes, chegava a ser grosseira. Domenico não dava a menor importância para as hostilidades, até achava graça do mau humor dela.

Tio Jorge me vai exibindo sua coleção de lembranças, o modo com que ele e Domenico se foram tornando cada vez mais íntimos, as fugas para passeios em fazendas próximas, as conversas que se prolongavam madrugada adentro, os planos para o futuro, as viagens que fariam juntos. Perdido de riso, lembra a vez em que, às escondidas, Domenico pegou o fordeco do pai para darem uma volta fora da cidade. Nem precisa dizer a bronca que levaram ao chegar de volta. Sorte é que a ira do velho Carlo durou pouco e em minutos tudo voltou ao normal. O italiano considerou que os garotos só quiseram mostrar virilidade ao dirigir sem autorização. Tudo certo. Coisas de homem.

— Enfim, meu querido, era o Paraíso na Terra... Até o dia em que fomos descobertos.

Parece que estou vendo a cena descrita. Ninguém em casa. Vovó Isaura visitando uma amiga, Antenor no colégio. A porta do quarto aberta, por que haveriam de fechá-la? Dois rapazes conversam, assuntos sem importância alguma, apenas brincadeiras, provocações adolescentes. A porta do quarto aberta, por que haveriam de fechá-la? Estão vestidos, cada um estirado numa cama de solteiro, gastando o tempo contando vantagens, programando a próxima apresentação de suas músicas, um é mesmo bamba na composição e os versos do outro casam bem, gabam-se. A porta do quarto aberta, por que haveriam de fechá-la? Um pega o violão, começa a tocar, os dois entoam a nova canção, é a melhor de todas, concordam. Estão felizes, que dupla! Projetos grandiosos, sonho de se aventurarem pelo país! Levantam-se para o incontido abraço e, assim de pé, se beijam e se tornam a abraçar e novamente se beijam. Não há como resistir a tantos sentimentos de mãos dadas: parceria, amizade, amor, confiança, cumplicidade, sintonia, admiração, quantos mais? Os corpos não se desgrudam, e os abraços cada vez mais apertados e os beijos mais demorados não cansam... Interrupção inesperada. Tudo tão de repente. O susto, a voz aguda que condena. Que pouca vergonha é essa?! Na minha casa ainda por cima! Como se atrevem?! Você, fora da minha casa, agora! Não me apareça mais aqui! Ah! Mas não pense que eu vou guardar toda essa sem-vergonhice aqui comigo! O Seu Carlo e a dona Anna vão saber o filho que botaram no mundo! Agora, fora! Anda! Fora!

Não adiantam as ponderações de que não houve nada de grave. Que mal têm o abraço, o beijo, a manifestação de afeto? Não adiantam os pedidos para que não veja maldade onde só há amor. Cegueira, surdez, a intransigência da época. Vovó Isaura cumpre a ameaça, vai à casa dos Montese e conta o que viu com lentes de aumento. Envergonhado diante da mãe e dos irmãos, Domenico confirma que os dois estavam, sim, se abraçando e se beijando, e não via nisso erro algum. Com os piores xingamentos e impropérios, o italiano corpulento parte para cima do filho, que não reage aos violentos golpes. Terminada a cena ultrajante, todos se retiram com o pai a se martirizar. Onde terá errado na educação do infeliz? Onde, Santo Deus?! Dona Anna quer permanecer e amparar o filho, mas é impedida — a vontade de Carlo Montese deve prevalecer: que ninguém se atreva a lhe dar guarida. Corpo bastante machucado — e humilhação que dói ainda mais —, Domenico sai, pega o velho carro do pai e acelera na velocidade que condiz com o grau de sua revolta. Que pensamentos hão de lhe passar pela cabeça? Que desorientado plano de fuga lhe permitirá escapar daquele lugar hostil? Pouco mais adiante, perde o controle da direção e, desgovernado, vai de encontro a uma árvore. A força do impacto decidirá o seu destino. É retirado das ferragens ainda com vida e levado ao hospital. A notícia chega a tio Jorge. Para o inferno as ordens de se manter distante! Que se danem todos! Arrisca-se, adentra o quarto com tamanho ímpeto que ninguém ousa impedi-lo de se aproximar do leito. Choro, comoção, incredulidade. Domenico iria buscá-lo para juntos pegarem estrada, qualquer estrada que os levasse para longe dali. Não foi possível. Pede desculpas por não terem realizado o sonho. Tio Jorge lhe afaga os cabelos e lhe segura a mão com a força de sua fé, certeza de que Deus é infinitamente bom e justo, não vai permitir que a intolerância vença assim tão tristemente. Dois dos irmãos chegam com autoridade familiar e impositiva discrição. Algumas palavras em voz baixa, e a ordem para que se retire. Os dois amigos são separados para sempre.

Domenico não resiste aos ferimentos, morre três dias depois.

Quinta-feira, dia 2 de maio de 1946. E pensar que se acreditavam inseparáveis. Enquanto um está sendo enterrado, outro faz a mala para ir embora de vez. Deixa uma carta e a medalha de São Jorge para ser entregue a Antenor. O menino será poupado da verdade. A ele, será dito que o irmão, bastante abalado com a morte do amigo, saiu de casa para realizar sozinho o sonho que era dos dois: se tornar artista.

No ônibus, a caminho de Ouro Preto, tio Jorge promete a si mesmo que a arte será sua nova fé. Já que Deus Pai, que ele acreditava todo-poderoso, lhe deu as costas sem um pingo de misericórdia, a razão passará a ser seu guia. A partir de então, nenhuma outra religião ou crença — tudo superstição infantil, castelos de areia. Os estudos, sim, serão sua fortaleza, e, à vida, dará sentido com o seu trabalho e todo conhecimento que lhe estiver ao alcance. A imagem de Domenico no leito do hospital lhe vem à mente, sua última fala, o afastamento forçado, o choro, a impotência de ambos. Neste exato momento, na poltrona número 11 da Viação Estrela do Leste, firma-se a vocação, firma-se a personalidade e, aos 18 anos de vida e de morte, nasce Jorge Montese.

# A ficha cai

A história me emociona e faz pensar no quanto somos frágeis, complexos e imprevisíveis. Situações que desgraçam por vínculos que se criam! Que forças irrefreáveis levam as pessoas a se associarem? Encontros que poderão ser luminosos ou sombrios. Que desfechos? Estava escrito? Quem engendra a trama? Deus, destino, acaso, ninguém? Diante do fato, meu abatimento é indisfarçável. Eu nunca poderia imaginar que meu tio e mestre, responsável agora por minha formação, prefere homens e a eles sempre dedicou o seu amor. Domenico foi o primeiro. Fernando é o atual, estão juntos há quase cinco anos. Sentem-se felizes, realizados. Nos meios que frequentam, não só são aceitos, como queridos e admirados. Eu mesmo pude constatar como foram recebidos e transitaram na casa de Vicenza Dalla Luce. Que orgulho senti por estar ao lado deles, tê-los como referência! E, agora, essa revelação que me constrange e desconcerta. Custo a crer. Tio Jorge percebe meu desconforto, deixa bem claro que não me deve satisfação alguma sobre sua vida pessoal. Abriu sua intimidade porque vim morar no Rio de Janeiro. Não haveria outro modo de estabelecermos uma relação de confiança e estima. Espera que a conversa não tenha criado nenhum embaraço ou distância entre nós. E mais, ele adverte.

— Nunca fiz alarde ou segredo de minha sexualidade. Se algum dia, por causa dela, você me faltar ao respeito, faltará uma só vez, porque não lhe darei uma segunda oportunidade, estamos entendidos?

Minha resposta imediata é ir até ele para abraçá-lo. Como explicar o gesto espontâneo de afeto? Prova de que a relação tio e sobrinho tornou-se sólida o suficiente para suportar verdades incômodas, diferenças de pensamento e prováveis turbulências futuras, minhas e dele. Depois do abraço, a curiosidade.

— Meu pai sabe?

— Sim, está a par de tudo. Sua mãe, também. Foi uma longa e bela conversa que tivemos sobre as dores de nossas infâncias. Os sentimentos guardados na adolescência, as raivas... nossos esforços de superação. Se isso o tranquiliza, Antenor e Olímpia me entenderam muito bem e sem reservas.

Claro, nem precisava perguntar. Homem do mar, papai sabe que com a natureza não se discute, aprende-se. Mamãe vai por outro caminho. Acredita que a vida guardada debaixo dos panos é sagrada e é profana. Portanto, para quem a gente se veste e se despe é exclusivamente de nossa conta e responsabilidade — quantas vezes a ouvi dizer? Assim, concluo que meus pais são bem mais evoluídos do que eu.

— O que acontece é que você me imaginava de um jeito e sou de outro. Vejo apenas como uma reação natural de estranhamento. Entendo a decepção perfeitamente. Vamos deixar as coisas evoluírem, certo?

Quase quatro da tarde e ainda não almoçamos. Concordamos que agora um prato de massas nos cairá bem. Há um restaurante italiano excelente na Fernando Mendes, o La Trattoria, pertinho do Copacabana Palace. Perfeito. Então vamos?

Pão de alho, espaguete à moda da casa, vinho tinto, e a conversa segue bem mais amena. Tio Jorge me conta da viagem que, há dez anos, fez aos Estados Unidos. Já estava com 41 anos e nunca tinha estado fora do Brasil. Helena Krespe e ele passaram três meses em Nova York, a convite do produtor americano Albert Switt, para um estágio no La MaMa Experimental Theatre Club, espaço fundado por Ellen Stewart que serve de plataforma de lançamento para dramaturgos e atores iniciantes. Experiência única, inesquecível. Moraram numa comunidade hippie em Greenwich Village, bairro boêmio que se tornou conhecido pelas mobilizações contra a Guerra do Vietnã e a favor da liberação sexual, que aconteciam principalmente na histórica Washington Square. Era agosto de 1969, vivia-se o auge da contracultura. Dois meses antes, no West Village, pela primeira vez, a comunidade gay se havia juntado para resistir aos maus-tratos da polícia. Foram vários confrontos violentos que ficaram conhecidos como a rebelião de Stonewall. Em Bethel, a poucos quilômetros, o festival de Woodstock tornou-se o maior e mais importante evento na história da música popular. Por três dias, jovens cantaram a paz e a liberdade ao som de Janis Joplin, Jimi Hendrix, Joan Baez, Ravi Shankar e outros grandes nomes. Tio Jorge e Helena Krespe vieram carregados de todo esse povo em compactos simples e LPs. Voltaram ao Brasil definitivamente marcados por esse ano de 69 — número que lembra dois corpos opostos virados um para o outro. Ou talvez duas gerações, dois modos contrários de pensar, os símbolos yin e yang que tentam se entender.

O vinho nos fez bem, esvaziamos duas garrafas e apaziguamos nossos ânimos. Brindamos à nossa amizade e às nossas diferenças. Pelas mãos de Dionísio, revejo aquele homem de barba hirsuta e cabelos grisalhos em desalinho que entrou encharcado lá em casa dizendo-se meu tio e que me cativou já nas primeiras falas. O homem que, desde a adolescência, consegue varrer todos os males e dores para debaixo das artes. O homem que, já no primeiro encontro, se vestiu de meu pai e ocupou minha cama e, pela madrugada, me instigou com seus conselhos. O homem que sabe combinar simplicidade com requinte, que me conta histórias e me prende a atenção. O homem das andanças e dos muitos amores... Diferentes amores.

Já no quarto da pensão, repasso o dia de tantos contrastes e sentimentos. Domenico não me sai da cabeça, porque associado à cena do rapaz morto diante dos meus olhos, o rosto sendo coberto por um lenço caridoso. Porque Domenico foi amor abortado aos 18 anos — primeiro e único! Fico imaginando o vazio deixado no companheiro de sonhos, o parto de Jorge Montese dentro de um ônibus, seu choro silencioso ao nascer, sua dor. Domenico vive em meu tio, eu sei. Não apenas pelo sobrenome tornado arte, mas sobretudo pelo exemplo tornado inspiração — fidelidade admirável.

De repente, a ficha cai. Recostado na cama, ainda com a roupa do dia, descubro que minha diferença com Domenico se explica por um simples motivo: ciúme! Ciúme, sim, porque jamais poderei me tornar o principal protagonista masculino na história de meu tio. Como preencher o espaço deixado por Domenico? Como competir com sua eterna juventude e essencialidade? — ideal de perfeição inatingível. Hoje, poderíamos ser como irmãos. Ele com os mesmos 18, e eu com meus 22 anos. Abraçaríamos tio Jorge como se fôssemos filhos. Corpo múltiplo que me faz lembrar quando Avesso me chamou para juntar-me a ele e a meus pais naquele abraço pródigo de quem retornava à casa. Apago a luz assim como estou — a roupa da rua, vivida e amarrotada de revelações e acontecimentos trágicos. Domenico está morto, nosso abraço de irmãos com tio Jorge jamais haverá.

# Helena Krespe

A responsável por eu ter me tornado escritor. A que, desde o primeiro dia de trabalho, me fez acreditar em mim mesmo. A que me presenteou com uma máquina de escrever elétrica sentenciando que, daquelas teclas, sairia nossa primeira parceria de sucesso. Sorte minha tê-la ao meu lado, meu corpo sente, porque reage com timidez sempre que ficamos mais próximos. E o coração acelera quando ela começa a falar sobre o monólogo que faremos juntos! Ela pega algumas das cartas que enviei para meu tio, lê trechos, incensa minha vaidade. Os elogios me encabulam. Ela diz que os textos têm estilo e oralidade, que a escrita é fácil e elaborada ao mesmo tempo. Daí se pergunta como é possível alguém que sempre viveu da pesca e da pesada rotina de um entreposto, lidando com homens de pouca instrução, ser capaz de narrar fatos do dia a dia com tanta criatividade e riqueza literária. Para completar, por preconceito, minha pele curtida de sol e o jeito de rapaz trabalhador despistam as pessoas, escondem o meu talento.

— Isso é ruim ou é bom?

— É bom, porque surpreende. Quando o vi pela primeira vez, mesmo de blazer e todo engravatado, o que me encantou foi sua rusticidade.

— Me comportei mal?

— Não! Você esteve perfeito! Estou usando "rústico" no melhor sentido da palavra. Para mim, não importou o traje formal.

Eu sabia que estava diante de alguém muito mais natureza que civilização, entende? Um rapaz de origem simples, mas que é capaz de compor cartas-poemas, onde você resume sua vida, se revela e ainda cria mistério.

Não consigo verbalizar coisa alguma, como se hipnotizado. No papel em suas mãos, a minha caligrafia! Na sua voz de atriz consagrada, uma das cartas — a última que escrevi antes de vir para o Rio de Janeiro.

*Convés, 12 de junho de 1979.*

*Meu tio, não me pergunte o que foi que aconteceu.*

*Foi tanta coisa que nem sei.*

*Foi o pai, a mãe, foi o sonho de menino. Da escola e da igreja, foi o sino. Foi o emblema do uniforme, foi a missa de domingo. Foi a meia esticada, o sapato de amarrar. A sandália? Esta foi bênção, foi destino.*

*Foi mesa posta, a comida, o sabor, foi o cheiro. Foi água, foi vinho, foi mistura, destempero.*

*Foi o lençol, o travesseiro, foi a cama. Foi barquinho de madeira, foi traineira, foi o peixe e foi a escama.*

*Foi máquina de costura, foi tesoura, roupa estendida no varal. Foi a prova, o manequim, foi o bem e foi o mal.*

*Foi sereia, foi ressaca, foi a calça arregaçada, o pé descalço. Foi a onda que apaga as pegadas na areia. Foi o sol, foi a camisa aberta. Foi o vento sul, a chuva certa.*

*Foi o caderno encapado, a redação, foi o apelido dado. Foi o César, foi a história, foi o livro furtado.*

*Foi Lorena, foi o beijo, foi o gozo, o bom pecado. Foi susto, foi festa, briga, paixão mais indigesta.*

*Foi a morte, a fita preta, foi você, tio Jorge, e foi a sorte. Foi o todo, foi a parte e, nos livros, foi o mundo e foi a arte.*

*Foi a primeira mala, a primeira viagem, foi o Rio de Janeiro.*

*Foi Juliano a me virar pelo Avesso e a me provar que não sou único, mas sou inteiro. Foi o que não lhe contei, porque você não leva a sério: as quatro facas, a recusa do ouro e da prata, o mistério. Foi a cigana, o escarro na fortuna que não serve.*

*Foi o recado bem dado no banco da praça. Foi o silêncio nos bancos da igreja e da escola. Foi o estudo honesto e foi a cola. Foi a bênção de meus pais, foi o pacto de sangue. Os mortos, os vivos, o baralho de herança. Foi a porta aberta, a curiosidade, foi a roupa do corpo, a ambição de criança.*

*Assim, meu tio, tudo o que por amor me fez ficar é o que, agora, por amor, me faz partir. Foi o que foi. É o que é. E pronto.*

*Beijo muito afetuoso do*
*Fiapo*

Terminada a leitura, como se fosse mãe experiente ou amante no auge da maturidade, faz a única ressalva.

— Só mudaria a assinatura. Não consigo vê-lo como Fiapo. João, sim, é o nome que condiz com todos esses sentimentos e imagens. Como seu tio Jorge já definiu, João é um nome esférico, aumentativo.

— Mas ele gosta do contraste: João Fiapo.

— Sim, eu também. Mas apenas como nome artístico. João é você na realidade, no tamanho certo. É lindo, é a sua cara. Por que se recusa a usá-lo?!

Eu já disse que Helena é uma mulher diferente, quase feia. Que sua alegria a faz sorrir com o rosto inteiro. Agora, séria, os olhos se tornam ainda mais azuis, um convite ao mergulho. João é meu real tamanho, João é o que ela quer. Portanto, João é o que ela terá, como dramaturgo aprendiz, como amigo, o que for.

— Tudo bem, você manda. Que seja João.

Minha pele exala desejo, a voz me trai, sinaliza que a aparente obediência é pura sedução. Nada premeditado — sou o que sou, mais natureza que civilização, não foi o que ouvi há pouco? Pois é assim que acontece — não pela aparência nem pelo conteúdo, sempre me deixo levar pelo corpo devoluto que reside entre os dois. Helena percebe, é claro, e passamos ao trabalho. Melhor para os dois.

Começamos pelo título provisório da peça: *Noite dos Cristais, noite de fúria*. O relato da protagonista começa em Berlim, na madrugada de 10 de novembro de 1938. As ruas da capital alemã cobertas por milhões de cacos de vidros depois que lojas, estabelecimentos, sinagogas, escolas e residências de judeus foram depredadas e pilhadas por forças paramilitares e civis alemãs, e pior, com a conivência das próprias autoridades. Assaltos, incêndios, espancamentos de pessoas inocentes. Heláne tinha 8 anos e presenciou toda essa barbárie em sua própria casa. Seus pais, Jacob e Adela, ainda conseguiram sair do país, mas, por força de lei, foram obrigados a deixar todos os seus bens para o governo. Emigraram para Buenos Aires, onde viviam uns primos, e, pouco tempo depois, vieram para o Rio de Janeiro recomeçar a vida. Assim, se inicia a saga de Helena Krespe — nome adotado no Brasil. Em sua maleta, algumas mudas de roupas e dois pequenos títeres — Franz e Ludwig —, principais protagonistas das peças do teatro caseiro que Jacob costumava produzir para a filha.

— Esses bonecos ainda existem?

Helena sorri e todo o seu rosto se ilumina.

— Sim. E vão contracenar comigo em nosso monólogo!

— Sério?! Imagino a alegria de seus pais, se pudessem vê-los em cena com você.

— E quem diz que eles não poderão ver?

— Tem razão, tem toda razão. E isso só faz aumentar nossa responsabilidade.

Helena concorda, lembra que Jacob e Adela eram críticos severos, leva o comentário para a brincadeira com sua alegria característica. Como a admiro por ser assim depois de todo o horror que viveu. Sua casa e sua infância destruídas por intolerância ideológica, pais de educação refinada, conhecidos e respeitados no meio acadêmico, tendo de recomeçar do zero em terra estranha, como indigentes.

— De que adianta reclamar das adversidades? O desânimo só faz piorar as coisas. A melhor resposta para o revés é a firme disposição para recomeçar, exemplo que recebi em casa.

Quanto mais conheço Helena, mais a estimo e a ela me apego. Cada fala, cada pequeno gesto a vão tornando mais atraente aos meus olhos. Sua sensibilidade aliada a extremo pragmatismo impressiona. Não à toa conseguiu sobreviver a tanto infortúnio. Quando lhe pergunto sobre os três meses que passou nos Estados Unidos, recebo dados que completam, com precisão jornalística, o quadro apresentado por tio Jorge. Em sua análise, revela um país de contrastes. Por um lado, a automatização que embevecia o visitante. Máquinas que cuspiam latas de refrigerantes, maços de cigarro, jornais, revistas, chicletes, selos para cartas e o que mais a mente pudesse imaginar. Restaurantes, supermercados e postos de gasolina *self-service*. Portas de vidro que se abriam quando ela passava e se fechavam sozinhas. Televisão em cores que mostrava as imagens do primeiro homem a pisar na Lua, em 20 de julho de 1969! Ela estava lá, ela testemunhou! Uma sociedade que ostentava limusines luxuosas e carrões exuberantes e coloridos — símbolos de status do *American way of life*. Enfim, um mundo fantástico que inexistia aqui no Brasil. Por outro lado, a triste constatação de que a civilização do consumo e do conforto também sabia ser cruel e discriminatória. Apenas em 1964, pela lei de direitos civis, a discriminação racial passou a ser crime. Por conta disso, Martin Luther King foi assassinado, e o democrata Robert Kennedy não teve melhor sorte. Ânimos exaltados, revoltas, violência generalizada. O sonho do pastor, que via "netos de escravos e netos de donos de escravos vivendo juntos e em paz", teve de ser adiado. Pelo menos lá nos bairros pobres de Nova York e, principalmente, nas terras do Sul, onde muitas residências ainda exibiam a bandeira dos estados confederados.

Helena sabe o que diz, sentiu na pele o preconceito, o ódio injustificável. Berlim de 1938 também era opulenta e civilizada, mas deixou-se levar pela intolerância. Pagou bastante caro por isso.

— Apesar de tudo, acredito que o ser humano está vocacionado para o bem. Sua violência é mais fruto do medo que da maldade. E até em situações extremas podemos encontrar gestos de bondade e compaixão.

Na tal "Noite dos Cristais", jovens uniformizados de cáqui entram enlouquecidos em sua casa, quebram todas as louças, cristais, espelhos, janelas. Divertem-se com os atos de vandalismo. Quando o mais violento segue em direção ao seu quarto, Helena escapa do colo da mãe e corre atrás dele. Ela vê suas bonecas serem destroçadas uma a uma. Chora, implora, luta em vão para protegê-las. Desesperada, consegue alcançar os dois títeres que enfeitam sua cama e, ingenuamente, tenta escondê-los. O criminoso vai para arrancá-los de suas mãos, mas — por milagre? — é impedido pelo companheiro que entra e, surpreendentemente, se revolta diante da covardia. É apenas uma criança! Basta! Fora daqui! — ele grita, expulsando-o do quarto. Depois, chega-se a ela, lhe afaga ternamente os cabelos e a tranquiliza, decretando que nada de mal aconteceria com aqueles dois amiguinhos. Com eles, assegura, nunca precisaria ter medo. Sai em seguida.

— Lembro-me de cada detalhe como se tivesse acontecido agora há pouco. E tenho gravado em minha mente o rosto daquele rapaz que, em um instante de lucidez, salvou a vida dos meus bonecos mais queridos. Sei que ele foi cúmplice da pilhagem, do quebra-quebra, das humilhações impostas aos meus pais. Mas tudo isso se apagou por seu único e mínimo gesto de bondade.

— O que terá acontecido com ele?

— Às vezes, me pergunto. Nunca lhe desejei mal algum. Ao contrário, sempre pedi a Deus que o levasse para o lado do Bem e o poupasse.

— Você tem uma história muito bonita, que causa espanto de verdade. Sei que, por mais que me esforce, nunca vou viver nada tão emocionante.

— Nem queira, meu querido. Nem queira.

Todos os fatos narrados estarão na peça, os claros e escuros da vida. A infância de sonho e a infância de fome. Mais a adolescência de lutas, vitórias e questionamentos, a doença e a morte dos pais, a sobrevivência pela arte — sempre ela! A explosiva década de 1960, a liberação sexual, o "faça amor, não faça guerra", o "é proibido proibir". Tudo há tão pouco tempo!

— Jorge, eu e nosso grupo do La MaMa vivemos loucuras em Nova York, drogas, sexo livre com quem estivesse à mão. Soltamos todos os bichos que mantínhamos presos no corpo e na alma. E olhe que já éramos bem crescidinhos. Hoje me pergunto, para onde caminhamos com toda essa liberdade? Estamos às portas do terceiro milênio com as velhas questões e perplexidades do passado. Você já ouviu a Elis Regina cantando "Como os nossos pais", obra-prima do Belchior? Não?! Vou pôr o disco agora para você!

Enquanto procura o LP, Helena cantarola o refrão.

— "Minha dor é perceber que/ apesar de termos feito/ tudo o que fizemos/ ainda somos os mesmos/ e vivemos como os nossos pais"...

A voz de Elis é um assombro, a música me revira por dentro, a letra toda me faz pensar. Helena foi direto ao ponto. Vontade de abraçá-la, beijá-la, forma primitiva de agradecimento. Mas me controlo — devo ser mais civilização que natureza. Penso em meu tio e todos os seus amores, de Domenico a Fernando. Como terá sido em Nova York com tamanha liberdade? Não ouso perguntar. Curiosidade besta numa hora destas. Melhor fazer bom uso da luz que Helena irradia, mergulhar em nossa peça. Obrigado, amiga, mestra, o que for. Você me preenche, me repleta, me transborda de sensações amedrontadoras e desconhecidas. Céu aberto e cativeiro.

# Meses e meses de imersão

O trabalho me absorve por completo, Helena é a minha inspiração; suas histórias, o meu fôlego. Quando estamos juntos, não perco frase, guardo cada palavra que me diz. O que Helena me oferece é vida em estado bruto. Roubam-lhe a infância, a casa, o país, e ainda se considera com sorte quando pensa no destino de seus primos e tios. Nas mãos de Jacob, os pequenos títeres lhe garantem que o desconforto da viagem de navio é também alívio, medo que também é alegria por terem, ela e os pais, escapado com vida. Assustador e bravio, o oceano é o caminho para o Novo Mundo, a liberdade. Visto de longe, o porto de Buenos Aires é esperança. De perto, é o vozerio, a multidão de emigrantes, a língua que não entende. Depois, o Rio de Janeiro, o recomeço, o pai e a mãe ganhando a vida e fazendo nome como encadernadores — o que era hobby na Alemanha passa a ser profissão no Brasil. As crescentes encomendas, a prosperidade. O lar torna-se também oficina de encadernação. O encantamento da pequena Helena ao ver brochuras simples repaginadas e enriquecidas com capas de couro ou percalina. A arte de dourar os livros, o ambiente de mágica. O aprender a língua portuguesa, a escola, as novas amizades. A adolescência, novos ares, a mudança da Tijuca para Copacabana. Morar perto da praia — o antigo sonho. O primeiro beijo, o primeiro namorado, o rompimento, o choro. A atriz, o teatro — arte que liberta e cura. O segundo namorado e o terceiro e o quarto, nada de dramas, a vida é mesmo feita de chegadas e partidas — sabe disso melhor que ninguém. A morte dos pais, os ensinamentos que deixaram — maior herança. Da oficina de encadernação, ficam os livros mais queridos dispostos na histórica biblioteca, verdadeiras obras de arte. Os amigos de palco mais antigos, Sérgio Viotti e Jorge Montese. A irmandade...

— Podemos parar um pouco, vejo que você está cansado.

— Não. Vamos continuar. Pelo menos, me deixa ler o próximo bloco, quando o Sérgio e tio Jorge veem os títeres pela primeira vez. Quero que você me diga se ficou bom o que eu escrevi.

— Nada disso. Por hoje, chega.

Embora contrariado, reconheço que o cansaço bateu mesmo, e o melhor é parar. Uma pena, porque essa cena é uma das que eu mais gosto. Profundamente emocionados com a história dos bonecos, os dois amigos improvisaram, com eles, um diálogo de impressionar. Como se sabe, o títere é um tipo de marionete que ganha vida com a mão do ator dentro dele. Assim, de certa forma, é recheado de carne e osso, tem sangue nas veias. Helena conta que a contracena, inventada na hora, se desenvolveu a partir desse fato. A mão de Sérgio se torna Ludwig e a mão de tio Jorge se torna Franz. Os dois personagens tentam desvendar o mistério de suas existências. Como é possível terem nascido em Berlim já com aquele rosto e, há tantos anos aqui no Brasil, nunca terem envelhecido? E que mágica terá se operado para terem escapado ilesos do massacre das bonecas? Ao fim, depois de muita discussão, concordam que alguma mão invisível e misteriosa deve mesmo escrever e conduzir nossos destinos e que a nós, bonecos recheados de carne e osso e sangue nas veias, cabe apenas bem representar o papel que nos é dado. Única na plateia, Helena os aplaudiu de pé. E naquele instante selaram a amizade que perdura. Quanto a mim, devo dizer que quando, pela primeira vez, vesti minhas mãos com Franz e Ludwig, foi meu corpo inteiro que se vestiu e, silenciosamente, se transportou para todas as aventuras vividas por eles. Um novo corpo múltiplo.

Os meses correm. Na pensão, saio apenas para uma refeição ou outra. O barulho contínuo da máquina de escrever é minha trilha sonora. Na casa de Helena, outro tipo de movimento. As leituras, as revisões, os ajustes. A perspectiva é acabarmos antes das festas de fim de ano. Falta muito pouco agora. Atriz e autor, cada vez mais próximos, cumplicidade. De repente, me ocorre o título, que é imediatamente aprovado: *A roupa do corpo*! Claro, não haveria outro. É sempre assim, de mãos vazias, que partem para o desconhecido milhares e milhares de refugiados, famílias expulsas de seus lares por incompreensível desumanidade.

Dia 8 de dezembro de 1979. O ponto final, a última leitura só nós dois. É isso! Conseguimos! O vinho tinto, o brinde a Dionísio e aos deuses do teatro!

— Você assina sozinho.

— O quê?!

— Você assina sozinho. Está decidido.

Beijo-lhe as mãos, o rosto, a boca. Ela permite e retribui os beijos com maior intensidade ainda. Merecemos toda essa explosão de afeto — os corpos sabem, reconhecem o árduo caminho que abriram juntos. Quantas discussões acaloradas madrugadas adentro. Uma única briga, é verdade — medonha, com ameaça de rompimento, choro e pazes feitas. Autêntico casamento. Sim. *A roupa do corpo* é fruto desta turbulenta e abençoada união. Trabalho de paciência, desgaste e superação. Meses e meses de imersão e agora o amor que sobe à tona para respirar. Amor inédito que me causa espanto. Sim, espanto. Não é o que eu sempre quis?

# Já não depende de mim

Três meses para a estreia. Sérgio Viotti no comando. Rege atuação, cenografia, iluminação, figurino, produção, divulgação, tudo. Fico felicíssimo quando sou convidado a participar dos ensaios. É comovente ver o empenho de todos da equipe para levantar o espetáculo, o entusiasmo com que se dedicam às suas especialidades. Não há palavras para descrever o que sinto ao ver profissionais de renome, tarimbados por anos e anos de prática, tão envolvidos na montagem do meu texto. O mal é que a vaidade me vai subindo à cabeça e nem me dou conta. Meu nome vem em primeiro lugar, repito em silêncio para mim mesmo. Ridículo, pois é. Como nada depende mais de mim, sobra-me tempo ocioso para posar de autor, me achando o todo-poderoso. Volto a visitar meu tio, sempre contando sobre os avanços nos ensaios. De lá, faço ligações para Convés. Mais para prosear sobre mim mesmo do que para saber sobre eles. Estão bem? Padrinho e tia Eunice com saúde? Avesso progredindo nos entalhes? Ótimo, é o quanto basta. O mais é passado, página virada. E tome falar dos meus progressos e da vida agitada na cidade grande.

Semana da estreia. Convite para entrevista com o autor João Fiapo e a atriz Helena Krespe, a história da parceria, o tema da peça etc. etc. etc. O quê?! Meu nome no jornal?! Isso mesmo. Sairá foto e tudo, no diário mais importante. Fora as matérias de divulgação do espetáculo. Em uma delas, na revista de maior circulação, o diretor Sérgio Viotti fala que é um privilégio trabalhar com Helena Krespe, e que se surpreendeu com a qualidade, força e lirismo do texto de estreia de um autor de apenas 23 anos. Quer mais o quê? Compro vários exemplares. Envio para meus pais, para Avesso e para os amigos de Convés, mostro para Marta e o pessoal da pensão. Por sugestão de tio Jorge, guardo alguns para iniciar um álbum de recortes. É a fama! — sonhar não custa nada.

Noite de estreia. Vinte de março de 1980. Alvoroço, movimentação de todos os profissionais envolvidos, do diretor aos operadores de som e luz. Nada depende de mim. Sou o autor. Só me faço vestir na casa de Helena para irmos juntos para o teatro. Com o dinheiro que recebi de adiantamento, fiz questão de comprar roupa nova, algo que combinasse com minha "pele curtida de sol", minha "rusticidade", e que estivesse de acordo com o coquetel que será oferecido na casa de Vicenza Dalla Luce — sempre ela, a anfitriã das festas mais badaladas da cidade. Desta vez, Helena foi, literalmente, minha figurinista. Apaixonada, resolveu que eu deveria assumir a nova identidade e dar pinta de autor mesmo. Colete, calça esporte, camisa listradinha de mangas compridas e o detalhe: gravata-borboleta à la Tennessee Williams. Não é que ficou bacana? Você está pronto para entrar em cena! Se ela diz, eu a beijo e acredito. Volto a me olhar no espelho. Mais abraço, mais beijo. Rimos muito. Que dupla!

Teatro lotado de amigos e convidados. Nervosismo. Os críticos, presentes. Sérgio e eu ficamos lá em cima ao lado da mesa de som e de luz. Ansiedade. Terceiro sinal, refletores ligados, a peça começa. Helena, aquela mulher que durante meses batalhou comigo no texto, rosto lavado, cabelo preso, roupa de andar em casa, aquela mulher quase feia torna-se outra. Monumental, irreconhecível, diva! Não há como não admirar cada movimento seu no palco, cada fala, cada pausa, cada gesto. O momento em que contracena com os títeres Franz e Ludwig — agora valorizado pela iluminação, cenário, figurino e trilha sonora — é talvez o mais comovente da peça. Aplausos em cena aberta. Sérgio e eu nos abraçamos, vitoriosos. Não por nós, mas por ela, a que valoriza o nosso trabalho e o de todos. A que, com sua atuação, dá sentido a tudo ao redor. À plateia, ao teatro, à vida mesmo. Minha Helena tão querida. Minha? Não sei. Ela diz que sou João, que me quer João, autor e amante no aumentativo. Lá em sua casa, talvez. Na sua cama, talvez. Mas aqui, volto a ser Fiapo apenas, fã incondicional e devoto. Cortina, aplausos, público de pé, cortina. Todas as luzes acesas. Helena ainda é a que mais brilha. Sérgio e eu descemos, é certo que seremos chamados ao palco. Como esquecer o que acontece? Como esquecer o pisar aquele espaço sagrado e estar lá em cima, ao lado dela? Como esquecer tio Jorge e Fernando nos aplaudindo emocionados? De repente, a mágica acontece. Olho para a plateia e só vejo os rostos de papai, mamãe e Avesso. Sobre eles, as quatro facas começam a girar feito pás de ventiladores. Sinto o vento a me impulsionar para o alto. De mãos dadas comigo, Helena, Sérgio, toda a equipe técnica. Nossa peça acaba de estrear, ganhar o mundo. Seu sucesso já não depende de mim, já não depende de nenhum de nós. Agora, é com a crítica, com o público, com a sorte.

# Marta e Lorena

Únicos convites para a peça. Marta, por consideração. Lorena, por exibicionismo. As duas me surpreendem, cada uma do seu jeito. A primeira disse-me que viria com uma amiga, mas me chega com o namorado, que eu nem sabia que ela tinha. O tipo me olha com cara de poucos amigos quando, por entusiasmo, Marta e eu nos cumprimentamos com beijos no rosto. Devolvo o estranhamento com ar de superioridade. Vontade de dizer: pensando o quê? Sou o autor, rapaz. E a atriz que você viu brilhar no palco é minha mulher. Mais desagradável é quando Marta me elogia a roupa. Mal disfarçando, ele vira o rosto e deixa escapar um risinho que quase me tira do sério. Não, o intruso não vai me estragar a noite. Nos poucos minutos de conversa, passo a ignorá-lo. Em compensação, sou todo elogios para Marta, que sempre me encanta com a alegria e a naturalidade que lhe são próprias. Primeira vez que a vejo fora da pensão, e sem o uniforme. Tornou-se ainda mais bela, irreconhecível. Ainda comentamos sobre a peça e a atuação de Helena. Alguém me puxa pelo braço e nos despedimos apressadamente. Faço questão de mostrar a ela que, para todos os efeitos, não vi ninguém a seu lado.

A surpresa que Lorena me apronta? Veio só, dispensou o convite para acompanhante. Reparo que, no amontoado de cumprimentos, ela espera pacientemente para falar comigo.

Tento não perdê-la de vista. Entre um abraço e outro, entre uma apresentação e outra, entre um comentário e outro, vou acompanhando sua aproximação. Por fim, estamos frente a frente. Ela me abraça e me beija na medida certa da amizade. Linda, elegantíssima, decotada — impossível não notar. Seu corpo me lembra intimidades remotas, passado revisitado. Raios. Por que isto agora? Tomo a iniciativa da fala, como simples amigo que sou.

— Que bom que você veio. Fico feliz.

Ela mantém minha mão dentro das suas, amiga que é. Nenhuma pressão que insinue desejo, nenhum segundo a mais que prove sedução. O enlace se desfaz, a voz transmite afetuosa sinceridade.

— Feliz fiquei eu, quando você me ligou. Não poderia deixar de vir. Parabéns. Seu texto é lindo, e a história de Helena, mais ainda. Que vida fascinante!

Por instantes, esqueço o mundo ao redor. Mais ninguém no foyer, apenas Lorena e eu. Feitiço ou o quê? O fato de ela ter vindo desacompanhada e aguardado discretamente para chegar a mim... Sua altivez, temperada agora com simplicidade... A admiração com que se refere à história e à vida de Helena... Tudo me atrai e desconcerta. Que absurdo é esse?! Como se meu corpo, agradecido, quisesse abraçar e beijar essa Lorena que me prestigia, que reconhece grandeza em outra mulher — que é a minha! Ela sabe, estava na plateia, fila D, poltrona 01, viu quando Helena me chamou ao palco, o beijo apaixonado que nos demos diante do público.

— E quer saber de uma coisa? Acho ótimo você ter assumido seu nome próprio: João. Vejo que todos o estão chamando assim!

— Pois é, para você ver. E um nome tão comum.

— Nos outros, talvez. Não em você. Ainda mais elegante desse jeito.

Elegante, eu! Rimos os dois, sintonia. Por mim, falaria um pouco mais. Impossível, muita gente querendo me dar os parabéns.

— Você vai à recepção na casa da Vicenza?

— Com certeza. Vejo você lá.

Beijos no rosto, sorrisos de satisfação, amigos que somos. Ainda a vejo de longe, indo embora. Os cumprimentos continuam, e logo Lorena é esquecimento. Em mim, não sobra espaço para mais nada além do ego inflado pelos elogios em fila. Só faço agradecer e ouvir e agradecer novamente e sorrir meio sem jeito. Falsa modéstia.

Há meses, chegava à casa de Vicenza Dalla Luce pelas mãos de meu tio Jorge, como ilustre desconhecido. Hoje, venho como homenageado. Os gregos estavam certos: os deuses premiam a ousadia, e fui corajoso ao sair de Convés para refazer minha vida aqui no Rio de Janeiro. Nada que se compare à saga de Helena, é verdade, mas, mesmo assim, acho que mereço o sucesso deste meu primeiro trabalho. Muitos outros virão, tenho certeza. A prova? Quando chego à rua dos Oitis, Márcio Fernandes, diretor e produtor bastante conhecido, já me espera à entrada da casa. Amável, logo me aborda, apresenta-se, diz que não poderá ficar para o coquetel. Oferecendo-me seu cartão, pede que eu o procure, está interessado em investir em novos autores e gostaria de me encomendar uma peça, mas é trabalho para agora, dedicação em tempo integral.

— Claro! Podemos conversar, sim.

— Ótimo. Mas, insisto, preciso do texto com urgência. Tenho inclusive os recursos para iniciarmos a produção.

Um forte aperto de mão e nos despedimos com o combinado de nos encontrarmos já na segunda-feira. Deixo-me estar por algum tempo, fixo-me no cartão, repasso com orgulho minha trajetória recente. Olho para cima, agradeço aos céus a nova oportunidade. Uma brisa súbita agita as folhas das árvores em frente. Serão as quatro facas? Melhor deixar de especulações metafísicas e entrar.

# A casa de Vicenza

É a mesma — os ambientes não mudam. O que muda é o nosso modo de vê-los, aprendi. A primeira vez que estive aqui, fui deslumbramento, enxerguei nobres que circulavam em um mundo de sonho. Boquiaberto, vislumbrei a possibilidade de fama e ascensão social. Nesta noite? Vejo apenas uma bela casa em festa, transito com naturalidade entre amigos e pessoas que celebram a estreia de uma peça. Mundo real de gente do teatro e das artes, povo de carne e osso, com defeitos e qualidades como eu — a ilusão se perde quando temos acesso ao truque, ao segredo da mágica que se realiza diante de nós.

Foi assim quando, menino, entrei pela primeira vez numa traineira. Que viagem, que aventura! Homens do mar! Valorosos trabalhadores, meus primeiros heróis! Com o tempo? Pobres pescadores a labutarem pelo peixe de cada dia, o sustento, a vida — atividade pesada e ingrata que, muitas vezes, me dava dó. Quando adolescente comecei a trabalhar no entreposto, tudo era mistério ao meu redor. Via o orgulho de meu pai com o novo empreendimento e, assustado, me perguntava que responsabilidades me seriam dadas. Que rotina era aquela? Estaria eu à altura de tão complexa organização? Não foi preciso mais que algumas semanas de prática para eu perceber que ali funcionava um simples mercado de peixes, e que o serviço do escritório era simples, fácil, sem nenhum mistério. Foi assim também com a casa dos pais de Lorena. A imensidão dos cômodos que de início tanto me intimidava logo se tornou lugar de correrias e brincadeiras de esconde-esconde. O luxo, que antes me impunha respeito, com o tempo se tornou desimportante e já me passava despercebido. Portanto, repito, os ambientes não mudam. O que muda é nosso modo de vê-los.

Com as pessoas acontece o mesmo. De longe, o pedestal, a idealização. De perto, o mesmo chão onde pisamos, a realidade — esta segunda opção, agora sei, é sempre a saudável, a recomendada para o bom conhecimento, a boa amizade, o bom casamento. Helena, por exemplo. No palco, a personagem que impressiona, a atriz que desperta paixão. Em casa, a mulher forte e falível, que me ombreia na arte de escrever e de amar. Os anos a mais me servem apenas como advertência: "Olha, fiz assim e não deu certo." Segundo ela, inútil advertência, porque, na vida, a experiência de cada um é ingresso pessoal e intransferível. Helena teve vários relacionamentos. De um deles, nasceu Mônica, sua filha, que é um pouco mais nova que eu. Ela lá se importa com o que possam dizer? Quer é viver o momento. Me assegura que, dure o que durar, nossa relação já terá dado certo, já terá valido a pena. Depois, que cada um tome o seu caminho e seja feliz. Se por sorte nos estendermos por longos anos, que saibamos valorizar o grande feito, mas sempre tendo em mente que nada é para sempre. E que, mais cedo ou mais tarde, de um jeito ou de outro, todo mundo se separa — é regra elementar desta nossa precária passagem terrena. A filosofia que põe em prática? Dar asas ao amor, deixá-lo livre. Quanto mais o soltamos, mais ele se apega e quer ficar. Se, ao contrário, tivermos a pretensão de prendê-lo, logo ele encontrará a saída e nos escapará das mãos — segredou-me a receita quando, enamorados, fomos para cama pela primeira vez.

Agora, na festa, voamos separados, cada um nos seus alçares, nos seus pousos. Vez ou outra, nos esbarramos aqui ou ali, e me vejo feliz assim. A liberdade de movimentos me dá confiança, faz com que eu me sinta seguro. Em determinado momento, opto por ficar sozinho diante do *Paciente pescador*, o quadro que me faz lembrar meu pai, minha infância, meu recanto de praia. Como estarão todos lá em casa? A esta hora, certamente dormindo. Saudade momentânea. Falarei com eles amanhã cedo. Volto a circular, a noite mal começa e meus passos me levam até Lorena, que conversa com Mônica e o marido Hugo. Quando me aproximo, sou logo incensado — bom ouvir palavras que valorizam o meu trabalho. O assunto se desdobra para a atuação de Helena, alardeio a parceria abençoada. Neste instante, Mônica e Hugo são chamados a conhecer não sei quem. Pedem licença e saem. Lorena aproveita a inesperada privacidade, retoma minha última frase.

— Parceria abençoada mesmo, o trabalho de vocês é primoroso. E você sabe que não sou de elogios.

— Helena foi um presente dos céus, mudou minha vida.

— Você merece, João.

— Estranho você me chamar de João.

— Estranho por quê? Aquele Fiapo que conheci não existe mais.

— Será?

— Claro. Basta observar você e Helena aqui na festa, a liberdade de um e de outro. Nada a ver com aquele adolescente possessivo que dizia que me amava, mas queria ser meu dono.

— Tem razão. Nesse ponto, devo reconhecer que tio Jorge foi fundamental para que eu visse você com mais clareza. Aliás, tivemos várias discussões por sua causa.

Lorena se surpreende, acha graça.

— É mesmo? Não sabia que eu tinha um aliado poderoso assim.

— Aliado total. Nunca me deu razão. Para ele, você esteve sempre certa.

— E você? Mudou de opinião a meu respeito?

A pergunta me obriga a ser sincero.

— Mudei, sim. Você sempre foi bem mais amadurecida que eu.

— E você, muito mais sensível. Acontece que só mais tarde pude perceber isso, e o bem que você me fez.

Lorena tira da bolsa um envelope e pede que eu o abra. Susto dos grandes, custo a crer. É aquele retrato que eu rasguei e joguei fora no canteiro de azaleias!

— Foi a Rosa que me deu. Ela encontrou os pedacinhos enquanto regava as flores no dia seguinte. Como foi ela que tirou o retrato, ficou com pena, resolveu juntar tudo e colar.

— Que loucura! Ela conseguiu criar um mosaico de papel!

— Isso mesmo, uma obra de arte. Mas pode ir me devolvendo, que eu não vou lhe dar ele de presente, não. Trouxe só para lhe mostrar.

Não falo nada, mas me sinto ótimo por ela querer ficar com o retrato. Sinal de que fui importante em sua vida. Quem diria que aquelas sementes de papel iriam germinar? O melhor de tudo? Eu me sentir livre, encarar com naturalidade o fato de Lorena e eu sermos só amigos. Trabalho paciente do tempo ou presença intempestiva de Helena?

A festa prossegue, converso com um e com outro. Tio Jorge me acena, faz sinal para que eu vá até ele. Está na companhia de Sérgio Viotti e de um homem que, aparentando seus 30 anos, chama a atenção por ser alto, magro, de barba preta e pele bem morena. Veste uma camisa longa, sem colarinho.

— João, quero que você conheça um amigo nosso, Francisco Azevedo. É diplomata, de passagem aqui pelo Rio de Janeiro, no momento está servindo em Washington.

Apertos de mão, trocamos sorrisos de muito prazer, tomo a liberdade de brincar.

— Pensei que você fosse indiano.

Ele é receptivo, acha graça.

— É, tenho mesmo tipo de Terceiro Mundo. Na Inglaterra, acham que sou indiano ou paquistanês. Na França, me confundem com argelino. Agora, nos Estados Unidos, pensam que sou iraniano.

— Gostaria de viver algum tempo fora do Brasil, conhecer outras culturas. Deve ser um privilégio morar no exterior como diplomata.

Francisco me faz ver que esse lado da carreira nem sempre é glamoroso. Muitos diplomatas são convocados para missões espinhosas, enviados para países em guerra, ou para postos insalubres em cidades sem infraestrutura alguma.

— Tenho quase dez anos como diplomata e posso lhe assegurar que a diplomacia é um sacerdócio. É preciso vocação. Mesmo tendo servido sempre em bons postos, às vezes me pergunto se terei fôlego para seguir até o fim.

— Você não gosta do que faz?

— Gosto. E muito. Mas gostar muito não basta. Você tem de se doar por inteiro o tempo todo. As obrigações interferem demais em sua vida particular. Só mesmo com muito amor e dedicação para suportar uma profissão com tantas mudanças e sobressaltos. Esposas e filhos de colegas meus sabem muito bem do que estou falando.

Francisco lembra ainda que, em determinadas circunstâncias, você é obrigado a abrir mão de convicções pessoais, defender posições de governo com as quais não concorda. E sua conduta é sempre observada e avaliada. Dá como exemplo dois casos conhecidos de colegas que foram demitidos — um, pela postura liberal. Outro, por expressar abertamente suas opiniões políticas. Duas mentes brilhantes: o poeta Vinicius de Morais e o filólogo Antônio Houaiss. Não foram os únicos. Pela arbitrariedade do atual regime, houve outras grandes perdas nos quadros do Ministério das Relações Exteriores, uma lástima.

— Chega. Melhor encontrar outro jeito de morar em outros países.

Francisco acha graça. Calma, também não é assim, ele pondera. Sente-se orgulhoso por pertencer a esse restrito grupo de profissionais que, sem alarde, representa o Brasil lá fora. O maior ganho? Os amigos que você faz — ouço de imediato. E o aprendizado para a vida: o ter de exercitar permanentemente a moderação e o diálogo. O compreender o peso das palavras e a essencialidade de seu bom uso. O entender o significado de cada passo, de cada movimento. O demonstrar serenidade sempre que é chamado a assumir pesadas responsabilidades... Estes, a seu ver, os maiores méritos da carreira — se incorporados ao seu dia a dia, é claro.

Tio Jorge é bruxo. Só pode ser. Não foi à toa que me quis apresentar ao "indiano". Quanta informação em tão pouco tempo. Eu, um secundarista meio desatento, agora envolvido em outros mundos tão diversos e complexos. A conversa ainda segue com conexões entre teatro e diplomacia: duas grandes artes — todos concordam. Artes de bem representar, de bem manusear as falas. Artes de se chegar ao outro por meio do contraditório que dirime dúvidas e conflitos. Artes do gesto certo no momento exato. Artes do texto tantas vezes trabalhado e retrabalhado em busca de precisão e acordo. Da mesma forma que me convidou para ir até ele, tio Jorge me libera da roda. O ligeiro aceno de cabeça e o imperceptível piscar de olho é sinal de que devo circular. Peço licença e saio. Mais uma aula que termina, matéria dada.

Pouco mais de 23 horas, Helena vem me ver, diz que devemos ir para liberar os convidados. Já estávamos na porta para sair, e a cena inusitada acontece. Colérico, cabelos em desalinho, um homem de roupão, pijama e chinelos esbraveja da calçada, impossível dormir com tanto barulho e amanhã é dia de trabalho, raios! Educadíssima, Vicenza entende o lado dele, argumenta que é relativamente cedo e nem há música, apenas o entusiasmo das conversas. De qualquer forma, ele pode voltar em paz para a cama, a recepção já está para terminar. De maus bofes, o homem vai embora intempestivo como veio. Risos. Que figura! Ficamos sabendo que se trata do vizinho Zenóbio, useiro e vezeiro em reclamações, sujeito insuportável. O inesperado episódio acaba que nos diverte.

A casa de Vicenza é a mesma, mas a vejo diferente. Agora, ainda mais humana e familiar.

# A casa de Helena

É novo lar que me é dado. Lar com cama de casal que inspira compromisso, roupas que dividem o mesmo armário, e peças íntimas em gavetas compartilhadas. A casa de Helena são livros na estante, mesa com máquina de escrever elétrica, cadeira giratória, canetas e papéis postos generosamente à minha disposição. São nossas toalhas no banheiro e as escovas de dente no mesmo copo. São nossas conversas preguiçosas entre lençóis e travesseiros, nossos corpos nus programando o futuro próximo — que o outro, mais distante, é apenas suposição, jogo de adivinha.

— Foi bom você ter saído da pensão para vir morar aqui. Fica mais fácil para nós dois.

— Não sei. Às vezes, acho que nos precipitamos.

Helena me beija, põe seu corpo sobre o meu, ar travesso.

— Deixa de ser bobo. Não tinha o menor sentido você ficar naquele vaivém maluco até o Catete.

Agora, sou eu que me viro e me ponho sobre ela.

— Tem razão. Melhor assim, nós dois juntinhos aqui.

Minha mão desliza corpo abaixo, vai aonde é chamada. As de Helena me puxam pelo pescoço e cabelo. Nosso amor desperto consente. O prazer, de portas abertas, nos dá as boas-vindas. Começar o dia assim é presente dos deuses.

Os meses voam. *A roupa do corpo* é sucesso de público e de crítica. A casa de Helena me dá sorte, me inspira. Passo os dias trabalhando em minha nova peça. O produtor Márcio Fernandes me deu carta branca para escrever sobre o que eu quisesse, com uma única restrição: que fosse história para apenas duas personagens femininas de 40 e 20 anos, aproximadamente. Fácil, pensei: trama envolvendo mãe e filha. Família rica, classe alta. Posso me inspirar no que Lorena me contava ainda criança a respeito de sua mãe. A gravidez indesejada de dona Teresa, o arrependimento por não ter feito o aborto, já que o nascimento da filha arruinou sua carreira como bailarina. Lorena ouviu o desabafo da mãe por acaso, numa troca de acusações com Haroldo, o marido. Sei dos pormenores, e posso inventar outros tantos. O título me vem de estalo: *Positivo* — o resultado do exame que trouxe para a família o inferno com todos os seus desdobramentos até o inesperado desfecho.

Helena sente alívio ao saber que terminei de escrever a peça.

— Só espero que, agora, você tenha mais um tempinho para a gente.

— Poxa vida, mais apaixonado do que sou?!

— Amor não é só cama, seu moço. Existe vida além deste quarto e desta casa, sabia?

Tem toda razão. Nada que não possa ser resolvido com beijos e a promessa, fielmente cumprida, de que voltarei a estar presente também lá fora. *A roupa do corpo* continua em cartaz. Assim, volto a buscá-la no teatro para emendarmos alguma programação até mais tarde com os amigos. Se as noites são deles, os dias são nossos. Dos passeios dos fins de semana às compras de supermercado, somos só nós dois e mais ninguém. Deliciosa e egoística cumplicidade.

Vinte e cinco de setembro. *Positivo* chega a um dos teatros mais nobres da cidade. Visibilidade em outdoors, jornais, revistas e televisão. Fácil de entender: Márcio Fernandes decidiu assumir também a direção do espetáculo, depois de anos dedicado apenas a produções teatrais. A decisão mostrou-se mais que acertada, já que ele tinha as ideias e a verba para realizá-las. Pude acompanhar de perto os últimos ensaios. Vi a veterana Lurdes Lima e a estreante Tristana Aragão entregarem-se de corpo e alma aos respectivos papéis. Tive certeza de que novos horizontes se abririam para mim.

Helena não pode comparecer à estreia, é quinta-feira, está atuando. Tudo bem, consegue passar rápido em casa, trocar de roupa e ainda chegar para o coquetel que está sendo oferecido no foyer do próprio teatro. Se antes da peça me portei a contento, agora, depois dos aplausos e das generosas taças de espumante, sou traído por minha incurável vaidade e por boa dose de insegurança. É que Lorena, desta vez, não chega sozinha para me cumprimentar. Quem é que está a seu lado como acompanhante? Isso mesmo: dona Teresa, os olhos vermelhos sinalizando que havia chorado. Terá se sentido ofendida? Bem provável. Afinal, baseei minha história em fatos dolorosos de sua vida, me apoderando sem autorização de intimidades e segredos e, pior, acrescentando invencionices à sua personagem para criar ainda mais crueldade onde não havia. Esses poucos segundos me parecem milênios.

— Dona Teresa... Que surpresa...

— Surpresa mesmo, meu filho. Da última vez que o vi, você ainda era um menino correndo com Lorena pelas salas lá da casa de praia.

— É verdade...

— Quem diria que aquele Fiapo magrelo se tornaria esse dramaturgo já tão prestigiado?

Dramaturgo já tão prestigiado? Olho para Lorena e depois de volta para dona Teresa, e o que vejo é expressiva sinceridade. Agradeço com um tímido e covarde obrigado. Então, aquela senhora, que entrou lá em casa para encomendar dois vestidos à minha mãe "à guisa de teste", me enaltece — com seus disfarces, a arte opera milagres.

— Sua personagem Irene me emocionou demais. Você conseguiu libertá-la de sentimentos amargos e hostis conduzindo o conflito para aquele desfecho redentor. O título não poderia ser outro: O "positivo" que no exame de gravidez lhe causou frustração e raiva torna-se o "positivo" que, ao fim, a realiza como mulher. Muitas vezes, eu me vi na personagem, pode acreditar.

Lorena sabe muito bem que suas confissões e segredos de adolescente também estavam lá no palco, mas não deixa transparecer em público o que sente. Olhando em meus olhos, limita-se a fazer duo com a mãe e avaliza o texto.

— Você me surpreendeu desde a primeira fala, tratou um tema complexo com verdade e delicadeza. Também me identifiquei com a Débora.

Por mecanismo de defesa, aquele autor inicialmente acovardado diante das presenças vivas de suas personagens — coautoras da trama, diga-se — torna-se altivo, senhor de si. Educadamente, agradeço a presença das duas e me despeço. Dona Teresa logo se afasta, Lorena ainda pega minha mão — o tato é outro, eu sinto. A voz baixa, determinada.

— Nossa história continua. Essa peça me dá certeza.

Por instantes, fico sem reação. Paixão revisitada? O garçom passa com a bandeja de bebidas, pego mais um espumante. Márcio Fernandes pede que eu pouse a taça em algum lugar — prefiro esvaziá-la antes — e vá tirar umas fotos com Luiz Américo, produtor português amigo dele. Segreda-me que nossa peça tem possibilidade concreta de ir para Lisboa. Ótimo, quer dizer que estou ficando internacional. Fotos, conversinha rápida, Tristana Aragão me puxa para falar com umas amigas que querem muito me conhecer. Lindas, todas elas! Pedem que eu autografe os programas da peça. Inflado, vou rabiscando o meu nome e ganhando os respectivos beijos de agradecimento. O calor se espalha pelo corpo inteiro. Ainda bem que, em pleno novembro, vim só com calça e camisa esporte bem leves, acertei no figurino. O último beijo recebido, no capricho, é de Tristana, que me agradece o carinho e alardeia que já lhe prometi o papel principal em nova peça. A pequena mentira me envaidece ainda mais, e a temperatura corporal sobe febrilmente. Não penso duas vezes: à moda de meu pai, desabotoo a camisa e, com maior fervor, lhe retribuo o beijo. Sinto que meu gesto causa algum constrangimento no grupo. Não tanto pelo beijo, mas pelo fato de, provocativamente, ter aberto a camisa antes — impressão equivocada de que a promessa teria preço. Como tudo pode piorar, Helena chega no exato momento da cena constrangedora. Fazer o quê? Nada. Cumprimentá-la apenas com cara de cachorro que quebrou louça.

— Oi, amor...

Elegantíssima, Helena apenas pousa os lábios nos meus, cumprimenta amavelmente Tristana e as amigas, e me pede desculpas por só ter podido chegar agora. As meninas sabem que ela está atuando em *A roupa do corpo*. Desmancham-se em elogios. Viram a peça, comentam detalhes da atuação, e a cena com os títeres, é claro. Confesso que sinto imenso alívio por estar agora em segundo plano. Penso em abotoar discretamente a camisa, mas desisto, seria passar recibo de minha inconveniência. Melhor fingir que estou à vontade, que sou assim mesmo, informal. Helena me conhece, percebe que estou representando pessimamente o papel improvisado. Generosa, me salva com sua habitual delicadeza. Beija-me afetuosamente o rosto e, bem devagar, vai pondo os três botões de baixo de volta às casas.

— Acho que ela fica mais bonita só um pouquinho abotoada. Sorrindo, ainda me ajeita o colarinho.

— Viu? Ficou ótimo, assim. E você mantém a homenagem a seu pai, com "o peito exposto, e o coração, ventilado".

Com a atitude de Helena, Tristana e as amigas passam a acreditar que meu gesto foi inofensivo. Obrigado, meu amor. Sua sagacidade sempre me desconcerta e ensina. Tio Jorge chega, põe a mão no meu ombro, avisa paternalmente que quer conversar comigo. Pela firme pressão que faz, sinto que o aviso não é convite, é ordem. Helena aproveita e pede licença para sair, precisa cumprimentar os amigos. Ainda a acompanho com o olhar, mas logo a perco de vista.

Sou levado de volta à plateia, iluminada agora por umas poucas luzes de serviço. O palco, vazio. O cenário já foi desmontado. O silêncio contrasta com o burburinho da festa. Tio Jorge não me poupa, é bastante didático.

— Ali, é o palco. Aqui, a plateia. Lá, fora, o foyer. Em cada lugar, um comportamento é devido. Não confunda os papéis, rapaz. Ou você vai se perder pelo caminho.

— O que é que eu fiz, meu tio?

Tio Jorge não se dá o trabalho de responder.

— Tudo bem, me excedi na bebida, admito.

Ele continua a me encarar calado.

— Está certo, fui ridículo desabotoando a camisa daquele jeito. Satisfeito?!

— Satisfeito?! Pense bem e veja se há algum motivo para eu estar satisfeito. O Márcio Fernandes veio até a mim pedir que eu conversasse com você. Disse-me que você esvaziou uma taça de espumante em um só gole, mal deu atenção ao Luiz Américo e foi logo se pavonear com aquele grupo de moças. O Fernando já tinha percebido que você estava bebendo demais e falando alto.

— Desculpe. Muita coisa na minha cabeça. Lorena apareceu aqui com a mãe. Levei um susto danado ao ver dona Teresa, você sabe a razão.

— Sei. Como sei também que a camisa aberta não teve nada a ver com homenagem a seu pai.

— E por que deveria ter? Pela segunda vez, convidei ele, mamãe e Avesso para virem ver uma estreia minha. E os três tornaram a dizer que não podiam sair de Convés.

— Faça como eu. Vez ou outra, fale com seu pai por telefone. Ele vai ficar feliz. Conversem, troquem novidades.

— Novidades... Que novidades eles podem ter para contar?

— Não estou reconhecendo quem fala. Chego a me perguntar se fiz bem em trazê-lo aqui para o Rio.

— Você não me trouxe. Eu vim porque quis.

— Para aprofundar os estudos, fazer uma faculdade, lembra? Até hoje nem passou pela porta para se informar.

— Você me apresentou à Helena! Você é que me deu trabalho!

— Trabalho não impede estudo. Até hoje, atuo e sou professor na Martins Pena, você sabe.

— Pode ficar tranquilo que não desisti dos estudos. É que tive de emendar esses dois trabalhos. Pode perguntar à Helena o tempo que dediquei a um e a outro. Escrever essas peças não deixou de ser uma espécie de aprendizado.

— Reconheço os seus méritos. Mas, quanto a seus pais e ao Avesso, aconselho que dê mais atenção a eles. Quando foi a última vez que vocês se falaram antes do convite para a peça?

Não respondo, não faço ideia.

— Vá lá em casa, ligue quantas vezes quiser.

— Esse não é o problema. Helena tem telefone, posso muito bem ligar de lá.

— Pois então ligue. Para saber deles, para se interessar por eles, para ouvir as velhas e repetidas novidades que tenham para lhe contar. E dê notícias suas. Notícias caseiras, vida pessoal. Eles se preocupam é com o filho e o irmão, não com o sucesso do autor de peças teatrais.

— Pode deixar. Amanhã mesmo, eu telefono.

— Ótimo. Pode ir agora. Vou ficar aqui mais um tempo.

Parece que a conversa com tio Jorge acelerou o efeito do álcool. Passo da fase eufórica para a fase devagar quase parando. Procuro por Helena, ainda há muita gente, custo a encontrá-la. Finalmente, a vejo numa das sacadas com o fotógrafo Otávio Torres, conversam animadamente. Chego sem alarde, a camisa já devidamente abotoada.

— Oi, Otávio. Ainda não tinha visto você.

— Cheguei há pouco. Estava terminando um ensaio fotográfico para a *Vogue*.

— Que legal. Parabéns.

— Já soube que a peça foi um sucesso. Mais um, não é?

— Parece que sim. Lurdes e Tristana saíram-se muitíssimo bem.

Entusiasmada, Helena aproveita para me contar que acaba de fazer um convite ao Otávio. Ela ficou sabendo agora à noite pelo Sérgio Viotti que a produção fechou contrato para uma turnê, a partir do próximo mês, por todas as capitais do Nordeste. Estava precisando de um fotógrafo para acompanhá-la, e ele aceitou. Com os olhos quase fechando, esforço-me para demonstrar igual entusiasmo.

— Que ótimo.

A conversa segue com Helena dando detalhes dos planos de viagem, dos teatros onde a peça irá se apresentar e mais isto e mais aquilo. Uma sorte incrível podermos continuar em cartaz logo após a temporada aqui no Rio de Janeiro. Mal consigo disfarçar o sono, Otávio percebe.

— Acho que o nosso autor está querendo ir para casa.

— O autor bebeu um pouquinho além da conta, é isso. Vou mesmo me despedir, se vocês não se importam.

— Quer que eu vá com você, querido?

— Não, tudo bem, aproveite mais um pouco. Vou bater na cama e apagar.

Helena e eu nos beijamos ternamente. Ego murchando depressa, abraço Otávio e saio à francesa. Confesso que sinto indizível prazer ao entrar no táxi e dar a direção de casa. A casa de Helena, que também é minha, não sei por quanto tempo. A casa dessa mulher que me entende como ninguém e me atura os variados humores.

Chave na porta, custo a acertar a fechadura. Entro e vou acendendo as luzes. A casa de Helena, meu lar maduro, meu aconchego experiente. Vou dormir no quartinho de empregada, em cama estreita. É que não quero me deitar ao lado do meu amor com esse bafo de bebida. Amanhã, quando acordar, tomo uma boa ducha e vou visitá-la em nossa cama, despertá-la com paixão perversa — sei que ela gosta.

Uma turnê pelo Nordeste... Conhecer aquele outro Brasil, que é severidade e poesia... Com Helena no palco dizendo o meu texto... Não é a primeira vez que, por conta da bebida, durmo aqui no quartinho de empregada, simpatizo com ele... Preciso aquietar o pensamento, não é só o corpo que quer descanso, Marta me ensinou. Como é mesmo que eu faço? Esqueça passado e futuro. Deixe que os dois se aquietem lá no tempo deles, e você dorme feito um bebê... Saudade da amiga... Engraçado pensar em Marta aqui na casa de Helena...

# Tudo acontece neste outubro

E deixa de acontecer, também. Tenho de optar entre acompanhar Helena ou viajar para Lisboa com Márcio Fernandes. Vou para Lisboa — é importante minha presença em entrevista televisiva, ao lado dele e do Luiz Américo, para divulgar a futura estreia de *Positivo* em Portugal. Rosário Coutinho e Maria da Luz, atrizes portuguesas de renome, também estarão no programa. Enfim, compromisso profissional obrigatório. Embora triste, Helena entende a decisão perfeitamente. De qualquer modo, minha ida ao Nordeste seria mais por turismo que por trabalho.

Depois do sermão de tio Jorge lá no teatro, passo a telefonar com mais frequência para meus pais. Esqueço as vaidades, e também as cobranças por eles não terem vindo para as estreias de minhas peças. Pouco falo de mim, cuido apenas de perguntar pelas rotinas da família e da comunidade em Convés. Nada há de novo por aquelas bandas, nunca. Mas, como já afirmei, surpresas acontecem neste outubro. Na conversa de agora há pouco, fico sabendo que a madrinha Eunice está grávida! O quê?! Sim, é verdade! Parece milagre que ela e meu padrinho Pedro Salvador, com 48 e 55 anos respectivamente, tenham, a essa altura da vida, conseguido encomendar o tão ansiado bebê! Comovida, mamãe conta que, semanas antes da notícia, Avesso esculpiu uma mulher grávida em cedro-rosa — uma belezura! — e deu de presente para o casal. É que, por sonho, soube que uma criança estaria para chegar àquela casa a qualquer momento.

— O compadre e a comadre, é claro, não cabem dentro deles de tanta felicidade. Botaram a pequena escultura da mulher grávida no oratório, ao lado dos santos e do Sagrado Coração. Estão certos de que se trata da imagem de Nossa Senhora do Ó, a virgem gestante. Como agradecimento, já convidaram o Juliano para padrinho da criança.

A notícia e o modo como me é dada provocam em mim contida e indignada comoção — mistura de culpa, ciúme e tristeza. Culpa por meu afastamento voluntário, ciúme por Avesso ter sido convidado para padrinho, e não eu. Tristeza por constatar que a vida dos meus queridos segue normal mesmo na minha ausência. Os anos que vivi em Convés vão sendo esquecidos. E eu, personagem que já não interfere no andamento daquela história. Mantenho a mão no telefone, mesmo depois de desligá-lo, como se quisesse reter algo de concreto vindo do lugar onde nasci e me criei. Quando, por fim, consigo soltar o aparelho, o choro vem não como alívio, mas como revolta. Revolta por eu remoer tantos sentimentos ruins, por não conseguir me alegrar com a gravidez de minha madrinha. Por ter perdido a conexão com as pessoas mais importantes da minha vida. Queria o quê? Que ficassem lá chorando as pitangas porque foram abandonados? Você aqui se esbaldando nas festas e eles lá, se lamuriando pelos cantos? Pois fazem muito bem em tocarem o barco com o entusiasmo de sempre. Quem pulou fora que se ajeite.

A autorrepreensão surte algum efeito. Pelo menos, por inútil ou vergonhoso, paro de chorar. Se Helena estivesse aqui, talvez minha reação fosse outra. Culpa, ciúme e tristeza viriam me azucrinar, é certo, mas eu posaria de forte, comentando a novidade com um misto de ironia e indiferença. Ora, veja só, depois de tantos anos, já com idade de serem avós, encomendam o filho! Diante dela, seria o João maiúsculo, que caminha vertiginosamente para o sucesso, o autor seguro de si, não este Fiapo ressentido por não ser onipresente, onipotente, imprescindível lá e cá.

Ando pela sala em idas e vindas sem sentido, bicho enjaulado. E não adianta ir para rua, feito bicho solto — toda a natureza do Rio de Janeiro não me basta agora. Preciso voltar a Convés, passar um bom tempo sem relógio, recompor tudo o que fazia parte de mim. Pisar em terra firme, meter a chave na porta da casa que, suponho, ainda é minha, adentrar o quarto que me viu ganhar barba e pelos no corpo, atirar-me na cama estreita — Avesso que volte a se ajeitar no sofá e se dê por satisfeito, irmão mais velho tem direitos. Só embarco para Lisboa na próxima semana, haverá tempo de sobra.

O telefone toca, corro para ele. É minha mãe novamente, só pode ser. Precisa de mim, esqueceu de me dizer ou pedir algo importante e...

— Alô?

— João? Lorena, tudo bem?

Incredulidade. O passado volta com voz de mulher, mas é voz que seduz. Passado que me leva a Convés por outros caminhos.

— Lorena?!

— Tem um minuto para mim?

— Claro.

— Pensei muito antes de ligar, tomei coragem e vou ser direta: preciso vê-lo o quanto antes, quero muito conversar com você. Desde que nos vimos na estreia de *Positivo*, não consigo tirar você da cabeça. Também tenho algo para lhe mostrar, mas não posso dizer o que é.

A fala ansiosa e a enxurrada de confissões me desconcertam. De tão surpreso, permaneço em silêncio. Não é exatamente a volta às origens que eu imaginava. Mas, se Deus escreve certo por linhas tortas, quem sou eu para...

— João? Você me ouviu?

— Ouvi, sim.

— E então? Podemos nos ver?

— Agora?!

— É, agora. Sei que Helena já está em Salvador.

— Desculpe, Lorena. Mas não vou me sentir bem convidando você para vir aqui sem ela.

— Nem eu iria, João, que ideia. Moro sozinha, a gente pode se ver aqui em casa.

Tento processar rapidamente a informação: eu, carente do jeito que estou, com Lorena, que quer me ver agora. Nós dois, sozinhos, no apartamento dela. Sei, entendi. O jeito é parecer natural e objetivo.

— Tudo bem. Qual é o endereço?

Anotação feita, papel no bolso, vou sem pressa. Leblon, rua Dias Ferreira. Apartamentinho de dois quartos, presente dos pais quando ela fez 21 anos, confortável, uma graça. Seis da tarde. Demoro um pouco a chegar, faço de propósito, ponho a culpa no trânsito, sei que os cariocas usam muito esse artifício para justificar atrasos. E mais: não vou vestido de autor. Vou de pescador. Camisa de manga arregaçada, calça surrada dobrada pela canela e a velha sandália de couro. Só que o pescador — ela logo vê ao abrir a porta — não é mais Fiapo. É João.

— Que bom que você veio.

Ela vem e me abraça. Não é mulher, é menina. Por isso, minha reação é acariciá-la como se fosse filha, irmã, sei lá. Seu corpo sente carinho protetor, porque se aconchega em mim com mais confiança — certeza de que não vou abusar de sua entrega. Ficamos assim colados por um bom tempo. Até que, aparentemente saciada, ela se afasta.

— Obrigada, João.

Voz sempre baixa, me convida a entrar. Só então posso observá-la melhor: mais atraente que nunca, não se preparou para me receber. Rosto lavado, cabelo preso com natural displicência, vestido leve de andar em casa e descalça — gosta de pisar assim desde criança, me lembro bem. O passado volta por outras vias. Mistério que instiga. E o convite que inspira.

— Poderíamos beber alguma coisa. O que você acha?

— Acho ótimo.

— Uísque? Vinho?

— Vinho.

— Tinto?

— Perfeito.

Lorena dispensa ajuda. Com elegância e habilidade de quem sabe receber, logo traz os cálices, o vinho aberto, uma cestinha de pães e uma pequena tábua com diferentes tipos de queijos. Propõe o brinde.

— A você e ao seu sucesso.

— A nós dois, à nossa amizade e à nossa história.

Lorena está visivelmente fragilizada. Sorrimos, batemos as taças, bebemos e nos acomodamos no mesmo sofá, eu já descalço. Para animá-la, demonstrando satisfação, dou início à conversa.

— Esperava tudo hoje, menos estar aqui com você. Sua ligação me alegrou. O convite, mais ainda.

— Que bom. Me faz sentir menos culpada.

— O quê?! Ouvi bem? Sempre achei que a palavra culpa não constava do seu dicionário.

Riso espontâneo acompanhado de um bom gole de vinho.

— Pois é. A vida bate e a gente muda.

— A gente muda de qualquer jeito, Lorena. Por bem ou por mal.

Conformada, ela dá de ombros. Levanta-se, acende um incenso.

— Gosta? É de jasmim.

Antes que eu responda, pega um LP, tira o disco da capa e põe para tocar. Rock progressivo, ela me explica. Renaissance, uma banda inglesa.

— "Ashes Are Burning". Amo esse disco. A voz de Annie Haslam me transporta para os anos em Londres.

— Nesse tempo, eu não existia para você.

— Como é que você sabe? Você estava lá comigo?

— Acho melhor parar por aí. Esse assunto me machuca. E muito.

— Eu sei. Por isso, é importante que você ouça a parte da história que eu nunca contei.

Como se saboreasse vinho consagrado, Lorena esvazia o cálice. Torna a se servir. Para demonstrar sintonia, permito que ela complete o meu. Ficamos algum tempo calados, "Ashes Are Burning" como fundo. Finalmente, ela começa. Inveja. Sim, inveja é a primeira palavra que consegue verbalizar. Com honestidade que impressiona, diz que foi o que sentiu de mim desde que nos conhecemos. Vai desfiando nossa história com outros olhos — os olhos de sua alma que eu não via. Inveja da mágica que eu imprimia em nossos encontros e brincadeiras, sempre a levando pela mão para voarmos juntos, e ela, atônita, tentando acompanhar meus delírios criativos. Como esquecer as perigosíssimas aventuras com meus barquinhos de madeira, os enredos mirabolantes para a sua casa de bonecas — antes de minhas invencionices, um peso inútil e sem vida. Como esquecer o apego que Sultão sentia por mim, o jeito como eu transformei o pavor ao conhecê-lo — tão visível! — em irmandade canina. Claro. Meu lado bicho sempre presente. Quando insisti para que ela fosse de traineira ver a pesca de cardumes em alto-mar, como não lembrar os mínimos detalhes? Minha ousadia e exibicionismo, o respeito e o carinho dos pescadores por um moleque magrelo, a pele curtida de sol. Mais tarde, adolescente, esse lado bicho se impôs. Nos movimentos, no faro, no cheiro do corpo, ela enfatiza. Nossas roupas não eram impedimento para o prazer, ao contrário, porque, irrefreável, eu dava vida aos panos que nos escondiam. O primeiro sexo, bem visível, permitido, à luz do dia! Tudo era amor, paixão, fantasia.

— Foi você que me despertou todo esse amor, Lorena. Me atiçou, me revirou por dentro. Não sei quem eu seria se não tivesse conhecido você. Falo sério. Você me fez homem. Em todos os sentidos.

Ela afaga o meu rosto com uma ternura que eu não conhecia.

— Por favor, deixe que eu termine, é importante.

Silêncio demorado. O incenso inebria, o vinho nos tempera, e o Renaissance continua nos dando a trilha sonora, nos transportando para outro plano. Misturadas à música com ares místicos e às letras em inglês, que não compreendo, nossas vozes reverberam ecos de um passado distante. Lorena parece levitar, suas palavras flutuam.

— Londres não foi nada de tão especial assim. A viagem valeu pelos estudos, pela cidade, que é lindíssima, e pelos países que conheci depois que me formei. De resto, só decepção.

— Por quê?

— Porque levei você comigo. Porque, com todo rapaz que eu saía, a comparação era inevitável.

— Exagero seu.

— É verdade, João. Pode parecer loucura, mas eu pensava no quanto tudo teria sido mágico se nós dois estivéssemos juntos vivendo aquele mundo novo. Sonho impossível, eu sabia. No plano real, não combinávamos em nada, habitávamos planetas diferentes.

Preciso de um pouco mais de vinho. Lorena é pródiga, enche nossos cálices, toma fôlego e segue com o enredo. Sua tábua de salvação? Carla, a colega de quarto — uma menina brilhante e imaginativa. Sempre de bem com a vida. Adiantava reclamar das frustrações e reversões de expectativa? Não. Pois é. Então melhor seria aproveitar aquela Londres efervescente da melhor maneira possível. As duas se tornaram íntimas, par constante para toda e qualquer programação. Dos passeios de bicicleta às margens do rio Tâmisa aos shows de rock e andanças pelos pubs mais alternativos. A razão? Lorena ri incontida.

— Carla se parecia com você. Em tudo. Era sua versão de saias.

— Ahn?!

Cara de menina perversa, ela beija os indicadores cruzados.

— Juro. Até aquele seu lado romântico, meio cafona.

— Eu não acredito que...

— Pois pode acreditar. Carla evitou que eu levasse uma vida de freira naquela Londres que viajava ao som de Pink Floyd, Genesis, Yes, Queen... Carla foi você...

Lorena, sendo Lorena, sabe como me despertar a libido, me provocar o desejo. Minha curiosidade vai aos céus.

— Ela mora aqui no Rio?

— Imagina. Decidiu ficar por lá mesmo. Está vivendo há quase dois anos com uma inglesinha. Carol. Pelo que sei, as duas estão ótimas.

Europa, longe demais. A febre arrefece. Lorena aproveita para, em giro de 180 graus, explicar aquela aparição lá em casa, sem aviso, no susto — exteriorização da antiga inveja acrescida de raiva.

— Só notei a raiva. E não conseguia entender a razão. A vida sempre lhe ofereceu tudo de mão beijada.

— Para mim, era exatamente o contrário. Você tinha o amor de seus pais, era querido na escola, brinquedos feitos à mão pelo padrinho, um mundo de poesia e mágica do qual se orgulhava.

E o que é que eu tinha? Os cuidados da Rosa, brinquedos caros que não me interessavam, e vivia mudando de colégio pelas confusões que aprontava. Depois, quando cheguei de volta ao Brasil, para compensar as frustrações, muito dinheiro para gastar com festas, roupas e futilidades.

— Você parecia bem feliz e orgulhosa em ostentar tudo isso.

— O verbo é esse e está no tempo certo: "parecia". Meus pais estavam se separando, divórcio litigioso, um inferno. E minha chegada só fez piorar as coisas entre eles. Aquela festa foi puro extravasamento.

— Sinceramente, não entendo. Se sentiu minha falta em Londres, se imaginava o que teria sido nós dois juntos, porque voltou me agredindo e humilhando daquele jeito?

— Raiva, já disse. Queria você comigo flanando e aprontando em Londres. Não, em Convés, trabalhando no entreposto do seu pai. E eu esperando o maridinho em casa, banho tomado, perfumada, com o jantarzinho já pronto, jantar romântico de preferência. Dinheiro, João. Só o dinheiro me fazia sentir superior a você. Ostentar era a forma de eu pôr para fora a raiva que sentia por sermos tão diferentes e estarmos tão ligados.

A última faixa termina, mas o disco segue girando. Significativo, não? A repetição sem fim parece ter sido encomendada de propósito. Eu mesmo me encarrego de ir até lá levantar o braço do toca-discos e pousá-lo no lugar. Chega de música, chega de bandas inglesas, chega de viagens a Londres e a outros planos. Alívio. Lorena também para de girar, emudece. O incenso acaba, vira cinza. Mas ainda há vinho. E o tempo presente. Dispenso o vinho. Fico com o hoje, o neste exato momento.

— Por que me chamou aqui?

— Porque você é outro. E eu sou outra.

— Isso nós já sabíamos quando nos vimos no casamento de sua amiga Mônica.

— E também depois, em suas duas peças. Três ocasiões, três surpresas. Ou espantos, como você gosta de dizer.

— Espantos?

— Sim, espantos. Na casa de Vicenza, sua elegância no modo de vestir, no jeito de falar, os amigos que fez. Na estreia de *A roupa do corpo*, sua relação apaixonada com Helena Krespe. Senti ciúme ao ver vocês abraçados no palco, aquele beijo em público. Finalmente, o maior espanto, quando fui com mamãe ver *Positivo*. Não tinha ideia do que iria assistir. E o recado, que recebi através do seu texto, não poderia ter sido mais claro e direto: viu, menina, o que você perdeu por não ter acreditado em mim, por achar que pescador, filho de costureira, não teria futuro algum?

Vou falar, mas ela faz sinal para não ser interrompida.

— Mamãe chorou a peça quase toda. Eu sabia que você tinha se baseado em desabafos meus, informações que lhe dei. Mas a humanidade com que você apresentou mãe e filha, a resolução do conflito com a redenção das personagens no final, foi intuição sua. Assustada, me perguntei como você poderia ter chegado àquela conclusão, se nos perdemos de vista, se você não soube mais nada a meu respeito.

— Não tem mistério nenhum. Sempre achei que você e sua mãe eram parecidas e que, um dia, iriam se acertar de um jeito ou de outro. Não inventei nada, pus no papel o que eu acreditava, só isso.

— Não foi "só isso". Foi a sua sensibilidade, o modo como você vê o mundo.

Pausa demorada, pelo cansaço dos dois, talvez. Os cálices vazios e ninguém se anima a reabastecê-los, mesmo com a garrafa ao alcance. Agora, os queijos e a cesta de pães apenas compõem a mesa. Com algum esforço, retomo o diálogo.

— Sabe o que aprendi nesses anos longe de você?

Lorena se limita a me olhar, crédula, como se ansiasse ouvir algo novo. Para nos dar ânimo, recorro a um conselho de tio Jorge.

— A vida não é corrida de cem metros rasos. É maratona, corrida de fôlego. Ainda somos jovens, temos muito chão pela frente.

Ela sorri e me devolve a pergunta.

— Sabe o que aprendi nesses anos longe de você?

— Me diz.

— Que "a felicidade desperta mais inveja que a riqueza."

Custo a crer que Lorena possa verbalizar algo assim.

— Maravilha. De onde você tirou isso?

— De um senhor muito querido: Antônio. Ele e a mulher, Isabel, têm um restaurante que é puro aconchego. Fica no Centro, na rua do Ouvidor. Qualquer dia, levo você lá.

— "A felicidade desperta mais inveja que a riqueza". Gostei. Explica muita coisa, não é?

— No meu caso, explica, sim.

Depois que dona Teresa e dr. Haroldo se divorciaram, Lorena ficou bem mais próxima da mãe. As duas acabaram acertando os ponteiros, descobriram afinidades e decidiram abrir uma galeria de arte, que fica naquele centro comercial de Copacabana entre as ruas Siqueira Campos e Figueiredo Magalhães.

— Sei onde é.

— Estamos sempre lidando com pintores, escultores, gravuristas. Promovemos exposições, lançamentos… Enfim, gosto do que faço e gosto da companhia de minha mãe. Papai se afastou um pouco da gente, mas tudo bem. Está lá na vida dele, que seja feliz.

— Você ainda não me falou se conheceu alguém depois da Carla.

Encabulada, ela ganha tempo.

— Ninguém que valesse a pena. Mais quantidade que qualidade.

A resposta é dada com indiferença e alguma tristeza. Insisto.

— Não é o tal do amor livre que você sempre quis?

— A liberdade não resolve grande coisa, mas sempre ajuda nos momentos de carência afetiva.

— Que, pelo jeito, é o seu momento atual.

Ela não responde, abaixa a cabeça. Me arrependo de ter sido tão direto. Tento compensar com uma confissão sincera.

— Acontece, não há por que se envergonhar. Hoje estou me sentindo um pouco assim.

— É porque a Helena viajou?

— Não. Nada a ver com Helena. É que bateu saudade de Convés, do povo de lá. Aqui no Rio, me sinto a milhões de anos-luz daquele meu universo, que vai passando muito bem sem mim.

— A felicidade também desperta mais inveja que a fama e o sucesso.

Acho graça, dou razão a ela, que sente prazer em ter me atingido no ponto certo. Chegamos à conclusão de que não podemos ter tudo o que queremos, de que cada escolha implica caminhos a serem seguidos. Não há como apreciar as paisagens de duas estradas ao mesmo tempo — aprendizado básico, certo? Que certo nem meio certo. Lorena me desmente de imediato.

— Helena é uma estrada e eu sou outra. Não me importo de ela ser a estrada principal, a que tem visibilidade e dá segurança. Posso ser aquela que segue escondida por dentro, em que o motorista deve ir mais devagar e estar sempre atento a cada curva. Se você quiser, pode desfrutar das duas. Vontade, você tem que eu sei.

Lorena sendo Lorena. Minha árvore do conhecimento, meu fruto proibido, minha Eva atiçando todo o bem e todo o mal dentro de mim. Depois de tanto tempo, minha volta a Convés. Se Deus dirige certo por estradas tortas, quem sou eu para não lhe entregar a direção?

Recato e pudor são esquecidos. Arrancamos a roupa do corpo como se ansiássemos por nos revelar no mais íntimo de nós mesmos. O chão é a nossa cama — desconforto, aspereza, a própria vida. Volto a mapear e a desenhar com beijos aquelas terras e oceanos que foram meus um dia. Posses e entregas que se alternam, corações que disparam a bater em corpos trocados. Por fim, colados e indistintos, somos a mesma carne, o mesmo espanto.

# Estradas e desvios

Estrada vicinal é o que Lorena se torna em minha vida. Helena, sem dúvida, a estrada principal. Duas estradas que seguem na mesma direção, mas por vias diferentes. Preciso de uma e de outra, das diferentes paisagens que me oferecem — diferentes velocidades, experiências, sinalizações, paragens. Estradas que me convidam à entrega por inteiro, porque, por amor e gratidão a elas, não me divido — me desdobro. Estradas que, com o passar do tempo, só me fazem confirmar o acerto desta arriscada viagem em dupla jornada.

Vou a Lisboa, conforme programado. Lorena me aparece de surpresa no aeroporto, está no mesmo voo. Ahn?! Para Márcio Fernandes, inventa que tem negócios a tratar em Portugal, sua galeria de arte planeja uma exposição de artistas brasileiros por lá. Que coincidência! O mundo é pequeno, ele diz. O dos ricos, menor ainda, ela repete o bordão, diverte-se ao me ver de olhos arregalados. Minha primeira viagem de avião, primeira travessia de oceano, primeira visita a um país estrangeiro. E é Lorena que me acompanha na aventura. Por Helena, peço a ela discrição. E ela cumpre o prometido, estrada vicinal que é. Nossas poltronas, distantes. Só nos permitimos algumas trocas de carinhos em plena madrugada, quando todos dormem. Nós dois em pé, no pequeno corredor de serviço da classe econômica, como se fôssemos namorados adolescentes em frente ao portão de casa, sob olhares vigilantes. Não os da mãe ou os do pai, mas os das aeromoças e os dos comissários de bordo. Cúmplices, anotamos nossos endereços e números — estamos em hotéis diferentes, é claro. Nas horas vagas, sempre arrumarei uma desculpa para ficar sozinho, descobrir Lisboa "por mim mesmo". A produção há de entender. O importante é cumprir os compromissos profissionais, estar presente às entrevistas e ponto. São apenas cinco dias, mas que me valem por uma existência. Quando poderia me imaginar vivendo algo parecido com Lorena? Sendo amado e admirado por ela. Amando-a e a admirando, também. Muita ousadia e paixão ter decidido vir assim no susto, só para estar comigo.

A entrevista ao vivo, ao lado de Luiz Américo e das atrizes Rosário Coutinho e Maria da Luz, faz sucesso, saio-me bem — é que a todo instante lembro-me de que Lorena está no hotel a me assistir. Eu, no palco, nas luzes. Ela, anônima, na plateia. A vida dá voltas, penso. Mas não me valho da posição de evidência para diminuí-la. Mesmo porque, fora dos holofotes, é ela que tem o comando, porque conhece Lisboa como a palma da mão e transita pelos altos e baixos da cidade como nativa. Leva-me aos lugares mais belos e exclusivos, onde os turistas não alcançam. E depois, sempre, o seu quarto, de número 333 — não há como não me lembrar de tio Jorge, o tio dos diferentes amores e transgressoras paixões. De certa forma, terei saído a ele, e assim me absolvo de toda culpa ao me doar pleno a Lorena.

Temporada que me realiza em todos os sentidos, volto ao Brasil em estado de graça. Lorena é elegantíssima comigo. Para não levantar a mais leve suspeita sobre o nosso romance, cuida de ficar até o dia seguinte em Lisboa. Só vamos nos rever aqui no Rio de Janeiro, mais enamorados que nunca. Estirado em sua cama, abraçado a ela, alardeio que não sou rico, mas sou feliz. Pouco me importa que me ponham olho grande em cima, já que "a felicidade desperta mais inveja que a riqueza"!

— Quando é que você vai me levar para almoçar lá no restaurante da rua do Ouvidor? Amei esse pensamento do seu amigo Antônio. Fiquei curioso para conhecê-lo.

— Se quiser, vamos hoje mesmo, ainda há tempo.

Lorena sempre gostou de novidades, tem um desses relógios digitais em cima da mesinha de cabeceira. Confesso que prefiro os despertadores tradicionais com ponteiros, mas é ao ver as horas nesse aparelhinho da moda que recebo o sinal que irá me conectar com o sonho das quatro facas: o mostrador luminoso está marcando 11:11. Mantenho o olhar fixo na sugestiva combinação. As quatro facas estão bem ali diante de mim! Uma voz interior me diz que é preciso fazê-las girar a meu favor. E eu sei como.

— Ótimo! Só preciso tomar um banho rápido e me vestir.

Pulo da cama, o mostrador ainda se sustenta no 11:11. O recado me parece claro. Não comento com Lorena, mas sinto que estarei fortemente ligado a alguém nesse lugar. No trajeto de ônibus até o Centro, vamos conversando sobre como ela conheceu o casal dono do restaurante. Por conta da conexão entre o 11:11 e o sonho das quatro facas, tento obter o máximo de informação possível. Estimulada pelo meu interesse, Lorena fala com entusiasmo.

Antônio e Isabel são dois queridos, devem ter seus 60 anos, dividem o tempo entre a fazenda Santo Antônio da União, que fica no interior do estado, perto de Paraíba do Sul, e o restaurante da rua do Ouvidor, belo sobrado do século XIX — moram na parte de cima. Lorena os conheceu logo que voltou da Europa, quando seus pais estavam se separando. Como esquecer aquele dia? Na presença da filha, Haroldo e Teresa, com seus respectivos advogados, discutem detalhes do divórcio. Auge da crise conjugal, qualquer palavra mal colocada ou em tom mais elevado já era motivo de desentendimento. De repente, do nada, a reunião desanda, impropérios e acusações de um lado e de outro. Farta da novela interminável, Lorena consegue se ausentar da sala sem ser notada. Deixa o escritório do imponente prédio empresarial e sai a pé pela avenida Rio Branco. Sem destino, envereda por acaso pela rua do Ouvidor. Para em frente ao restaurante que lhe afigura acolhedor. Como é hora de almoço, decide entrar. A sala já está bem cheia, mas há uma mesinha de canto que lhe apetece. Mais controlada, acomoda-se e aguarda. Quem vem atendê-la é o próprio dono. Afetuoso, lhe oferece o cardápio. Trocam cumprimentos, ela sorri, mas é impossível esconder que havia chorado.

— Vou deixá-la escolher com calma, e já volto para vê-la.

A frase, dita com todo o amor que haverá neste mundo, traz conforto, aconchego — tudo o que Lorena precisava naquele instante. E o que vem a seguir é uma sucessão de atenções e cuidados que se transformará na amizade que já dura dois anos.

Diante do olhar triste e indeciso da jovem, Antônio lhe sugere o arroz de lentilhas à moda de Palma, acompanhando o peixe do dia, um badejo fresquíssimo. Explica que a receita do arroz lhe foi passada há muitos anos por sua falecida tia Palma e, em tom paternal, garante que o prato é cura certa para todo e qualquer tipo de infelicidade. Lorena cria algum ânimo, agradece o carinho e aceita a sugestão com surpreendente sensação de pertencimento familiar. O pedido foi acertado — ela come com prazer, sente-se melhor, o alimento lhe cai bem. Terminada a refeição, deixa-se estar, aprecia o ambiente à sua volta. Pela maneira com que são tratados, deduz que os clientes são todos frequentadores assíduos. Uma senhora, muito bem-posta, vem ajudar no serviço das mesas. É a dona, com certeza, porque agora, abraçada ao marido, conversa com os ocupantes de uma mesa próxima — chamam-na pelo nome: Isabel. Impossível evitar comparações. Ali, tanta harmonia. Lá no escritório, só animosidade e disputas financeiras. Antônio torna à sua mesa, desculpa-se pela intromissão — não quer uma jovem simpática e educada com aquela expressão de tristeza. Lorena enxuga os olhos. Que ele não se preocupe, nada de tão grave, são problemas de família, seus pais estão se separando e ela não se conforma. Antônio recorre novamente à sua tia Palma, que, em casos assim, recitava: "Água que flui, água que cai. O que deve ficar fica. O que deve seguir vai." Os versos servem para nos consolar quando sofremos por ter de abrir mão de algo ou de alguém muito querido. A louça de estimação que se espatifa, o casamento que se desfaz, a amizade de anos que se perde... Tantas as situações a que o ditado serve como alento. Ele se dá como exemplo: tem um casal de filhos, Rosário e Nuno, gêmeos, estão com pouco mais de 30 anos. Ela acabou de se divorciar do marido, separação litigiosa. E o filho, que morava em Paris, agora mora em Nova York, é ator, também se separou do antigo companheiro e está feliz com um rapaz americano, Andrew. Família é prato difícil de preparar. Temos de estar prontos para esses imprevistos na cozinha e seguir em frente.

Lorena logo se afeiçoa a Antônio e a Isabel. Volta ao restaurante inúmeras vezes. Encanta-se com as histórias da fazenda Santo Antônio da União. E de um arroz que veio de Portugal, no início do século, e não se estraga.

— Arroz que não se estraga?!

Já descemos do ônibus na praça XV, e vamos caminhando pelas ruas do Centro. Lorena não sabe se é lenda, diz que foi o sr. Porfírio, cliente dos mais antigos, que lhe passou a história. Segundo ele, no restaurante, havia uma grande vitrine iluminada onde, entre outras peças de valor, estava exposto um vistoso pote de cristal com o tal arroz dentro. Quando perguntados,

Antônio e Isabel, em tom de brincadeira, respondiam apenas que o arroz lhes dava sorte e pronto. Fato bastante curioso, para não dizer estranho, concorda? O certo é que, uma vez, faz tempo, o restaurante ficou fechado por várias semanas, e, quando foi aberto, já não havia a vitrine nem o pote de arroz. Os donos contam que os gêmeos Rosário e Nuno, ainda pequenos, aprontaram uma perigosa travessura, quebraram a vitrine com tudo o que estava dentro. Os dois foram parar no hospital, um susto daqueles. Então, por medida de segurança, Antônio resolveu dar fim àquela decoração. O destino do arroz? Ninguém sabe. Diz-se isto ou aquilo, com maior ou menor certeza, mas são só conjecturas de velhos e inventivos clientes.

Envolto nesse clima de mágica e mistério, chego ao restaurante que, para meu espanto, não tem nome, nenhuma placa, nada.

— Como é possível, Lorena?

— Não me pergunte. Anda, vem. Quero que a gente fique na mesinha onde me sentei quando vim aqui pela primeira vez.

Entramos de mãos dadas. Ainda bem, porque a impressão é a de que fui transportado para outro plano, e a mão de Lorena é a certeza de que o que vejo é real. Tento me concentrar em detalhes: pratos, talheres, copos. Acabo me detendo em um pequeno quadro.

> *Se há amor*
> *Nada me envergonha*
> *Nada me envaidece*
>
> *Nada me amedronta*
> *Nada me enraivece*
> *Se há amor.*

Os dizeres, imediatamente assimilados, me trazem breve sossego, já que continuo com a sensação de que adentrei um espaço de ficção, cenário de peça, locação de algum filme, sei lá. Há apenas duas mesas ocupadas. Certamente, personagens de enredo fabuloso. Lorena percebe meu distanciamento.

— Você está bem?

Sorrio com esforço, faço que sim, me justifico elogiando.

— Que lugar fantástico.

Ela acha graça.

— Fantástico? O que há de fantástico aqui, João?

— A luz, o cheiro, as cores, tudo. Parece que me enveredei por um daqueles livros de histórias com letras graúdas e ilustrações coloridas.

Um homem de meia-idade, forte, rosto marcado pelo tempo, surge por uma das portas, vem até a nossa mesa e nos cumprimenta amavelmente. Lorena conhece o protagonista.

— Roque? Que surpresa! É você que está atendendo hoje?

— Esta semana, eu e a Conceição estamos nos revezando no atendimento. Seu Antônio e dona Isabel tiveram de resolver uns probleminhas lá na fazenda. Devem voltar na terça ou quarta-feira.

— Trouxe esse meu amigo para conhecê-los, mas tudo bem, fica para uma próxima vez.

Roque abre seu belo sorriso, pede desculpas por causar decepção. Trato imediatamente de desmenti-lo.

— Para falar a verdade, vim mesmo pelo arroz de lentilhas, que a Lorena diz que é a especialidade da casa.

— Sim, arroz de lentilhas à moda de Palma. Ótima escolha. Sugiro que acompanhe o lombinho de porco, que está delicioso.

Olho para Lorena, que aprova a sugestão de imediato, já sabendo o tinto que quer. Roque agradece satisfeito, recebe o par de figurantes que acaba de chegar e sai para providenciar os pedidos. Passo em revista o ambiente, a sensação de estar vivendo algo ficcional persiste, quase me comove. Parecendo o mais natural possível, digo a Lorena que preciso ir ao banheiro. Na realidade, preciso mesmo é de um espelho com urgência. Apresso-me pelo corredor. Ao fundo, à esquerda, a porta reservada aos homens. Entro e vou logo me conferindo ao me ver refletido diante de mim mesmo. Passo as mãos no rosto, me encaro. O que é que há, João? Imaginação correndo solta? Me contesto veemente, não sou João. Aqui, sou Fiapo, o pequeno, o imperceptível, o que não quer ser notado. Imaginação nenhuma. Mistério, sim, que não me atrevo a entender. Minha mente me prega peças, chega a me assustar. Por quê?! Este lugar, simples e caseiro, me leva à casa de meus pais. Roque bem que poderia ser Antenor — os dois até se parecem. E, lá dentro na cozinha, sua mulher Conceição, que ainda nem vi, poderia perfeitamente ser Olímpia. Vozes me acusam, dizem que abandonei Avesso, como tio Jorge abandonou meu pai. A vida, às vezes, é pouco criativa. Repete erros? Lavo bem o rosto para que a água doce da torneira atenue o sal da água nos meus olhos. Depois, alcanço a toalha e dou com outro pequeno quadro:

*O corpo conhece várias maneiras de se purificar. As fezes, a urina, a menstruação, o vômito, as espinhas, o esperma, a coriza, o suor, tudo nos purifica. O que o corpo põe para fora é sinal de purificação. Assim, as lágrimas seriam a forma mais elevada de nos purificarmos. E o nascimento de uma criança, a mais completa.*

Essas mensagens emolduradas em pontos estratégicos me fazem acreditar que o lugar respira e que as paredes falam comigo. Assim, agradeço o conselho e saio do banheiro renovado pela forma mais elevada de purificação. De volta ao corredor, me deparo com o que antes, devido à pressa, não havia notado:

várias fotografias de paisagens campestres. Em todas elas, com bela caligrafia a bico de pena, a identificação e a data:

*Fazenda Santo Antônio da União, em 11 de novembro de 1911.*

Os números 11 me remetem novamente às quatro facas. Vento a favor. Uma onda de bem-estar me permite inserir pensamentos naquele passado em preto e branco: "A felicidade desperta mais inveja que a riqueza", "Água que flui, água que cai. O que deve ficar fica. O que deve seguir vai". Pelo que me contou Lorena, viveres e saberes dos antepassados de Antônio e Isabel que perambulavam por aquelas terras. Amo essas crônicas familiares. Gostaria de ter conhecido tia Palma e aquele seu mundo que — tenho certeza — também terá parado o tempo, eternidade viva. Como não me lembrar de Convés? As ruas de terra batida, a praça, a igreja, a escola, a pensão de dona Maria Cândida, o entreposto... Saudade dessas partes de mim que não pude trazer comigo.

O corredor é estrada com seus desvios e saídas. A porta ali da frente me conduzirá de volta à sala de refeições onde, em uma das mesas, estará Lorena. Depois, mais adiante, outra saída que me permitirá ver a luz do dia, a rua do Ouvidor, o Rio de Janeiro, o Brasil, o mundo inteiro. Que estradas nos levarão ao destino certo? Que encontros e desencontros nos esperam pelo caminho?

# O que vem à tona de repente

A ida ao restaurante de Antônio e Isabel — restaurante sem nome, porque é sala de jantar de toda e qualquer casa de família — me fez repensar movimentos. Ainda mais agora, que me dedico a escrever para teatro. Sei que, da mesma forma que o ator precisa conhecer as dimensões do palco, o autor precisa conhecer os limites da ficção. E é aí que reside o perigo de se lidar com a arte, espelho mais fiel da alma humana. Assim, o artista, ao transitar entre criação e realidade, muitas vezes transgride fronteiras invisíveis. É natural. Se não posso viver Convés na agitação do Rio de Janeiro, vivo Convés no restaurante de Antônio e Isabel — que, por estarem ausentes, tornaram-se personagens fantásticos saídos de um romance. Vivo Convés na história do arroz que não se estraga e nas fotos em preto e branco da fazenda Santo Antônio da União, por onde ainda devem perambular tia Palma e outros ancestrais, e por onde também hei de andar um dia envolvido em trama que não sei. Sei é que há estradas, e não são poucas. Sei é que há muito chão pela frente e não tenho mapa nem plano de viagem. Sei é que Helena ainda está em turnê pelo Nordeste e há tempo de alcançá-la em Recife, para depois seguirmos juntos até Fortaleza e Teresina, encerrando a temporada em São Luís. E aí? Viajo ou não?

Abro o jornal, vou direto ao horóscopo. Peixes: *"Procurar o que lhe dá paz é ato saudável de amor-próprio, e esse movimento exige coragem e persistência. Pense nos benefícios que a renovação pode trazer à sua vida. É tempo de viajar, se aventurar e buscar o que o completa.*" Tio Jorge sempre faz pouco de mim por esta mania de consultar o horóscopo. Não dou a mínima. Raras são as vezes em que não encontro ali algum conselho útil que se encaixa direitinho à questão levantada. Além do mais, quem é que, por mais cartesiano, já não passou os olhos em seu signo para conferir se nele havia alguma mensagem de bom augúrio ou sorte? Enfim, ligo para Helena, pergunto o que ela acha do plano improvisado. Recebo sinal verde, ela diz que já havia pensado na hipótese, mas queria que a iniciativa fosse minha. Nada de pressões e cobranças, lembra? Claro que lembro. Helena é minha luz. Assim, se com Lorena meu primeiro voo foi à noite, atravessando às cegas o oceano, para ver Helena meu voo é durante o dia, céu azulíssimo, a firme terra brasileira vista do alto. Se Lorena me obriga a escarafunchar meu lado escuro, Helena dá polimento no que, em mim, pode brilhar. Por isso, me desdobro em meu amor pelas duas, porque busco, em uma e em outra, virtudes que me faltam.

No avião, levo comigo a ideia para a nova peça, quero mostrá-la a Helena, que é boa observadora e faz críticas precisas. É sobre um triângulo amoroso que dá certo. Ela leva na brincadeira.

— Como assim? De volta aos anos 1960? Nessa época, você nem sabia andar direito, João!

— Estou falando sério. Nada a ver com aquela liberdade que você viveu.

— Então, não entendi.

— Pensa bem. Todo triângulo amoroso pressupõe duas premissas básicas: traição e rejeição de um dos vértices no final, como forma de castigo, punição, sei lá.

— Certo. E daí?

— Daí é que na minha história não vai haver nem uma coisa nem outra.

232

— Desculpe, mas não existe boa história sem conflito.

— Vai haver conflito, é claro. A vida é que vai aprontar com os três. Mas eles vão superar tudo e acabar juntos.

— Casados e fiéis?

— Juntos e fiéis. Dê o rótulo que quiser. A amizade entre eles é mais forte que tudo.

— João, João... Mesmo que haja amor, uma vida a dois já é tão complicada. Discussões, desentendimentos, sonhos não realizados... Por isso, acho bonito quando vejo dois velhinhos andando de mãos dadas na rua. Sinal de que transcenderam tudo isso e fizeram história.

— Ué?! Por que é que não podem ser três velhinhos?!

Helena dá uma gargalhada gostosa, me puxa para ela com tanta vontade que nos desequilibramos os dois e quase caímos da cama.

— Meu querido sonhador! Está certo, escreve lá a tua peça! Mas antes de cada espetáculo, sugiro distribuir um fuminho para a plateia.

E me cobre de beijos, não deixa que eu fale mais nada. Até a hora de irmos para o teatro, temos tempo de sobra só para nós dois. Nem precisamos de ensaio. Vamos direto à ação, que já conhecemos bem a cena.

Recife nos recebe com generosidade, ingressos esgotados para todas as apresentações. Às 18h, o carro da produção chega ao hotel para nos levar à rua Benfica, 157, bairro de Madalena. Chegamos com folga para que Helena se prepare e se concentre antes de subir ao palco. O Teatro Joaquim Cardozo é pequeno, acolhedor, permite que o ator tenha um contato mais próximo com a audiência, ideal para o texto de *A roupa do corpo*. O teatro foi inaugurado no início deste ano, em homenagem ao grande poeta, falecido recentemente.

Helena não gosta que ninguém entre no camarim antes do início da peça, portanto, fico passeando pelo teatro até me esconder em meu lugar na plateia. O público chega aos poucos. A cabeça, é claro, começa a funcionar, mistura criação e realidade, como sempre. Penso na história que será contada daqui a pouco e na comovente cena dos títeres. Penso em como, pelas minhas mãos, a trama foi passada para o papel e ganhou vida na direção de Sérgio Viotti e na voz de Helena Krespe. Penso na sua infância em Berlim, na minha infância em Convés, na infância de Lorena no Rio de Janeiro. Penso em como nossas histórias vão se entremeando, acrescidas de novas histórias, como as de Antônio e Isabel na fazenda Santo Antônio da União. Penso em como tenho ideias libertárias e conservadoras ao mesmo tempo. Fascinam-me as loucas experiências vividas por Helena e tio Jorge nos Estados Unidos, sonho com uma venturosa relação a três, mas admiro casamentos sólidos, duradouros e monogâmicos. Vá entender! Contrastes convivem dentro de mim. Posso ser romântico ou perverso, e não vejo pecado onde há prazer doado e consentido. Sinto-me confortável no esplendor das festas de Vicenza Dalla Luce e na simplicidade franciscana de um restaurante sem nome da rua do Ouvidor. Parte de mim é a excitação do Rio de Janeiro, parte é o sossego de Convés. Parte é João, parte é Fiapo. Parte é bicho solto no mato. Parte é aliança no dedo, é pretendente comportado com chocolates e flores a oferecer.

Nesta eterna divisão, mais que por dentro — lá no fundo de mim onde me escondo —, é na carne que me faz fraquejar diante de todo amor, é na superfície turbulenta da pele, que se encaixam e me definem as duas partes. É no que vem à tona de repente e me revela.

# A volta

Dezenove de junho de 1981, onze e meia da manhã, faz sol, temperatura boa deste último dia de outono. O ônibus acaba de chegar a Convés. Dois anos exatos desde que saí daqui e fui para o Rio de Janeiro. Quem está na estação me esperando? Avesso. Com 13 anos, está maior que eu. Alegre e estabanado como cachorro grande, pula para me abraçar, não tem noção do tamanho. Brinco, beijo, bato carinhosamente em seu peito. Ele rodeia, se põe junto, quer pegar a mala a todo custo, não deixo.

— Calma, rapaz, assim você me derruba!

— Poxa, deixa eu te ajudar!

— Que voz grossa e desafinada é essa?!

Ele encabula.

— Para com isso, vai.

Mudo logo de assunto, também detestava quando alguém mexia com a minha voz de adolescente.

— Mamãe não pôde vir?

— Ficou em casa acabando de preparar o almoço. Papai ainda está no entreposto, mas vem comer com a gente. Todo mundo doido para ver você.

Ele fala sorrindo e olhando para mim, enquanto caminhamos em passo acelerado. Alegria incontida, excitamento quase infantil, eu vejo. Não falo nada, respiro fundo, levanto a cabeça para o céu, agradeço em silêncio a manhã luminosa, presto atenção nas pequenas casas de um lado e outro da rua — sei quem mora em todas elas. Avesso insiste.

— Me dá a mala, anda. Vamos revezar ao menos!

Atendo o pedido para que ele gaste mais energia e faço bem, sinto até um certo alívio ao me livrar do peso. Ele se apruma, orgulhoso com a missão.

— Você vai gostar de ver seu quarto.

— O quarto é seu faz tempo.

— Tudo bem, é nosso. E não vou falar mais nada. É surpresa.

O ato de juntarmos nossos polegares e misturarmos nossos sangues me vem à lembrança, nítido, forte, como se tivesse acontecido há pouco. Um aperto no coração, um nó na garganta pelo que perdi de meu irmão nestes dois anos. Não é muito tempo, eu sei. Mas é eternidade quando me dou conta do que não vivi de perto aqui com ele e meus pais. Esta minha divisão que não dá trégua, as duas partes que se encaixam e me definem na superfície turbulenta da pele, no que vem à tona de repente e me revela. Emocionado pelos sentimentos que me afloram, abraço e beijo Avesso sem interromper o ritmo da caminhada. Ele não acha nada demais seguirmos assim abraçados, acho que até esperava pelo afago, bicho que é.

A porta entreaberta de propósito, é só empurrar um pouquinho e ela se escancara para me receber — a casa da infância! Exatamente a mesma — os ambientes não mudam. O que muda é o nosso modo de vê-los, repito sempre. Neste instante, a sensação não é a de volta ao passado, não, de forma alguma. O que estou vivendo agora é aquele presente lá de trás, que permanece presente porque parou no tempo indicativo, porque passado e futuro não têm vez aqui, porque o relógio bate as horas apenas para manter o ritmo do hoje. Vou direto para a cozinha que é o lugar certo. Já chamo de longe.

— Mãe?!

Ela se vira e vai enxugando as mãos no avental para me abraçar. Colamos nossos corpos como se eu enveredasse útero adentro e lá me deixasse ficar. Depois de nove tempos, nos separamos, parto normal. Aí ela me passa as mãos pelo rosto, os cabelos, os ombros, querendo ter certeza de que estou bem, de que cheguei perfeito.

— Você embelezou, está mais homem. A cidade grande está te fazendo bem.

— A cidade grande nos leva de roldão, não se importa com ninguém. Os amores é que me fazem bem.

— Amores? Assim mesmo no plural?

Avesso faz cara de maliciosa aprovação. Não me preocupo nem um pouco em dar explicações.

— É, amores, assim mesmo no plural.

— Você e esses seus amores estão felizes?

— Estamos.

— Então, está bem. Isso é o que importa.

Avesso me chama para ver o quarto. Mamãe, em alegre e discreto gesto de assentimento, dá estímulo para que eu o acompanhe.

— Fecha os olhos e vem comigo.

Obedeço. Ele parece se divertir ao me guiar assim às cegas.

— Pronto. Agora, pode abrir.

Surpresa, mágica, encantamento. Como é possível o mesmo quarto ser outro? Os mesmos móveis nas mesmas posições, mas nada se parece com o que era antes. A estante com os barquinhos continua em lugar de destaque. O que vejo a mais? Explico: o talento e a criatividade de Avesso, que, nestes dois anos, se esmerou na arte do entalhe e da escultura em madeira. Na estante, dispostos entre os barquinhos, dezenas de pequenos peixes esculpidos com perfeição. Quero ver de perto e pegar para crer. Ele me testa.

— Você é capaz de identificar cada um deles?

— Claro! São tão perfeitos! Estes dois que eu peguei são um badejo e uma corvina.

Ele vibra, me dá efusivos parabéns, atribui o acerto ao meu conhecimento e não à qualidade de seu trabalho. Impressionado com aquelas preciosidades, tento provar o contrário e vou nomeando todas as espécies ali expostas. Anchovas, bonitos, dourados, albacoras, vermelhos, tainhas, sardinhas, pescadas e não sei quantos mais tipos de peixes de nosso rico litoral brasileiro.

— São lindos, Avesso! E assim, do jeito que você os entremeia entre os barcos, dão tanta vida à estante!

— Tio Pedro Salvador é ótimo mestre, até hoje me ensina todos os truques que sabe.

— E esses entalhes que você pôs nas paredes? São seus?

Mãos para trás, encabulado e orgulhoso a um só tempo, ele faz que sim com a cabeça. Reverente, aprecio cada peça como se estivesse em um museu ou igreja. São poucas e não muito grandes: um tríptico sobre a cabeceira da cama e mais duas peças únicas em cantos separados do quarto. É que, nesses entalhes, os temas são outros, remetem a uma estranha e curiosa espiritualidade. Animais com asas e auréolas parecem sobrevoar e proteger figuras humanas que, voltadas para o alto, sempre ficam na parte de baixo das peças. Impressionante.

— De onde você tirou essas ideias?

— Dá cabeça, ué.

— Não copiou de ninguém?

Ele se ofende sem levantar a voz.

— Lógico que não. Tudo sonho desenhado saído de dentro de mim. Está duvidando por quê?

— Porque tem mensagem de quem já viveu muito, porque é bom demais para a sua idade. A gente tem que mostrar essas suas criações para o tio Jorge, tem que levar para o Rio de Janeiro, expor em alguma galeria.

Só então ele se altera e fala alto.

— Não! Não quero! Nada a ver tirar elas daqui!

— Calma. Deixa o tio Jorge decidir.

— De jeito nenhum! Se ele quiser ver, que venha aqui como você.

— Tudo bem, não precisa ficar bravo, mas acho uma pena manter esse seu trabalho em segredo.

— Não tem segredo. Todo mundo pode vir aqui ver.

— Você tem outros entalhes com esse mesmo tema?

— Não, só esses. Os outros são encomendas que eu faço para vender. Flores, barcos, coisas simples. Muitas peças eu deixo lá na pensão da dona Maria Cândida. Quem visita a cidade gosta e compra. Tenho ganhado um dinheirinho bom com elas.

Fico sério, mas por dentro acho graça. "Um dinheirinho bom." Tenho certeza de que se ele criasse outras peças como estas aqui do quarto, poderia fazer fortuna. Volto a admirar o tríptico sobre a cama. Belíssimo, peça de museu, sem exagero. Enfim, cada um sabe de si. Voltamos às coisas terrenas por iniciativa dele.

— Você vai dormir aqui e eu, lá no sofá da sala.

— Nada disso.

Ele nem responde, vai abrindo as portas do armário para mostrar o espaço que generosamente reservou para mim. Papai entra no quarto com a desenvoltura de quem está de bem com a vida.

— Ora, ora, ora! Vejam só quem vem nos ver! Nosso escritor!

Fala com admiração, me abraça forte e logo se afasta para seguir com as boas-vindas, andando pelo quarto e se dirigindo a Avesso.

— Eu não disse, Juliano? Não disse? Fala para ele. Naquele dia mesmo que botamos ele no ônibus. Esse daí foi feito para pensar!

Quando põe a cabeça no travesseiro e dorme, a impressão que dá é que aquela cachola pesa uma tonelada! Tinha mesmo que ganhar o mundo, não podia ficar aqui em Convés trabalhando em entreposto, em traineira, com gente de pouco estudo.

— Para com isso, pai.

Ao lado de Avesso, ele continua amorosamente, me olha inteiro, como se eu fosse um monumento vivo.

— Que orgulho do teu sucesso, meu filho! Você não imagina como a gente gostaria de ir lá ver as tuas peças. Mas você entende, não é? Se fosse uma dessas cidades aqui por perto... Mas o Rio de Janeiro mete medo. A última vez que eu me arrisquei por lá com sua mãe, você nem tinha nascido, foi logo depois da guerra.

— Tudo bem, não se preocupe, eu entendo.

— Você saiu ao seu tio Jorge, curioso, aventureiro! Foi Deus que botou ele no teu caminho para te iluminar.

Acho graça, provoco.

— Tio Jorge é ateu, não acredita em Deus.

— Isso é ele que diz. E aquela medalha de São Jorge que ele usava?

— Foi antes da morte do Domenico.

— Bobagem. Ficou todo feliz quando eu disse que ia dar ela para você, não ficou?

A voz de mamãe entra pelo quarto, o almoço está na mesa. Mais que aviso, é comando, todos sabemos. E lá vamos nós que é para a comida não esfriar. Saudade de voltar a me sentar a esta mesa, meu lugar parece ansioso à minha espera — aquele que faltava para completar a conversa, que, é claro, gira principalmente em torno da gravidez de minha madrinha Eunice. O bebê deve nascer a qualquer hora, maior expectativa. E tem corrido tudo bem? Graças a Deus. Gravidez tranquila desde o início, nenhum enjoo, nenhum inchaço, nada. Mamãe justifica, diz que material antigo é bem fabricado. Vai ser parto normal, acredita? A felicidade que Pedro Salvador e ela sentem também ajuda um bocado, parecem dois adolescentes. O sexo do bebê? Preferem saber na hora que nascer, e a criança que vier será muito bem--vinda, o importante é que seja saudável e venha para o Bem. Concordo. E arremato afirmando que a escolha de Avesso para padrinho foi perfeita, mais que merecida.

Os dias em Convés passam sem pressa. Vou revisitando cada canto da cidade. A praça, a igreja, a escola onde estudei, a pensão de dona Maria Cândida — agora com as peças de Avesso expostas para venda na recepção, que são do agrado geral e saem com facilidade. No entreposto, a velha turma do batente, calças e mangas arregaçadas. É piada, é gozação, é lembrança de quando eu era moleque e vivia na traineira pulando mais que peixe, de um lado para outro, como se fosse dono dos mares. Hoje, mergulho fundo à cata de histórias para contar, outro tipo de pesca — ideias e palavras são mais ariscas e escorregadias que peixes. Já no fim da temporada, vou com papai e a marujada matar saudade do mar oceano. A traineira é a mesma, a tripulação, o comandante, os mesmos. Eu é que os vejo diferentes. Agora, com olhos de observador. Eles, os atores em palco a céu aberto. Eu, plateia que se encanta com o que vê. Meu padrinho Pedro Salvador continua como chumbeiro. Gosta do que faz e sabe como faz. Orgulho de vê-lo manusear a rede, os pesos atirados com gestos olímpicos, figura que inspira admiração e respeito aos companheiros, a paternidade tão próxima parece torná-lo ainda maior e mais viril. Quem sabe algum dia escrevo sobre o que vejo aqui? Homens de fibra temperados pelo sol e pelo sal, forjados pela vida de cotidiana labuta.

Depois das várias visitas ao longo da temporada, a última ida à casa de meus padrinhos é cercada de emoção e lástima — pena eu não poder me demorar mais uns dias, o neném deve estar chegando a qualquer hora. Quando é que eu vou poder voltar para conhecê-lo? Dou minhas justas razões, já fiquei até mais tempo do que devia. Como todos sabem, estou com duas peças em cartaz no Rio de Janeiro, a primeira acaba de chegar de uma turnê pelo Nordeste. Além de autor, estou envolvido com trabalhos de produção, preciso estar lá para ajudar a equipe. Minha madrinha se conforma. Já pesada, barrigão de nove meses, me leva pela mão mais uma vez até o oratório. Só para mostrar a mulher grávida esculpida em cedro-rosa pelo Avesso, a Virgem gestante.

— Foi uma visão que o Juliano teve, meu filho. Só pode ter sido. Logo depois, me vem a notícia da gravidez, verdadeiro milagre. Por isso, Pedro Salvador e eu convidamos ele para padrinho, você entende?

— Entendo, minha madrinha. Claro que entendo. Convite mais que acertado.

— Infelizmente, pela nossa idade, não podemos prometer o próximo para você.

E toca a se rir e a chorar ao mesmo tempo. Eu a abraço com todo o amor que vem desde que me entendo por gente. E ainda brinco.

— Olha, nunca se sabe! Nunca se sabe!

E assim, nos despedimos. Com minha palavra de que tentarei arrumar um jeito de vir para o batizado. Ou, pelo menos, para o aniversário de 1 ano — ela arremata com sorriso compreensivo. Meu padrinho diz que ainda me vê amanhã na estação.

— Sei que a gente inda vai si vê. Tu tá na minha cabeça, meu piquenu. Tempo todu, tu tá no meu pensamento, podi crê.

— Não precisa dizer, padrinho, eu sei disso. Nos vemos amanhã, então.

— Cum toda certeza.

A nobreza de minha madrinha Eunice, com sua educação esmerada, casa perfeitamente com a simplicidade de meu padrinho Pedro Salvador, com sua alma boa e generosa. Responsabilidade imensa daquela ou daquele que vier dessa abençoada união.

Minha última noite em Convés. Depois do jantar, a conversa aqui em casa segue até tarde. Avesso é o mais falante, está radiante com o fato de que vai ser padrinho, hoje cedo já experimentou a camisa e a calça que mamãe está terminando de lhe fazer para o batizado. Ela garante que todo mundo vai ter roupa nova para a cerimônia, dará de presente a confecção, o tecido, tudo. Para o compadre, fez até paletó, e o vestido da comadre já está pronto há tempos. Só o bebê é que vai usar a camisola que já estava na nossa família. Sou pego de surpresa. Sério? Mamãe me confirma.

— Lavei, passei e engomei a camisola que fiz para o seu batizado.

— Como é que eu nunca soube disso?!

— Você não precisa saber de tudo, precisa? Guardei para quando você casasse e tivesse um filho. Ia ser surpresa. Mas, como isso ainda demora, achei melhor a comadre passar na sua frente.

— Fiquei curioso. Pena que já vou embora amanhã.

— A camisola será uma forma de você estar presente.

Quase meia-noite, papai acha melhor nos recolhermos porque amanhã ele tem que acordar mais cedo que de costume. Assim, vamos nos movimentando para os boas noites e os durmam bem. Avesso é o último a me dar um abraço antes de eu ir me deitar. E pensar que amanhã, a esta hora, já estarei longe. A vida é engraçada, cheia de desdobramentos que acontecem à nossa revelia. E aceitamos tudo como perfeitamente normal. Que outra opção?

Avesso acomoda-se no sofá, pede que eu apague a luz da sala antes de ir para o quarto. Eu ainda iria lhe dizer algo… Mas, já coberto, ele enfia a cara no travesseiro. Melhor deixá-lo de volta aos seus sonhos, mergulhado lá em seu universo.

O quarto de Avesso que era meu. Tudo igual e ao mesmo tempo tudo tão diferente, repito. É que, do chão ao teto, seu espírito preenche agora os quatro cantos do cômodo. Até o ar é ele, eu sinto. O curioso é meu corpo se satisfazer por estar aqui, já que nada mais me pertence. Os peixinhos de madeira dão mais vida aos barcos, os entalhes nas paredes me inspiram histórias fabulosas. Não me canso de olhar para eles e sempre descubro algo novo nesta ou naquela figura. O fato de Avesso querer guardá-los aqui, sem um pingo de ambição, é a maior prova de que sua criação é verdadeira arte. É o seu lado direito revelado, mas só para quem lhe é íntimo. No primeiro dia, insisti para que ele trouxesse um colchonete e dormisse aqui, como tio Jorge fez comigo e eu aceitei. Nada disso, ele foi terminante. O quarto deveria ser todo para mim. Neste exato momento, eu entendo. Ele queria que só sua essência me fizesse companhia. Afago um dos cachorrinhos alados no tríptico sobre a cabeceira da cama, deito-me, apago a luz do abajur. A outra, que vem da rua, é volta à infância que ainda vive lá fora.

Volta, voltas, tantas. Em sentido próprio ou figurado, quantas. Amanhã, mais uma — da cidade que soube parar no tempo para a cidade que não sossega. As duas sempre aos beijos e aos tapas dentro de mim.

# Seja bem-vindo, querido João!

O sono me vem de imediato. E me permite sonhar, nítido, vivo. Viajo pelos entalhes de Avesso, a madeira ganha cor e os personagens, movimento. Converso com aqueles seres humanos que formam a base de suas peças. São pessoas simples, homens, mulheres, crianças. Ouço suas histórias, seus questionamentos. Almejam dias melhores para o planeta, já que a felicidade que sentem não lhes basta, precisam que os outros também sejam felizes. Súbito, um golfinho com grandes asas prateadas passa em voo rasante, pinça-me do entalhe para um passeio sobre Convés. Planamos em círculos, vejo a cidade do alto como se pássaro fosse. Ao longe, uma cegonha leva pelo bico uma grande fralda branca, o bebê da madrinha Eunice vai acomodado ali dentro. Começa a ventar forte, e o inesperado acontece: no violento balanço, a criança cai lá de cima. Tentamos alcançá-la em sua queda vertiginosa rumo ao prematuro fim. Aflição, pânico, parece não haver meios de salvá-la. Vácuo no estômago, acordo sobressaltado, coração saindo pela boca.

Do quarto, ouço o telefone. Acendo a luz e me levanto, corro para a sala. Assustados, mamãe e papai também chegam com expectativa. Avesso, aflito, já fala com quem está do outro lado da linha. Seus olhos, cheios d'água. Desliga, fala apressado.

— Tia Eunice sofreu uma queda enquanto caminhava até o banheiro. Tio Pedro está desesperado, parece que, além de ter se machucado, ela entrou em trabalho de parto, a bolsa estourou.

Três horas da madrugada, o hospital fica próximo, mas na cidade vizinha, talvez não haja tempo para levá-la até lá. Avesso lembra que hoje vendeu uma de suas peças para o médico que estava hospedado na pensão de dona Maria Cândida, pode ser que ele ainda não tenha ido embora, quem sabe? Melhor então ir primeiro pedir socorro a ele, não custa tentar. Enquanto isso, papai, mamãe e eu iremos imediatamente para a casa da madrinha ver o que pode ser feito.

Uma pequena luz acesa à entrada. O recepcionista dorme. Avesso o acorda, pede ajuda, precisa encontrar o médico que ainda deve estar hospedado na pensão, é urgente. O rapaz não tem ideia de quem seja, só se chamar dona Maria Cândida, mas a esta hora? Claro, chama rápido, é emergência, questão de vida ou morte! Ela vem como estava, de camisola mesmo. Em situações assim, quem se importa com a roupa do corpo? Pede que Avesso se acalme, tudo dará certo, o médico ainda não viajou. O dr. Florentino dos Anjos está no quarto 7. Solidária, ela se voluntaria para ir até ele.

Quando Avesso chega com o dr. Florentino e dona Maria Cândida, mamãe já adiantou serviço para o provável parto de emergência. O padrinho Pedro Salvador, aquele homenzarrão, está um verdadeiro bagaço, frágil como criança. Garrafão de vinho na mão, vez ou outra, leva o gargalo à boca como se fosse bico de mamadeira. Sentado a seu lado, braços cruzados, papai não diz palavra, deixa-se estar assim, distante, mais parece estátua de carne e pano. Dr. Florentino segue direto para o quarto com as duas mulheres. Avesso e eu imaginamos poder participar de alguma forma, mas somos impedidos. A porta do quarto se fecha. Dali, ninguém mais passa.

Cada segundo é minuto, cada minuto é hora, cada hora é ano inteiro. Meu padrinho, entre um gole e outro de vinho, reclama com o Altíssimo.

— Santo Deus, este parto está demorando a eternidade!

Sem se mexer de onde está, voz baixa, papai rebate de imediato.

— Paciência, Pedro. Tudo o que se faz para o bem leva tempo.

A fala parece ter provocado algum efeito positivo no padrinho, porque ele pousa o garrafão de vinho sobre a mesa, pega um caderno, uma caneta, senta-se em um canto mais afastado da sala e começa a escrever. Permanece assim, concentrado no que faz.

Não sei quanto tempo depois, ouvimos o choro de recém-nascido. Todos nos levantamos feito molas que se desprendem dos assentos. Mas ninguém ousa abrir a porta do quarto. Ficamos os quatro em pé, à espera do destino selado, da sorte decidida — a notícia de mais um que chega ao planeta Terra. A porta se abre. É dona Maria Cândida para nos acalmar.

— É saudável e é menino. O doutor está fazendo a higiene do garoto, e Olímpia está cuidando de Eunice. Ela sofreu um tanto, mas está bem. Daqui a pouquinho, vocês vão poder entrar.

A porta fica entreaberta — talvez para que aquele novo sopro de vida já possa transitar livre pela fresta e vir até nós. Sim, porque o ar agora é de celebração com aroma de recomeço. O padrinho nos passa o garrafão de vinho. Cada um de nós bebe um gole do gargalo. Falação desatada, todos tínhamos certeza de que tudo acabaria bem, é claro. Em momento algum houve dúvidas, apreensões, receios, aflições, fragilidades, preces, expectativas, imagina! Homens que somos, soubemos ser firmes e fortes até o último minuto. De agora em diante, só vantagens. Pondo ordem na sala, mamãe interrompe aquela prosa toda e nos convida a entrar. Padrinho, papai, Avesso e eu obedecemos respeitosos e reverentes. Em fila indiana, como se em visita a santuário, ganhamos acesso ao que é mágico: o recém-nascimento de uma criança. Mãe e filho já estão juntos novamente, só que se veem e se comunicam de outra forma. E assim será para sempre, mais próximos ou mais distantes, até o fim de suas histórias. O que mais me chama atenção? A imagem do médico, seu paramento branco, alvíssimo, estampado com as manchas vermelhas do parto recente — pura vida. Como é possível? Nada estava previsto. Deverá ter tirado o avental e as luvas de sua maleta como o mágico tira o coelho e as flores da cartola. Encantamento, porque esse truque eu não conheço. Enquanto ladeamos a cama para homenagear minha madrinha e o neném, dr. Florentino — discreto em seu ritual silêncio — trata de se despir das vestes que o diferenciam dos demais mortais. Descontraído — já com sua camisa listradinha, de mangas curtas —, aproxima-se sorridente. Passa a ser um de nós.

De volta à sala, de uma forma ou de outra, todos agradecemos a generosidade daquele que, com sua inesperada presença, trouxe vida e alegria a esta casa — recusa-se a receber um tostão sequer. Com votos de boa sorte, diz que é presente para o que acaba de nascer. O padrinho pede que ele beba ao menos um gole de vinho e lhe oferece o garrafão. Ele aceita sem cerimônia alguma ou qualquer constrangimento, bebe fartamente no gargalo, e ainda elogia.

— Excelente vinho! Dos deuses!

Como descrever o sorriso que se expande no rosto de meu padrinho? E as surpresas não param por aí. O dr. Florentino, de relance, dá com os olhos em algo escrito que lhe desperta a curiosidade, pede para ler. O padrinho autoriza, é claro. Diz que não é nada de importante, rabiscos em um caderno de anotações, enquanto aguardava aqui fora o nascimento do filho. O dr. Florentino lê em voz alta:

*Nóis pega os peixe*
*cum cuidado*
*Nóis pega cum rede*
*que dói menos qui anzol*
*e num é morte sozinha*

*Pros peixe açim tudo junto*
*deve ser menus triste sair do mar*

*Condo nóis olha os peixe*
*nóis olha cum pena e uma pitada de cupa*
*mais Deus sabe que é comida*
*que é trabalho suadu e honestu.*

— Foi o senhor que escreveu esses versos?

— Num repara, dotô. Sô quase analfabetu. É desabafu depois de um dia de dureza. Bobage desti velhu pescadô.

— Bobagem? É um poema belíssimo.

— Gostô? Podi arrancá a página e levá. Isso aí é cardernu velhu, vai acabá no lixu.

— Posso levar? É sério?

O padrinho não pensa duas vezes, vai logo arrancando a página. O dr. Florentino valoriza o gesto.

— Mas quero que o senhor assine e ponha a data de hoje.

O nome e a data ficam embaixo, no canto direito da página: *Pedro Salvador. 25/06/1981.*

Perfeito. Os versos serão guardados como recordação deste dia de boa sorte. Dito isto, o dr. Florentino dos Anjos se despede, precisa descansar um pouco antes de encarar a estrada e seguir viagem. Todos o levamos até a porta.

E eu? Onde me situo? Os ponteiros avisam que são 11 horas e 11 minutos. As quatro facas! — o mal tornado bem, logo associo. Sim, porque se não fosse a queda da madrinha, eu não teria presenciado nada disso. Agora, vamos às despedidas, que preciso pegar o ônibus para o Rio de Janeiro, minha participação aqui em Convés está terminada. Espere um pouco, só mais duas coisinhas — mamãe me pega pela mão. Com a madrinha, mostra-me a camisola que era minha e que agora será do João. O quê?! É isso mesmo que acabo de ouvir: João. A homenagem me emociona e desconcerta. Se já me dava por satisfeito com a parte que me cabia, a surpresa é felicidade a mais. As quatro facas começam a girar. Ventos sopram a favor. Toda história faz sentido, haja o desfecho que houver. Seja bem-vindo, querido João!

# O perdulário

Para ele, dinheiro é manteiga em focinho de cachorro. Minha mãe sempre usa essa expressão ao se referir a alguém que tenha o hábito de se exceder nos gastos. Pois é. Quem diria? Eu, outrora tão econômico e controlado, passei a me encaixar direitinho nessa comparação divertidamente crítica. Tudo o que recebo se consome como manteiga em focinho de cachorro, é fato. O dinheiro chega e desaparece na hora. Como explicar a mudança radical? Talvez porque, desde que me mudei para o Rio de Janeiro, tudo tem acontecido comigo rápido demais. O sucesso inicial, o fracasso que se seguiu e a volta por cima — a vida me surpreendendo sem trégua. Estreada em 1984, *Três de copas*, a tal peça do triângulo amoroso, não agradou ao público nem à crítica, mal pagou os custos de produção, fiquei arrasado. Em compensação, no ano seguinte, Francis Bildner, produtor norte--americano se interessou pelo texto e montou a peça em Nova York com o título *Three of Hearts*. Não é que a aposta deu certo? Sucesso imediato, o espetáculo esteve em cartaz em várias cidades da Costa Leste. Conheci os Estados Unidos com os muitos dólares de minha participação na bilheteria e ganhei estímulo para aprender inglês. Francis e eu nos tornamos amigos, o êxito de *Three of Hearts* o animou a me encomendar novo texto que abordasse relações amorosas. Escrevi *Quatro de espadas*, comédia dramática sobre dois casais, vizinhos de porta, que vivem às turras e que, ao fim, acabam se envolvendo afetivamente.

Com a troca de parceiros, todos se acertam e a harmonia passa a reinar em seus lares. Não preciso dizer que Francis amou o enredo. *Four of Spades* se tornou outro sucesso — dois anos já se passaram e continuo recebendo meus royalties americanos.

As relações afetivas? Acompanham o ritmo da vida profissional — verdadeira montanha-russa, com subidas íngremes que prometem o céu lá nas alturas e descidas vertiginosas com os desvarios de quem vai à deriva, preso aos rumos e reviravoltas de seus trilhos. Excessos, sustos, recomeços. Durante a triste temporada de *Três de copas*, Helena e eu nos separamos com as conhecidas dores dos fins, é claro, mas superamos e continuamos nos dando bem — prova de que, com ela, amadureci e me tornei um homem melhor. Na ocasião, o dinheiro curto e a falta de perspectiva de trabalho me fizeram duvidar do meu talento. Orgulhoso, recusei ajuda de tio Jorge, que me convidou inclusive a morar com ele até que as coisas melhorassem. Confesso que pensei em largar tudo e, rabo entre as pernas, voltar para Convés. Mas — por preguiça e comodismo, admito — me dei um tempo. Com o restinho de manteiga que ainda havia no focinho do cachorro, fui me abrigar na pensão da rua do Catete. E Marta estava lá para me receber, dar sorte e levantar o ânimo. Ela estava numa fase ótima. Como já havia terminado com aquele estrupício do namorado, imaginei que poderíamos dar início a algum tipo de romance. Desenvolvi toda uma estratégia para conquistá-la. Perseverei, armava os botes para seduzi-la, trabalhava a ideia dia após dia, mas dei com os burros n'água. Seus planos eram outros: encontrar o grande amor de sua vida, namorar, noivar, casar, ter filhos e morar perto da família. Em resumo: parecia aquele Fiapo adolescente lá de Convés. Tivemos uma longa e tensa conversa sobre nossos objetivos de vida, sobre o que nos realizava e o que nos dava sentido. Sua recusa às minhas investidas não me decepcionou. Ao contrário, me confirmou que eu estava lidando com uma pessoa forte e decidida, alguém que sabia muito bem o que queria e, principalmente, o que não queria. Quando voltei a fazer sucesso, e saí da pensão para alugar um pequeno apartamento na rua Vinicius de Moraes, sabia que dificilmente tornaríamos a nos ver. Íamos por caminhos opostos, por isso a despedida foi emocionada. Marta: uma das mulheres mais marcantes que conheci.

Mal me acampei em Ipanema, comecei a me programar para a primeira viagem aos Estados Unidos. A correria agora era outra. Francis Bildner me orientava em muita coisa, e cuidou também da compra das passagens e reservas em hotel. Passaporte? Já tinha, mas precisava do visto norte-americano — uma chatice aquelas idas ao consulado, as entrevistas, as filas intermináveis. Roupa para o inverno nova-iorquino? Precisei de ajuda, lógico. Não fazia ideia do que seria me preparar para temperaturas tão hostis. *Three of Hearts* havia estreado em outubro e já fazia sucesso no circuito off-Broadway. Estávamos em fins de novembro e a ideia era ficar até janeiro na Big Apple. Lembrando os tempos de Lisboa, Lorena se propôs a me acompanhar — além de ser fluente em inglês, conhecia muito bem a cidade. Agradeci, despistei, mas preferi ir sozinho — estava fixado nas histórias e excessos de tio Jorge e Helena quando lá estiveram em 1969. Portanto, em vez de procurar afetos, também iria atrás de minhas aventuras. E o que aconteceu? Absolutamente nada. Nem afeto nem aventura alguma — temperaturas abaixo de zero e inglês zero, péssima combinação. Cheguei a me arrepender por ter dispensado a companhia de Lorena, que teria sido excelente intérprete e cúmplice ideal para meus giros noturnos. Era aflitivo ser apresentado às pessoas e ficar olhando para elas com aquele risinho sem graça de quem está totalmente por fora da conversa. Francis tentava me pôr para cima. Diante de meu eterno desconsolo, presenteou-me com um livrinho de português-inglês com frases prontas e a pronúncia ao lado. Aquele "pocket book" tornou-se minha melhor companhia, é sério. Não o largava um só instante.

Vendo meus esforços de aprendizado, Francis me encorajava a decorar pequenas conversações que serviriam a diferentes situações cotidianas, exercitava as falas comigo. E eu ganhava asas a cada diálogo decifrado, a cada novo entendimento. Era um mundo fantástico que se descortinava para mim, por meio dos sons e palavras de uma língua estrangeira! Eu balbuciava sílabas, tentava traduzir outdoors, sinalizações de rua, propagandas de lojas e o que os olhos fossem batendo por onde eu passasse. Comecei também a estudar minha peça, comparava os diálogos nos dois idiomas. E me programei para assistir a todas as apresentações. Ao fim de duas semanas, já sabia o texto em inglês praticamente de cor. E, como já conhecia a tradução, era como se os atores estivessem falando português! Lembrei-me de dona Zélia, minha primeira professora, que sempre repetia: "O estudo opera milagres!" Perdulário, meus excessos foram bem diferentes dos de Helena e tio Jorge: milagrosamente, gastei todo o dinheiro da temporada em programações culturais. Idas a museus, galerias de arte, concertos, musicais, e até a uma ópera: *Don Giovanni*. Quanta emoção ao entrar na Metropolitan Opera House! Mágica e arte por todos os cantos: na imponência do teatro, na música de Mozart e, é claro, no arrogante protagonista que, por várias atitudes e posturas, me serviu muito bem de espelho — entendi perfeitamente o recado. Que, pelas minhas conquistas donjuanescas, meu fim seja outro! Francis se divertia com os comentários. Ainda mais porque, em Nova York, tirando umas poucas programações de baixíssimo nível pelas casas noturnas da Oitava Avenida e da rua 42, minha abstinência sexual foi de fazer inveja a monges budistas. Bem feito, quem mandou esnobar Lorena?

Lorena — enredo que muito me fascina. Por opção nossa, astuciosamente acertada, creio que seguiremos sempre colados um ao outro como amigos siameses apaixonados, se é que isto existe. Vamos acompanhando nossos caminhos tortuosos, prontos a oferecer colo e abrigo em eventuais cansaços do percurso, mas também, quando necessário, nos dizendo as mais duras verdades. Às vezes, amantes lascivos e despudorados. Às vezes, irmãos comportadíssimos. Prova concreta? No avião, já de volta para o Rio de Janeiro, Francis me deu de presente, no original em inglês, um clássico da literatura norte-americana: *The Adventures of Tom Sawyer*, de Mark Twain. Sim, um livro infanto-juvenil para eu ganhar fôlego de leitura em língua inglesa. Quem é que encarou o livro inteirinho comigo como dedicada professora? Ela mesma: Lorena. Só que do seu jeito. Primeiro, com ela me atirando no rosto toda a raiva por não ter ido comigo a Nova York, e eu, lhe dando toda razão, demostrando com vigorosa disposição que apesar de tudo nossa química adolescente continuava a mesma. Alguma dúvida, querida amiga? Não, nenhuma. Assim, corpos saciados e arrefecidos, pudemos agir como dois adultos. Ela reconhecendo meus admiráveis avanços no inglês e até elogiando minha pronúncia. Celebramos feito medalhistas olímpicos quando, na semana seguinte, terminamos a leitura do livro. Era visível a admiração que sentíamos um pelo outro, o prazer de estarmos juntos, Lorena quase sempre no comando e eu apreciando o conforto de me deixar levar. Outro exemplo? Estamos agora em 1987. Começo a receber os gordos royalties com a estreia de *Four of Spades*. Decido comprar um carro, é claro — manteiga em focinho de cachorro. Quem me ensina a dirigir? Ela. Quem vibra e pega estrada comigo quando consigo a carteira de motorista? Ela. Destino? Búzios. Passamos direto por Convés. Meus planos, desta vez, não incluem visitas familiares. Perdulário, me dou por inteiro a quem me desperta curiosidades. E assim seguimos nesta louca e indefinida relação que nos embaralhou lá atrás na infância.

No ano seguinte, decido radicalizar e me presentear com um ano sabático. Sim, um ano inteirinho longe de toda e qualquer obrigação. Viverei dos royalties americanos, enquanto durarem. Depois? Seja lá o que os deuses quiserem. Sonho em me desfazer do que tenho, entregar o apartamento de Ipanema e partir rumo ao desconhecido. O tempo todo para mim. Dias úteis, feriados e fins de semana, tudo igual. Senhor de minhas 24 horas! Que medo! Que delícia! Lembro-me de um juiz de direito, amigo de tio Jorge, às vésperas de se aposentar. Encontraram-se por acaso ali na avenida Antônio Carlos, bem em frente ao Fórum. Eu, que estava junto, presenciei o triste desabafo do velho homem, que se desesperava só em pensar que não teria mais o que fazer. Em breve, se tornaria um ser inútil, descartável. Meu tio tentava consolá-lo com o óbvio: uma bela aposentadoria e ter muito mais que os restos dos dias e os fins de semana para aproveitar os prazeres da vida. Ora, Jorge, não diga bobagens! Os prazeres da vida são a sobremesa! O trabalho é o que nos alimenta, é a refeição principal que nos sustenta o corpo e o espírito! Se comermos sobremesa o tempo todo, enjoaremos e, pior, ficaremos diabéticos! Tio Jorge e eu rimos, é claro — argumento brilhante de quem, com sabedoria, sabe manusear palavras e ideias. Por fim, a pergunta que nos comoveu, porque encerrou a conversa sem que tivéssemos a resposta: e os meus ternos, Jorge? O que farei com todos os meus ternos e gravatas?

Pois é. O que pretendo agora é gastar o tempo como me aprouver: poupá-lo, desperdiçá-lo, perdê-lo, se preciso. Onde será programada a aparente insanidade? Na faculdade de Filosofia. Sim, na própria. Para alegria de tio Jorge, passei no vestibular entre os primeiros colocados. Mas, para sua imensa decepção, cursei um semestre e tranquei a matrícula. Ângela, colega de turma, foi cúmplice. E cabeça.

# Ângela e o tempo

A vida tem sido pródiga em me ensinar por meio de companhias femininas. Certo dia, quem sabe, escreverei merecidíssima ode às mulheres. Nelas, a salvação, mais que a perdição que rezam as tantas lendas e religiões. Nelas, o regaço onde me abrigo e, ao mesmo tempo, o empurrão que me lança na aventura — abençoada contradição. Ângela confirma o que eu digo.

Primeiro dia de aula na faculdade de Filosofia. Estou quieto no meu canto, orgulhoso por ter finalmente vencido o desafio. Mais atento à vida que ao quadro-negro, não me sento nas carteiras da frente nem nas de trás. Já no primário, ficava pelo meio — lugar ideal para notar e não ser notado. De repente, o inesperado acontece e me encanta e desarruma. Mesmo chegando bastante atrasada, ela entra sem o menor constrangimento. Sobrevoa o ambiente com o olhar, cumprimenta ligeiramente o professor e vem se sentar ao meu lado. Acomoda-se sem pedir licença, meio que sorri para mim e vira-se imediatamente para a frente, atenção integral para quem está lá distante e ensina. Irritantemente concentrada, a súbita vizinhança me azucrina, porque me atrai de tal maneira que só tenho olhos e pensamentos para ela. O perfil, a pele morena, os cabelos negros e lisos que exalam leve perfume. E a altivez com que se sentou e se deixa estar feito fosse assim modelo, obra de arte, imagem projetada ou miragem, sei lá.

Soa o sinal, fim de aula. Quase todos se levantam e saem. Uns poucos permanecem em seus lugares, fazem anotações. Outros formam pequenos grupos de conversa. Com o meio sorriso da chegada, ela se dirige a mim. É direta.

— Ângela.

— Muito prazer, João.

— Não pense que costumo me atrasar. Sou bastante pontual.

— Pela naturalidade com que você entrou, jurava que fosse hábito.

— O melhor talvez seja acreditar que chegamos sempre a tempo no lugar certo: eu me atrasar e vir me sentar do seu lado, por exemplo.

Pronto. É a partir dessa fala que o tempo nos une e começa a contar cada segundo a nosso favor. No quadro-negro, com a firme caligrafia do mestre, ainda podemos ler: *"O tempo é a imagem móvel da eternidade imóvel" (Platão)* e *"Tudo tem o seu tempo determinado, há um tempo para todo propósito debaixo do céu" (Eclesiastes)*. Como não associar o tema da aula a este exato momento?

Dias, semanas, meses se passam — o tempo urde a trama. Ângela se vai tornando cada vez mais próxima. Empatia imediata. Por isso, entende perfeitamente o episódio com a cigana, o fenômeno das quatro facas, a conexão com o 11:11. E a história do meu passageiro xará, que exaltou Convés por parar no tempo, me presenteou com *Walden* e, feito aparição, saltou do ônibus com a roupa do corpo no meio do nada. Conto a ela sobre Helena, que, durante anos, foi minha luz e me lançou como escritor e me poliu e deu brilho. Conto sobre Lorena, que é parte indissociável de mim, porque, desde a infância, me espezinha as vaidades e me trabalha o orgulho — companheira

260

que, ao me escancarar os defeitos, me desnorteia a alma, mas apascenta a carne.

Há mais de ano, Ângela lida com a morte aparente do pai, em estado quase vegetativo por conta de severo derrame cerebral. A mãe morreu quando ela ainda era menina. Certo dia, quando saíamos da faculdade, veio o desabafo.

— Não tem sido fácil encontrar forças para seguir vivendo. Como é possível um homem brilhante, alegre, admirado por todos, se tornar praticamente uma planta de uma hora para outra? Meu tempo agora é ele.

— Não há esperança de melhora?

— Não, nenhuma. O quadro só tem se agravado. Mesmo com todos os cuidados, ele está mais fraco a cada dia. Se aflige por não poder se comunicar, se emociona, fica apático horas e horas a fio...

— Triste ninguém poder fazer nada para ajudá-lo...

— Pior ainda, João, é sentir que ele está farto desse sofrimento. E, confesso a você, o mesmo vale para mim: é uma mistura de apego e cansaço. Ficamos os dois em doloroso compasso de espera.

Ângela faz uma pequena pausa e completa.

— Às vezes, chego a pensar que a morte será mais fácil de suportar, e me sinto péssima por isso.

— Minha mãe diz que entre a mente e o coração há muitas paredes e poucas portas de acesso. Quem somos nós para entender essa engenharia?

Seguimos em silêncio. Mais leve, ela retoma a conversa.

— Apesar de nossas diferenças, papai e eu sempre nos demos muito bem. Depois de viúvo, ele nunca se interessou em refazer a vida de casado. Eu até dava força para que encontrasse alguém, mas ele sempre fazia piada e encerrava o assunto dizendo que estava muito bem com a vida de solteiro.

— Melhor para você.

— Não sei. Sempre senti falta de uma instância superior feminina. Se fosse uma boa madrasta que me desse uma irmã ou irmão, alegraria a casa, não acha?

O desprendimento de Ângela me aguça a curiosidade.

— Você já amou alguém a ponto de querer casar e ter filhos?

— Tive alguns relacionamentos. Nada sério.

— Influência de seu pai.

— Talvez. Ele nunca me apresentou a nenhum romance dele. Nem nunca falei dos meus para ele. Para todos os efeitos, eram amigos e conhecidos que frequentavam nossa casa. Tudo muito festivo. Aniversários, réveillons, sempre algo a ser celebrado... Agora, é o extremo oposto.

Nunca fui ao apartamento de Ângela nem ela ao meu. Quatro meses de amizade e só nos encontrávamos na faculdade ou ao ar livre: Jardim Botânico, Parque Lage, pedras do Arpoador, vila dos pescadores no Posto 6, parque do Flamengo, Floresta da Tijuca — onde quer que houvesse natureza ao alcance. Até que hoje, enquanto caminhávamos em volta da lagoa Rodrigo de Freitas, surgiu o convite.

— Gostaria que você fosse lá em casa.

Sou pego de surpresa. Logo que nos conhecemos, ela havia me dito que se sentiria mal convidando-me para ir visitá-la — em uma de suas últimas falas compreensíveis, o pai lhe havia pedido para que ninguém o visse naquele estado. Entendi e respeitei a decisão. Achei melhor também não a chamar para o meu apartamento. Por experiência, aprendi que, mesmo nas relações de amizade, paredes e tetos são afeitos a vínculos mais íntimos. Além do mais, sabemos os dois que o que nos une é algo bastante complexo que muitas vezes nos escapa à compreensão, e que a necessidade de estarmos juntos aumenta a cada dia.

— Alguma razão especial a fez mudar de ideia?

— Um sonho. Estranho, não é?

Ângela demora um pouco para prosseguir. Estamos passando pelo trecho em frente à rua Vinicius de Moraes, ela retoma sem olhar para mim.

— Sonhei com papai, impecavelmente vestido, de terno claro, pronto para sair. Disse que ia comprar flores. Queria a casa enfeitada para quando você chegasse.

Ela se comove, se aconchega em mim. Brinco, me fazendo formal.

— Convite aceito. Viveremos esse sonho juntos.

Abraçados, seguimos apreciando as várias paisagens da Lagoa, com a floresta e o Cristo redentor ao fundo. Pouco mais adiante, sem alterar o passo, Ângela se alegra com o que me vai dizer.

— Você não vai acreditar.

— Diga.

— Papai jurava que nunca havia sonhado na vida.

— Sério?

— Não sabia o que era sonho. Fechava os olhos e, pronto, breu total.

— Gozação dele.

— Que nada. Divertia-se quando eu lhe contava algum sonho mais elaborado. Dizia ser um privilégio eu poder assistir a sessões de cinema gratuitas sem sair do conforto de minha cama.

— Nunca imaginei ser possível alguém não sonhar. Acho triste.

— Também acho.

— Ainda bem que a filha não saiu a ele. Sonha até acordada.

Ângela revida apontando para a calçada do outro lado: o vistoso relógio digital marca 11:11 e 22º.

— Acho que as quatro facas acabam de dizer que somos iguais.

Uma forte rajada de vento balança as árvores, nos despenteia e logo vai embora. Assim, nos regem os tempos: o tempo implacável que marca as horas e o tempo imprevisível que faz e desfaz o céu.

# O ano sabático

Acaba que não acontece. Parto na direção contrária — vá entender. Tranquei a matrícula na faculdade, sim. Não para flanar e ter o tempo livre de obrigações, mas para me dedicar a trabalho que nunca imaginei ser capaz de realizar.

Ângela e o dr. Oscar Sales Vieira, conceituado neurocirurgião, moram em um dos tradicionais edifícios da praia do Flamengo, entre as ruas Paissandu e Tucumã. Logo que entramos no apartamento, damos com a vista deslumbrante da baía de Guanabara, que alcança desde o Dedo de Deus na serra dos Órgãos e a praia de Icaraí, em Niterói, até o Pão de Açúcar e o morro Cara de Cão, onde foi fundada a cidade do Rio de Janeiro. O verde e a extensão do parque do Flamengo impressionam.

— Lá estão o forte da Laje, o forte de Santa Cruz e o forte de São João, que defendiam a entrada da baía. E daquele ponto ali na Urca é que Estácio de Sá saiu com suas caravelas para combater os franceses bem aqui em frente, na decisiva batalha de Uruçumirim.

Muita história numa só paisagem, penso. Gostaria de ver esse mesmo cenário naquela época. Imagino o que deve ter acontecido durante todos esses séculos até chegarmos ao que temos agora diante de nossos olhos. Quantos sonhos, devaneios e carnificinas. Ficamos alguns instantes a admirar o quadro vivo. Domingo ensolarado de temperatura amena, quatro e pouco da tarde. O mar coalhado de veleiros, e algumas lanchas, traineiras e pequenos barcos de pesca. No parque, pessoas comuns aproveitam o dia de folga. Tempo da Terra — areia que se esvai pela ampulheta e não me dou conta, entretido com minhas eternas buscas. Em ruidoso espetáculo, um avião acaba de decolar do aeroporto Santos Dumont e me desperta da silenciosa contemplação. Sorriso alegre e triste — é possível? —, Ângela volta-se para mim, parece querer me preparar para o que virá em seguida.

— Hoje ele está naqueles dias de ausência. Nem de longe se parece com o meu pai do sonho.

Sigo calado. Não presto atenção em nada do que existe à nossa volta. Limito-me a acompanhá-la até o quarto onde mora o pai. Ao entrar, logo em primeiro plano, o jarro com o arranjo de flores do campo. Ângela se consola.

— Ao menos as flores se parecem com as do sonho.

Pega-me pela mão, leva-me até o leito hospitalar. De olhos fechados, o pai parece dormir. Sua expressão serena não deixa de ser uma espécie de boas-vindas — é assim que interpreto. A filha lhe afaga os cabelos, os olhos se abrem.

— Pai?

Ele não reage, torna a fechar os olhos. Ângela se decepciona, dá de ombros como se me dissesse que a reação tem sido quase sempre essa. Constrangimento, silêncio demorado. Movido por irrefreável impulso, ouso me dirigir àquela figura patriarcal que, mesmo no estado em que se encontra, me inspira respeito.

— Dr. Oscar? Sou o João, amigo de sua filha. Vim lhe fazer uma visita. Queria muito conhecê-lo.

Ele torna a abrir os olhos. Continuo a falar naturalmente.

— Ângela me contou sobre vocês dois. Incrível essa afinidade entre pai e filha.

Ele mantém os olhos abertos, a impressão é de que seu rosto ganha um mínimo de vida. Ângela segura uma de suas mãos.

— Pai, o João é o primeiro amigo que estou trazendo aqui em casa para ver você. Ele se tornou muito, muito especial, acredite.

A mão direita, que está sendo segura pela filha, reage com ligeiro movimento dos dedos — algo que surpreende, porque há mais de mês aquele homem, antes tão firme e determinado a resistir, havia desistido de responder a qualquer estímulo. A reação me anima a prosseguir. Pego sua mão esquerda e, olhando em seus olhos, aviso que voltarei outras vezes se assim ele desejar. Agora, a resposta afirmativa me é dada pela pressão em meus dedos. Reflexo condicionado, beijo-lhe as veias altas como se lhe pedisse a bênção. Deixo que meu rosto fique encostado em sua pele por algum tempo. Às vezes, penso que aquela cena dos meus 5 anos foi tão bela e marcante que vem determinando os principais atos de minha vida pessoal. Assim, infância revivida, me aconchego a ele e, por extensão, a Ângela. De mãos dadas, nos tornamos família. Quem desmente? Constato que, mesmo na dor, tudo se harmoniza quando transgredimos nossos limites e, libertos de nossos corpos, passamos a integrar o Todo que nos une e dá sentido.

Impossível explicar o que se passa comigo a partir desse primeiro encontro. O impacto que me causou ver alguém de apenas 60 anos, no auge do sucesso e prestígio profissional — neurocirurgião ainda por cima! —, brutalmente golpeado por triste capricho do cérebro. Volto poucos dias depois sem precisar de convite. Ângela cria ânimo com minha presença, com as visitas mais e mais frequentes. Destino, chamado ou o quê?

Conheço Álvaro, o cuidador responsável pelo tratamento de suporte — que é o que pode ser feito: movimentar o corpo de modo a prevenir doenças, fisioterapia para impedir a contratura dos membros e proporcionar boa nutrição. Álvaro tem a minha idade, é enfermeiro com anos de prática e visível amor à profissão. Sereno, me transmite informações sobre os procedimentos de rotina, enquanto vai fazendo a higiene do dr. Oscar.

— Quer me ajudar?

O oferecimento me pega desprevenido. Eu? Ajudar? Levanto-me de onde estou e me aproximo com timidez e cautela. Educadamente, tento escapar da tarefa para a qual não me sinto nem um pouco preparado.

— Sou meio desajeitado. Vou é atrapalhar.

— Claro que não. Ao contrário, vai me facilitar bastante o trabalho.

Cuidadoso, Álvaro me dá instruções precisas sobre como pegar e mover o nosso paciente. Sim, no momento em que lhe ponho as mãos, o dr. Oscar torna-se essencialmente um paciente que necessita de cuidados. Diante de sua nudez exposta, é impossível não pensar que aquele corpo inerte, pesado e indefeso poderia ser o de meu pai, o de tio Jorge ou o meu próprio! Que tipo de aprendizado é esse que me faz presenciar o triste fim de alguém tão sábio e influente? Fim que nos nivela a todos. O corpo que tanto amou e desejou, e que até há pouco também terá sido amado e desejado, agora reduzido a esse triste fardo de carne e ossos. Terão desaparecido as paixões, os amores, os sentimentos todos? Ou ainda estarão aí guardados? Há de haver algo maior dentro de nós, há de haver. A cena é tão forte e me ocupa a mente de tal maneira que me voluntario para revezar no procedimento de higiene — preciso movimentar as mãos. Álvaro me atende: concorda em dar sustentação, enquanto me encarrego de ensaboar, esfregar e passar a toalha com água morna pelas diferentes partes do corpo, mesmo as mais íntimas. Estar ativo me dá algum alívio, me aviva e apascenta ao mesmo tempo. Concentro-me, sobretudo, em transmitir todo o meu afeto e consideração a esse homem que, independentemente de sua vontade, se me tornou tão íntimo. Há de haver algo maior que nos une, há de haver, insisto.

— Para quem se diz desajeitado, você tem habilidade de sobra. Conheço muito enfermeiro que não demonstra esse seu carinho ao lidar com o corpo do paciente.

— Não estou lidando apenas com o corpo. Há muito mais aí dentro.

A resposta ríspida, em função do que me passava pela cabeça, poderia soar grosseira, mas Álvaro entende o meu ponto. Nosso trabalho a quatro mãos se completa com o cuidado nos detalhes: o fazer a barba, o pentear o cabelo, o aparar as unhas. Por fim, roupa, fronhas e lençóis limpos. Álvaro gira a manivela para que a cabeceira da cama fique na inclinação mais confortável. Missão cumprida. E um bom aperto de mão pela bem-sucedida parceria.

— Obrigado, Álvaro. Você não calcula o bem que me fez ao me chamar para ajudá-lo. Aprendi muito hoje aqui.

— Que isso, colega. Eu é que lhe agradeço a ajuda.

Promovido a colega logo na primeira aula. Vê se pode. A simplicidade do professor contrasta com a habitual vaidade do aluno. Só que — talvez pela primeira vez — tomo consciência do que seja lidar diariamente com a dor e o sofrimento do ser humano. Que são tantos... Tantos. E ainda assim nos passam despercebidos.

Álvaro sai por um instante. Fico a sós com o renomado médico. Vê-lo asseado e bem acomodado me transmite algum consolo. De olhos fechados, ele já parece distante deste mundo. Por onde andará? No breu ou agora em sonhos que lhe revelam verdades? Volto a imaginar meu pai ou meu tio ou eu mesmo em igual situação, só que o pensamento já não me assusta. Ao contrário, me prepara para aceitar com naturalidade as perdas que certamente virão — é que um novo modo de ver pressupõe um novo modo de sentir.

Ângela chega justo quando estou de guarda ao lado de seu pai.

— Já fiquei sabendo de sua ajuda. Obrigada.

— Não agradeça. Foi um aprendizado útil.

Ângela vai até a cômoda onde estão os remédios, o aparelho de pressão, o termômetro e o mais que seja. Sem necessidade, reorganiza isto ou aquilo.

— Vamos lá para a sala? O Álvaro está se preparando para ir embora e eu preciso lhe dizer algo importante.

Seguimos até a varanda. Já é noite. As luzes artificiais e os faróis dos automóveis agora prevalecem. Como estamos no mês de julho, faz um pouco de frio, esfrego os braços. Ela percebe.

— Você prefere entrar?

— Não, aqui está bem.

Ângela se acomoda junto ao parapeito, feito fosse modelo ou obra de arte — como a primeira vez que a vi. Olha para o céu sem estrelas — nem adianta procurar. Insiste, ainda busca algum ponto de luz. Expressão de cansaço, vira-se para mim, diz que vai trancar a matrícula na faculdade, só que não será para o nosso tão sonhado ano sabático. Pelo último boletim médico, soube que o pai está com o sistema imunológico muito fraco, as perspectivas não são nada boas. Quer ficar mais em casa, dedicar mais tempo a ele.

— Então trancamos a matrícula os dois. Também nesse caso, seguimos juntos.

— De jeito nenhum. A responsabilidade é minha, não é sua. Você não pode parar sua vida por minha causa.

— Não estou parando nada, só mudei de planos... Como você, aliás.

— Não quero, não aceito e...

Com demorado beijo, a interrompo. O silencioso argumento parece convencê-la. Palavras, para quê? Certeza de que nos comunicamos na mesma frequência, tantas as afinidades. Acabo pensando alto.

— Mais que nunca, é importante nos unirmos. Não acha?

O abraço se desfaz naturalmente, ela se afasta.

— Você me surpreende sempre. Que beijo foi esse?

— Desejo, insatisfação.

— Insatisfação?!

— Por que o espanto?

Somos eternos insatisfeitos, Ângela e eu. Movidos por curiosidades, queremos sempre mais e mais. Sou ambicioso, desde menino. Gostava do trabalho com meu pai, mas não me bastava. Vim para o Rio, tive acesso a lugares onde nunca sonhei pisar. Me tornei dramaturgo, fui para o exterior pelas peças que escrevi. No início? Maravilha. Depois? Tudo muito pouco. Brinquedos brincados. Há sempre algo que me falta, sempre mais a aprender.

— Portanto, esse seu beijo também foi desejo não satisfeito.

— Claro. Ou você acha que ele nos contenta? Você quer mais, e eu também. Temos tanto a aprender um com o outro. Somos assim. Bebemos água salgada para matar a sede. Fazer o quê?

Ângela decidiu ser modelo, conseguiu, foi capa de revistas. Sucesso, fama. Depois? Tudo muito pouco. Brinquedos brincados, repito. Há sempre algo que lhe falta. Desejo e insatisfação, sempre.

— Não é tão simples assim.

— Eu sei que não.

— Aquele universo de fantasia me cansou. Muita aparência, futilidade, competição. Foi isso.

— Não foi só isso. Já falamos a respeito.

— Tudo bem. Voltemos ao beijo que não nos contenta. Daí, vamos para a cama e começamos uma relação duradoura, quem sabe? Depois, brinquedos brincados. Triste, não?

— Não posso prever o futuro.

— Mas não é sempre assim?

— Tem sido, é verdade. Mas surpresas acontecem.

Calamos, tentamos digerir o que foi dito. Os sons da cidade são nossa trilha musical — barulhos de vida em movimento. Ângela retoma com o nome que julga honesto mencionar.

— E Lorena? Como é que você diz? "Amigos siameses apaixonados"?

— Já não somos mais. Ela conheceu um pintor inglês que veio expor no Brasil. Estão juntos há uns quatro meses. Parece que é sério.

Pela cara, Ângela não acredita nem um pouco na história. Mudo de assunto.

— Enfim, não quero saber. O importante é o que estamos vivendo agora. Perder tempo para quê? Já temos mais de 30 anos.

— Por isso, me sentei ao seu lado logo no primeiro dia de faculdade.

— Ah, é? Então está explicado. Não foi nada armação do destino, como você diz. Eu era o decano disponível.

Ela volta para perto, me entrelaça pela cintura.

— Não é justo você sair da faculdade por minha causa.

— Só enquanto durar esta situação, depois a gente volta.

— Tudo bem. Se você quer assim.

— Outro dia, o professor Augusto citou um pensamento de Sêneca que tem tudo a ver comigo: "Nenhum vento é favorável para o marinheiro que não sabe para onde quer ir."

— Me lembro.

— Então? Você é capaz de me entender, porque também se esforça para ver o que está oculto, por mais opaca que seja nossa existência. Fareja indícios, sinais, assim como eu. Me organizou ideias e pensamentos que são essenciais para mim, me deu novo rumo.

— Se dei novo rumo, foi na direção desta tempestade que não acaba. Nada a ver com os ventos favoráveis de Sêneca.

— Não sei quando. Mas teremos nosso ano sabático, prometo.

— Não seja tão ambicioso. Uns dois meses sabáticos já me contentariam.

— Vamos deixar o tempo decidir.

— Sim, o tempo.

# Uma rosa sem espinhos no canto da calçada

Dez e meia da manhã, início de agosto. Saio para reabastecer despensa e geladeira. Ipanema amanheceu de bom humor, talvez porque, pela primeira vez, Ângela virá ao meu apartamento. Ainda na Vinicius de Moraes, quase chegando à Visconde de Pirajá, vejo uma mulher que pede esmolas. Não olha os passantes, não estende a mão. Em andrajos — que lhe cobrem o corpo com o apuro de peças de grife —, lê *O pequeno príncipe*, de Saint-Exupéry. A seu lado, em um pedaço de papelão, está escrito: "Preciso de sua ajuda, enquanto ele não vem." Ele quem? — sempre minha incurável curiosidade. O "e" minúsculo aparentemente afasta a hipótese de algum deus ou messias.

— Bom dia.

Ela levanta os olhos, me observa como se me examinasse, demora. Só então responde.

— Bom dia.

— Desculpe perguntar. Quem é ele?

— Podia ser você. Mas não é. Olhei bem.

— Algum parente? Irmão?

Ela acha graça.

— Não. Não tenho família aqui na Terra.

— Quem, então?

Ela aponta o título do livro.

— O meu pequeno que, pelo tempo, já deve estar um homem.

— Podemos conversar?

— Claro.

Apoiando-me nas pernas, abaixo-me para ficar mais confortável. Ela me oferece uma almofada surrada e encardida para que eu me sente e fique melhor. Aceito com prazer.

— Em que parte do livro você está?

Ela retira o indicador que servia para marcar a página, põe o livro no colo.

— Sei a história de cor, serve para me distrair e passar o tempo. Perdi a conta das vezes que li e reli estas páginas.

— Como você se chama?

— Eu sou a rosa.

— Rosa. Belo nome.

— Não é nome. É flor. Mesmo que eu seja uma rosa de cor exótica.

— E qual é a sua cor?

— Os brancos acham que não sou branca. Os negros acham que não sou negra. E eu acho graça, porque sou eles todos.

— De que tipo de ajuda você precisa enquanto "ele" não vem?

— Depende do personagem que passa.

— Como assim? Pelo que estou vendo dentro do seu gorro, acredito que a maioria das pessoas lhe dê dinheiro.

— Cada dinheiro é um dinheiro. Não é tudo igual.

— Ah, não?

— Claro que não. Depende do personagem, já disse. Você leu o livro?

— Li, sim.

— Então sabe que os humanos estão ali representados. E muitos passam por aqui.

— Por exemplo.

— Hoje cedo, passou a Raposa. Aquela pessoa que quer um planeta repleto de galinhas, mas sem caçadores.

276

— Conheço o tipo.

— Me deu um dinheirinho bom.

— Você a cativou?

— Lógico que não. Senão ela teria se tornado responsável por mim. Eu não cativo ninguém.

— Mas eu estou aqui conversando com você, não estou?

— Por curiosidade. Deve ser escritor ou algo parecido. Vai me dar algum dinheiro, um aperto de mão, talvez. Depois vai embora como todos os outros. Não vai se tornar responsável por mim.

— Você está certa. E eu me envergonho por isso.

— Não há motivo para se envergonhar. Também não cativei você. Não cativo ninguém, já disse.

— Que pena.

— Pena por quê? Não cativo porque não quero. Conseguiria, se quisesse.

— Se é assim, já me sinto melhor.

— Que bom. Não gosto das pessoas que se sentem incomodadas por me verem na calçada deste jeito. Me dão dinheiro por culpa. Não por amor. O Acendedor de Lampiões e o Homem de Negócios já passaram por aqui. Puseram dentro do gorro muito mais culpa que afeto. Em compensação, hoje bem cedo, o dinheirinho que o Bêbado me deu me alegrou demais.

— Bêbado já de manhã cedo?

— Que nada, estava sóbrio. A alma é que estava embriagada de tanta luz. Mais que senti, eu vi. Pode reparar que a nota que ele me deu está brilhando ali dentro do gorro.

— Cada dinheiro é um dinheiro...

— Pois é.

— E eu? Que personagem eu sou?

Ela me olha com alguma pena.

— Quer mesmo saber?

Faço que sim. Ela fala com delicadeza.

— Você é o piloto do avião que caiu no deserto. O artista que desenha uma caixa com alguns furos e acredita que dentro dela vive um carneiro. Mais ainda: faz com que os outros também acreditem.

— Isso é bom ou é mau?

— Você é que tem que saber. Não eu.

Nada mais a ouvir ou a dizer. Sinto que nosso tempo acabou. Abro a carteira, não sou pródigo nem avaro. Ponho o dinheiro no gorro.

— Para lhe ajudar enquanto "ele" não vem.

Um afetuoso aperto de mão e me levanto.

Ela olha para o dinheiro dentro do gorro e sentencia.

— Dinheiro bom. Chega farto, mas vai embora rápido. Cuidado.

Mais uma vez, ela está certa. Manteiga em focinho de cachorro — penso comigo. Sigo meu caminho, grato pelo tanto de saber e poesia que recebi de uma rosa sem espinhos no canto da calçada.

# Rua Vinicius de Moraes, 204

O edifício é claro, uma graça, mas não tem porteiro nem elevador — visitas e entregadores têm de encarar dois lances de escada de cerâmica vermelha para chegar ao meu apartamento. Ângela acha um charme porque nunca precisou subir carregada com sacolas de supermercado. Enfim, nada a reclamar — ainda sou relativamente jovem, tenho boas pernas, posso me dar ao luxo do exercício diário. Além do mais, Ipanema e Flamengo são universos contrastantes, e não me refiro apenas aos bairros, mas principalmente aos nossos lares doces lares. Aquela vista monumental da baía de Guanabara aqui fica resumida à bucólica rua Barão de Jaguaripe, que vem em linha reta do Jardim de Alah e termina bem em frente à janela de minha sala. Os cômodos gigantescos de lá reduzem-se aqui a um modesto quarto e sala com menos de quarenta metros quadrados.

— Nada disso tem a menor importância. Ainda lembro minha primeira vez neste seu canto. Subi os lances de escada com a música do Led Zeppelin na cabeça.

— "Stairway to Heaven".

Ângela vem para o meu lado da cama, deita-se sobre mim.

— Só que eu não tive que comprar a escada. Você me deu ela de presente.

— Já faz algum tempo.

— Dia 8 de agosto.

— Tem razão, nossa data cabalística: 8 do 8 de 88.

— Data forte. Você me contou da mulher que lia *O pequeno príncipe* coberta de trapos, mas com o porte de quem vestia Chanel.

— Foi mesmo incrível, ainda consigo vê-la com nitidez. Verdadeira aparição. Quando voltei das compras, ela já não estava. Nunca mais a vi. Só em sonho, você sabe.

— Claro. Tem a ver com a peça que você está terminando de escrever.

Rosa — ou a rosa sem espinhos no canto da calçada — veio dias depois, três e pouco da manhã, me dizer que eu iria viajar. Viagem diferente. Morte? Não. Viagem no tempo, ela me assegurou. Mas antes eu teria de concluir um trabalho importante. Sem dizer mais nada, cobriu-me o corpo inteiro com um lençol branco. Quanto mais eu tentava me desvencilhar do pano, maior ele ficava, a ponto de tomar proporções assustadoras. Acordei, coração acelerado. Em fins de setembro, o dr. Oscar faleceu. Em casa, como sempre desejou. Morreu dormindo — foi Álvaro que, bem cedinho, o encontrou assim sossegado.

O que seria mais um dia de rotina torna-se, para mim, aprendizado novo e essencial. Ângela me liga dando a notícia, chego logo em seguida. Ao vê-lo, de olhos fechados, não consigo acreditar. Parece que está em sono profundo, em um daqueles habituais dias de ausência. Custo a me convencer de que hoje o trabalho será outro.

— Você veste o papai para mim? Ajude o Álvaro, por favor.

— Claro. Que roupa a gente põe nele?

Ângela me beija, me acaricia o rosto. Tristeza e cansaço estampados nos olhos, a voz baixa sai com algum esforço.

— Qualquer terno. Você escolhe, não tenho cabeça. Vou me encarregar de todo o resto. E nem sei se darei conta.

Abro o armário do dr. Oscar Sales Vieira pela primeira vez. Tudo impecavelmente arrumado. Impressionam as coleções de ternos, camisas, gravatas, sapatos. Desde que o conheci, só o vejo envolto em lençóis brancos, vestido com aquelas camisolas brancas abertas atrás — o conforto em primeiro lugar, para o paciente e para o cuidador. É neste exato momento que me surge a imagem de Rosa — sempre bem-posta em seus andrajos — me cobrindo com aquele imenso lençol branco. E, espanto maior, a ideia para a peça que devo escrever. O título me vem de estalo: *Lençóis brancos*. Preciso passar para o papel tudo o que vi e vivi nesta casa. As histórias que Ângela me contou sobre o pai, o desafio de lidar com a intimidade da doença dele, minha amizade com Álvaro, que se fortaleceu e consolidou a cada dia de trabalho. E agora esta situação que, embora esperada, nos aflige e desorienta.

Sim, os ternos. Entre tantos, qual? Há de haver os que ele mais gostasse e até, de todos, o preferido, o que foi usado em algum momento especial, em uma homenagem recebida ou viagem ou concerto ou jantar romântico.

— Álvaro, vem até aqui um instante, preciso de você.

Estamos os dois emocionados, a presença do colega pouco ajuda. Não há meios de encontrarmos algo que nos pareça apropriado. Por curiosidade, abro a porta de um compartimento do outro lado do closet. Meu coração se tranquiliza, nada de ternos, certeza de que ali está o que procuramos. Álvaro se alegra.

— Os jalecos do dr. Oscar!

Umas duas dezenas, todos de linho branco, alvíssimos, engomados, as iniciais O.S.V. bordadas com linha verde musgo, no bolso do lado esquerdo. Fácil escolher, tiramos três ou quatro, qualquer um estará bem. Apresento aquele com o qual mais simpatizo.

— Este aqui. O que você acha?

— Perfeito.

Com apuro, vestimos nosso amigo. Camisa social branca, gravata vinho com listras brancas fininhas, calça social cinza claro, meias no tom da calça, sapato social vinho. O jaleco de linho acaba de compor o traje — caimento impecável. Bem penteado e escanhoado, nosso querido está pronto para se apresentar Lá em Cima.

Esta passagem e tantas outras constam da peça *Lençóis brancos*. Estamos em fins de novembro e tenho certeza de que, antes do Natal, ela estará pronta. Ângela se emociona a cada cena terminada. Ainda com seu corpo sobre o meu, me cobre de beijos.

— Apesar de toda dor e sofrimento, você levou alegria lá para casa, tornou meus dias mais leves. Lembra as taças de vinho?

Como não lembrar? Fiquei sabendo que o dr. Oscar era um apaixonado apreciador de vinhos. Havia alguma contraindicação para ele ingerir álcool? Não, nenhuma. Então sugeri que tentássemos descobrir se ele ainda teria prazer em degustar um bom tinto. Nossa! Foi um sucesso, linda descoberta! Evoluímos aos poucos. Do algodão, encharcado com o precioso líquido, aos mínimos goles em taças de cristal Saint Louis — as preferidas. Quando ele passava a língua em volta dos lábios, era aprovação, sinal de que queria mais. Quando mantinha a boca e os olhos fechados, era para nos dizer que estava satisfeito. Quase até o fim, ele manteve este pequeno e saudável hábito.

— Era muito lindo ver o cuidado com que você colocava a taça nos lábios dele e ia vertendo lentamente as pequenas doses de vinho.

— O prazer maior era meu. Posso dizer que conheci um pouco da alma de seu pai pelas respostas de seu corpo. Cada mínima conexão estabelecida era um passo para que eu o compreendesse melhor. Espero transmitir todos estes sentimentos na peça.

Ângela se aconchega em mim. Nosso canto, nosso quarto, nossa cama. Se a rua Vinicius de Moraes é refúgio, a praia do Flamengo foi campo de batalha — Uruçumirim revisitada. Acho que saímos vitoriosos. E estamos prontos para a viagem que não é de morte, mas que, segundo a Rosa, é viagem no tempo.

# A viagem no tempo

Dezembro chega, termino de escrever a peça logo no início do mês. Ângela, que viveu o drama, se apega ao texto, sugere que eu o leve imediatamente para tio Jorge.

— De jeito nenhum, ele é muito crítico. Preciso ajustar ainda alguns trechos. Para que essa pressa toda?

Inútil argumentar. Sem eu saber, ela vai ao computador, abre a pasta de documentos e imprime *Lençóis brancos* ainda em seu primeiro tratamento. O furto me tira do sério, mas acaba que dá certo. Tio Jorge gosta tanto da peça que está disposto a pôr dinheiro do próprio bolso para montá-la, desde que o papel principal seja dado a ele — tomo a exigência como elogio. E mais: quer que Helena Krespe seja a antagonista, e Sérgio Viotti, o diretor. Exulto, é claro. Menos de quatro meses de trabalho e, muito em breve, poderei estar novamente em cartaz com essa trinca de talentos tão queridos. Tio Jorge também não consegue esconder o entusiasmo.

— Você tem razão, precisamos fazer alguns ajustes, mas é pouca coisa. A estrutura está pronta e a ideia... Bom, a ideia me cativou de imediato. E você sabe o porquê: Domenico Montese.

Evidente. *Lençóis brancos* é um desabafo, um pedido de socorro. A fragilidade humana, nossa vida e lucidez sempre por um fio. O protagonista está diante de um corpo masculino inerte que necessita de cuidado permanente — uma visita e um simples chamado de ajuda lhe inspiram o trabalho voluntário.

O aprendizado diário, que evolui da rejeição inicial à profunda afeição pelo paciente. A comparação inevitável entre os diferentes tatos. O toque que procura levar conforto àquele corpo quase sem vida, e o toque em corpos que, entregues e cheios de calor, respondem prazerosamente a comandos e carícias. Os lençóis brancos servem como metáforas, são outras sensibilidades, outras peles que nos cobrem, protegem e aconchegam — afagos de pano que respondem ao nosso anseio primitivo de receber carinho e sermos aquecidos até o fim.

— A fala do desfecho, com a retirada solene da última muda de lençóis, sempre me impacta. Já sei ela de cor: "Assim, os lençóis brancos são levados embora — leves e soltos, jamais lhe serviriam de mortalha. Despedida não há, porque, para ele, haverá sempre lençóis brancos que confortam. Mudas perenes, renascimentos."

Como se voltasse ao passado, tio Jorge faz uma pausa e conclui.

— A última imagem que tenho de Domenico é a dele no leito do hospital, o corpo coberto por um lençol branco, o rosto à mostra, e seus olhos a me pedir que não fosse embora... Proibido pela família, não pude atendê-lo.

Pois é, armações do destino. A morte do dr. Oscar me reconecta com meu tio e sua história. De repente, me vejo um pouco melhor, talvez. Certamente, mais amadurecido. Capaz de me pôr no lugar do outro, vestir os seus sapatos, como diz o ditado inglês. Ângela me cobra os prometidos meses sabáticos. Com a peça já escrita e as boas perspectivas de produção, não há mais desculpas para adiamentos. Tudo bem, faremos nossa viagem no tempo, sugerida pela Rosa. Mas onde? Sugiro visitar alguma civilização antiga: na Grécia? No Egito? Ou quem sabe aqui mais perto, no México ou no Peru? Ângela descarta todas as opções.

— Quero conhecer Convés.

— Convés?!

— Você não vive dizendo que a cidade parou no tempo? Então? Nada de aeroportos e voos internacionais. Preciso mesmo é de sossego, longe desta agitação aqui do Rio de Janeiro. Convés é longe e é perto. Me parece o destino ideal. Vamos?

Em segundos, o quadro se forma em minha mente. Perfeito! Passaremos Natal e Ano-Novo com minha família, mas nos hospedaremos na pensão de dona Maria Cândida. Será divertido, teremos mais liberdade sem precisar desacomodar ninguém. Iremos no meu carro, é claro, preparados para aproveitar nossas longas férias. Descanso mais que merecido.

Alguns poucos telefonemas e tudo se resolve. Avesso diz que cede o quarto e vai para o sofá da sala. Nada disso, já temos reservas na pensão. Sabemos que é época de fim de ano, mas seremos hóspedes por dois meses, a prioridade é nossa. O padrinho e a madrinha vibram, adiantam que a ceia de Natal será lá com eles. Joãozinho já está com 7 anos, espichou, duvidam que eu o reconheça — o tempo em Convés só não passa para a cidade. Tio Jorge se anima a ir com Fernando. Para a alegria de Avesso, aceitam ficar em seu quarto. Quando há boa vontade e o afeto prevalece, acaba que tudo se ajeita da melhor maneira.

Dias antes da viagem, arrisco ir à galeria de arte de dona Teresa para me despedir de Lorena. Dou sorte, estão lá mãe e filha. Sou recebido com alegre surpresa. Vão passar as festas em Londres, Lorena caiu mesmo de amores pelo pintor inglês. Dona Teresa se ri. Quem diria? Aquela jovem rebelde, que considerava a família uma instituição falida e ultrapassada, agora faz planos para se casar e ter filhos. A união é mais que abençoada, Andrew é mesmo um amor de pessoa, talentosíssimo, foi aluno de Francis Bacon e está muito bem encaminhado na profissão. Lorena ouve calada o noticiário a seu respeito, até que pede um tempo, quer ficar a sós comigo. Saímos para dar uma volta pelo shopping. A conversa, descontraída, reflete a relação de confiança que há muito se criou entre nós. Só peço a ela que, pelo amor de Deus, não me convide para padrinho. Posso ficar tranquilo, ela garante. O mundo dá voltas. Eu, que era tão conservador, tornei-me o mais liberal dos homens. E ela, vejam só, se acomodando nos ideais burgueses. Boas gargalhadas, assuntos em dia, espera estar no Brasil para a estreia de *Lençóis brancos*, acha o título a minha cara. Por fim, os votos clichês de boas festas. E um 1989 próspero, de muito sucesso e realizações para todos nós. Com um delicioso beijo na boca, nos despedimos. Ela volta para a galeria, ainda me dá um adeusinho de longe, sobe a escada rolante, e some lá no horizonte do segundo piso.

Manhã de sábado, 17 de dezembro, dia abafado, de muito calor. Ângela e eu já acomodados no carro para partir. Não estamos nos esquecendo de nada? Ela acredita que não. Então, vamos em frente, que são mais de três horas de estrada. Logo saímos da Vinicius de Moraes e contornamos a Lagoa em direção ao túnel Rebouças.

— Você, que nasceu lá, me explica. Por que esse nome, Convés?

Eu quase já me havia esquecido da história que deu origem ao nome de minha cidade. Sabemos que, geograficamente, ela avança pelo mar na forma triangular de um convés — que é aquela parte descoberta e mais alta do barco, que fica perto da proa. O padrinho Pedro Salvador conta que, do convés, se pode ver melhor a linha do horizonte, o rumo tomado, o futuro — lá onde estão todos os nossos medos e sonhos. Diz a lenda que, logo ao se estabelecerem, os antigos moradores se reuniram em preces no ponto extremo do vilarejo. Voltados para o leste, se deram as mãos e, ao nascer do sol, pediram aos céus que suas mentes esquecessem os medos e que seus olhos procurassem a realização do sonho maior: vidas simples, produtivas e saudáveis. Foram atendidos. Acolhedora e escondida no mapa, litorânea e de difícil acesso, sossegada e empreendedora, Convés se arma e se guarda de natureza. Assim, se mantém fiel a seu sonho pioneiro.

— Privilégio saber da história por um nativo.

Só faço confirmar o duplo sentido.

— Nativo, sim. Um ser primitivo nascido lá com muito orgulho.

Ângela olha para mim como se nos aventurássemos no limite de nossa embarcação — a ponta do convés.

— Ansiosa por essa viagem no tempo.

# Viradas de 180°

Podem acontecer em nossas vidas quando menos esperamos. Depois de certa idade — geralmente em torno dos 30 — começamos a ter noção dos limites que o tempo nos vai impondo. Somos livres para decidir se ficamos ou partimos, se seguimos por aqui ou por ali. Depois da decisão tomada, o comando já não está em nossas mãos: recebemos os bônus do acerto ou arcamos com os ônus do equívoco. Neste último caso, não vale nos lastimarmos — quem prevê o futuro? O passo seguinte será retrocedermos ou irmos em frente, conscientes de que desistências ou insistências sempre cobram seu preço. O melhor de tudo é que, às vezes, o destino nos aponta o caminho certo e nos guia de graça.

Viagem tensa, pegamos bastante chuva na estrada, mas por sorte chegamos a Convés com céu aberto. Vamos direto para a pensão de dona Maria Cândida, que já está a postos para nos receber com a animação de costume. Garante que reservou o melhor quarto para nós, muito silencioso. Vantagem nenhuma, todos são silenciosos — comento baixinho com Ângela, que, obrigada a segurar o riso, me repreende com vigoroso tapa na mão. Seguindo os passos apressados da velhota, vamos em frente acompanhados por um rapaz que, com prestativo vigor, nos ajuda com as malas. Abre-se a porta do quarto 22. Gesto largo, a boa senhora nos apresenta à surpresa que — por minha atitude de há pouco — me deixa completamente desconcertado:

teremos acesso a um inimaginável jardim particular. Ângela leva as mãos à boca, não acredita.

— É o único quarto com jardim. Tenho ele guardado para as pessoas mais queridas. E, desde menino, o Fiapo me é muito, muito querido mesmo. Agora, está esse homão aí, bonito. E famoso também.

Só faço ser óbvio.

— Que isso... Nem bonito nem famoso. Sou o mesmo.

Ela vem e me abraça, maternal.

— Claro que é o mesmo! Sua essência não muda!

Volta-se para Ângela.

— Como é mesmo o seu nome?

— Ângela.

— Pois então lhe digo, Ângela, cuide bem desse moço, que ele vale ouro, lhe garanto.

— Já tive prova disso.

— Vocês duas, parem, por favor, que não tenho mais cara.

Dou a gratificação ao rapaz, agradeço — as malas podem ficar onde estão. Dona Maria Cândida também vai saindo, entende que as boas-vindas chegaram a bom tamanho. Qualquer coisa, é só pedir, que estamos em nossa casa. Ah, sim! Os horários do café da manhã, almoço e jantar constam do aviso afixado à entrada da sala de refeições. Quando tiverem roupa para lavar, é só falar com a Clarice na recepção, que ela providencia o serviço. Ótimo, perfeito. Beijos, mais agradecimentos e porta fechada. Ufa.

Depois das tantas atenções, o silêncio nos acolhe e aguça os sentidos. Saboreamos o presente que nos foi dado. A simplicidade do quarto condiz com o que mais precisamos nesta fase: tirar os pés do chão, voar. Os olhos voltam-se para o jardim e é para lá que agora somos naturalmente conduzidos — bichos que pensam e sentem e anseiam pelo desconhecido. Ângela define o cenário com precisão.

— Miniatura do Paraíso, só pode ser. Projeto de Céu na Terra.

Sim, a natureza sempre nos energiza, porque nos conecta com algo maior que transcende a razão. O verde à nossa volta é sinal aberto para os bichos que nos habitam. Duas espreguiçadeiras bem situadas nos convidam a experimentá-las sem compromisso. Não nos fazemos de rogados, e nelas nos deixamos estar por um bom tempo — o tempo que inexiste em horas assim. O tempo que, aqui em Convés, é amostra grátis de eternidade.

Esquecidos da vida, somos embalados por breves cochilos e leves despertares. Ângela é a primeira a pousar.

— Inexplicável, mas já me sinto morando aqui.

— Não me surpreende.

— Ponto fora da curva, tudo tão diferente. Que mundo é este, João?

— O mundo da minha infância e adolescência. Minhas raízes, meu passado.

— Presente, também. Sua família que você vem visitar, os amigos que você vem rever... E estamos aqui de férias.

— Exato. De férias.

— Você não pensa em voltar?

— Não faria mais sentido.

— Sair daqui para morar no Rio de Janeiro. Uma virada de 180°. Levanto-me da espreguiçadeira.

— Precisava correr riscos, me conhecer melhor. Sem essa virada de 180°, como você diz, eu não teria me tornado escritor nem vivido os amores que vivi. Não teria conhecido você, por exemplo. Não estaríamos aqui agora.

Olho o relógio.

— Esquece o relógio.

— Foi você que me fez lembrar dele.

Ângela sorri, astuciosa.

— Volta para cá, anda, deixa de ser infantil.

Não resisto e volto, mas me aninho na espreguiçadeira onde ela está. Descubro que cabemos muito bem os dois.

— Não é divino?

Feliz com o encaixe que me excita, sou obrigado a concordar. Os beijos longos e apaixonados não me bastam, peço então que ela me explique melhor esse seu projeto de Céu na Terra — estou certo de que maçãs, serpentes e folhas de parreira se foram e levaram com elas as vergonhas todas. Novos beijos e suas mãos me desabotoam — panos e peles que se confundem, carne e tecido que se esfregam e se atritam e fazem fogo e se dão prazer. Não há pressa. Afagos, carícias. Os dedos sempre descobrem nossos pontos mais secretos. E o gozo chega devagar, sem alarde. Nos cansaços de depois, a paz preguiçosa. As roupas, grudadas umas nas outras, não nos querem deixar. Nem saberiam como.

Sono dos justos, dos amantes saciados. Ângela e eu sequer suspeitamos que nova virada de 180° nos aguarda aqui em Convés — inesperada separação.

# A primeira casa

Base primordial. Da pensão até chegarmos a ela, um pulo. Vamos a pé, para que Ângela se vá familiarizando com os detalhes de Convés: o letreiro de loja pintado à mão, a cerca viva de azaleias, a fonte de cantaria com carranca que jorra água boa de se beber, os lampiões de rua e isto e aquilo. De onde estamos, já a avistamos. Lá na esquina, aquela caiada de branco, portas e janelas verdes. Seguimos admirando cada quadro que passa. A vizinhança, o casario, a rua de terra batida. Chegamos. A porta que dá para a rua, entreaberta — mamãe já sabe que estaríamos a caminho. Apreciamos a fachada por alguns segundos.

— Gosta?

— Linda. Quero uma igual.

Entramos, bato palmas. Quem vem é Avesso — short, camiseta e descalço. Chega com seu sorriso franco. Ângela se impressiona ao vê-lo — aos 20 anos, parece ainda não ter atingido o máximo de si.

— Esse é o irmão caçula?

— Ele mesmo, apesar do tamanho.

Meio desajeitado, Avesso a beija no rosto.

— Muito prazer, Juliano.

Depois me olha como se quisesse me ver por dentro, e me abraça inteiro, força da natureza. Deixo-me estar — precisava mesmo desse tato demorado, fraterno.

— Saudade de você, meu irmão. Nossa.

— Também. Muita saudade.

Precisamos nos afastar para nos ver melhor. Ainda abraçados, a distância agora parece ideal para nos avaliarmos.

— Você está ótimo, "carioca"!

— Quero é saber de sua arte. Como vão as esculturas e os entalhes?

Não há tempo para a resposta, mamãe chega e já se dirige a Ângela com a hospitalidade das pequenas cidades.

— Que prazer, minha querida! Muito bem-vinda a esta casa!

— O prazer é todo meu, dona Olímpia. Pelo que o João fala da senhora, queria muito conhecê-la.

— Pois vamos ter bastante tempo para isso. Sei que vocês estão vindo por boa temporada.

Minha vez de receber os beijos maternos, seguidos de um bom puxão de orelha por eu ter preferido me hospedar na pensão de dona Maria Cândida.

— Mas tio Jorge e Fernando estão vindo para cá. Não haveria mesmo como acomodar todo mundo.

Enfim, acabamos concordando que o importante é a família estar toda reunida.

— Cadê o pai?

— Chegou há pouco. Como hoje é sábado, ele sai do entreposto mais cedo. Está acabando de tomar banho e se vestir.

Ângela se afasta. Atraída pelo que vê, parece transitar por outro tempo ou espaço. Não é aquela universitária que entrou em sala de aula com passos firmes em minha direção. A mulher que eu vejo aqui pisa com cuidado, como se quisesse reconhecer o terreno, encontrar pontos de referência. Afaga a máquina de costura, os manequins, passa em displicente revista os vestidos nas araras. Mal sabe que está sendo observada. Mamãe, instinto apurado, percebe algum incômodo em seu rosto.

— Que olhar triste é esse, moça?

Ainda que afável, a pergunta desconcerta.

— Lembranças... Aqui, o ambiente de trabalho é tão diferente. Me transmite paz. Que contraste com os espaços de moda que eu frequentava.

— Você costurava?

— Era modelo.

— Bela profissão.

— ... que se perdeu lá atrás.

— E por que desistiu?

— Longa história...

Papai entra com o frescor e o ânimo de um bom banho. O ambiente vai do oito ao oitenta.

— Meu querido! Que alegria! Que bênção ter você aqui de novo!

Recebo abraço com aperto que já conheço e beijo com cheiro de loção pós-barba. Festivo, ele segue adiante.

— E essa jovem bonita?

— Ângela, muito prazer.

Ao cumprimentá-la, camisa desabotoada, papai vai se desculpando com aquela velha história de que botão é como filho, não deve ficar preso em casa. Já avisada desse hábito paterno, Ângela aproveita a deixa e faz bonito.

— Pois vou lhe fazer uma pergunta que, aposto, ninguém aqui sabe a resposta. Nem o senhor nem dona Olímpia, que é exímia costureira.

Entre surpresos e curiosos, todos nos entreolhamos à espera do desafio que nos é lançado.

— Por que os botões das roupas masculinas ficam do lado direito e os botões das roupas femininas ficam do lado esquerdo?

Silêncio engraçadíssimo, porque todos voltamos a nos entreolhar, só que, agora, com a ignorância estampada nos rostos.

Pode falar, ninguém sabe mesmo a razão. Avesso franze o cenho, arregala os olhos, sequer imaginava que existisse essa diferença. Ahn?!

— Os botões surgiram na Europa no século XVII para sofisticar o vestuário dos ricos. As mulheres utilizavam tantas peças de roupas, que passavam horas e horas se arrumando. Precisavam, portanto, de ajuda para se vestir. Assim, para facilitar o trabalho das pobres criadas, os botões eram colocados no lado esquerdo.

Papai quer saber mais.

— E os homens?

— Os homens sempre se abotoaram sozinhos. Por isso, os botões eram postos do lado direito para atender a maioria destra.

Gostosa gargalhada daquele que dispensa os botões. Ângela ganha seu melhor amigo e admirador que, de posse da informação, passa a se gabar dos incontáveis feitos e virtudes masculinas. É claro que exagera de propósito para provocar mamãe. Dona Olímpia, que conhece bem as falas, nem se dá o trabalho de contestar. Pega Ângela pela mão e a leva para conhecer o resto da casa. Ficamos os três marmanjos à espera de que as mulheres voltem e nos digam o roteiro a seguir — oportunidade para pormos os assuntos em dia, dos mais triviais ao mais delicado: Ângela. A abordagem vem naturalmente.

— Você gosta dessa moça, meu filho?

— Gosto. Muito mesmo. Ângela é uma amiga especial.

— Amiga.

— É, amiga. Temos uma relação íntima, mas não fazemos planos para o futuro.

— Então por que a trouxe para conhecer sua família?

— Nada a ver com qualquer tipo de compromisso. A verdade é que os últimos meses foram extremamente desgastantes por conta do estado terminal do dr. Oscar.

— Eu sei. Ele já estava bastante mal da última vez que a gente se falou.

— Pois então. Nós já havíamos programado uns dois ou três meses de descanso. Pensei que iríamos para o exterior. Tínhamos várias opções, mas ela me surpreendeu querendo vir para Convés.

— Foi ideia dela vir para cá?

— Foi. Se vamos reunir a família no Natal, devemos a ela.

— Então, me desculpe, mas no fundo ela tem intenção de compromisso sério, sim. Pode até não dizer, mas tem.

— A questão não é essa, pai. Ângela veio apenas por dois motivos: o falecimento do pai e a vontade de tirar umas boas férias em lugar sossegado. Só isso.

— Bom, se é assim, me tranquilizo. Porque a pior coisa da vida, filho, é se criar expectativa, e depois não acontecer.

Se os botões do lado direito estão se entendendo, os botões do lado esquerdo, mais ainda, porque mamãe e Ângela voltam para a sala com expressões de indisfarçável cumplicidade. Minha curiosidade, como de costume, não se segura.

— O que vocês duas andaram conversando para estarem aí com essas caras?

Mamãe é objetiva.

— Não é da sua conta.

Recorro a Ângela.

— Poxa, amor, não posso saber?

— Não. Pelo menos, por enquanto.

Uma coisa é certa: lá na pensão de dona Maria Cândida, o assunto se estenderá em nossa cama.

Não dá outra. Estamos prontos para dormir e Ângela ainda se recusa a me dizer sobre o que as duas conversaram.

— Foi sua mãe que me aconselhou não comentar nada com você.

— Nunca pensei que houvesse segredos entre nós.

— Que segredos, não é nada disso. O que conversamos me surpreendeu, e muito. Envolve decisão importante que devo tornar. Quando for o momento, eu conto, mas preciso de tempo, entende? E ficamos por aqui, porque você já me fez falar até demais.

Ainda tento obter alguma pista.

— Hoje, quando eu lhe perguntei se havia gostado da casa de meus pais, você disse que queria uma igual.

— Por favor, João. Assunto encerrado.

Conheço Ângela. Pelo tom da voz, sinto que há algo no ar, mas não levo a conversa adiante. Melhor dormir. Um beijo de boa noite e, pronto, luz apagada.

# O velho Urbano

Naquela noite, o sono custou a vir. Algo novo havia acontecido debaixo daquele teto e não fui capaz de identificar um mínimo sinal. Ângela é bicho que fareja caminhos e anseia por liberdade. O que nos une é sentimento que me escapa à compreensão. Que ligação é essa? Que comando maior sempre nos costura e descostura? É como se eu não tivesse tido outra opção senão trazê-la para Convés.

Quer saber? Parei de me martelar ideias e fui cuidar de desfrutar das boas férias. Deu certo. Passei a semana matando a saudade de tudo o que me alegrava e dava prazer na adolescência: revi amigos queridos dos tempos da escola e do entreposto, fiz romaria nas pequenas lojas de comércio, passei tardes com meu padrinho Pedro Salvador e minha madrinha Eunice. Levei Joãozinho a se aventurar em trilhas e esconderijos da minha infância — o xará está um azougue. De tudo, o que mais gostou foi o banho na pequena cachoeira lá na descida da serra. Por fim, fui conhecer o espaço onde Avesso se dedica à sua arte. Tão jovem e já ganhou nome na região. Seus entalhes tornaram-se famosos. Os peixinhos, sucesso. Na feira de artesanato dos sábados, saem que nem pão quente. Só não me conformo com ele não dar seguimento às obras mais conceituais que guarda em seu quarto — estas, sim, as maiores preciosidades.

Ângela? Não sei dela. Na maioria das vezes, só nos vemos à noite na pensão, quando fazemos as resenhas faladas de nossos dias. Os meus, visitas e mais visitas, andanças, passeios, a roda-viva já descrita. Os dela, sempre grudada com minha mãe. Poucas palavras — desdobramentos da conversa que tiveram quando se conheceram — ainda mistério. Também, não mais perguntei.

Extensa mesa preparada com esmero por minha madrinha. Aqui em Convés, seguimos o costume brasileiro de celebrar o Natal no almoço de 25 de dezembro. Já estão todos. Tio Jorge e Fernando chegaram ontem de manhã, mas só agora na festa nos encontramos. Meu tio continua entusiasmado com *Lençóis brancos*, prevê que terei de interromper as férias, porque a produção da peça segue de vento em popa. Claro, problema nenhum, basta falar em teatro que minha mão coça. Ele gosta do que ouve, ri e me abraça em sinal de aprovação. O padrinho vem para nos dizer que a festa está na mesa. Comes e bebes, falação, piadas, lembranças tristes e alegres, casos de família. Já sob os efeitos do álcool, elogios para o pernil, o lombinho e os tantos pratos. Depois, a sobremesa, as rabanadas, o café e a divertida distribuição de presentes. Quando penso que tudo está por terminar, vem a espantosa notícia.

Minha mãe pede a atenção de todos. Com Ângela a seu lado, começa a contar a história que acontece bem ao lado de nossa casa, que, por ser de esquina, é vizinha à casa da ladeira que vai ter à praia e à da rua larga que segue até a praça. Na casa da ladeira, família abençoada: dona Amália, seu Tarcísio e os quatro filhos. Gente boa, honesta, trabalhadora. Na casa da rua larga, aquele que ninguém gostaria de ter como vizinho: o velho Urbano, já velho quando Deus criou o mundo. Não que fosse má pessoa, não. Era apenas um ser solitário que, por algum motivo desconhecido, mantinha todos à distância. Andrajoso, sujo, juba e barba de ancestral pré-histórico. Calado, mal levantava os olhos para se dirigir aos passantes. Com as mãos escondidas nos bolsos, sempre balbuciava algo incompreensível ao ser cumprimentado. A casa, em ruínas, era reflexo de si mesmo, acreditávamos. Mas, vem cá, por que falar dele e da casa no passado? Que eu saiba, seu Urbano continua vivo.

Primeiro, o silêncio. Depois, a surpresa. Vivo está, mas não mora mais em Convés. Aos 95 anos, com sérios problemas de saúde, foi viver com o único sobrinho em São Paulo. O quê? Sobrinho? Como, se nunca ninguém veio vê-lo? E o que é que vai acontecer com a casa? — sim, a mais antiga da cidade e talvez a mais bonita, ainda que com triste fama de malfadada e assombrada.

— Agora, será nossa.

Mamãe fala olhando para mim. Sabe que lá habitam os sonhos e pesadelos que, na infância, me assaltavam as madrugadas. Quando era sonho, eu me abraçava com o travesseiro querendo permanecer na fabulosa aventura. Quando era pesadelo, corria para a cama de meus pais. Eles já conheciam o motivo: os horrores vividos por mim na casa do velho Urbano, embora nunca tivesse posto meus pés lá dentro.

— Que história é essa, mãe? Como "agora, será nossa"?

— Ângela vai comprar a casa, está tudo praticamente certo.

Custo a crer no que estou ouvindo. De imediato, voltam-me nítidas e fortemente coloridas aquelas imagens. O prazer ou o terror que, do nada e sem aviso, me transportavam para o fantástico universo do velho Urbano — era ele que vinha me convidar e desaparecia em seguida. Mesmo sabendo dos riscos que corria, eu sempre aceitava os convites. Ora passeava por belos jardins em volta da casa — na realidade, o terreno abandonado e sempre coberto de mato —, ora tornava-me o personagem principal das grandes festas que aconteciam em seus cômodos feericamente iluminados. Ali, as criaturas mais exóticas se apresentavam para me reverenciar. Ricamente vestidas ou fantasiadas com trajes de época, brincavam e dançavam ao meu redor. Cobriam-me de presentes e agrados como se fizéssemos parte de um esplendoroso espetáculo. De repente, as luzes iam se apagando, as roupas iam se transformando em trapos e essas criaturas tornavam-se medonhas, com seus rostos e corpos se desfazendo até virarem monstros disformes.

Certo dia, mamãe me apresentou a Veridiana, a mulher cega que, acompanhada do neto, vez ou outra, passava aqui por Convés. Ela devia ter seus 70 anos na ocasião, e ele, uns 18 no máximo. Dormiam na carroça que sempre os conduzia puxada por um cavalo negro — tão negro que chegava a ser azul. Pois bem, a tal mulher, dizia-se, possuía o dom de ver o futuro através dos sonhos. Não cobrava pela consulta, mas pedia que lhe levassem algum alimento. Levamos um quilo de arroz, uma lata de azeite, dois quilos de batata e algumas cebolas. Ela os recebeu e os guardou como se os escondesse. Depois, sem que nada perguntássemos ou disséssemos, sentenciou em minha direção: "Pelas mãos de uma mulher forasteira, você entrará na casa de suas apavorantes fantasias. Dentro dela, há de encontrar a comédia, a tragédia e a censura. Saiba escolher seu figurino e algo maior lhe será destinado. Posso lhe assegurar que você não mais voltará a sonhar com a casa. Vá, não tenho mais nada a lhe dizer" — com olhos baços no infinito, me despachou abanando as mãos. Mamãe desconfiou do que ouviu. Tinha certeza de que a mulher sabia que ela era costureira e, mesmo tendo acertado sobre a existência da casa e minhas aflições, acrescentara aquela falação só para nos impressionar. Eu, ao contrário, do alto de meus 11 anos, vibrei com o que havia acabado de ouvir. Guardei principalmente a parte que dizia que algo maior me seria destinado caso eu soubesse escolher meu figurino. Nunca associei o que ela disse às costuras de minha mãe, mas a alguma roupa especial que algum dia iria ter de vestir para missão de importância. O fato é que, desde esse dia, deixei de ter os pesadelos. E agora, com o que acabo de saber, mais me impressiona que a cega vidente também tenha acertado que eu entraria na casa pelas mãos de uma mulher forasteira.

Olho para Ângela, tento compreender a surpreendente decisão. Logo me volta em flashes uma de nossas conversas mais recentes, quando ela já me havia mencionado o desejo de vender o apartamento da praia do Flamengo para comprar algo mais de acordo com a vida simples que pretendia levar. Não dei importância, achei que era coisa de momento, fruto do cansaço pelo calvário que ela havia passado — Ângela sempre foi profundamente apegada àquele seu universo particular. Também não entendo querer adquirir uma casa, ainda maior e em péssimo estado, aqui em Convés. Não faz o menor sentido. E justo a casa do velho Urbano, misterioso capítulo de minha infância que eu julgava encerrado.

# Cristóvão nos deixou a chave

Nada mais pertinente para um almoço de Natal do que ouvir alguém afirmar que dará início a uma nova fase em sua vida. Ângela demora a começar. Parece que aguarda o sinal de uma mulher que está presente, mas não podemos ver — sua mãe, talvez. Finalmente, lhe vêm as palavras que me confirmam a impressão.

— Quando João e eu nos conhecemos na faculdade, nossa conversa girou em torno da questão que nos foi apresentada logo na primeira aula: o tempo. Pois é, o tempo. Que tanto me aflige desde que perdi minha mãe quando ainda era menina, e ela, uma mulher no auge dos seus 34 anos.

Ângela volta-se para Avesso, sabe que suas dores se parecem.

— É claro que essa separação prematura refletiu, e ainda reflete, no meu modo de ser e de ver a vida. Sempre a sensação de que estou perdendo algo importante, por mais que me esforce para participar e estar a par de tudo. Mamãe também devia pressentir que teríamos pouco tempo juntas, porque não nos desgrudávamos uma da outra. Aos 14 anos, quando decidi ser modelo, foi pensando nela, que adorava ver comigo revistas de moda. Depois, me dava algumas para recortar. Eu escolhia as modelos de papel que iam participar dos desfiles que eu mesma organizava para ela assistir...

É claro que o mundo da moda em nada se parecia com aquele reduto de fantasia. Mesmo assim, com sua beleza e carisma,

Ângela fez sucesso em pouco tempo, e surpreendeu a todos quando decidiu abandonar a carreira ainda promissora. A mudança lhe fez bem. Com o apoio do pai, se dedicou ao estudo de línguas e viajou pelo mundo. Muitas viagens fizeram juntos. Além de compartilhar com a filha sua vasta erudição, o dr. Oscar era um excelente companheiro, divertido, espirituoso. Foram anos bem felizes. Até que o tempo, sempre ele, mais uma vez determinou o quando e o como separá-los.

Ângela olha para mim, abre um leve sorriso.

— Só que foi esse mesmo tempo que me presenteou com um amigo inimaginável. Aquele que diz que eu lhe dei novo rumo, quando, na realidade, foi ele que me deu norte desde o início. Embora tenhamos históricos familiares bem diferentes, nossas experiências nos vestiram feito luvas. Por suas mãos, aos poucos, sem perceber, fui ganhando uma outra família, antes mesmo de conhecê-la...

Ganhar uma família, antes mesmo de conhecê-la. Não é assim que sempre acontece? Nasce uma amizade ou um amor, criam-se vínculos, sabemos de histórias e vamos nos envolvendo com as pessoas que giram ao redor desse alguém que passou a fazer parte de nossa vida. Só de ouvir falar, tomamos antipatia por esse cunhado, admiramos aquela sobrinha, nos divertimos com aquele outro tio e, daquela prima, queremos distância, porque o que nos chega aos ouvidos nos põe de pé atrás. Assim, pelos casos que eu lhe contava, Ângela foi se apegando aos que não conhecia. Como esquecer a epopeia de tio Jorge chegando a esta casa em dia de chuva torrencial? "Todos os males e dores varremos para debaixo das artes" — a frase que marcou minha adolescência. Domenico Montese, o primeiro amor. O pouco tempo que também lhes foi dado para vivê-lo. Minha avó Isaura, a mãe extrema que tentou, mas não conseguiu impedir o reencontro dos filhos — mais uma vez, o tempo determinou o quando e o como. Dona Iracema, que encontrou minha mãe dormindo em uma calçada, lhe deu o que comer, vestir e calçar, e a acolheu como filha. Juliano, o irmão que me revirou pelo avesso e me fez ver o que eu não via — nove anos levou para nascer! Minhas incontáveis travessuras na casa de meus padrinhos Pedro Salvador e Eunice. A demoradíssima espera por meu xará João — sempre o tempo, em seu próprio ritmo, marcando o compasso de cada um de nós.

— Por instinto materno, dona Olímpia, que não por acaso tem o mesmo nome de minha mãe, me questionou, me aconselhou e, na hora da decisão, me deu todo o apoio para o meu desejo de vir morar em Convés.

— Morar em Convés?

— É, João. Morar em Convés. Não teria cabimento comprar a casa apenas para temporadas de verão e fins de semana. O estilo de vida de sua mãe e o ambiente de trabalho em sua própria casa me levaram a imaginar um espaço parecido onde eu pudesse realizar meu antigo sonho de...

— ... criar um centro de artes com moradia para crianças carentes.

— Exato. Já havíamos falado sobre isso, e você achou a ideia ótima.

— Ótima, mas no Rio de Janeiro, onde há um mundo de crianças carentes. Não aqui em Convés. Não vejo futuro algum nisso.

— Pois eu vejo.

Mamãe dá prosseguimento ao discurso de Ângela com tamanha naturalidade que parece até que as duas serão sócias na aventura.

— Ângela me perguntou, de brincadeira, é claro, se eu não queria vender nossa casa para o projeto. Respondi que ela tinha chegado em boa hora. A casa vizinha estava à venda e podia ser visitada quando ela quisesse. O sobrinho do seu Urbano estava doido para resolver o assunto, mesmo sabendo que era um negócio difícil, que levaria tempo.

— Acontece que, desta vez, o tempo acelerou a meu favor. Resolvemos tudo com impressionante rapidez, a venda está praticamente fechada. Mas depende da aprovação de uma pessoa.

— Se for do velho Urbano, pode ir tirando o cavalinho da chuva.

— Seu Urbano não tem voz alguma na venda, quem decide é o sobrinho. Mas só fecharei o negócio se você me der sinal verde.

Olho para todos em volta da mesa e me fixo em Ângela.

— Eu?!

— Dona Olímpia me falou de sua forte ligação com essa casa. Me contou os detalhes todos.

— Sim, e o que tem isso a ver?

— Preciso que você entre lá comigo e me diga o que sente. Quero saber se as más lembranças ainda...

— Não foram más lembranças, foram pesadelos. Terríveis, é verdade, mas tudo imaginação e exageros de garoto. Não há mais nada, acabou. Faça o que tiver de fazer, está tudo certo.

— Ainda assim, preciso que você se sinta confortável lá dentro. Quando entrar na casa, você vai entender.

Incontido, Avesso se encarrega de completar a frase.

— E vai se emocionar, aposto.

Tio Jorge só faz aumentar o mistério.

— Fernando e eu estivemos lá ontem. Você levará um grande susto, mas lhe garanto que terá material para uma nova peça.

Volto-me para o padrinho, a madrinha e o pequeno João.

— O que é que vocês estão aprontando comigo?

Meu pai é enfático.

— Quem apronta não é a gente, meu filho. É a vida. E você já devia saber disso.

Ângela vem e me dá um beijo, me pega pela mão e me chama para ver a casa. Cristóvão, sobrinho do Urbano, foi passar o Natal com a família em São Paulo. Confiante no que foi acertado, nos deixou a chave. Mesmo contrário à compra da casa, meu coração acelera. No fundo, bem no fundo de mim mesmo, sempre sou atraído pelo desconhecido, pelo que me aguça a curiosidade. E esses ingredientes estão aqui presentes nesta inusitada volta à infância. Avesso é convidado a nos acompanhar. Acho ótimo.

# Fatos extraordinários em vidas comuns?

Quem poderá saber o que nos vai pela cabeça? Mesmo os mais lúcidos e equilibrados terão por certo algum desvario arquivado dentro de si. "De médico e de louco, todo mundo tem um pouco" — ditado antiquíssimo. Mesmo porque não somos seres isolados, como queria parecer o velho Urbano. Desde a mais tenra idade, vamos nos contaminando uns aos outros com nossos atos e omissões. Quem escapa ileso das influências ao redor? Das regras, dos códigos, das opiniões? Quem nunca pensou em dar o berro de basta ao que lhe desagrada com um bom chute no balde?

Nesta caminhada terrena, vamos irremediavelmente misturados — bom nos conformarmos com o fato. Toda biografia, da mais reluzente à mais apagada, é o coletivo de vivências inimagináveis. Nossas histórias se confundem com incontáveis histórias, reais ou inventadas. Histórias dos pais e antepassados, dos colegas de escola e do trabalho, dos amigos, dos vizinhos — todas vão sendo inoculadas em nossas mentes sem nos darmos conta. Somos feitos até das histórias que nos chegam de terras extremas e das que lemos em livros de ficção. Das tragédias e dramas estampados nos jornais, de nossas escolhas políticas e crenças. Dos filmes a que assistimos, das músicas que ouvimos. Queiramos ou não, nossa existência é o mosaico de existências alheias. Abrange não apenas as pessoas com as quais lidamos, mas também as coisas que vemos e os lugares por onde passamos, porque também eles têm histórias que se entrelaçam através dos tempos. Prova do que vai acima? Fico sabendo que o solitário Urbano sempre foi ajudado pelo irmão e o sobrinho. E a casa? Não é dele!

Pronto, chegamos. Sensação estranha ao passar pelo portão de entrada e pisar no terreno agreste — muita ousadia transgredir o limite que me foi imposto em criança. Deste lado da fronteira, a casa me parece ainda mais assombrada, nenhuma barreira que me proteja de seus fantasmas. Como é possível alguém deixar a secular construção, tida como uma das mais belas de Convés, chegar a esse grau de abandono e degradação? Verdadeiro crime.

Ângela vai à frente comigo.

— Tudo bem, João?

Como se hipnotizado, não tiro os olhos da casa.

— Que ideia comprar isso. Onde é que você está com a cabeça?

— Espere até ver lá dentro. E aí, sim, você me dirá onde estou com a cabeça.

Chave na porta que resiste, reclama e range ao ser aberta com um firme solavanco. Ângela me dá a preferência, e, como nos voos de menino, sou transportado para outra dimensão de tempo e espaço. Susto ao constatar que meus sonhos e pesadelos não eram apenas sonhos e pesadelos. Conheço o amplo salão oval onde me encontro! Tudo me é familiar, porque estive aqui inúmeras vezes! Só que agora, no plano real, posso admirar detalhes que me escapavam em minhas visitas oníricas.

— Inacreditável.

Contraste entre o lado de fora e o lado de dentro, entre o corpo e a alma da casa, digamos. Aqui, mesmo na devastação, há um trabalho de arte que impressiona. O teto e todas as paredes

312

do salão estão cobertos por desenhos de lápis de cera. Lápis de cera! Uma profusão de cores dá vida a quadros que pretendem reproduzir a evolução humana. Avesso conta que ontem, quando esteve aqui, tio Jorge ficou entusiasmado com o que viu.

— Disse que o trabalho pode ser ingênuo, mas tem uma força que impressiona, e foi logo batizando o lugar de Salão Sistino.

Meu tio, como sempre, brilhante com suas referências. Esta não poderia ser mais divertida. Ângela completa o comentário.

— E pensar que, a pedido do velho Urbano, o sobrinho pretendia pintar todo o salão de branco.

— Não!

Minha reação chega a assustar.

— Calma, João. Já conversei com ele e o convenci a deixar o espaço exatamente como está. Só vou restaurar as portas, as janelas e aquele arco que dá para a varanda.

Vou até Ângela e a abraço.

— Como pude não levar você a sério?

— Agora, você sabe onde estou com a cabeça.

À medida que vou examinando o mural, vou descobrindo cenas que me remetem aos sonhos bons que eu tentava reter em menino. Em cada parede, um continente: Ásia, África, Europa e Américas. Com seus povos, suas lendas e parlendas, seus feitos e defeitos. No teto, constelações mitológicas, deuses, anjos, santos, profetas e orixás. Inseridas por toda parte, várias citações de autores célebres, como essa, de Eduardo Galeano, estampada sobre o mapa do pequeno Uruguai: "Pessoas pequenas, em lugares pequenos, fazendo coisas pequenas, podem mudar o mundo." Mais acima, um texto do próprio Urbano, intitulado "Autorretrato", nos emociona a todos: "Cortês, afável, civilizado — diz o Aurélio./ Não sou eu, por certo./ O desgrenhado, o arredio, o andrajoso que,/ a alma em farrapos,/ optou por carregar consigo a sujeira e os males do mundo." Com encantamento quase infantil, filmo com os olhos todo o salão.

— Certamente, levou anos para concluir essa epopeia. E consumiu caixas e caixas de lápis de cera! Que louco!

Avesso me chama do outro lado do salão e aponta para o alto.

— Fiapo, dá um pulo aqui! Olha lá, naquele canto do teto!

Uma representação parecidíssima dos entalhes que ele guarda com o maior ciúme em seu quarto. O tríptico é assustador de tão semelhante. Levo na brincadeira.

— Resta saber quem plagiou quem.

Ângela acrescenta na hora:

— Está claro que esse homem tem uma forte conexão com nós três. Só não sabemos o porquê.

A decisão final de comprar a casa se deu por um detalhe. Na parede das Américas, uma mulher com a filha no colo folheia uma revista. Ao lado delas, dispostas numa passarela sem fim, mulheres exageradamente altas e magras vestem desde peles pré--históricas até minissaias dos anos 1960, passando pelos trajes medievais, renascentistas, do século XVIII, da Belle Époque e tantos outros. Com suas figuras trágicas, o desenho, intitulado *Desfile de modas*, quase assusta. Embaixo dele, a legenda: "Tudo passa, como os panos que elas ostentam. Matéria é pano breve, se desfaz, desaparece. O amor é a melhor roupa que lhes veste. Mas elas, modelos sempre em andamento, não sabem onde encontrá-lo."

— Foi quando resolvi ficar com a casa. A primeira que vi.

A vida de Urbano é triste. Pintor e cenógrafo, foi casado e viveu uma paixão insana com a atriz Leontina Palas, que morreu quando ele tinha 65 anos. A partir daí, sem filhos, afastou-se dos amigos e da família. Por desgosto, parou de trabalhar, perdeu o pouco que tinha e chegou a morar na rua — como é possível?

Foi o irmão que, por acaso, o encontrou dormindo em uma calçada de Copacabana e o acolheu. Urbano carregava apenas uma mala pesadíssima com vasto material de teatro — fotos, programas de peças, críticas, jornais, revistas e vários objetos de cena que compunham os itens de memorabilia de sua Leontina. Com a ajuda e o apoio recebidos, conseguiu se recuperar, e veio para Convés. Voltou a pintar e a fazer pequenos trabalhos. Anos depois, com a perda do irmão, entrou em novo ciclo depressivo. O sobrinho nunca quis reaver a casa emprestada e ainda lhe mandava uma ajuda mensal. Agora, atendendo a um pedido do próprio tio, veio buscá-lo, por conta de sua frágil saúde e idade avançada. Com tristeza e até um tanto envergonhado, disse que o tio levou apenas alguns andrajos que possuía. Saíram de madrugada. Ninguém os viu partir.

Diz-se que o espírito ordena e a matéria cumpre. Seja qual for o grau de veracidade da afirmação, há fatos que só se explicam como determinações do mundo espiritual. Exemplo? Ângela insistir para vir passar as férias aqui em Convés, chegar justo quando Cristóvão está na cidade para tratar da venda da casa, e saber da notícia logo na primeira conversa com minha mãe. Minha ligação com a casa na infância e, agora, mais esta afinidade: o teatro.

Ângela me leva a conhecer o resto da casa. Dos sonhos revividos aos pesadelos, um pulo. Só mudar de cômodo. Na sala ao lado, sobre a mesa tosca de jantar, a tal mala com as lembranças da trajetória profissional de Leontina.

— É a única coisa que o velho Urbano quer que o sobrinho leve para ele. Pelo valor de estimação, é claro.

Sou imediatamente atraído pela pesada caixa de Pandora — o couro cru, surrado pelo tempo, e as fechaduras com trincos de metal enferrujado mais fazem aumentar seu mistério e minha curiosidade.

— Será que tem mal eu abrir para ver o que tem aí dentro?

— Mal nenhum. Deve haver só fotos, programas de peças, revistas velhas, esse tipo de coisa que para ele tem importância.

Acaricio a áspera superfície com respeito e reverência. Depois do toque, já não me sinto intruso ao pretender invadir seu conteúdo — como se regredisse aos meus 8 anos. Alguma voz me sopra que todas aquelas minhas venturas e desventuras noturnas me dão esse direito. Com os polegares, aciono os botões das fechaduras que disparam as molas dos trincos. O barulho seco e sincronizado parece senha revelada. Levanto o tampo da mala: Pandora! Logo em cima, três máscaras de papel machê: a Comédia, a Tragédia e uma outra, representada por uma cara sem boca que — agora me lembro — eu via em meus recorrentes pesadelos. Por outra razão, Ângela e Avesso também se surpreendem. Três máscaras teatrais?! Nunca viram nada parecido. O que significaria a mudez da terceira?

A censura — me ocorre de imediato. A predição de Veridiana, a vidente cega, agora faz sentido. Mamãe me levou até ela quando eu tinha 11 anos: auge da ditadura militar. Perseguições políticas, cassações, fechamentos dos jornais e dos teatros, e eu alheio a tudo. Só muito mais tarde, quando tio Jorge me levou para ver *Gota d'água*, fiquei sabendo o que ele e os amigos sofreram nessa época. Diretores, autores e atores foram presos, José Celso Martinez Corrêa e Augusto Boal precisaram ir para o exílio. Mesmo assim, nos anos 1970, apesar da lei do silêncio, o teatro mostrou toda sua resiliência, nas vozes de Gianfrancesco Guarnieri, Oduvaldo Vianna Filho, Paulo Pontes, Chico Buarque, João das Neves e muitos outros.

Tomo fôlego para concluir.

— Por isso, as máscaras sem boca me assustavam tanto. Por isso, os salões feéricos iam se apagando, e as personagens alegres e ricamente fantasiadas se transformavam em criaturas medonhas, vestidas de escuro, com seus rostos e corpos se desfazendo. Por isso, a brincadeira acabava de repente, e o cenário causava horror.

Contando, ninguém há de acreditar. Ainda bem que Ângela e Avesso estão aqui comigo e nos entendemos perfeitamente sobre fenômenos que vão além das leis naturais. Devolvo as máscaras ao lugar que lhes pertence e fecho a mala. Não que eu me arrependa de tê-la aberto, não. Era o que deveria ser feito. Nunca imaginei ser capaz de reviver, no plano real, a experiência daqueles sonhos e pesadelos de criança. Assombro nenhum. Fatos extraordinários também acontecem em vidas comuns. Basta que estejamos atentos aos sinais.

# Feliz Ano-Novo!

Passamos a meia-noite na traineira de papai, a *Olímpia II*. Lua minguante, céu consteladíssimo. Ancoramos longe da costa, em um ponto de onde as luzinhas de Convés pareciam uma constelação fronteiriça capaz de unir Céu e Terra. Minutos antes da passagem do ano, fizemos absoluto silêncio — só o balanço e o barulho do mar nos davam sinal de vida. Súbito, a paz se fez alegria na voz de tio Jorge, que, atento aos segundos de seu relógio, anunciou a chegada de 1989. Com vivas e bons votos, todos nos abraçamos e beijamos. E brindamos o novo ano, que se iniciava sob o signo de profunda transformação, não só para Ângela, mas também para mim e, logo depois, para Avesso. Quando levantamos âncora e ligamos os motores da *Olímpia II*, o dia clareava. Chegamos ao porto com o sol já nascido. De lá, fomos dormir, cada um em seu canto. Na hora do almoço, refeitos, encerramos a celebração na casa de meus pais para o famoso enterro dos ossos. A conversa, é claro, ainda girou em torno da vinda de Ângela para Convés. O desfecho da compra, na última semana de dezembro, não poderia ter sido mais insólito. No dia 27, Cristóvão chegou de São Paulo com a notícia do falecimento de seu tio Urbano justo no almoço de Natal. Ao fechar o negócio, garantiu que a venda incluía todos os bens no interior da casa, à exceção da mala de couro com seus guardados — dentro dela, apenas lembranças de Leontina Palas, que o tio lhe pediu para queimar. Pensei em pedir para ficar com as três máscaras de teatro, mas isso seria admitir que eu havia aberto a mala sem autorização. Ângela concordou que o melhor seria esquecê-las. Acontece que, antes de levar a mala, Cristóvão resolveu abri-la na nossa frente. Sua reação foi imediata. Queimar fotos, cartas e toda a papelada, entendia-se. Mas seria uma pena destruir aquelas pequenas preciosidades. Perguntou se não nos interessaria ficar com elas. Emocionados, agradecemos o gesto. Assim, depois de preces para Urbano e Leontina, incineramos tudo no terreno dos fundos. Ficamos com a mala e as três máscaras como prova das perambulações noturnas de minha infância.

A pensão de dona Maria Cândida tem sido uma espécie de campo neutro, onde Ângela e eu podemos imaginar que estamos mesmo de férias, conforme havíamos programado. Aqui, pelo menos, conseguimos um mínimo de distanciamento para conversar sobre o futuro próximo. O jardim particular em nosso quarto sempre nos leva de volta aos primeiros instantes em Convés, quando o plano era esquecer o tempo. Nada de relógio ou calendário. Deixaríamos que os dias e as noites nos ditassem o ritmo. Como os primitivos ancestrais, nos guiaríamos pelo sol e pelas estrelas, embalados apenas por nossos momentos de fazer e de preguiça. Mas como bem diz meu padrinho Pedro Salvador, "o homem põe e Deus dispõe". E o jardim, que era "a miniatura do Paraíso", "o projeto de Céu na Terra", se transforma em palco de elaboradas discussões sobre a reforma da casa, a venda do apartamento da praia do Flamengo, a criação do centro de artes e, é lógico, sobre meu maior ou menor envolvimento com o projeto. Ângela já se vê elaborando detalhes.

— Nosso jardim será tão bem cuidado quanto este.

— Nosso?

— Claro. Por que não?

— Porque não quero acrescentar raízes em Convés. Meu destino é outro, e não é aqui.

Impressionante o que acontece comigo. Por mais claros que sejam os sinais, por mais óbvias que sejam as mensagens, por mais extraordinários que sejam os fatos, passado o impacto original da experiência vivida, sempre tendo a racionalizar em cima do que transcende a nossa compreensão e começo a duvidar do que eu mesmo presenciei. Resistência descabida que só faz atrasar meu amadurecimento pessoal e profissional. "Saiba escolher seu figurino e algo maior lhe será destinado": a parte principal da predição que me falta desvendar. Por enquanto, ainda desconfio que meu figurino é o de ser autor de teatro. O "algo maior"? Talvez já me tenha sido dado e nem notei. Ângela me desperta.

— Será que você ainda não se deu conta de que parte de sua história está gravada naquele salão? Ninguém me contou, eu vi você se emocionar com os desenhos e se indignar com a simples possibilidade de eles serem apagados.

— Me emocionei e me indignei, sim. Da mesma forma que quis guardar as três máscaras. Não para mim, mas para o centro de artes.

— Então?!

— Não tem nada a ver uma coisa com outra. Você também identificou desenhos que têm a ver com o seu passado, Avesso descobriu a reprodução de seus entalhes mais bem guardados. Concordo, é tudo muito forte e misterioso, mas não prova nada.

— Prova que nós três temos de estar juntos nessa aventura! Avesso já me garantiu que vai encarar o desafio comigo, mas precisamos de você, entende?

— Avesso mora aqui, quer construir sua vida aqui. Vocês dois se entendem com perfeição, não precisam de mim. Vai dar tudo certo.

— Quando você me deu aquele beijo na varanda lá de casa, e depois falamos de nossas buscas e ambições, dos "brinquedos brincados", pressenti que nosso tempo seria curto, mas não tão curto. Será que é meu destino perder prematuramente as pessoas que amo?

Vou até ela e a abraço e beijo e lhe acaricio os cabelos.

— Você nunca vai me perder, sua boba. Há muito, nossas vidas estão ligadas. Mas agora é diferente. Prometo que virei sempre visitá-la. E no Rio, o que eu puder fazer para ajudar, pode contar comigo. Na venda do apartamento, na sua mudança para cá, no que for preciso, sei lá.

Ângela faz que sim, se aconchega. Depois, se afasta, firma a voz.

— Uma coisa é certa: vejo crianças, muitas crianças! Naquela casa, vou formar a família que eu não tenho. E que o velho Urbano também não teve. Naquele chão, criarei minhas próprias raízes.

Na semana seguinte, como já era esperado, regresso ao Rio a pedido de tio Jorge — os ensaios vão de vento em popa e ele precisa de mim para revisões de texto. A convocação me faz imenso bem, me confirma que o teatro é minha morada. Divisão nenhuma dentro de mim, conflito nenhum, só certeza. Quanta emoção ao ver Helena Krespe novamente no palco, minha peça nas mãos, repassando as falas de sua personagem! Que privilégio poder assistir Sérgio Viotti dirigindo meu tio em cena das mais espinhosas! Meu envolvimento é tanto que acabo arrastado pelo ritmo acelerado da produção, mal tendo tempo para fazer uma refeição ou outra. Quem diz que me importo? Acompanho as reuniões com o iluminador, o cenógrafo, o figurinista — mundo mágico que faz os dias em Convés me parecerem distantes.

Fevereiro passa voando. Me descuido de Ângela, é verdade. Falo com ela poucas vezes por telefone e, como do lado de lá as coisas também andam bem, não me preocupo em ter participação mais ativa no projeto do centro de artes. Sei que ela continua na pensão de dona Maria Cândida, no mesmo quarto, e lá pretende permanecer até as obras terminarem. Entra março, o apartamento da praia do Flamengo foi vendido. Duas mudanças estão programadas para a mesma semana: a maior, sai para Convés. E outra, bem reduzida, para o apartamentinho comprado na rua Dias Ferreira, no Leblon — já estava previsto um pouso para as eventuais vindas ao Rio de Janeiro. Quem se mantém o tempo todo ao lado de Ângela dando o maior apoio? Avesso, é claro. Enquanto, no campo de batalha de Uruçumirim, ela cuida heroicamente do desmonte de sua história, ele está lá em Convés à frente da reforma da nova casa. Confesso que sinto uma ponta de ciúme quando me ponho a par, mas logo viro a página ao chegar ao teatro e ver o programa e o cartaz da peça. Estão belíssimos! Tio Jorge diz que já posso ficar com alguns para mim. Orgulho ao ler: *Lençóis brancos*, de João Fiapo. Direção Sérgio Viotti. Com Helena Krespe e Jorge Montese. Preciso mostrá-los a Ângela.

Será que o telefone já foi desconectado? Arrisco. Chama uma, duas, várias vezes. O apartamento é grande, melhor insistir mais um pouco. Dou sorte, ela atende.

— Ângela, sou eu, João.

— Nossa, vai viver cem anos.

— Jura?

— Estava lá na varanda me lembrando da primeira vez que você veio aqui ver o papai. Entrei para atender o telefone.

— Nossas sintonias.

— Pois é.

— E aí? Tudo bem?

— Tudo. As duas mudanças já saíram. Vim aqui só para dar uma última olhada no apartamento. Fiquei de entregar as chaves ao novo proprietário amanhã cedo.

— Já estava de saída?

— Quase. Por quê?

— Posso passar aí? Queria te mostrar uma coisa.

— Claro que pode, se não for demorar muito.

— Quinze minutos no máximo, estou perto, em Botafogo.

— Ok. Eu espero.

Custo a crer que, assim, em um estalar de dedos, vamos estar novamente juntos. Desde que nos despedimos, no início de janeiro, só temos nos falado por telefone. Ângela sempre segura da decisão tomada e cheia de entusiasmo com a mudança para Convés. Em nenhum momento me cobrou presença. Ao contrário, acredita que o afastamento terá sido bom para os dois, prova de que nossos vínculos são de afeto e não de dependência. Acompanha com interesse as novidades da peça e me atualiza sobre a reforma da casa. Diz que levarei um susto se for até lá para ver como está.

Susto levo eu ao entrar no apartamento do Flamengo inteiramente vazio — ainda não me tinha dado conta de que todo aquele vasto universo teria desaparecido no tempo! O abraço que ganho, sem ressentimento, me confirma que Ângela tem razão quando diz que o afastamento foi bom para os dois. Para ela, principalmente, porque a fortaleceu em momento decisivo. Nunca imaginou ser capaz de promover e administrar uma mudança tão radical em sua vida. Levanta os braços exibindo o muque, está feliz. E isto me alegra imensamente.

— Você está ótima.

— Estou bem comigo. Fazia tempo que não me sentia assim.

— E Convés?

— Não é perfeita, ainda bem. Mas é viva, saudável, natural. Sabe o que mais me tem encantado? Quando escurece, fico um bom tempo no terreno atrás da casa, em absoluto silêncio, vendo o céu coberto de estrelas.

— As noites lá são muito lindas mesmo.

— Quando eu era menina, o céu aqui ainda era muito estrelado. Papai ficava comigo na varanda me ensinando a localizar as principais constelações. Cruzeiro do Sul, a mais famosa. E Órion, a mais fácil de identificar, pelo alinhamento das Três Marias.

— Nossa! Uma astrônoma!

— Pena que aqui já não vemos mais estrelas no céu. Foram quase todas apagadas. Quanto mais luzes artificiais, menos luzes naturais.

Concordo calado. Começo a andar pelas grandes salas, olho ao redor. Assim, totalmente despido, o apartamento parece não ter início nem fim. Como se ali outro céu também tivesse sido apagado.

— Você não se aflige vendo todo esse vazio?

— Ao contrário. Sinto imenso alívio. E paz.

— Sério?

— Vivi tudo o que havia para ser vivido aqui. Levo comigo as boas lembranças de uma história que acabou.

— Acho triste.

— Triste por quê? Você também optou por sair de Convés e vir morar aqui no Rio.

— Foi por escolha. Minhas raízes continuam lá.

— Escolha é uma bela palavra, quando você a tem. É o nosso caso, mesmo que por motivos diferentes. Triste é ter de interromper a história no meio, ser obrigado a abandonar seu lar, sua cidade, suas raízes. E de mãos vazias, ainda por cima.

Como fez sua amiga Helena Krespe, que, com os pais, para sobreviver, largou tudo para trás e veio recomeçar do zero em um país estranho.

— Tem razão.

— Também foi escolha nossa nos desobrigarmos de cursar a faculdade. Somos privilegiados, João, pelo simples fato de termos escolhas. Fui aprender isto agora, depois da morte de papai.

— Que tio Jorge não me ouça, mas entramos naquela faculdade só para nos conhecer.

Ângela acha graça.

— Já pensei nisso.

Estamos próximos a ponto de nossos corpos pedirem o abraço. Somos atraídos um para o outro ao mesmo tempo — algum ímã dentro de nós? Ficamos tempo colados, quietos, misturados, eu sou ela e, sinto, ela sou eu. Delícia. Indizível prazer. Por mim, ficaria assim a eternidade. Mas é Ângela que verbaliza.

— Por mim, ficaria assim a eternidade.

— Roubou meu pensamento.

Então nos desgrudamos. Agora, queremos nos ver, nos tocar, para saber que somos mesmo reais, de carne e osso e panos. Nossas mãos tateiam nossos rostos como se tentássemos nos reconhecer não apenas pelos sentimentos, mas também pelas feições — como se tivéssemos retornado de longa viagem ao desconhecido. Enfim, pousamos.

— Você disse que vinha aqui me ver porque iria me mostrar alguma coisa.

Já me esquecia de mostrar os cartazes e o programa da peça. Que descanso parar de me dar prioridade!

— É que o cartaz e o programa da peça ficaram prontos. Queria que você visse.

Ângela se entusiasma. Por que já não mostrei? Onde é que estão? Passo a ela o programa enquanto desenrolo o cartaz. Ela aprecia cada detalhe, se emociona.

— Que maravilha, João! Quando a gente poderia imaginar que todo aquele sofrimento ia resultar em algo tão belo.

— Que bom que você gostou.

— Amei. Papai deve estar orgulhoso de você. Quando é a estreia?

— Em 13 de abril.

— Vou vir, com certeza. Sabe o que lembrei agora?

— O quê?

— O Ano-Novo em Convés com sua família.

— Nossa família.

Ângela sorri, receptiva.

— Lá do mar, abraçada com você, olhando as luzinhas do litoral, quando tio Jorge anunciou a meia-noite, tive certeza de que seria um ano criativo, de renovação. E está sendo.

# O amor dá fome

Quinta-feira, 13 de abril de 1989. Ângela cumpre o que disse. Vem para a estreia de *Lençóis brancos*. E mais. Apronta algo inimaginável. Consegue trazer mamãe, papai e Avesso, mais o padrinho, a madrinha e João. Viajaram todos juntos no mesmo ônibus, chegaram anteontem, tudo previamente acertado. Papai e mamãe ficam com tio Jorge. O padrinho, a madrinha e Joãozinho se acomodam com ela no Leblon. Avesso prefere se hospedar na pensão da rua do Catete — queria ter ideia de como foram meus primeiros dias no Rio de Janeiro. Por destino ou acaso, o quarto 11 estava vago, e o recebeu. Ninguém quis ficar comigo?! Claro que não, iria estragar a surpresa. Quanto tempo vão se demorar por aqui? Só até domingo, tempo suficiente para visitarem os pontos principais da cidade. Mas o mais importante é ver a estreia de peça escrita por mim com tio Jorge em cena, no papel do dr. Oscar saudável, e depois, doente terminal — segundo ele, desafio para qualquer ator.

A magia, a verdade, a força do teatro. Pelo comportamento reverente, o público sente na pele a energia desses elementos combinados. Atores, autores, diretores, técnicos, todos sentimos. Ao terceiro sinal, somos misteriosamente transportados para outro plano, outro tempo, outras existências. Parece sonho. E é. Sonho real, iluminado, que nos emociona e diverte e faz pensar. Jorge Montese e Helena Krespe no palco me enobrecem o texto. Que honra tê-los como protagonistas. De onde estou, na cabine de som e de luz, vejo meus queridos de Convés na plateia, experiência inédita para todos eles. Fernando lhes faz companhia. Também estão presentes Vicenza Dalla Luce, que veio prestigiar sua grande amiga, e dona Teresa, representando Lorena, que continua em Londres e não pretende voltar tão cedo ao Brasil. Duas filas à frente, Ângela e Álvaro. Impossível descrever o que me passa pela cabeça ao vê-los juntos, tantas são as lembranças e sentimentos misturados. Ao meu lado, Sérgio Viotti parece reger cada fala, cada movimento dos atores. Mestre e maestro.

Cena final, última fala, *black*. Aplausos demorados. Súbito, todas as luzes se acendem. Já despidos de seus personagens, Helena Krespe e Jorge Montese voltam para os agradecimentos. São aplaudidos de pé. Sérgio e eu somos chamados ao palco. Custo a crer que minha família esteja vivendo este momento comigo. Avesso assobia forte com os dedos — comando que atiça, porque as palmas e os bravos só fazem aumentar. Ângela e Álvaro se abraçam emocionados, depois cravam os olhos em mim enquanto aplaudem — duo querido! Nunca, em estreia alguma, o coração bateu tão acelerado. Mal posso esperar para ir até meus pais, meus padrinhos, Avesso e Joãozinho. Ansioso para saber a reação de cada um, opinião de crítico algum me será tão valiosa. Depois de efusivos abraços, beijos e lágrimas, o que ouço deles me lembra que a mágica também pode acontecer fora do palco. Papai se assustou ao ver o irmão encarnar outra vida, a ponto de não o reconhecer, por mais que se esforçasse para encontrar algum ponto que o identificasse. Quer elogio maior para um ator? — penso comigo. Também impressionada, mamãe diz que o teatro a impactou mais que o cinema. Ela amou *Orfeu negro*, que viu há tempos lá na praia em Convés, mas nunca imaginou que fosse capaz de presenciar uma história assim, ao vivo, e tão de perto! Os diálogos chegaram a lhe tirar a respiração em alguns momentos. O padrinho? Sentiu-se envergonhado não só por invadir a intimidade daquele homem, mas também por querer ficar para saber o desfecho de seu infortúnio. E a madrinha, com os olhos cheios d'água, não se conforma por não ter podido fazer nada para salvá-lo. Avesso pensou na mãe por diversas vezes, e se viu com perfeição no lugar de Elza, personagem de Helena Krespe. Nunca há de esquecer o ritual do adeus, quando ela leva a última muda de lençóis brancos, depois de dobrá-la cuidadosamente. Joãozinho, feliz da vida por ter sido autorizado a assistir à peça, gostou das luzes e da trilha sonora mais que tudo. Para ele, nossas vidas também deveriam ter músicas de fundo e luzes que mudassem de acordo com o que a gente sentisse. Tento imaginar quais seriam as deste instante.

Dia seguinte. Quando acordo, são quase dez horas da manhã. Ângela ainda dorme, consegui convencê-la a vir para Ipanema — não era justo eu terminar minha noite de glória sozinho. Acabou que a intimidade revisitada nos fez bem. Não houve sexo. Houve, sim, aconchego e muito amor nas palavras ditas. Compreendemos agora o que representamos um para o outro.

Meio-dia. O telefone toca. É tio Jorge. Quer saber se estou disposto a fazer turismo pelo Rio de Janeiro, estão todos animadíssimos para aproveitar o dia de sol. Por mim, tudo bem. Pergunto a Ângela se fará parte do grupo, ela diz que sim, é claro. Combinado, então. Vamos buscar a turma do Leblon e nos encontramos todos às 13 horas em Copacabana. E o Avesso? Prefere fazer outra programação. Ahn? Isso mesmo que ouvi. Garantiu que está em excelente companhia e que não há motivos de preocupação. Me aguardará logo mais à saída do teatro, quer conversar comigo, tem anúncio que me fará cair para trás e surpreenderá toda a família. Mais essa agora. Respiro fundo. Ok, tudo bem. Esta cidade é endiabrada, apronta mesmo com os novatos.

Não perco tempo descrevendo nossos passeios de família. Vou direto ao que me interessa: o tal anúncio de Avesso. A noite seguinte à estreia, que é sempre mais tranquila, não fez feio. Casa cheia e espetáculo bastante aplaudido. Barbara Heliodora, crítica crudelíssima, estava na plateia, vamos ver o que ela irá escrever sobre a peça. Dou um pulo rápido aos camarins só para me despedir de Helena, Sérgio e tio Jorge, que trocam ideias sobre como foi a apresentação. Tchau, beijos, amanhã a gente se fala. Conforme combinado, Avesso já me espera à porta do teatro. O ar é de Romeu apaixonado, sinto até pelo cheiro.

— E aí, moço? Que anúncio é esse que vai me fazer cair para trás?

— Calma. A conversa é longa e, acredito, vai te deixar feliz. Vamos sentar em algum lugar? Bebo até um vinhozinho, se você quiser.

— Já vi que o assunto é sério.

— Sério demais. E vou precisar da sua ajuda.

Pego o meu carro e seguimos para Copacabana. Sim, Avesso precisa conhecer o bom e hospitaleiro La Trattoria, ponto de encontro de artistas, políticos e escritores. Dom Mario Pautasso, o dono, vem logo nos receber com o carinho e o entusiasmo de sempre. Damos sorte, minha mesa cativa acaba de ser liberada. Nonato, o garçom que me atende, já está a postos, quer saber como foi a estreia ontem, e diz que, em sua folga, irá ver a peça. Recusa convite, faz questão de pagar o ingresso, e encerra o assunto perguntando o que vai ser hoje. Meu irmão Juliano e eu dividiremos uma pizza Margherita e tomaremos um belo tinto Valpolicella.

Pronto. Cruzo os braços à espera da tormenta que virá. Depois de algum suspense, Avesso, mãos sobre o tampo da mesa, se debruça para ficar mais perto. Sorriso travesso, e voz baixa como quem segreda, diz que encontrou o grande amor de sua vida.

— Como assim? Você chegou ao Rio há quatro dias!

— Que importância tem isso? No primeiro olhar, eu já sabia que nossas vidas estavam ligadas.

— Vai com calma, rapaz. Paixão não é amor. Falo por experiência própria. Quem é ela?

— A mulher mais maravilhosa que eu poderia encontrar. Presente dos céus.

— Avesso, Avesso. Cuidado, não vá confiando na primeira garota que você conhece e por quem se enrabicha. Rio de Janeiro não é Convés.

— Eu sei disso. Mas ela é diferente, tenho certeza de que você vai concordar comigo.

— Que idade ela tem?

— 31.

— Dez anos mais que você.

— Acho perfeito.

— Separada? Tem filhos?

— Solteira. Mas tem duas filhas, uma de 9 anos e outra de 7. As três moram juntas, na favela Santo Amaro.

Levo a mão à testa. Nonato chega com o vinho e as taças. Provo. Excelente. Somos servidos. A pausa é fundamental para que eu tome fôlego e processe a avalanche de informações. Avesso espera que eu tome a iniciativa de propor o brinde. Brindar ao quê? Penso rápido. Sou óbvio.

— Saúde. À nossa irmandade.

Em silêncio, ele mantém a taça erguida, espera por mais. O complemento sai sem muito entusiasmo.

— E à sua felicidade, onde quer que ela esteja.

— Obrigado, irmão. Você não vai se decepcionar comigo.

— O problema não é você.

— Nem ela. Você a conhece. E muito bem.

— O quê?

— É a Marta, que trabalha na pensão.

— A Marta?!

Avesso acha graça do meu espanto.

— Eu avisei que você ia levar um susto.

Começo a achar graça, também. De nervoso? De incredulidade? O ambiente se descontrai, o clima agora é outro.

— Ora, veja só, a Marta! Como é que ela está?

— Igual a mim. Rindo para as paredes.

— Que maluquice, meu Deus, não posso acreditar no que
estou ouvindo.

— Tudo porque, em Convés, eu bati pé dizendo que queria
ficar na mesma pensão que você ficou. Foi dona Maria Cândida
que me deu o endereço.

— Claro. O dono é amigo dela.

— Marta ficou surpresa quando eu contei a ela que era seu
irmão.

— Como ela foi arrumar duas filhas? Solteira, ainda por
cima. Não combina com os planos da mulher que eu conheci.

Avesso fica sério. O tom da voz é outro.

— Gisele e Sueli foram adotadas. Promessa que ela fez à
avó das meninas, que estava muito doente. A velhota faleceu
dias depois. Era uma ialorixá muito querida e respeitada na
comunidade.

— Ialorixá?

— É. Uma mãe de santo. Chamava-se Gregória Mattos de
Oliveira, mas era conhecida como Mãe Menininha do Amparo.

334

Dizem que era uma boa alma. As netas eram os seus xodós e só tinham a ela.

— Estou bobo com essa história.

— Vai ficar mais bobo ainda quando souber dos detalhes. Depois, com calma, eu conto.

Torno a erguer a taça para propor um novo brinde. Agora, com convicção.

— A vocês dois, meus queridos. Marta é mesmo especial. Você deu muita sorte ao encontrá-la.

— Tenho certeza que sim.

Batemos as taças, irmãos de sangue que somos. A pizza chega, finalmente. Nonato a traz fatiada, como eu gosto. Vamos a ela, que estamos famintos. É que o amor dá fome!

# Marta revisitada

Quando peço a conta, já passa de meia-noite. Sugiro que Avesso vá para Ipanema comigo. Se as intenções com Marta são sérias, com proposta de levá-la, inclusive, para Convés, precisamos combinar como contaremos a novidade a nossos pais e à família. Sobretudo porque os planos envolvem duas crianças.

— Nada disso. Marta hoje está no turno da noite, prometi a ela que o levaria até a pensão.

Silêncio demorado. Impossível expressar o que vai dentro de mim. Rever Marta. E nessa situação inusitada. Lembro-me nitidamente de quando nos despedimos, das palavras que eu lhe disse e da reação dela. Há tantos anos, mas parece ontem.

— E então?

Se a cabeça silencia, o coração responde.

— Claro. Vamos, sim.

Voltar à pensão do Catete é voltar no tempo. A recepção, a escada que nos leva ao terceiro andar, o corredor, o quarto onde morei quando tudo ainda era sonho e fantasia. Um piscar de olhos e a história agora se repete com Avesso. Só que com sonhos e fantasias bem diferentes. Pensar que Marta faz parte deles e ganhou o papel principal da noite para o dia. Me ocorre a primeira vez que a vi, me trazendo toalhas limpas para o banheiro. Terá sido imaginação? Avesso me faz aterrissar.

— Gostou de rever seu quarto?

— É estranho. Uma sensação de que nada disso é real. Ou ao contrário. Que o real é agora, o tempo presente. E que o antes não existiu. Foi ilusão, como uma peça que eu tivesse escrito e deixado esquecida no fundo de uma gaveta.

— Tive essa mesma sensação quando, anos depois, voltei à madeireira onde mamãe trabalhou. Tudo tão esquisito. Como se o meu passado não tivesse existido ali.

— Que loucura, não é?

— Mistérios que não adianta querer desvendar.

Olho o relógio. Não para ver as horas, mas para ter certeza de que o ponteiro dos segundos se move. De que, portanto, dentro de instantes, Marta estará aqui conosco, não como a arrumadeira que vem perguntar se precisamos de alguma coisa, não como a velha amiga que muito me ensinou com sua maneira de ver o mundo, mas como a futura mulher de meu irmão caçula. É. A vida faz e desfaz e desconcerta. Batem à porta. Eu me reteso. Avesso se incandesce por inteiro.

— Ela chegou!

Vejo Marta com a roupa de trabalho. Linda, verdadeira, de uma nobreza de fazer inveja às cortes europeias. Expressão de cansaço, mas com brilho nos olhos que irradia felicidade e transborda amor por todo o corpo. Formulo a pergunta já sabendo a resposta.

— Eu não disse a você?

— Disse, sim. E aconteceu.

Ela vem apressada e nos abraçamos demoradamente, nossa história recomeçando a partir deste minuto, para provar que o amor é capaz de desandar o tempo, quando Eros está no comando.

— Estou tão feliz por vocês! Tinha certeza de que você encontraria um companheiro que a merecesse. Só não pude imaginar que o felizardo seria essa figura aí.

Os dois se abraçam e se contemplam apaixonados. O inédito olhar de Marta para meu irmão é o que eu sempre quis receber.

Entendo agora que, para mim, havia apenas olhos de amizade, carinho e admiração, os mesmos sentimentos que eu poderia lhe oferecer. Avesso me traz ao presente.

— E aí, meu mano? Aprova esta união feita às pressas?

— Quem sou eu para aprovar ou desaprovar? Mal sei de mim.

— É que estamos bastante assustados com a decisão que tomamos. Tudo tão rápido e inesperado. Nem falamos ainda com as meninas sobre nós dois, a mudança para Convés, elas terem de mudar de escola... Por isso, sua opinião e seu apoio são muito importantes.

Me emociono inesperadamente. Pela primeira vez na vida, sou visto como instância superior, como alguém mais experiente, aquele com autoridade para julgar e aconselhar. Mesmo não me sentindo digno da confiança que Marta e Avesso depositam em mim, não fujo à responsabilidade que me é dada.

— Pelo que conheço de vocês dois, posso afirmar com segurança que essa união já deu certo. A maior prova? Sua cara de Romeu apaixonado lá na porta do teatro. E sua expressão de encantamento, Marta, ao olhar para meu irmão agora há pouco. Tão transparentes, os dois, que dá para ver o que se passa dentro de um e de outro. Duvido que haja alguma força capaz de separá-los.

Não falo mais nada, não consigo. Me vem a cena de menino, minha mãe com um fiapo de linha na mão me perguntando se eu queria ser aquilo quando fosse homem feito, e eu, me rindo, sem saber direito o que seria homem feito, dizendo que sim. Repito sempre que minha vida tem sido a permanente busca de equilíbrio entre o João espaçoso, aumentativo, e o Fiapo diminuto, imperceptível. E, neste exato momento, o João, que com serenidade apoia e avaliza uma decisão de vida extremamente séria, cede lugar ao Fiapo, que precisa da força do irmão caçula e de Marta, a amiga que no passado, com sua simplicidade e firmeza, tanto lhe ensinou. Não preciso dizer que, por conexão afetiva, ambos vêm juntos me abraçar. Abraço coletivo, daqueles que me fazem transcender os limites do corpo. Abraço que inaugura novo ramo da família. Que o destino me permita acompanhá-lo de perto.

# Caminhos já traçados

Não há outra maneira de interpretar a receptividade de Ângela à decisão de Avesso e à notícia da ida de Marta para Convés com as duas meninas, Gisele e Sueli. Para toda dificuldade que surge, a solução vem de imediato. Avesso não pode acomodar a futura mulher e as filhas em seu quarto? É o de menos. Ângela as hospeda na pensão de dona Maria Cândida até as obras da casa terminarem. Marta deixou o emprego no Rio de Janeiro? Problema nenhum. Ao contrário, será ótimo ter alguém para ajudar a desenvolver o projeto de moradia para crianças. Contratada, já assessora Ângela na reforma da casa. Como trabalhou anos em uma pensão — pegando no pesado, diga-se —, sabe perfeitamente o que funciona ou não em residência antiga de muitos cômodos, ainda mais se destinados a receber grande número de pessoas. O refeitório, a cozinha, os banheiros, os espaços para aprendizados e recreação devem estar todos integrados para facilitar os serviços de limpeza, a circulação e a privacidade.

O detalhe que me impacta e me confirma estarem já traçados os caminhos de Ângela, Marta e Avesso? Como convidadas, Gisele e Sueli ocuparão os primeiros quartos da casa. Impossível calcular a alegria das meninas. E mais: se quiserem, poderão morar todos juntos, por que não? Marta e Avesso se comovem com o inesperado convite. Quando poderiam imaginar que conseguiriam bom teto assim tão fácil? O amor opera milagres, e fatos extraordinários também acontecem na vida de pessoas comuns, não canso de afirmar. A recém-nascida família se concretiza e se revela do jeitinho que Ângela sempre planejou: casa de portas abertas, suas crianças chegando espontaneamente, e vivenciando um novo modo de estar no mundo. Mundo compartilhado por todos. É só querer, ela acredita. E eu também.

Ângela se entende bem com o tempo, não se deixa intimidar por suas demandas e imprevistos. Sabe quando chegar ou partir, quando esperar ou agir, reduzir o ritmo ou acelerar. Vejo que é assim desde o dia em que nos conhecemos em sala de aula, quando me provou que o atraso pode ser a hora certa. Na infância com a mãe, na adolescência como modelo, e já adulta durante o calvário do pai — tempos diferentes, que sempre administrou com naturalidade. Agora, dedicada 24 horas por dia ao seu projeto de vida, tudo se vai concretizando com calma e rapidez que impressionam. Calma e rapidez? Sim, em Convés, com Marta e Avesso a seu lado, Ângela tece os minutos de modo a ganhar tempo sem pressa.

No início de maio, a casa fica pronta, e temos casamento marcado. Casamento que surpreende, porque Marta não quer se casar apenas na igreja católica. Por influência de Mãe Menininha do Amparo, ela vê beleza e verdade em todos os credos que nos conectam com o divino. Infelizmente, a cerimônia ecumênica por ela sonhada não pode acontecer. Como reunir, ao mesmo tempo e debaixo do mesmo teto, padre, rabino, pastor, monge e os representantes das demais crenças? Impossível. Ah, mas seria tão lindo e comovente, cada um movido por sua fé, paramentado a seu jeito, numa solenidade única, luminosa, soma de todas as forças espirituais abençoando a união do casal. Pois é, seria lindo e comovente, sim, mas melhor tirar a ideia da cabeça. Marta é guerreira, bate pé.

A família procura encontrar alguma solução, e é tio Jorge que nos traz luz à busca: a arte, sempre ela! Convoca seus melhores amigos de teatro e cria um grupo de trabalho que pesquisa a fundo os rituais de casamento nas várias religiões, as orações, os tipos de bênçãos, os votos dos noivos e tudo mais. Enfim, o material é tão farto que sou chamado a usá-lo para escrever a peça litúrgica que servirá de roteiro para a cerimônia. Não é que dá certo? Um mutirão de voluntários consegue os objetos de cena ou trabalha na montagem do cenário ou confecciona os diversos trajes. Mamãe, inclusive, ajuda a criar vários deles. Assim, como feliz resultado de todos esses esforços, no sábado, 13 de maio de 1989, no Salão Sistino, realiza-se a celebração mais simples e ao mesmo tempo mais significativa a que tive a oportunidade de assistir em minha vida. Todos nos enlevamos com o apuro e a beleza da solenidade.

Levanto os olhos para o céu pintado pelo velho Urbano, vou reparando também nos desenhos de memórias que nos vin-culam, nos detalhes dos costumes e tradições dos continentes estampados nas quatro paredes, as mais variadas culturas que se complementam em um todo harmônico. Enquanto isso, os ritos, os incensos, os cânticos, as preces e os louvores. O lirismo de violinos e flautas alternados com o pulsar de tambores e o bater vibrante dos atabaques. Duvido que algum deus ou santo ou anjo ou profeta ou potestade celeste não esteja aqui presente. É encenação teatral? É realidade inventada? É sonho fabuloso de uma modesta servente de pensão? Já vivi o bastante para poder afirmar que Marta consegue enxergar com clareza em nevoeiro onde muito chefe de igreja se perde. Com seu pensar honesto e sem rodeios, nos faz entender que religiões traçam linhas de evolução diferentes, embora atraídas para o mesmo fim. Em todas há luzes e trevas, no coletivo e no particular. Assim, um tanto às cegas, buscam nosso aprimoramento espiritual para que cheguemos à plenitude humana.

Tendo imaginado o casamento nos mínimos detalhes, Marta nos vai desfiando suas ideias e contando sua história à medida que a cerimônia se desenrola. Em vez de dar ênfase ao papel de noiva, privilegia a família, e entra no salão de mãos dadas com as duas filhas. Usa o vestido de sua falecida mãe, traje típico de Viana do Castelo, no norte de Portugal. Para espanto de todos, casa-se de preto, não por luto, mas porque assim se vestem as noivas de lá. Só que sem aquela quantidade de ouro ostentado. Em volta do pescoço, leva apenas o cordãozinho com a medalha de Santa Bárbara, que era de Mãe Menininha do Amparo. Portanto, com ela no corpo, a roupa de suas raízes lusitanas sincretizada com ornamento de fé brasileira. E mais. Fé no ser humano e em suas infinitas possibilidades de aprimoramento pessoal e coletivo, fé no conhecimento compartilhado entre os povos da Terra porque, dos mais primitivos aos mais evoluídos, todos têm o que ensinar e o que aprender. Se houver alguém que se oponha à realização desses sonhos, que fale agora ou cale-se para sempre.

Tamanho silêncio que poderíamos ouvir os passos do inseto mais discreto. Avesso, de terno branco confeccionado por nossa mãe, está visivelmente comovido. Sabe que silêncio é pausa de ritual que só faz irmanar os que estamos presentes em preces e votos de felicidades. Marta só tem olhos para ele. E agora são declarados família, com troca de alianças e beijo selado. Avesso, casado e pai adotivo de duas meninas! Custo a acreditar. Parece que foi ontem que vi aquele garoto entrar intempestivo em nossa casa. E me provar logo de início que nossos caminhos também já estavam traçados. Para fortuna dos meus e minha sorte.

# O ciclo da vida

Dos lugares e das coisas que nos cercam. Ganhei de volta meu quarto em Convés — vontade de Avesso, que ainda me deixou de presente nas paredes suas obras mais queridas e, na estante, nossa coleção de barquinhos, enriquecida agora com seus pequenos peixes de madeira. Ao me deitar na velha cama de solteiro, a sós com minhas lembranças, me dou conta das transformações que vão ocorrendo em nossas vidas e nem sentimos. Este quarto mesmo, antes de eu nascer, era de dona Iracema quando vinha de Itaperuna visitar mamãe. Com meu nascimento, dona Iracema comprou meu berço e ajudou mamãe a decorar o quarto para me receber. Dessa avó materna postiça, sei pelas histórias contadas. Sei que, nesta cama estreita, ela se deitava e vigiava meu sono, dando descanso a meus pais. Sei que era ela que ganhava meu primeiro sorriso matinal ao me tirar do berço e me pôr no colo. Dona Iracema faleceu antes de eu completar 3 anos. O berço ficou guardado até que foi para a casa de meus padrinhos quando Joãozinho nasceu. Hoje, não sei onde estará e que destino terá. Assim acontece com as coisas, os lugares e as pessoas. Somos todos temporários, cumprimos as funções específicas que nos são confiadas, não importa o quanto dure a aventura de cada um.

A casa do velho Urbano, antes triste e assombrada, hoje nas mãos de Ângela, tornou-se centro receptor e emissor de boas vibrações. A arte do pintor e desenhista está lá estampada nas paredes do Salão Sistino para encanto dos moradores e visitantes. Assim, o artista sobreviveu às intempéries sofridas pelo homem. A generosidade do irmão e do sobrinho salvou sua obra.

Revejo flashes de minha jornada por este mundo: A poltrona do ônibus que foi minha por algumas horas, ao lado de um João misterioso, que me apresentou a *Walden* e se foi com a roupa do corpo. Revejo a pensão da rua do Catete, onde conheci minha atual cunhada. O quarto 11, que foi meu, de Avesso e de incontáveis hóspedes em suas andanças. Revejo a vibrante casa de Vicenza Dalla Luce, na rua dos Oitis, onde revi Lorena para revivê-la a seu modo e, depois, ao meu. Sei que Vicenza mudou-se para Paris. Nas mãos dos novos donos, a casa foi totalmente reformada e pintada de amarelo! Ela confidenciou a Helena Krespe que manteve longo e tórrido romance com o filho dos antigos vizinhos, Cosme, que certamente já viverá outra paixão. Pois é. Este, o ciclo da vida, dos lugares e das coisas. Nada permanece, tudo se move e se modifica. Entendermos o processo é essencial. Revejo a primeira vez que entrei no apartamento de meu tio Jorge, a emoção ao pôr a chave na porta e invadir a intimidade de quem eu já amava e admirava tanto. Quanto aprendizado ganhei ali dentro. Lembro que, logo em meus primeiros meses no Rio de Janeiro, ele cismou de me levar a um bordel no bairro da Glória, queria que eu conhecesse a dona, sua amiga Letícia. Não que ele frequentasse as meninas de lá, sabemos que sua libido é outra. Mas era questão de eu arejar a mente e o corpo, viver experiência inédita, essencial para minha formação livre de preconceitos.

Como esquecer o interior daquele luxuoso casarão de pé-direito altíssimo e o que se passava lá dentro? Um capítulo à parte, que merece ser contado. Para começar, às segundas-feiras, dia das almas, devoção de Letícia, o bordel não abre, sexo em hipótese alguma. Desde 1966, quando o negócio começou a funcionar, o agendamento de encontros segue critérios cuidadosos e a seleção de clientes é extremamente rigorosa. O casarão é considerado clube exclusivo por seus *habitués*. Foi, portanto, por recomendação de tio Jorge que me foi permitido o acesso. Parece estranho, mas são as meninas que decidem como será o jogo amoroso — lá, não se perguntam os gostos dos clientes. Confesso que gostei do desafio de me deixar levar pela criatividade feminina. Vale esclarecer que beleza nunca norteou Letícia na escolha de suas profissionais. Para serem aceitas, um único e essencial quesito: serem mulheres de fibra com história forte. Todas adotam nomes de figuras célebres: Clarice, Frida, Virgínia, Tarsila, Simone, Florence, e por aí vai.

Sendo grande admirador de Frida Kahlo, decidi-me pela menina que ostentava seu nome. Não me envergonho de reconhecer que Frida foi a responsável por minha graduação na arte de amar e entender as mulheres. Era magra e puxava de uma perna. Algo em seu espírito e sua aura me transportava para os quadros coloridíssimos da pintora mexicana. Um de seus ensinamentos? No ato sexual, nada de fragilidades. Delicadezas, sim. Por Frida, voltei diversas vezes ao casarão da Glória. Frida: aquela que me fazia caminhar na corda bamba, me exercitando no precário equilíbrio do prazer, na deliciosa oscilação entre entrega e posse até atingir a outra margem do ser. Faz tempo que não a vejo, mas sei que o casarão continua ativo. Já passei em frente a ele algumas vezes. Não me aventurei a entrar.

Tanto pensamento me passa pela cabeça. Que surpresas me esperam na jornada que segue? Impressiona-me como o ciclo da vida nos envolve na trama. Alguns lugares que frequentamos ficam arquivados na memória afetiva e, de repente, voltam mais vivos que nunca. Exemplo? O restaurante dos senhores Antônio e Isabel, na rua do Ouvidor, o restaurante sem placa e sem nome que Lorena me levou a conhecer. Agora, por conta do vestido de noiva de Marta, fico sabendo de histórias que me dão a certeza de que, vez ou outra, algo maior nos conecta com pessoas que fazem parte de nosso aprendizado terreno. Uma noiva vestida de preto me leva a saber das tradições da cidadezinha minhota de Viana do Castelo e, portanto, a comentar com entusiasmo sobre o restaurante do casal vianense, o impacto que me causou entrar ali, a história do arroz que não se estraga, a fazenda Santo Antônio da União e a personalidade fascinante de uma certa tia Palma, já falecida, mas que continua presente com suas ideias impressas em vários quadrinhos pendurados pelas paredes da casa. Sim, e daí? Daí que Marta não só frequentava o restaurante como as famílias se conheciam. O quê? Isso mesmo. Sua bisavó materna, Julieta Alonso, era amiga de Palma e, lá pelos idos do início do século, esteve no tal casamento em que ela juntou todo o arroz jogado aos noivos, arroz suficiente para encher um saco de mais de dez quilos! Julieta se revoltava com os comentários maldosos que corriam pelo povoado. Diziam que, como Palma era muito pobre, colhera o cereal para ter o que comer em casa. Outros sabiam que ela tinha dado o arroz ao irmão e à cunha-da, mas ainda assim faziam chacota. Que presente avaro e sem sentido! Mas muitos se comoveram com o fato, a família de Marta, inclusive. Eram os amigos de verdade, e foram ao porto para as despedidas quando o trio veio para o Brasil. Anos mais tarde, Julieta Alonso, já viúva, também emigrou e, com os seus, se fixou em Barbacena, interior de Minas Gerais. A família foi se dispersando ao longo das décadas, e Marta, uma das desgar-radas, veio tentar a sorte no Rio de Janeiro.

Não sei quando, mas pretendo voltar ao restaurante sem nome da rua do Ouvidor. Se meu coração diz que é preciso, eu obedeço. Não à toa me liguei à Marta, que se casou com Avesso vestida de preto. Não à toa Lorena me contou a história de Palma, que era amiga de Julieta, bisavó de Marta. O ciclo da vida, dos lugares e das coisas que nos cercam. Pessoas que chegam, pessoas que ficam, pessoas que partem. Como peças de um colossal quebra-cabeça, vamos tentando nos encaixar com esta ou aquela para formar o desenho de nossa existência. Curioso que sou, quero logo compor o quadro que me pertence.

# A roda da fortuna

Está ligada ao ciclo da vida. Na carta do tarô, um bebê, um menino, um jovem, um homem e um idoso são postos em volta da roda, que poderá eventualmente ser movimentada por um ser superior. O certo é que, quase sempre, as coisas mudam pelo rumo que lhe impomos. Diz-se que, com pesos iguais, três forças determinam nossos caminhos: o destino, o livre-arbítrio e a providência divina. Assim, se somarmos vontade individual com o auxílio dos céus, seremos capazes até de alterar nosso destino.

Atento não só aos fatos, mas também aos sinais que me são dados, vejo que o tempo vai passando, a roda vai girando e, neste ano da graça de 1997, aos 40 anos, já me tornei o dito homem da jornada. Os casais vão se formando, todos vão se acertando, e eu vou ficando para trás com meus botões. Lorena casou com o tal pintor inglês, é mãe de uma menina de 3 anos e já está grávida novamente. Mora em Londres. César, que fez tudo para eu tirar Lorena da cabeça, manteve romance sério com a sua Ritinha, casou depois de oito anos de noivado e mudou Deus sabe para onde. Marta e Avesso, mais apaixonados que nunca, também resolveram aumentar a família. O neném deve nascer em fins de abril. Pelo ultrassom, sabem que é menino, vai se chamar Rodrigo. As crianças vão chegando para Ângela como abelhas para o mel. Além de Gisele e Sueli, agora adolescentes, a casa já abriga oito meninas e seis meninos. A mais recente moradora, Camila, ainda de colo, chegou pelas mãos do Saulo, jardineiro contratado no início do ano passado, caso raro de pai solteiro. Pelo clima entre ele e Ângela — vi-os juntos apenas uma vez —, sou capaz de apostar que, muito em breve, minha amiga providenciará mais uma criança para sua numerosa prole. Helena Krespe — sim, ela mesma — mudou-se de vez para São Paulo. Há uns quatro anos, se tanto, numa badalada festa na casa de Sérgio Viotti e seu companheiro Dorival Carper, reencontrou um colega dos tempos do Tablado. Resultado: reacenderam a antiga paixão — melhor agora, porque temperada pela maturidade.

Pois é, nessa dança das cadeiras, eu sou aquele que sobrou. Não reclamo. Talvez seja eu que não saiba amar, ainda que viva a procurar o amor por todo canto. Decido voltar ao restaurante de Antônio e Isabel, ansioso para conhecer detalhes da história da sra. Palma, do arroz que não se estraga, arroz presente de casamento! Desço a avenida Rio Branco e dobro à rua do Ouvidor, meus olhos logo batem no sobrado e... O quê? Não há mais restaurante. Como assim? Uma placa com letras garrafais dá nome à loja de roupas para homens, mulheres e crianças. Entro, tão incrédulo quanto decepcionado. Os empregados lamentam, mas não sabem informar sobre os antigos donos do imóvel.

Pensei em escrever uma peça sobre o restaurante e seu desaparecimento. Desisti — nenhum texto me agradava. Tirei a ideia da cabeça, mas a reversão de expectativa me tornou mais cético, descrente de sonhos, sinais ou o que viesse de minha fértil imaginação. Melhor manter os pés no chão, de preferência com um bom e confortável par de sapatos. Voltei a frequentar o bordel da rua da Glória. Letícia havia falecido e agora quem gerenciava o negócio era sua sobrinha Gabriela — jovem de seus 20 e tantos anos. Muito bonita, mas extremamente antipática, poucas palavras, ares autoritários, talvez para esconder insegurança. Enfim, que importa? Eu me entendia era com Frida e as outras meninas, que me faziam esquecer a solidão e o vazio.

A verdade é que me tornei este quarentão avulso e cheio de manias — o dobro e serei um velho octogenário! Metade da vida já se passou, e eu às voltas com minhas eternas elucubrações. Melhor sair de casa, arejar um pouco. Já sei até aonde ir: nada como uma visita a tio Jorge para levantar o ânimo com uma boa conversa. Em sua direção, bons ventos sempre me levam. Ele e Fernando vivem talvez o momento mais fértil da relação — sei que ajustes foram feitos ao longo dos anos. Deu certo. É maravilhoso ver duas pessoas tão diferentes viverem com tanta cumplicidade. Se meu tio é energia excessiva, Fernando é seu estabilizador de voltagem. Os dois acabam se encaixando em seus contrastes, yin-yang perfeito.

— Deixa de besteira, sua vida está apenas começando! Vá curtir a idade do lobo! Se o destino lhe oferece amores aventureiros, aproveite-os!

— Fácil falar, tio, quando você já tem o seu.

— Não compare nossas histórias. Você teve sua decepção com Lorena aos 16. Eu vivi minha dor com Domenico. Vamos agora medir perdas e ganhos? O destino me presenteou com Fernando. Presenteou você também com Helena e com Ângela, mulheres extraordinárias. Pare de se fazer de vítima e vá gastar essa formidável juventude que lhe resta. Faça uma viagem, saia do Brasil, que a vida surpreende.

Acabo me rindo.

— Está certo. Vou encontrar uma viúva rica que me banque, e afogar as mágoas em Paris.

— Não precisa chegar a tanto. Em Paris, você tem onde ficar.

— Sério?

— Nossa amiga Vicenza Dalla Luce terá o maior prazer em te hospedar, tenho certeza.

Pelas mãos de tio Jorge, a roda da fortuna gira. Decisão tomada, telefone na mão, me encho de coragem e ligo. Vicenza é mais que receptiva. Que eu fique o tempo que quiser. Paris é sempre uma festa, principalmente agora, início de primavera.

Não perco tempo, me despeço do pessoal de Convés por telefone. Compro a passagem, passaporte em dia, jogo umas roupas na mala e decolo. Como diz a carta do tarô, quase sempre as coisas mudam pelo rumo que lhe impomos. E ainda conto — quem sabe? — com a providência divina.

# O par de maçanetas da porta de entrada

Foi a lembrança material que Vicenza Dalla Luce levou de sua casa na rua dos Oitis. Está exposto dentro de uma redoma logo à entrada do apartamento em Paris. Não há quem não pergunte o motivo de o estranho objeto ganhar tanta visibilidade, em meio a valiosas obras de arte. Acabo de pousar as malas no chão, mal nos abraçamos e beijamos, e, por conta de minha irrefreável curiosidade, o clima já é informal. Ela se diverte, enquanto tento adivinhar. A razão é bem simples. Naquela casa, pôde desfrutar um dos mais belos períodos de sua vida. Apaixonado, festivo, intenso. O par de maçanetas? É símbolo de hospitalidade, de celebração, de bem querer. Das incontáveis amizades que fez. Sendo amigo, era só girar a maçaneta e entrar. Seria sempre bem-vindo. Para beber, comer, se divertir. Dormir, se quisesse. Ela diz que a alegria une a humanidade. Em cada pessoa, por mais infeliz que seja, há alguma alegria guardada, latente, pronta a se manifestar, se provocada.

— Conversei com Jorge a seu respeito. Ele acha que esta temporada comigo lhe fará bem.

— Com essa calorosa recepção, tenho certeza.

— Pois, sinta-se em casa. Levo minha vida totalmente independente. Viajo com frequência, e, muitas vezes, o apartamento será todo seu. Agora, vamos, que eu quero lhe mostrar o seu quarto.

Assim começam meus dias em Paris. Vicenza, com seus quase 50 anos, é um dínamo que gera encontros fabulosos. Inacreditável sua capacidade de aglutinar afetos, criar afinidades, promover descobertas. Dou sorte, porque chego justo na semana em que ela está de folga entre duas turnês. Pena que não falo francês — quando sabemos a língua do país, o sabor da visita é outro. Ainda assim, não me saio mal, porque Paris é pura arte e paixão. Eu já havia aprendido com Álvaro, o cuidador do dr. Oscar Vieira, que um novo olhar conduz a um novo sentir. E é o que me acontece nesta sedutora e endiabrada cidade. Em cada passeio, segredos revelados, casos que espantam, histórias que emocionam. Parques, palácios, oceânicos jardins. Monumentos, museus e igrejas. Cafés, livrarias, galerias de arte. Teatros, cinemas, casas noturnas. Tudo revolve o que está assentado em mim, desprende da carne o que não lhe serve e arranca da alma o que lhe pesa. Obrigado, Vicenza, por me fazer ver o que eu não via.

Conforme previsto, na semana seguinte, acompanhada de seu novo amor, o empresário italiano Carlo Francesco Gialluisi, Vicenza parte para se apresentar em várias cidades do Leste Europeu.

— Aqui estão as chaves do apartamento. Já pedi a Germaine que continue a vir os três dias da semana. Ela não fala, mas entende perfeitamente o português. O que precisar, é só pedir.

— Eu falo bem inglês. Quem sabe...

— Nem ouse. Você criará uma inimiga mortal.

Caímos os dois na gargalhada e nos despedimos. Ao fechar a porta, me dou conta de que estou em um elegantíssimo apartamento na Jean Goujon, uma das ruas mais nobres de Paris. Das janelas do salão principal, vejo a pequena e bela *place* François I$^{er}$ — festa para os olhos. Ando agora pelos cômodos com ares de novo proprietário. Imagino o que já terá acontecido aqui dentro, as festas, as conversas, os casos de amor. A generosidade de Vicenza está presente em cada canto, em cada detalhe, em cada obra de arte. Por isto, a euforia de estar sozinho logo arrefece. É que a alma da casa se foi. Que graça ficar aqui sem companhia?

No dia seguinte, já sei exatamente o que fazer: ligar para Londres!

— Hello.

— Lorena?

— João?!

— Eu mesmo.

— Que novidade é essa, criatura?!

— Estou em Paris.

— Não acredito.

— Pode acreditar. Estou hospedado no apartamento da Vicenza.

— Sério? Que máximo.

— Cheguei há uma semana. Mas agora estou sozinho. Ela viajou para uma turnê com aquele empresário italiano, Carlo Francesco.

— E aí? Está gostando?

— Na companhia de Vicenza, foi o paraíso na Terra. Mas agora, sem ela, é o tédio. Não tenho vocação para estar sozinho, você sabe muito bem.

— Por que você não dá um pulo até Londres? Pode ficar aqui em casa, o Andrew não vai se importar. Aí, você conhece a Anne e me vê de barrigão.

— Não consigo imaginar.

— Pois vai levar um susto, estou imensa. Alex deve chegar no próximo mês.

— Acho uma maluquice eu ficar na sua casa.

— Deixa de besteira. Maluquice por quê?

— Ah, sei lá. Vou ficar meio sem graça com o Andrew.

— Fiapo, eterno provinciano de Convés, compra a passagem e vem. Você vai me dar uma grande alegria vindo me ver.

— Tudo bem. Vou providenciar tudo e te aviso.

— Que maravilha, amigo! Faço questão de pegar você no aeroporto!

Durante o voo, uma infinidade de sentimentos me invade. Alegria (rever Lorena!), curiosidade (Lorena com uma menina no colo e grávida de oito meses!), expectativa (como vai ser esse reencontro em território dela?), ansiedade (raios, este avião não chega nunca!), ciúme de Andrew (ele conseguiu tudo o que eu havia sonhado com Lorena aos 16 anos), arrependimento (o que é que eu vou fazer na casa desse inglês?!). E aí as lembranças todas voltam nítidas, principalmente as mais recentes. Ela me ensinando a dirigir, a paixão, nossa viagem para Búzios no meu carro novo, e a última vez que a vi no Brasil, ela subindo a escada rolante do shopping, me dando um adeusinho de longe e desaparecendo lá no alto — sim, imagem significativa do nosso relacionamento terminado. Por fim, me vem sua ausência na estreia de *Lençóis brancos*, dona Teresa me dizendo que tão cedo ela não pretendia voltar ao Brasil... Se eu pudesse, fazia este avião voltar agora para Paris!

Lorena! Consigo vê-la de longe, Anne de mãozinha dada. À medida que me aproximo o sorriso se torna mais nítido. Ela aponta para mim e fala alguma coisa com a filha. Na certa, diz que fui a grande paixão de sua vida, que desde os 10 anos tinha certeza de que estaríamos ligados para sempre, que o papai é bonzinho, bom companheiro, mas nada que se compare com aquele João que vai chegando perto e se tornando cada vez maior, aumentativo. A porta de vidro se abre e não há mais nada que impeça nosso tato, o coração acelera. Mas Anne tem prioridade.

— Filha, esse é o amigo da mamãe que mora no Brasil. Say "hi".

Anne balbucia "hi", eu respondo "hi" e ganho um beijo molhado na bochecha. Agora, "o amigo da mamãe que mora no Brasil" só tem olhos para a mamãe que mora em Londres. Linda, luminosa — a gravidez que ostenta sob o vestido azul--turquesa lhe confere erótica santidade. Espontâneos, trocamos beijos no rosto. Beijos que nos fazem imenso bem, porque nos transmitem alegria mútua que emociona.

— João, meu querido, você não calcula a alegria que está me dando.

— Calculo, porque é a mesma que eu sinto.

— Esses nossos olhos molhados são o quê?

— História.

Anne puxa a mãe pelo vestido. Ofereço-me para levá-la no colo, estendo os braços.

— Vem com o tio?

Ela adora o convite e já nos tornamos amigos. Lorena se enternece com a cena.

— Vamos? O carro está no estacionamento.

Vicenza me vem à lembrança. Como serão as maçanetas da porta de entrada da casa que me hospedará?

# Maria Maiestas

Andrew me surpreende. Impossível não simpatizar com ele no primeiro aperto de mão. Em poucos minutos, desfaz todos os meus preconceitos com ingleses — a meu ver, frios e arrogantes — e com artistas de renome, principalmente os soberbos e esnobes pintores. Andrew é a simplicidade em pessoa, mesmo já sendo reconhecido internacionalmente e tendo exposto nas melhores galerias da Europa. O apartamento é uma delícia, amplo, arejado, no icônico Bloomsbury — considerado o bairro literário de Londres, por causa de antigos moradores, como Charles Dickens e Virginia Woolf. Sem ser professoral, Andrew me conta histórias de grande interesse e se dispõe a me levar para conhecer as melhores atrações por perto, como o British Museum, onde pude ver a famosa Pedra de Roseta, e a British Library, a maior biblioteca do mundo — me emociono ao ver os originais de *Alice no País das Maravilhas* e as letras das músicas dos Beatles, entre outros manuscritos formidáveis. Pois é. Humildemente, reconheço que Lorena tirou mesmo o bilhete premiado ao encontrar o companheiro ideal. Divertido, afetuoso, Andrew consegue me deixar sempre à vontade. Vive, por exemplo, elogiando meu inglês, ainda que americanizado, e, nas conversas, lembranças minhas com Lorena não lhe causam constrangimento algum. Assim, não consigo olhar para Lorena como antes. Hoje, ela é sobretudo a bela família que formou. E, por incrível que pareça, sinto-me feliz ao vê-la tão plena e realizada — talvez, a maior prova do que foi meu amor por ela, o primeiro, o mais puro.

Momento curioso de minha estada é quando me levam a passear de carro para conhecer toda Londres. Andrew dirigindo, Lorena a seu lado, Anne atrás, aninhada no meu colo. Eu, o tio orgulhoso. Como, na Inglaterra, o volante fica do lado direito, Lorena vai sentada à esquerda. De onde estou, tenho a impressão de que é ela quem dirige, com desenvoltura que impressiona: rindo, olhando para os lados, voltando-se para trás para dar atenção a Anne. Sim, na minha mente, ainda que por fértil imaginação, Lorena sempre à frente e no comando. Acho graça de mim mesmo.

O que seriam três dias em Londres tornam-se onze. A razão? Uma tatuagem no peito de Andrew: a sua paleta e um par de pincéis impressos sobre o coração com inacreditável gama de cores. Trabalho impressionante nos mínimos detalhes. Vejo-a por acaso, quando ele sai do quarto com a camiseta ainda por vestir. Peço que espere, preciso ver de perto a obra de arte. Jamais tatuarei meu corpo, mas isso é algo diferente de tudo que eu poderia imaginar.

— Faz tempo?

— Uns três anos. Pouco depois de eu conhecer Lorena. Esta paleta reproduz as cores do quadro que eu tinha acabado de pintar para ela. Ficou eternizada aqui no meu peito.

— Que artista! Quem é ele?

— Não é ele. É ela: Maria Maiestas. Nasceu em Macau. Veio para cá há uns dez anos. Uma amiga muito especial.

— Amiga?

— Sim. A amizade nasceu durante o trabalho. Aprendi muito com ela. Conversa maravilhosa. Vocês se dariam bem, tenho certeza.

— Ela mora em Londres?

— Sim, em Pimlico, numa pequena casa às margens do Tâmisa. É talvez o lugar mais sossegado da cidade. Lá, o tempo anda tão esquecido que os relógios parecem não ter ponteiros.

O tempo. Ângela me vem à mente. Lorena entra, acaba de dar o café da manhã a Anne. Andrew veste a camiseta.

— João gostou da tatuagem. Acho que vai querer fazer uma também.

— Nem pensar. Gosto do meu corpo assim como é.

Lorena rebate de pronto.

— Se você conhecer Maria, vai mudar de ideia.

— Duvido. Mas gostaria muito de estar com a artista.

Lorena se entusiasma.

— Simples. A gente liga para ela e marca uma hora para você.

— Não pretendo me tatuar. Quero uma visita, apenas isso.

— Claro. Andrew te leva até lá de carro, não custa nada.

— Pode marcar, então.

— Estou curiosa para saber o que vai resultar desse encontro.

— Como ela é? Que idade tem?

— Não digo. Em se tratando de Maria Maiestas, a surpresa é tudo.

— Meu Deus.

— Ah, sim! Ela também é meio vidente. Não se assuste se ela começar a dizer coisas sobre a sua vida.

— Ela fala inglês?

— Claro. Mas, nascida em Macau, sua língua nativa é o português.

— Perfeito. Quanto custa a consulta?

— É bem salgada, mas a primeira é grátis.

— Ótimo. Uma única consulta estará de bom tamanho.

Pelos olhares que trocam, Andrew e Lorena duvidam que eu me contente com tão pouco. Isso é o que veremos, penso. Dia seguinte. Cinco da tarde. Os dois me dão a prometida carona. Chegamos, é aqui. Desejam-me boa sorte — alegria de adolescentes que apostam na aventura. Como os relógios em Pimlico parecem não ter ponteiros, digo que não precisam vir

363

me buscar. Cúmplices, gostam do que ouvem, acenos, e lá vão eles de volta ao lar.

A porta é de madeira pesada, bem talhada, laqueada de verde-musgo. Me encara em silêncio, impõe respeito. Graças a Vicenza, presto atenção na maçaneta. Redonda, de bronze — a mandala exuberantemente gravada já me sinaliza conexão com o que transcende. Não resisto a lhe pôr a mão e girá-la com a delicadeza de quem planeja entrar para furtar. A porta, embora não seja dada a intimidades, é receptiva ao tato, eu sinto. Só então, toco a campainha. Uma bela senhora de cabelos brancos vem atender. Porte aristocrático, queixo para cima, veste preto. Minha decepção retarda a fala. Será ela? Mesmo com um pobre par de valetes, prefiro apostar que não.

— Vim ver Maria Maiestas.

Com a mesma expressão distante, a senhora me convida a entrar e a aguardar no cômodo ao lado. Obediente, me encaminho para a sala que logo me serve como antecipada apresentação de Maria. Decoração oriental, despojada, estofados em tons de verde que apascentam. Em lugar de destaque, entre dois jarrões azul-noite, a imagem em porcelana da deusa Kuan Yin. Estou a contemplá-la quando ouço a voz que chega com cuidado.

— João?

Volto-me e o que vejo é a própria Kuan Yin tornada humana, viva, carnal. Ainda que tenha o corpo coberto por uma longa túnica violeta — as mangas estampadas com pássaros, flores, borboletas e outras tantas joias da natureza —, sua sensualidade e doçura me levam ao paraíso terreno que, neste instante, tenho a prova concreta de que existe.

— Maria?

Ela sorri e me estende a mão. É quando vejo, com espanto maior, que as mangas da túnica são seus braços tatuados. O tecido estampado que me deslumbra é sua pele! Impossível não comentar e elogiar. Ela sorri, agradece, abaixa um pouco a gola da túnica e acrescenta o que deve repetir a todos.

— Meu corpo é todo vestido assim. Apenas o rosto e as mãos permanecem descobertos.

— Alguma razão para isso?

— A história é longa. Vou lhe contar o que interessa para essa visita. O mais será acrescentado aos poucos, caso você decida voltar.

— Não pretendo me tatuar.

— Lorena me disse. Mas prefiro deixar sua vontade à solta. Também quero ouvir você.

Sem sapatos, estamos agora em um salão todo branco, com vista deslumbrante para o rio Tâmisa. Brancas, as paredes e janelas. Branco, o assoalho. Branca, a imensa luminária de teto. Branca, a cama de duas cabeceiras que, sem exagero, poderia bem abrigar uma dezena de pessoas. Brancos, os incontáveis travesseiros e lençóis soltos sobre ela. Tenho a sensação de que estou vivendo o sonho da Rosa Sem Espinhos que me inspirou a escrever *Lençóis brancos*. Realidade mágica.

— Já estive aqui antes.

— É bem possível. Acomode-se como quiser.

Recosto-me confortavelmente em uma das cabeceiras. Com dois ou três travesseiros ponho-me ainda melhor, enfio meus pés em um dos lençóis disponíveis, como se os mergulhasse em algo etéreo, imaterial — é a cama do sonho que tive, com certeza. Maria sabe qual é seu melhor lugar, posiciona-se perto, de frente para mim. A informalidade do gesto não consegue quebrar o distanciamento que sua imagem impõe — deusa encarnada, pitonisa, o que seja. Mesmo assim a conversa flui com facilidade. Provocado, sou eu que falo a maior parte do tempo, conto minha saga rocambolesca com ciganos, sonhos premonitórios, números que se repetem e que, na minha mente, me sinalizam caminhos. Meu trabalho, sucessos, fracassos, reversões de expectativa, meus amores e desamores, a incessante busca de equilíbrio e o desejo de encontrar meu real tamanho — em algum ponto perdido entre o João e o Fiapo. Depois de me escutar por longo tempo, ela me pede para deitar de barriga para cima, braços estendidos, pernas um pouco afastadas.

— Com a roupa do corpo?

— Sim. Essa mesma. A escolhida, a que reflete o João Fiapo da primeira vez. O jeans azul-claro, a camiseta branca básica, as meias brancas e os tênis já surrados que deixamos lá no outro cômodo.

— Não vai falar da minha cueca?

— Se você acha importante... Pelo jeito de combinar as cores, deve ser branca como as meias.

— Fácil, não é?

Ela não leva o assunto adiante. Séria, manda eu me aquietar. Estou um pouco tenso. Não importa. O relaxamento virá naturalmente. Que eu vá descontraindo os músculos, prestando atenção apenas na respiração. Ligeiramente afastadas, suas mãos enquadram meu corpo, parecem fotografá-lo por partes. Fixam-se sobretudo no alto da cabeça e na base da coluna.

— Feche os olhos. Em pensamento, inspire "bênçãos e alegrias" e expire "males e tristezas". Não precisa respirar fundo. Respire normalmente. Perfeito. Concentre-se no ritmo da entrada e saída do ar, e receba todos os benefícios de seu comando. Isso, assim. Livre-se de suas amarras nesse ato de amorosa entrega.

Vou me tornando cada vez mais leve, quase levito ao som de sua voz. Incontida ereção me abrasa, prazer inédito que me enleva.

— A partir de agora, você vai crescer, notar seu corpo ficar cada vez maior, ocupar a cama inteira e o salão. / Vê? Você não consegue mais se definir, porque já se tornou mais extenso que toda a casa. / Não se impressione, ainda é pouco, precisamos fazê-lo crescer mais. / Londres precisa vê-lo, a Europa precisa vê-lo, o mundo inteiro precisa vê-lo, assombroso, descomunal. / Mas não basta. / A Terra não mais o comporta e seu corpo continua a crescer infinitamente fora do seu controle. / O sistema solar é ele, a Via Láctea é ele. / Vá se estendendo em todas as direções para outras galáxias... / Pronto, fique onde está. / Você é todo o espaço. / Não há limites. / Sinta-se confortável na ausência de peso, forma, tamanho, tempo. / Desfrute da paz de se integrar ao Todo.

Vivenciados o infinito e a eternidade, ouço novamente a voz de Maria. Parece vir de longe, de outra dimensão. Não tenho forma, sou multiversos, o cosmo.

— Prepare-se para voltar. / Respire normalmente. / Sinta seu universo interior se contraindo até o Sol e a Terra, / a Europa, Londres, Pimlico, a casa de Maria Maiestas, o salão... / Novamente, seu corpo repousa sobre a cama. / Você tem o peso, a altura e a forma que o definem. / Mas vejo que ainda procura ser diferente do que é. / Talvez se tornando menor, encontre seu real tamanho.

Tento impedir o novo processo, mas não consigo. Alguma força ígnea na base da espinha dorsal anseia pela inédita experiência. A voz de Maria me orienta. Nova ereção me delicia e rege.

— Não resista aos seus desejos. Note sua roupa mais folgada, os panos que começam a sobrar. / Você não se importa, precisa se aventurar no que é pequeno, mínimo, imperceptível. / Sua viagem rumo ao universo microscópico prossegue e lhe dá prazer. / Seu corpo deixa de ser visível a olho nu. / É célula, é átomo, prótons, elétrons e nêutrons. / Sinta-se confortável habitando esse lugar que lhe era inacessível. / Fortaleça-se do que o compõe e vivifica. / Conheça o mecanismo de seu organismo no mais ínfimo de si mesmo. / E se deixe estar em paz com sua centelha divina.

Depois de tempo infindo, sou chamado de volta ao plano terreno. Forte turbulência me sacode por inteiro — incômodo com o real tamanho de meu corpo. Recusa a me readaptar a ele. Sinto uma das mãos de Maria no chacra que estabelece a conexão espiritual, e outra, no chacra do plexo solar, que comanda a conexão com o mundo. Assim, aos poucos, os tremores vão diminuindo até desaparecerem. Sou instado a abrir os olhos. Remancho, mas acabo cedendo. Súbita descarga elétrica me incandesce a nuca, percorrendo a coluna vertebral de ponta a ponta — instante em que me situo. O teto, a luminária, o rosto de mulher bem próximo... Sinto o corpo astral se encaixar no corpo físico. Sensação de completude. Maria me afaga os cabelos.

— E então?

Ainda zonzo, com uma das mãos, sinalizo que estou bem. Cansaço prazeroso. Sei agora que tão importante quanto a liberdade de movimento é o sentido de movimento, que nos é dado pela motivação, o propósito. Sem eles, de que vale a liberdade de ir e vir? O sentido de movimento é que determina nosso sucesso, nosso real tamanho. No meu caso, aquele ponto perdido que anseio encontrar, concluo.

— Por mim, ficaria aqui para sempre.

— Pura preguiça. Quantas vezes já repetiu isso para alguém?

Acho graça. Mas me deixo estar. Ela bate palmas que me apressam.

— Hora de se mexer, amigo.

É o que eu faço, apesar de resistir feito adolescente que execra o despertador. Volto a me recostar na cabeceira e a me apoiar em travesseiros — um bom avanço, ela reconhece. Afinal, a viagem foi longa, anos-luz de voo. Arrisco jogar verde.

— Você me chamou de amigo.

— Chamei.

— Então já não me considera cliente.

— Claro que não. Nem pretendo convencê-lo a se tatuar.

— Não? Por quê?

— Porque você já é desenhado por dentro: um emaranhado de desenhos. Pude vê-lo em nossa viagem tântrica.

Nova ereção me surpreende. Lúcido, tento disfarçar. Adianta?

— Não se envergonhe, meu querido. O tantra não vê nossos corpos como inibidores, mas como indutores de aperfeiçoamento físico, mental e espiritual.

— Filosofia hindu?

— Sim. Uso mantras e mandalas que atraem as diversas formas de energia que habitam o universo, elas me ajudam na compreensão da existência e na aceitação do que não posso mudar.

— "Tantra"... Palavra estranha.

— Em sânscrito, significa, "trama", "tecer". É formada por "tan", "expansão", e "tra", "libertação". Foi essa filosofia que me ajudou a superar a maior dor de minha vida.

Maria Maiestas me fala sobre a perda de Kazuo Shige, seu amor maior. Conheceram-se em Macau, em 1965, quando ela tinha 18 anos. Dez anos mais velho, de família tradicional japonesa, Kazuo estava de passagem pela cidade. Foi paixão fulminante que o fez se demorar por mais dois meses — tempo suficiente para provar aos pais de Maria que suas intenções eram sérias. Casaram-se lá mesmo e foram morar em Okutama, no Japão, onde viveram por vinte anos, até a morte de Kazuo. Levavam vida alternativa em uma pequena propriedade cercada de verde, com jardim, pomar e horta. Dentro e fora de casa, todas as tarefas eram divididas. Para se manter, dedicavam-se a dois tipos de arte que, associadas, deram fama ao casal. Maria era gravurista — imprimia desenhos em finíssimo papel de arroz que ela mesma confeccionava, enquanto Kazuo, exímio tatuador, era capaz de criar imagens fantásticas. Expostas em galerias de Tóquio, as gravuras começaram a fazer sucesso graças à excelência de impressão e à originalidade dos desenhos. E os clientes ainda eram avisados de que, se quisessem, aqueles e outros trabalhos poderiam ser gravados em seus corpos. Logo foram chegando os primeiros interessados, e, ao longo dos anos, a peregrinação a Okutama só fez aumentar. Assim, Maria Maiestas e Kazuo Shige se tornaram conhecidos por sua arte, feita de paixão, arroz e pele.

— Quem sabe um dia escrevo uma peça contando essa história?

— Prefiro guardá-la para mim e para os amigos mais íntimos.

Mordo a isca com vontade, sem medo da dor que o anzol me poderá causar — imagino que depois de fisgado, seja liberto e lançado de volta ao rio.

— Amigos mais íntimos?

— Você ainda tem alguma dúvida?

Devoto e amante, atendo ao chamado com luxúria religiosa e fervor profano. Meus dedos correm seus braços como se quisessem descobrir de que tecido é feita a pele. Faço com que ela se levante comigo, quero vê-la de pé, imagem viva de deusa milenar, que há pouco me elevou a outros planos, conduzindo-

-me o corpo a tamanhos improváveis. Beleza e luz é toda ela, o rosto lavado, os cabelos agora soltos. Não ouso beijá-la, não ainda. Antes, a túnica violeta deverá cair naturalmente em gesto de consentimento, não serei eu a tirá-la. Sabemos que só o amor, irrefreável, nos alça deste chão dolorido, onde nossa humanidade se arrasta e se desespera à procura de algum nexo ou de algum prazer que, embora efêmero, lhe dê alívio ao peso da existência. Shiva e Shakti se entendem no embate amoroso, assim são os dias e as noites. O pano violeta cai naturalmente e revela a roupa mais majestosa que meus olhos jamais haviam contemplado. Como é possível? O corpo inteiro tatuado por Kazuo Shige, seu amor distante, seu amor eterno, que a espera paciente em algum canto do universo — amor tanto que, em vida, a presenteia com outros amores passageiros. No entanto, que mais ninguém a veja nua. Homem ou mulher podem lhe dar o prazer que quiserem, mas sempre haverão de vê-la solenemente vestida por sua arte.

Ainda assim, com Maria Maiestas, provei prazeres que me levaram a imaginar o que teria experimentado se nos fosse dado amar sem o invólucro da pele — o gozo liberto do confinamento carnal.

# Mudança de endereço

É só pegar as malas e sair, a vista do Tâmisa e os relógios sem ponteiros de Pimlico me esperam. Lorena e Andrew se divertem às minhas custas. "Uma só visita será mais que o suficiente." Alguém acreditou? Pois é — me azucrinam. Fazer o que se uma tatuagem me levou a quem lida com fenômenos paranormais? Reconheço: ciências ocultas me atiçam a curiosidade. Muito o que aprender com Maria Maiestas, que, por afinidades descobertas, me quer como amigo, não como cliente. Insistência dela passarmos uns dias juntos, porque também se interessa por fatos que presenciei. Bom, melhor eu ir andando. No colo do pai, Anne diz que vai sentir saudades do tio, prometo que voltarei para visitá-la antes de retornar a Paris. Beijos, ainda vamos nos ver, com certeza. Táxi na porta e pronto. Novo capítulo se inicia na imprevisível Londres.

A porta de madeira pesada laqueada de verde-musgo já não me intimida. A maçaneta de bronze com a mandala me dá as boas-vindas, torno a girá-la pelo simples prazer do tato. Em seguida, a campainha. Mrs. Christie vem atender, mais séria e formal que da vez anterior — sabe muito bem o que o par de malas significa. Como não tem alternativa, me permite entrar e aguardar no cômodo ao lado. Mal tenho tempo para me aproximar da imagem de Kuan Yin, pois Maria logo me vem ver. Usa vestido curto de alça, tecido cor de areia, que complementa com perfeição o corpo tatuado. Como velhos conhecidos, nos abraçamos e nos beijamos. Ela me puxa pela mão, quer me mostrar sua oficina de tatuagem — universo à parte. O ambiente é convite à aventura, à entrega e ao que ela chama de mais pura arte, ainda que, como as demais, também envolva dinheiro em troca do trabalho artístico. Maria revela como, graças a Kazuo, evoluiu do papel de arroz para a pele humana. A beleza de conceber arte que não irá se valorizar em galerias da moda ou se eternizar em museus, arte que só almeja a felicidade de quem entrega o próprio corpo para servir de tela, tela viva que requer diferentes cuidados com seus lados yin e yang.

— Lados yin e yang?

— Exato. Como frente e verso, força e fragilidade. O ventre e o peito, por exemplo, são yin, as costas são yang. A parte de cima do pé é yang, a sola é yin. A parte da frente das pernas é yang, a de trás é yin. O mesmo vale para mãos e braços. A frente do pescoço é yin, a nuca é yang.

— Incrível.

— Não há mistério. É fácil identificarmos onde o corpo é forte e onde é frágil. As zonas erógenas estão ligadas a esses polos positivos e negativos.

Ela sorri e me beija acariciando a parte alta da nuca, o arrepio me eriça a pele. Agradeço o exemplo prático.

A conversa prossegue sobre tatuagem, arte milenar que, às vésperas do século XXI, ainda sofre imenso preconceito, embora Maria acredite que, no início do próximo milênio, as pessoas estarão mais abertas à experiência, e chegarão até a ter orgulho de mostrá-las em público — para o artista, será a maior recompensa, já que seu trabalho é fruto da relação estritamente pessoal com o cliente. É ato de entrega, tanto do tatuador quanto de quem o elege. Trabalho exclusivo, que não se vende a terceiros. Trabalho independente, que não para quieto. A tatuagem será moda quando as pessoas conseguirem se comunicar através da luz. Elas se transformarão em pequenas luzes que poderão ser vistas na palma da mão.

Acho todo o discurso fabuloso, mas prefiro meu corpo nuzinho em pelo. Se ela diz que já sou desenhado por dentro, esta arte escondida me basta, ainda que ninguém a veja. Maria contesta.

— "Ninguém" é exagero seu. Eu vejo. E há outras poucas pessoas que, de diferentes modos, também conseguem vê-lo por dentro: seus pais, seu tio Jorge, Avesso... Eu diria até que Lorena conseguiu ver muito bem esses seus desenhos internos, embora os caminhos dela fossem outros. Mas prepare-se, porque alguém em especial saberá ver e também interpretar que desenhos são esses em você. E aí, meu amigo, sua vida será outra.

— Eu a conheço?

— Sim. Estiveram juntos rapidamente, e o encontro não foi nada agradável.

Surpreende-me a vidência de Maria Maiestas — lembrou fatos de minha vida que não tinha como saber: quando Avesso fugiu de casa e o encontrei junto ao túmulo da mãe, por exemplo. Ou meus sonhos de criança com o Salão Sistino do velho Urbano. Agora, insiste que uma mulher dez anos mais nova, independente e vivida, será minha companheira de estrada porque saberá me decifrar. Dou tratos à bola e não consigo ter ideia de quem seja. Um encontro rápido e desagradável? Estranho. Mas confio, guardo a profecia, porque essa imagem me parece familiar e o anúncio me incomoda além da medida. Maria acrescenta que a jovem e eu nos sentimos fortemente atraídos, mas a formalidade do aperto de mão nos frustrou e constrangeu. Orgulhosos, nenhum dos dois quis passar recibo. Por isso, o encontro se apagou na memória de ambos. Mas nossos caminhos estão traçados, e a lembrança voltará nítida quando nos encontrarmos novamente.

— Você me desconcerta. Tão íntima, às vezes. Mas logo se transforma e se torna inalcançável com suas predições.

Maria me contesta. Nenhum dom exclusivo, e nada a ver com predições. Somos todos assim: íntimos e inalcançáveis. Eternas réplicas de Adão e Eva envergonhados à cata de folhagens que nos vistam. Triste imaginar que o primeiro abraço, o primeiro beijo e o primeiro êxtase de amor da humanidade só tenham acontecido fora do Paraíso. Ato libertário, com os amantes finalmente despidos de suas folhas de parreira — primeira roupa de que se tem notícia. O amor que fizeram foi tão prazeroso e demorado que gerou vida, e mais prazer e mais vida e mais vontade de amar. A roupa? De vergonha injustificável, logo se tornaria abrigo, enfeite, mistério do corpo sempre à procura do conhecimento e da verdade.

A meu pedido, Maria me mostra agora em detalhes a roupa que, com técnica e amor extremos, Kazuo Shige lhe imprimiu na carne: o significado dos desenhos e das cores. As diferentes combinações, a perfeita integração das partes com o todo. Lembra momentos de intimidade que originaram esta ou aquela ideia, e chega à mandala em torno do umbigo — marca central que todos carregamos. Nele, nossa sensibilidade maior, nossa mais elevada energia. Nele, orgulho, exaltação do ego. Ou desprendimento, comunhão com a humanidade.

— Feche os olhos e ponha o indicador direito sobre o seu umbigo. Levemente, no sentido oposto ao dos ponteiros do relógio, faça girá-lo em volta da pequena cicatriz. Imagine uma bela mandala sendo desenhada, o seu retorno à Unidade, a sua conexão com o Todo. Conscientize-se de que essa cicatriz é sinal de integração e dependência antes mesmo de seu nascimento. É prova incrustrada em seu corpo de que os relacionamentos são a base de tudo na vida, causa de prazer ou frustração, de felicidade ou sofrimento. Portanto, veja seu umbigo não com arrogância, mas com disponibilidade para os relacionamentos que se apresentarem em seu caminho, porque todos, de alguma forma, fazem parte de seu aprimoramento físico, mental e espiritual.

Ficamos um bom tempo em silêncio. Vejo passarem por minha mandala incontáveis relacionamentos com pessoas, bichos, lugares e coisas. A palavra relacionamento ganha então sentido bem mais amplo, transcendendo as relações amorosas, familiares, de amizade, de trabalho ou de simples conhecimento. Passa a significar também meu vínculo com a natureza, com o planeta Terra e tudo o que nele existe. A volta à realidade material é sempre dolorosa. Não preciso abrir os olhos para ver a loucura que envolve o mundo onde vivemos, as desigualdades e os flagelos causados por nós mesmos. Os extremos: multidões famintas, cujo único propósito é encontrar trabalho para sobreviver, e multidões tidas por civilizadas, massacradas por uma rotina insana que lhes rouba o tempo, a felicidade, o amor, tudo. Trágico desequilíbrio.

Abro os olhos e respondo como se discutisse com os pensamentos.

— O pior é que temos como mudar essa situação, e nada fazemos. Ao contrário, só a agravamos, com nosso egoísmo e indiferença.

Maria Maiestas vem e me abraça. Abraço de conforto, de consolo. Que eu siga meu caminho sem me afligir tanto, que vá fazendo a minha parte com propósitos mais elevados. Porque tempo há de vir em que nossa humanidade será obrigada a parar, a rever seu rumo e a se repensar na confraternidade. Sim, seja pelo amor, seja pela dor, haverá de parar. Literalmente.

Obstinada, a mente não me dá trégua. Desfaço o abraço.

— Confesso que me cansa estar sempre envolvido com essas grandes questões existenciais, que estão muito além do meu entendimento e da minha capacidade de resposta. Desde menino sou assim, uma curiosidade obsessiva pelo que não me diz respeito. Queria me preocupar apenas com as coisas banais do dia a dia, como fazem as pessoas comuns.

— Nada é banal. E não existem pessoas comuns.

— O quê?

— Exatamente o que você ouviu. Podemos não perceber, mas tudo nesta vida é pura mágica. O café com leite, pontuais e abençoados, à sua mesa, e a xícara de porcelana, que veio de fábrica distante, confeccionada sabe-se lá como e por quem. A manteiga, o pão e todos os ingredientes nele reunidos. Quanta força de trabalho, quantas pessoas — com seus dramas e suas histórias extraordinárias — envolvidas numa simples refeição matinal! Olhe à sua volta, João. Tudo é fruto de tempo e esforço doados por alguém. E é aí que reside o milagre do cotidiano. Em tudo, absolutamente tudo, há sempre as digitais de pessoas que sentem, riem, choram, sofrem e se divertem como nós. E as grandes questões existenciais, como você diz, podem ser cansativas, mas devem ser encaradas, sim. Para que um dia o mundo reconheça o valor e entenda a essencialidade de cada ser que o habita.

Meu lado sombrio sempre arruma jeito de se manifestar em horas de reflexão e aprendizado. E verbalizo o mal que guardo comigo desde que cheguei a esta casa.

— Em sua frieza e formalidade, não consigo imaginar Mrs. Christie como uma dessas pessoas que sentem, riem e choram como nós.

Decepcionada, Maria demora a contestar. O comentário a entristece visivelmente. Mrs. Christie é protagonista de uma das histórias mais comoventes que conhece. Com apenas 7 anos, presenciou a morte dos pais em um dos terríveis bombardeios alemães durante a guerra. A casa, destruída, e ela, milagrosamente retirada dos escombros. Foi conduzida para um abrigo de órfãos, onde ficou por mais de seis anos. Saiu para trabalhar numa casa de família. Algumas passagens de sua adolescência já servem para ilustrar toda uma vida que é exemplo de luta e superação.

— Eu a conheci há pouco mais de dez anos, através de um anúncio de jornal, logo que cheguei à Inglaterra. A empatia imediata nos tornou amigas. Posso lhe garantir que, com toda a sua formalidade e aparente frieza, Mrs. Christie é uma mulher admirável. Que ri e chora como nós.

Dizer o quê? Incapaz de ir além de aparências e rótulos, apenas reconheço que ainda estou longe de me tornar menos primitivo. Sorte que luzes femininas sempre vêm para me orientar os passos. Dias depois desta conversa, encontro Mrs. Christie na área de serviço, cantarolando animadamente, enquanto passa uma de minhas camisas. Dou bom dia, e ela, constrangida por ser flagrada em sua intimidade, apruma-se e me retorna formalmente o cumprimento. Cuidadoso, como quem não quer assustar o pássaro, me aproximo, lhe agradeço a gentileza do gesto gratuito. Sem se voltar, ela levanta a camisa e torna a colocá-la sobre a tábua para um último retoque. Está pronta, posso levá-la. Muito obrigado, Mrs. Christie, sentirei sua falta. Só então, pela primeira vez, ela me olha fundo nos olhos e sorri.

# Despedidas

Foram oito dias ao todo. Maria e eu saboreamos cada instante juntos, porque sabíamos que nosso tempo era curto. De passagem, apenas cruzei o seu caminho. Não lamento, agradeço. Graças a essa amiga, olho agora para meu umbigo e o vejo como uma bela cicatriz, prova de que relacionamentos são a base de tudo na vida — base que nos dá sentido. Aprendo que separações não deixam de ser novas formas de parto, cortes de cordões umbilicais, renascimentos.

Passei o último dia em Londres com Lorena, Andrew e Anne. Convidaram-me para um passeio de despedida por lugares não visitados. Recusei. Preferi ficar em casa com eles. Apreciar e guardar na memória cada recanto, cada detalhe daquele pequeno universo familiar. Todos à espera de Alex, que poderia chegar a qualquer momento. Depois do jantar, insistiram em me levar ao aeroporto. Mais que amigo, me senti parente — tio, irmão, cunhado. Coração apertado, silêncios. Lorena e eu choramos ao anunciarem o voo. Quando tornaríamos a nos ver? Tornaríamos? Andrew e Anne nos consolaram com afagos. Pedi licença e me abaixei para dar um leve beijo em Alex, ainda escondido debaixo do pano. Anne achou graça. Beijei-a na bochecha. E caminhei para o portão de embarque sem olhar para trás.

Voltar a Paris e encontrar Vicenza foi o que de melhor poderia me acontecer em dia de tanto adeus. Sabendo de minha chegada, ofereceu-me verdadeiro festim, com farta variedade de frios, pães, queijos, vinhos e frutas. Estava mesmo precisado desse acolhimento — a inesperada viagem a Londres me reavivara palavra há muito esquecida: lar. Em seu mais amplo sentido. O planeta, a pátria, a cidade natal e a casa reunidos em uma só sílaba: lar.

— Que beleza, Vicenza! Quanto carinho!

— Alimente o corpo, que a alma agradece e o acompanha.

— Você não imagina o bem que está me fazendo.

— Saberei depois que o vir comendo. Vamos, sirva-se.

Sim, a recepção calorosa e o discurso direto de Vicenza são no momento artigos de primeira necessidade que me fazem lembrar palavras de minha mãe, a casa de minha infância e Convés — tudo tão distante e ao mesmo tempo tão presente nesta mesa.

— Esta vinda à Europa me confirmou que sempre fui, sou e serei provinciano. Por mais que me aventure fora do ninho e que me encantem as grandes cidades, minha alma permanece ligada àquela cidadezinha de beira de praia, de gente simples e hábitos modestos.

— "A cidade está no homem/ que está em outra cidade", diz o grande poeta Ferreira Gullar, quando se refere ao tempo de exílio.

— Pois é mais ou menos como me sinto, mesmo no Rio de Janeiro. Convés me acompanha aonde quer que eu vá. Sempre há alguma situação ou algo que me transporta às origens. O *Paciente pescador*, ali na sala de estar, já me havia impressionado em sua casa da rua dos Oitis. Mas aqui, deste lado do mundo, o impacto é ainda maior. Como se a pintura falasse comigo: "Lá é o seu lugar."

— Procure saber quem ouve o que a pintura diz. A cabeça ou o coração? Se for a cabeça, desconfie. Se for o coração, acredite e vá em frente.

382

— Comigo, é sempre o coração que decide. A cabeça só dá o prumo.

— É que nós, artistas, somos assim. A emoção nos guia e a razão lê o mapa. Acaba que as duas se entendem e no fim dá tudo certo.

Abrimos outra garrafa de vinho. A refeição e a conversa se estendem até tarde. Vicenza é companhia das mais agradáveis. Lúcida, espirituosa, irreverente. Demos boas risadas ao falar de nossos relacionamentos, dos tantos amores e desamores. Com relação aos meus planos de voltar para Convés, não só me apoia como contribui com boas ideias para o sucesso da iniciativa. Prática e objetiva, me faz ver que poderei perfeitamente escrever peças para o teatro e ser sócio de meu pai, conciliando minha arte com a atividade pesqueira. Conclui que será a combinação perfeita.

— Van Gogh dizia que a arte é o homem somado à natureza.

— E pensar que fui um adolescente insuportável, cheio de ambições desmedidas.

— Mas essa é a regra, não é?

— Só que minhas ambições "desmedidas" não iam muito além da sala de costura de minha mãe e da traineira de meu pai. Nas minhas fantasias, eu seria diferente de todos os colegas de colégio, mas sem arredar pé de Convés. Quanta ingenuidade.

— Ingenuidade, por quê? Grandes artistas vieram de famílias humildes e vilarejos desconhecidos.

— Não seria bem o meu caso. Foi tio Jorge que me abriu as portas para o que sou hoje. Devo a ele tudo o que vivi desde os 22 anos, quando fui para o Rio de Janeiro. A carreira de dramaturgo, as amizades, as andanças pelo mundo. Mas, agora, sinto que é hora de voltar às raízes.

— Não vejo como uma volta, mas como o início de um novo ciclo.

— Espero que sim. Com exceção de tio Jorge, minha família está toda em Convés. Estou confiante nesse regresso ao primeiro lar, no convívio com meus pais depois de quase vinte anos.

— Jorge é que sentirá a sua falta. Ele está sempre falando em você.

— Sentirei falta dele, também. A gente se faz muita companhia, sempre arrumamos um jeito de almoçar ou jantar juntos num restaurante italiano que ele ama...

— Sei qual é, o La Trattoria.

— Esse mesmo. Já conversamos sobre todos os assuntos naquelas mesas, dos mais explosivos aos mais íntimos. A honestidade de tio Jorge ajudou a formar o meu caráter e até hoje me serve de exemplo. Ele vai entender minha decisão.

— E, afinal, Convés não é tão longe assim. Um brinde, portanto, à sua coragem, a você e ao nosso queridíssimo Jorge!

Fico com a essência do brinde.

— Ao nosso queridíssimo Jorge!

Viro o cálice, bebo de um gole o vinho. Sim, a ele! Meu mestre e grande amigo, que é bruxo, feiticeiro, mesmo se dizendo ateu — afirmo sem pestanejar. Provocador, me atiçou, me induziu a vir me hospedar com Vicenza e a conhecer Paris para organizar as ideias. Sempre ele a me dar asas, a me desafiar, a me ampliar horizontes. O que dirá ao saber que não me contentei com a Cidade Luz e me aventurei a ir a Londres rever Lorena? E mais: ao saber que, com Maria Maiestas, soltei o lobo e os bichos todos, e aprendi um pouco mais sobre meu corpo. Saberá que, ao fim, cheguei à conclusão de que é tempo de reencontrar peixes e gaivotas, reviver a natureza com as bênçãos de Vicenza. Saberá que escreverei sobre o dia a dia das casas, porque nada é banal. E escreverei sobre o povo nas ruas e os trabalhadores onde quer que estejam, porque não existem pessoas comuns e, em tudo, os seus dramas, os seus esforços, as suas digitais. Escreverei, por fim, sobre esta inquietude que nos habita, eterna divisão de querer segurança e liberdade, aventuras e rotina caseira, um grande amor e prazeres novos. Porque, como qualquer um, sou íntimo e inalcançável.

Assim, enquanto ingenuamente busco verdades e sopro machucados, só a escrita me apascenta — escrita algodão e água oxigenada, escrita protetora, curativa, cicatrizante. Despeço-me das "ambições desmedidas", das grandes expectativas. No mar aberto ou no palco, serei João Fiapo em seu real tamanho.

# Água

Vendi meu carro — em Convés, andarei de bicicleta como nos tempos de adolescente. Foi tio Jorge que, em seu fusquinha cor de tijolo, cismou de me levar de volta para casa. Na estrada, tempo para longa conversa. Ah, esse meu tio! O barbudo que entrou em minha vida em dia de tempestade, encharcado de água doce de chuva e água salgada das lágrimas de seu passado hostil. A lembrança nos dá sede. Abro a mochila e alcanço a garrafinha salvadora. Quer um gole? Ele bebe do gargalo e eu bebo — nossos segredos, conhecemos quase todos. Água, que bela palavra! Tão bela é sua polaridade, ele complementa. Polaridade? Sim! Você não sabe que a água é composta de dois átomos positivos de hidrogênio e um átomo negativo de oxigênio? São elementos contrastantes que se opõem e se harmonizam — realidade fantástica! E mais: essa mágica composição molecular cobre 71% do planeta e, por estranha coincidência, a proporção de água que carregamos conosco é praticamente a mesma — mistério que a ciência não consegue desvendar. Diante do imponderável, silenciamos. Asfalto que segue, paisagens que se apagam. Penso em Maria Maiestas, nas polaridades yin e yang desta máquina fabulosa que é o corpo humano. Nossos lados frágeis e resistentes e, por extensão, nossos medos e ousadias, nossas sombras, nossas luzes, que se opõem e se harmonizam como os elementos da água.

Tantos assuntos, que a viagem passa despercebida. Pronto, Convés! O tempo não existe, meu caro, vê? Frente de casa, duas buzinadinhas para avisar que chegamos. E precisa? A porta, aberta. A brisa que sopra da cozinha traz o cheiro do refogado. Entusiasmados, mamãe e papai vêm nos receber. Na mesma sintonia, Avesso ajuda tio Jorge com as malas, ficaremos os dois no meu quarto. Marta? Está lá na copa dando de mamar ao Rodrigo, que nasceu mês passado com quase quatro quilos. Na mesa do almoço, vários lugares postos, verdadeira festa. Meus padrinhos Pedro Salvador e Eunice, mais Joãozinho, Ângela, Saulo, Sueli e Gisele já devem estar a caminho.

Família reunida é novidade que não acaba mais. Todos falam ao mesmo tempo. Querem me pôr a par de tudo e também saber de mim, aí fica difícil organizar o falatório. Quem se importa? Conta daqui, ouve dali, e aos poucos vou me inteirando do que perdi enquanto estive fora. Não tenho pressa, sei que logo estarei integrado a essa eloquente parentela.

Ao som das falas e conversas paralelas, prefiro observar. Marta, Avesso e Rodrigo são trindade que me faz bem aos olhos, não canso de vê-los. Sempre que estão juntos, são pinturas, fotografias em movimento, cenas de clássicos do teatro ou do cinema, tamanha beleza. Ângela está esplêndida, elegante e discreta como sempre. Conforme eu havia previsto, ela e Saulo parecem ainda mais próximos e, pelo jeito, logo formarão família. Camila é uma graça — no colo do pai, lembrou-me Anne. Lorena já terá dado à luz o Alex? Imagino como seria Ângela de barrigão. Com a colher, ela faz aviãozinho e Camila abre a boca para mais um tanto de carne moída e purê de batata. Do outro lado da mesa, o padrinho empurra a comida para o garfo com um pedaço de pão — velho hábito. A seu lado, papai esfrega a boca no guardanapo e bebe mais um gole do vinho, comenta algo e os dois caem na gargalhada. De onde estou, não posso entendê-los, mas a alegria deles me basta. Acho a madrinha envelhecida, a cabeça bem mais grisalha, embora o sorriso de rosto inteiro seja o mesmo. Conferindo a mesa com os olhos, mamãe acaba de se levantar com duas travessas raspadas — certamente irá até a cozinha buscar novas remessas de iguarias. Joãozinho cochicha alguma coisa no ouvido de Sueli. Ela é receptiva ao que ouve, mas não responde, finge indiferença. Mais segredinhos dele. Sueli acha graça sem sequer olhar para o lado, prefere continuar comendo. Conformado, cara de safado, é o que ele decide fazer, depois de partir o bife e garfar a batata frita. Gisele quase não provou o que pôs no prato, expressão indignada, fala sem dar trégua — tio Jorge a ouve com interesse. Pouco mais velha que a irmã, deve ter seus 17 anos. Morena, olhos negros que faíscam, cabelos crespos, revoltos como ela, parece estar pronta para sair de punho erguido para alguma marcha de protesto. Adolescentes me encantam, tão cheios de energia e certezas! Seus humores mudam de um minuto para outro. E é o que acabo de presenciar. Sereno, com duas ou três frases, tio Jorge desarma a jovem rebelde e provoca o riso mais sincero e radiante que já pude testemunhar. A impressão de agressividade se desfaz, e o que fica é a imagem de receptividade à palavra do outro, ao diálogo, ao contraditório. Voltam-me o hidrogênio e o oxigênio, elementos contrastantes que se opõem e se harmonizam. Gisele olha para mim, tio Jorge a acompanha. Como não dá para disfarçar, sou obrigado a escancarar meu voyeurismo.

— Essa conversa aí me parece bem interessante!

— Seu tio é uma figura! Me dá razão e desconstrói meu discurso.

— Sei como é.

— Ela acabou de afirmar que, se a mentira é o que garante a paz, é preferível a guerra. Concordei. Pedi apenas as melhores armas, os aliados mais confiáveis e a certeza do ataque-surpresa no momento certo. Vou dar a ela *A arte da guerra*, de Sun Tzu.

Gisele diz que assim não vale. Sem risco, a vida não tem valor nem graça, mas quer o livro de presente — muito a aprender com o filósofo chinês que nasceu quinhentos anos antes de Cristo! Papai pigarreia, bate a colher no copo, espera ser ouvido por todos. Solene, anuncia o que já é sabido: meu retorno a Convés como morador. O filho pródigo bate à porta para desmentir a parábola, porque não recebeu herança nem dissipou seus bens, ao contrário, tornou-se mais rico e mais preparado enquanto esteve longe, mesmo tendo o hábito de passar manteiga em focinho de cachorro. Emocionado, diz que trabalhar novamente com esse filho tão querido e tê-lo outra vez debaixo do mesmo teto é bênção dos céus, felicidade que não se calcula. Enfim, o maior presente que ele e mamãe poderiam receber a essa altura da vida. Ergue o copo e propõe um brinde à minha saúde e à minha arte.

— Que aqui em Convés você encontre inspiração para suas novas peças e, quem sabe?, o amor que ainda te falta!

Todos se levantam para brindar e beber. Agradeço as boas-vindas, a recepção, e pronto. Sobre o amor que me falta, prefiro calar. Só o tempo sabe se a predição de Maria Maiestas se realizará. Enquanto isso, entre a sobremesa e o café, o próprio tempo se encarrega de me aprontar surpresas: Gisele comenta algo com tio Jorge, levanta-se discretamente e vem até a mim.

— Você chegou a Convés no momento certo.

— Cheguei?

— Tenho ambições literárias. Precisava de alguém como você para conversar, trocar ideias, mostrar meus escritos.

— Teatro?

— Não. Poesia. Mas, por favor, não pense que são arrebatamentos bobos de adolescente.

— Por que eu pensaria?

— Ah! Uma garota escrevendo poemas... Ninguém leva a sério.

— Não tenho preconceitos. Lerei com interesse e darei minha opinião sincera.

— Ótimo. Como faremos?

— Me procure quando quiser. Teremos todo o tempo do mundo.

— Todo o tempo do mundo ainda é pouco. Me assusta.

— Na sua idade? Deveria assustar a mim, que já passei dos quarenta.

— Não me refiro ao nosso tempo de vida. Penso é no tempo do mundo mesmo, que é quase nada para salvarmos o planeta das garras dos seres humanos, insaciáveis predadores. Tantas civilizações varridas do mapa, tanta ostentação e arrogância reduzidas a pó, e não aprendemos nunca.

— Imagino que esse tenha sido seu discurso para o tio Jorge.

— Mais ou menos.

— E seus poemas devem ir por esse caminho.

— Sim.

— Tudo bem. Vejo que teremos muito o que conversar.

Ela me olha demoradamente, como se me examinasse por dentro.

— Algo me diz que seremos mais que amigos.

Ela abre novo sorriso, brinca, me beija a mão como se pedisse a bênção e se afasta, deixando seu rastro de escondidas intenções. O amor que me falta. Não será esse com certeza. Poderia ser minha filha, e ainda assim se comporta como se fôssemos da mesma geração. O tempo que me falta e o tempo que lhe sobra, é o que me importa. O tempo do mundo, o que nos resta para salvar o planeta? Tanto me faz. Ideais de juventude. Os meus já vão longe. Volto a prestar atenção em

Ângela, o tempo sempre foi assunto nosso. Ela, sim, faz bom uso de cada instante que lhe é dado. Guinada na vida, ousadia, coragem, merece o que tem. Assim que nos vimos, nos abraçamos demoradamente, nossos corpos precisavam da certeza de amizade consolidada. Ficamos de nos ver para conversar com calma. Qualquer dia desses, sou morador agora, tempo de sobra. Quer me apresentar à casa pronta, aos jardins de que o Saulo cuida com esmero, quer me contar do projeto, que segue de vento em popa. Quem sabe eu mude de ideia e possa participar dele de alguma forma? Claro, o convite me honra e felicita.

Quando nos levantamos da mesa, cada um vai tomando seu rumo. É dia de semana, trabalho a fazer. Papai e o padrinho ainda têm de dar um pulo no entreposto. Ângela, Saulo, Marta e Avesso voltam para suas atividades no projeto. Os três jovens também debandam. Ficamos mamãe, a madrinha, tio Jorge e eu. Elas de conversa fiada na sala. Nós dois, no quarto, em bom acerto de contas.

— Quando estivemos neste quarto pela primeira vez, você me disse que sua mãe era água, que seu pai era vinho, e você, uma mistura desacertada dos dois. Lembra?

— Consigo até visualizar sua reação e ouvir seus conselhos para que eu adicionasse novas poções à mistura.

— E lhe garanto: você soube operar essa complicada química muito bem. Verdadeiro Merlim.

— Tenho minhas dúvidas.

— O problema é esse, João: as eternas dúvidas sobre si mesmo, não dando valor aos belos presentes que a vida sempre lhe dá.

— Não é verdade.

— Claro que é. Agora mesmo, você esnobou um presente precioso que lhe foi entregue literalmente de mão beijada.

392

— Ah, não! Pelo amor de Deus, tio. Você não está se referindo à Gisele. A garota quer apenas que eu leia os poemas dela e lhe dê umas dicas de escrita, só isso.

— A mim, você não engana. Vi muito bem que houve uma conexão maior entre vocês.

— E daí? Gisele é menor de idade.

— Completou 18 anos mês passado. Fez questão de me contar.

— Não, eu não acredito no que estou ouvindo. Meu tio, alcoviteiro.

— Interprete como quiser, já estou velho para melindres. E continuo atento às suas reações mais do que você possa imaginar.

— É mesmo? Por exemplo.

— A reação ao brinde de seu pai: foi visível seu desconforto. As vezes e o jeito como você olhava para Marta e Avesso e para Ângela e Saulo: olhos de contemplação, de admiração, com uma pitadinha de inveja até. E, por fim, seu encantamento por Gisele, a ponto de não conseguir desviar a atenção de nossa conversa.

— Exagero seu.

— Tão ostensivo que combinamos de nos virar para você ao mesmo tempo só pelo prazer de flagrá-lo.

— Dois adolescentes.

— Três. Ela, pela idade. Eu, pelo papel a que me prestei. E você, agora, por estar tão encabulado.

— Numa coisa, ela está certa: você desconstrói qualquer discurso.

Ganho um abraço de quem quer minha felicidade mais que tudo. Que eu não desperdice meu tempo com inseguranças sem sentido, que viva a vida sem fazer conta de padeiro, tentando adivinhar o que terei a lucrar ou a perder. Que extraia de Convés o máximo impossível. Sim, o máximo impossível. E que me atire nos braços do tal amor que me falta. Não necessariamente o amor de alguma mulher, mas amor simplesmente. Por um ideal, um projeto, uma descoberta, uma leitura, um amanhecer, um dia de pesca em mar aberto, uma comida caseira, uma roupa gostosa e surrada de andar em casa. Amor e pronto. Que eu veja Gisele como mais uma bênção dos céus — dos céus que ele descrê e que eu tanto alardeio. Que não me envergonhe da diferença de idade nem das muitas diferenças que surgirão pelo caminho, que não me envergonhe de nada, enfim. Amanhã cedo, ele voltará para o Rio. Sentirá minha falta, é claro, mas agora tem novidades em casa. Fernando comprou um computador para ele, com internet. Tem também tevê por assinatura, com filmes, shows e telejornais de vários países. Admirável mundo novo!

— E pensar, meu sobrinho, que isso é apenas o começo. Que estaremos cada vez mais conectados. Mal posso esperar para a chegada do terceiro milênio. Daqui a três anos, chegaremos a 2000!

Levo para a brincadeira.

— Quer dizer que quando eu for visitá-lo, tornarei a ver muitas coisas pela primeira vez, tão deslumbrado quanto aos 18 anos!

— E não é maravilhoso?! Toda primeira vez traz um componente de medo, de risco, mas também de descoberta e deslumbramento. É assim desde que aqueles dois curiosos provaram o fruto proibido!

— E se deram mal.

— Ao contrário, deram-se muitíssimo bem! Pagaram preço alto e injusto pela liberdade, mas valeu a pena peitar o Velho Rabugento. Amo essa história, esse primeiro ato de desobediência civil!

No dia seguinte, conforme programado, tio Jorge pegou seu fusca, fiel amigo de tantos anos, e voltou para o Rio de Janeiro. Deixou imenso vazio dentro de mim — eterna divisão, fazer o quê? Meu lugar agora é aqui. Levarei algum tempo sem vê-lo, a menos que ele nos venha visitar. É que preciso me desapegar da cidade grande e de suas irresistíveis tentações, que sempre me estimulam fantasias de grandeza e de consumo. Mais que nunca, essa abstinência é necessária. Gostaria de ser como esse querido ator Jorge Montese, que nunca se deixou seduzir pelas aparências e os brilhos da fama. Só investe no que lhe aprimora o espírito e amplia o saber. Computador, internet, canais de tevê por assinatura — posso imaginar o quanto essas novidades lhe serão úteis a partir de agora. Ao nos despedirmos, desejou-me boa sorte. Confia na minha estrela, no meu talento. No mais, que eu deixe a vida fluir naturalmente. Que seja a água do rio que corre da nascente para a foz, seguindo seu curso sem se deter, preenchendo vazios, superando obstáculos e recebendo resíduos, vencendo resistências e alargando margens, até desaguar e se misturar no sal do insondável oceano. Água, bela palavra!

# O Salão Sistino revisitado

Voltei a ele assim que cheguei a Convés, e me alegrei com o que vi: o salão, perfeitamente integrado com os demais espaços, tendo sido transformado em área de estudos e atividades recreativas. Ângela me explicou que os painéis desenhados por Urbano inspiraram a concepção da reforma desta parte da casa: a Arte, em suas mais variadas manifestações, como elemento aglutinador, determinando a função e a disposição dos cômodos, de modo a despertar nas crianças o gosto pela leitura, pintura, escultura, música, dança e teatro. Impressionante como todas se entusiasmam com a ideia de complementar o que aprendem na escola com as aptidões que desenvolvem aqui.

— Você já pensou em trazer crianças não residentes para o projeto?

A sugestão causa surpresa.

— Não! Mas acho a ideia excelente!

Ângela não perde tempo e logo me insere no grupo que decide a programação de atividades. Nas semanas seguintes, reuniões diárias, conversas, animadas discussões. Marta, Avesso, Saulo e mamãe juntam-se a nós para decidirmos como será a participação das crianças que virão de fora. A partir de minha proposta inicial, me é dada a oportunidade de conceber e montar espetáculos naquele espaço, e, quando me dou conta, já estou profundamente envolvido com o projeto. Incrível como tudo vai se tornando claro em minha cabeça. Antes, o que havia na área de teatro eram leituras dramatizadas de livros infantis. Agora, ofereço-me para escrever peças de fôlego que reúnam o maior número possível de crianças. Mamãe logo se prontifica a confeccionar os figurinos. Avesso, a construir os cenários. Saulo, espécie de faz-tudo ali dentro, cuidará da iluminação. Marta e Ângela se encarregarão da produção. Quanto a mim, além de criar os textos, arriscarei minha estreia como diretor. Que tal? Aplausos entusiasmados. Pois é. A arte, sempre ela, é amor que não me falta. Gisele chega nesse exato momento.

— Nossa! Que aplausos são esses?!

Marta vai logo dizendo que são para mim, enquanto Ângela e os demais se desdobram em elogios sobre minha decisiva colaboração para a ampliação e o fortalecimento do projeto. Sinto-me constrangido. Tudo o que não quero é estar em evidência na presença de Gisele — tenho certeza de que ela saberá usar o pretexto para se aproximar e puxar assunto. Tão certo quanto dois e dois são quatro: depois dos parabéns, um beijo e o pedido para se sentar ao meu lado. Claro, por que não? É só Avesso se afastar um pouco e fazer lugar para mais uma cadeira. A reunião prossegue, mas já não consigo me concentrar no que se discute. Não que Gisele tenha demandado atenção ou iniciado conversa. Antes fosse. É que ficamos tão próximos um do outro que nossos corpos às vezes se tocam naturalmente. Suplício, porque não sei mais o que fazer para não inspirar pensamentos equivocados. Os jeans ainda conseguem disfarçar o desconforto das pernas, mas a camisa de manga curta e a blusa de alça permitem que nossos braços nus se conheçam despudoradamente — a pele, sempre ela, a me provocar problemas, a me ditar atitudes. Em voz baixa, tento disfarçar o incômodo com pergunta inocente.

— Onde está sua irmã? Faz tempo que não a vejo.

— Sueli? Aquela agora só vive grudada no Jô. Finalmente, decidiram namorar.

— Quem é Jô?

— Ué? Jô. O filho de dona Eunice e seu Pedro Salvador.

— Joãozinho?

— O próprio. Por causa da Sueli, resolveu ser chamado de Jô. Não gosta de Joãozinho, diz que parece apelido de criança.

Não contenho o riso. Acaba que a breve conversa paralela me descontrai, e volto a prestar atenção no que está sendo tratado à mesa. Melhor assim.

Terminada a reunião, eu já pronto para sair, Gisele torna a me abordar. Faz mais de mês que cheguei a Convés, e ainda não tivemos o prometido encontro para ela me mostrar os poemas. Sou obrigado a pensar rápido no quando e onde conversar. Deus é testemunha de que minhas intenções com essa menina são as melhores, portanto minha postura será sempre de distanciamento precavido, em respeito a Marta, e sobretudo para me poupar de futuros dissabores.

— Como você vê, tenho estado bastante ocupado com as demandas aqui do centro de artes. Que tal antes da reunião que Ângela marcou para amanhã?

Ela se decepciona.

— Não vai ficar corrido? A reunião será às três da tarde, até a gente conversar e se deslocar para cá, não vai nos sobrar muito tempo.

— Podemos nos encontrar aqui mesmo. Combinamos às duas. A essa hora, o salão estará desocupado, teremos um bom tempo para você me passar os originais e trocarmos algumas ideias iniciais sobre os seus escritos.

Ela demora a responder, parece que faz de propósito.

— Tudo bem. Melhor que nada.

O tom é quase ríspido, contraposto por um sorriso travesso que me desconcerta. Me dá adeusinho balançando os dedos e sai, altiva. Respiro fundo. Terei que me armar de paciência e cuidados — é que a beleza, o carisma e a sensualidade de Gisele impressionam de fato. Penso nesse "presente precioso" que, segundo tio Jorge, "a vida me está oferecendo de mão beijada". Presente de grego, isto sim. Marta se aproxima, me pega afetuosamente pelo braço, precisa me falar — sexto sentido de mãe zelosa, deduzo.

— Tem um tempinho para mim?

— O tempo que você quiser.

Sem rodeios, Marta me fala de Gisele, a filha que dá trabalho. No bom sentido, apressa-se a esclarecer. Tão diferente da irmã caçula. Sueli é sossegada, além de companheira e prestativa. Com invejável talento para a música, se voluntariou inclusive para dar aulas de violão para as crianças do projeto. Gisele, ao contrário, é aventureira, inquieta, irascível. Brilhante, mas questionadora, e com ideias que às vezes assustam. Leitora voraz, quer transformar Convés em um exemplo de resistência ecológica, mas conscientizando as pessoas para o que acontece no mundo lá fora.

— Ela tinha 9 anos quando me casei com o Juliano e nos mudamos para cá. Ainda pirralha, já me causava problemas na comunidade de Santo Amaro, com suas reivindicações e o temperamento agressivo. Pensei que Convés a apascentaria, mas aconteceu justo o oposto. Ela é que vive instigando os moradores daqui contra "a pasmaceira reinante".

— Pelo pouco que a conheço, já percebi que ela é bem persuasiva quando se trata de obter o que deseja.

— Preciso da sua ajuda, João. Falei muito de você para ela, da nossa amizade. Contei sua história, do quanto você batalhou para chegar aonde chegou. Ela te admira por isso.

— Tudo bem, vou conversar com ela. Ficamos de nos encontrar amanhã, ela vai me mostrar os poemas que escreveu.

— Ótimo. Você é um homem sensível, com ideias arejadas. Sei porque vi algumas de suas peças. Dá uma atenção para a minha filha, ela precisa de uma figura masculina que inspire confiança.

— Fica tranquila. Estarei sempre atento a ela. E vamos nos falando.

— Obrigada, amigo. Obrigada mesmo.

Eu, que seria o primeiro a sair da reunião, sou o que resta no Salão Sistino. Olho para o céu desenhado pelo velho Urbano. Tento desvendar meu destino olhando as estrelas lá em cima.

# Uma oitava acima

Exato. Chego à conclusão de que Gisele é Lorena aos 18 anos, só que mais consciente do papel que deve desempenhar em um mundo essencialmente masculino e desigual. Não leva paixões a sério nem perde tempo com ilusões amorosas. Mas acredita em amizades, assim, no plural. Confia nessas relações de afeto e cumplicidade que poderão resultar em sexo sem compromisso — vi esse filme aos 16 anos, sabemos todos. Casar e ter filhos? Para ela, ficção científica: já temos desentendimentos de sobra e crianças demais largadas por aí à toa. Espíritos livres e independentes, Lorena e Gisele vêm de formações radicalmente distintas. Uma queria se livrar do jugo dos pais e da vida de aparências. A outra, do jugo da pobreza e da falta de oportunidades. Uma se aventurou e conseguiu realizar seus sonhos. A outra ainda luta aguerridamente para conquistar direitos e espaço. Lorena, adolescente, me amadureceu. Gisele, adolescente, me rejuvenesce.

É fato, reconheço. Acreditava que seria eu a lhe dar conselhos, a fazê-la ver pessoas, lugares e coisas com outros olhos. Mas aconteceu que, a cada encontro, me vou tornando aprendiz de quem me ensina, não pela experiência, mas pela honestidade de pensamentos e atitudes.

— Quero um mundo mais feminino, mais receptivo, mais fraterno. Mas estou pronta a arregaçar as mangas e cerrar os punhos se me ameaçarem com alguma canga.

Essa fala, no momento em que me entrega seus poemas, resume bem quem é a moça da pele morena, dos olhos negros que faíscam, dos cabelos crespos e revoltos. Os originais, datilografados em folhas soltas, me cativam de imediato. Pego uns cinco ao acaso: "Carteira de identidade" mostra respeito pela opinião do outro, mas finca posição. "Saída política" se dispõe a driblar adversidades. "Maniqueísmo covarde" revela a vantagem que o Mal sempre leva sobre o Bem. "Mentira" é inútil esforço de transparência. E "Saci", homenagem a um garoto que morava na favela Santo Amaro.

### Carteira de identidade

*Se não me identifico*
*com você,*

*não me desculpo,*
*mas me retrato*
*em 3 por 4.*

*Polegar direito assinalado*
*para cima,*
*sinal de tudo bem.*

### Saída política

*Afastada a hipótese de ficar,*
*pois o bicho come,*

*a solução é correr*
*e, enquanto o bicho pega,*
*a gente negocia.*

### Maniqueísmo covarde

Recíproca não verdadeira,
luta desleal.

Você não pode estar mal bem,
mas pode estar bem mal.


### Mentira

Quis acabar com a mentira,
a aparência que engana.

Pôs a vida em pratos limpos,
os pingos nos is,
as cartas na mesa.

Tudo o que conseguiu
foi enfurecer

o copeiro,
o gramático
e a cartomante cigana.


### Saci

Saci insaciável
cuida da tua identidade.
Lê.
Estuda.

Assim
sem gorro vermelho,
sem cachimbo e sem nada

perdes a força,
a esperteza e a graça.

*És apenas pivete*
*aleijado*
*e sem nome.*

Eu poderia ficar aqui horas e horas, mostrando e comentando poemas de Gisele. A crítica social inteligente, o humor que desconcerta, a intimidade com as palavras. E o que mais me surpreende: sua maior disposição para o entendimento que para o enfrentamento. Pergunto a ela se não se dispõe a escrever comigo as peças para o centro de artes. De início, ela refuga, gosta mesmo é de ser poeta, labutar sozinha. Mas acaba cedendo e aceitando a parceria. Meu argumento para convencê-la? As peças poderão "sacudir a pasmaceira reinante" de Convés, conscientizando as crianças para o que acontece além de nossas fronteiras. É o quanto basta para ela encarar o desafio. Alguma ideia? Digo que sim: minhas fantasias infantis com cartas de jogar, o velho baralho de minha avó. Uma superprodução que pretende reunir o maior número de crianças possível. Gisele vai mais longe e chega ao impensável.

— Quem sabe conseguimos juntar no espetáculo todas as crianças de Convés?

— Trabalho de louco. Mas impossível não é.

As semanas seguintes são agitadíssimas. Gisele descobre o teatro, ama a função, vibra. Vida é movimento, nada é estático: gestos, atitudes, pensamentos. Sua energia é contagiante, me tira peso dos ombros, me rouba anos. Hoje cedo, em meu quarto, me vi nu diante do espelho — já nem lembrava a última vez que reparei em meu corpo. Beirando o ridículo, cheguei a fazer poses. Não estou mal para a minha idade, a pele morena ajuda, é verdade. Achei graça de mim mesmo e me animei a vestir algo mais jovial, alegre, descontraído. E assumi de vez minhas sandálias. Gisele repara, elogia, diz que estou um gato. Acredito, por que não? Ela trouxe a abertura da peça com algum desenvolvimento, está ansiosa para me mostrar. Vamos para o jardim. Mãos dadas, ela me puxa, apressada, há uma sombra gostosa debaixo da figueira. Sentado agora no chão, encostado no tronco da velha árvore, me torno criança — bom demais, voltar aos 10 anos, tendo mais de 40. Encantamento, amor desperto. Paixão tardia? Sou todo ouvidos, e Gisele começa a ler o que escreveu apressadamente à mão.

— Um menino brinca com cartas de jogar. Separa naipes, números, ases, coringas e figuras da realeza. À medida que desembaralha as cartas, elas vão ganhando vida e entrando no palco como personagens. O reino de Copas está em visível desvantagem. Terá que lutar sozinho contra os reinos de Ouros, Espadas e Paus. O desafio? O Brasil, super-herói, caiu nas mãos desses terríveis inimigos e precisa ser salvo a todo custo. Os bandidos já lhe causaram muitos estragos, mas nosso herói é forte, resiste bravamente às desonras, às piores vilanias e castigos. Não vai ser fácil libertá-lo, passar pela guarda do palácio, pelas armadilhas, os golpes baixos. Seus algozes são muitos e capazes de tudo pelo poder e o dinheiro. Mas a valorosa e destemida turma de Copas, que é puro coração, está reunida e disposta a trazê-lo de volta. A vitoriosa campanha começa quando os guerreiros de Copas desembainham seus livros e bradam: aguenta firme, Brasil, que vamos em peso salvá-lo! Com ciência e arte, lhe daremos a tão sonhada liberdade!

Terminada a leitura, Gisele toma fôlego, aguarda minha opinião com expectativa. Dizer o quê? Qualquer elogio será pouco. Dei a ela apenas um tema, inspirado em minhas brincadeiras de menino, e recebo de volta toda uma trama que, certamente, contará com o entusiasmo das crianças e a calorosa aprovação do público. Muito bom, muito bom mesmo, enfatizo. Ela vem e me abraça, agradecida. Amizade que se vai estreitando, cumplicidade que se vai criando, desejo de se estar junto, conversar sem pressa, trocar ideias. Em pouco mais de mês, o texto está pronto, quase todo elaborado por ela. Sinto-me na obrigação de deixá-la assinar sozinha. Lembro que Helena Krespe foi igualmente pródiga comigo em *A roupa do corpo*, minha primeira peça.

— Não acho justo. Sem sua ajuda e orientação, eu não teria conseguido escrever a peça.

— Claro que teria. E no cartaz, já vou figurar como diretor.

— Mal posso acreditar: Gisele Franco, autora de teatro.

Domingo, 16 de novembro de 1997. Não preciso dizer que a peça fez estrondoso sucesso. Encenada uma única vez na praça principal, contou com todas as crianças de Convés, que incorporaram compenetradíssimas as 82 personagens. A Casa das Artes — este, o nome que Ângela escolheu para o nosso centro cultural — investiu alto numa apresentação inesquecível. Cenário, figurinos, iluminação, palco e até a arquibancada para a plateia: tudo da melhor qualidade. Gisele não se contenta, acha pouco.

— Amanhã, nosso teatro será desmontado. Valeu a pena tanto esforço, dedicação e despesa para uma apresentação apenas?

— Claro que valeu! Fomos generosamente recompensados. A cidade inteira veio nos assistir. E nos aplaudiu de pé!

Quase duas horas da madrugada. Todos já se recolheram. Coincidência ou não, estamos só os dois naquele mesmo banco da praça onde a cigana me abordou quando eu, cheio de dúvidas e questionamentos, também tinha 18 anos. A conversa não quer terminar, Gisele sempre provocando.

— Parece desfile de escola de samba. O povo trabalha duro, meses e meses sem descanso, se desgasta e se endivida por uns poucos minutos de brilho na avenida. Depois, é só cansaço e esquecimento.

— Veja com outros olhos, moça! Você tem uma peça fabulosa nas mãos. Com lutas, suspense, reviravoltas. Tem romance, humor, drama, todos os ingredientes que prendem a atenção da plateia. Sua peça, Gisele, divertiu as pessoas, comoveu e, principalmente, deu muito o que pensar. Aquela cena final, quando as crianças conseguem libertar o Brasil, com ele se equilibrando sobre o estreito caminho de livros, fez todo mundo chorar, eu vi!

— Achei fantástico você ter posto uma garota para fazer o papel de Brasil.

— Ela merecia o papel principal. Tem porte, carisma e excelente projeção de voz. Nos testes, foi bem melhor que os meninos.

Gisele pega carinhosamente a minha mão.

— Nem quatro meses que a gente se conhece, e tenho a impressão de que somos amigos há séculos.

Incapaz de reagir, aguardo o que virá em seguida. Os lábios ressecam, o coração descompassa.

— Deixa eu ler sua sorte.

Impossível não me lembrar da cigana. Só que, desta vez, levo fé na predição. Mais que permitir a leitura de minha mão espalmada, anseio por ela. Certeza de que Gisele me revelará certo por linhas tortas. E a profecia vem em forma de declarado desejo, de abraço incontido e beijos na boca. A profecia não se faz, portanto, em termos de futuro, mas de presente imediato, urgente, necessário. Nada que impeça nossa mútua entrega, nada que nos envergonhe, nada que nos obrigue a esperar mais tempo. Corremos até o centro da praça: arquibancadas silenciosas, palco vazio, cenário apagado, que importa? Amanhã, nada disso haverá.

Atores fugazes, sem papel definido, giramos alegremente em torno de nós mesmos. Pura realidade, romance nenhum, ilusão nenhuma. Guiados por trama que dispensa juras de amor e final feliz, conseguimos abrigo em camarim conivente, e nele improvisamos a próxima cena. Figurinos e adereços são o nosso público. O chão, a cama que nos aceita. Fico sabendo que serei o primeiro — não o único, acrescento. Gisele me beija, acha graça. Sim, o eleito para iniciá-la. Se apenas isso, saberemos depois. Roupas que se desabotoam e se permitem intimidades, panos e peles que se atiçam. Assim, transgredimos nossos limites, e a irrefreável atração determina o quando, o como e o quanto mais. E nos molhamos de prazer e sangue, e nos misturamos. Por fim, nos libertamos, como o Brasil da peça.

# Até que a morte nos ampare

Sem disfarces, Gisele e eu assumimos naturalmente nosso envolvimento. Ostensiva e livre de compromissos, a dita amizade causou indignação a muita gente, chegando a provocar discussões acaloradas em nossas próprias famílias. Mas estávamos tão seguros de nossos atos que não dávamos a mínima para a falação a respeito. O maior espanto? O fato de eu ter reservado quarto permanente na pensão de dona Maria Cândida para os encontros íntimos. A velhota não só concordou em nos dar o quarto como abençoou o motivo. Aliada de primeira hora, botava para correr quem fosse lá tirar satisfação. Gente chata! Onde já se viu?! Não havia cabimento nos encontrarmos em nossas camas de solteiro, fosse no meu quarto, fosse no quarto que Gisele dividia com a irmã na Casa das Artes!

Mamãe e papai não chegaram a se entusiasmar com o relacionamento, é lógico, mas viam como natural uma jovem se encantar por homem mais maduro, e vice-versa. Quanto a alugar quarto na pensão, embora constrangedora, acharam ter sido a decisão mais acertada. E o assunto morreu por aí. Marta, entretanto, se revoltou, custou a aceitar o fato. Sentiu-se traída, decepcionada, como mãe e amiga. Tivemos uma conversa bastante difícil, à beira mesmo do rompimento. Graças à intermediação de Avesso é que a situação se acalmou e as coisas se acertaram entre nós. Com olhar distanciado, Ângela ficou radiante quando soube, deu o maior incentivo. Pelo que conhecia de mim e de Gisele, tinha certeza de que uma relação descompromissada seria ideal para ambos.

Uma única resistência se manteve, nos causando tristeza e embaraço: Sueli, a irmã caçula, a filha que nunca deu desgosto ou preocupação. O contraste não podia ser mais evidente. Para alegria e orgulho das famílias, ela e o Jô haviam começado a namorar meses antes, tudo certinho, como manda o figurino. A madrinha já sonhava até com o possível noivado e um futuro casamento do filho. Quem sabe a vida ainda lhe permitiria netos?

Sueli continuou a se dar formalmente com a irmã, mas deixou de falar comigo. No ímpeto de seus 16 anos, era cruel em comentários que me ridicularizavam, principalmente quando estava rodeada pelos colegas de colégio ou pelos amigos de Jô. Fiquei sabendo que o coitado se sentia péssimo, mas nunca teve coragem de tomar meu partido. Diante das piadas maldosas, quando não sorria sem graça, silenciava.

O que interessa é que, a despeito das campanhas negativas e das certezas de que, mais dia menos dia, a jovem iria se cansar do velho, Gisele e eu continuamos cada vez mais íntimos, a ponto de decidirmos nos mudar definitivamente para a pensão de dona Maria Cândida. Aí, sim, demos farta munição para Sueli e parte da cidade igualmente preconceituosa.

— Você não queria sacudir a pasmaceira reinante em Convés? Pronto, conseguiu.

— Não estou nem aí para o que essa gente pensa.

— Gente que, infelizmente, tem Sueli a seu lado. Como essa menina pode ser sua irmã? Tão diferente em tudo.

— Deixa para lá. A vida acaba que ensina, você vai ver. O importante é que dona Maria Cândida nos apoia, e a pensão agora é o nosso canto.

Ângela sempre vinha nos visitar, às vezes almoçávamos juntos na pensão. Foi a amiga que mais nos deu apoio. O fato é que, acomodados em um simples quarto — aquele com jardim, é verdade —, Gisele e eu passamos a nos entender ainda melhor. Nunca fizemos planos para o futuro, porque nossos dias eram repletos de novidades e aprendizados, o presente nos bastava. Conforme planejado, eu trabalhava na pesca e no entreposto com meu pai, e ainda dirigia as peças que ela escrevia para a Casa das Artes. Com a boa influência de Ângela, Marta passou a nos aceitar sem restrições. Para mim, verdadeiro alívio, confesso.

Quando Gisele e eu completamos o primeiro ano juntos, nosso caso já está praticamente esquecido — para o bem ou para o mal, assim caminha a humanidade, sempre à espera de novidades que deem o que falar. Pois, de repente, de onde menos se espera, chega a notícia que surpreende novamente nossas famílias. O quê?! Isso mesmo que você ouviu: Sueli está grávida. Estão tentando abafar, mas vai ser impossível encobrir o descuido. Antes de conversar com os pais, Jô, desesperado, se abriu com um amigo que, a essa altura, já terá passado o segredo adiante. Marta se abre conosco.

— Ela chora o tempo todo, não quer ver ninguém, sente vergonha. Confesso que não sei mais o que fazer. A única coisa decidida é que ela vai ter a criança. Ponto.

Abraçado a Gisele, arrisco interferir, mesmo sabendo que há muito Sueli não fala comigo.

— Podemos vê-la?

— Podem, é claro. Não sei é se vai adiantar alguma coisa.

— Estive agora mesmo na casa da madrinha e do padrinho. Conversei longamente com os dois e mais o Jô. Tenho boas notícias.

Marta se anima.

— Se é assim, tudo bem. Boa sorte.

Batemos à porta do quarto. Sem saber quem é, Sueli permite a entrada. O susto é grande ao nos ver.

— Vocês?!

— Deixa de bobagem, Sueli. Sua irmã e eu temos imenso carinho por você e pelo Jô. E estamos aqui porque queremos que essa história tenha um bom desfecho.

Ela se desmancha em lágrimas, Gisele vai e a abraça. Prefiro manter-me ligeiramente afastado.

— Acabamos de vir da casa de dona Eunice e de seu Pedro Salvador. João teve uma conversa excelente com eles e com o Jô. Podemos lhe garantir que, da parte deles, está tudo certo. Você continua a ser querida e muito bem-vinda àquela casa, como aliás sempre foi. Pode voltar lá quando quiser, e de cabeça erguida.

Gisele resume a ópera, dando ênfase às partes positivas do encontro e omitindo generosamente o que houve de desagradável. A verdade é que o padrinho, nem tanto, mas a madrinha ficou aborrecidíssima com o fato. Disse as últimas ao filho, quase o expulsando de casa, e pediu um bom tempo até ter condições de receber novamente a Sueli. Imagina! Nem noivos estão e já arrumam uma criança! Desaforo! Uma vergonha! Foi preciso muito tato para convencê-la a relevar a "travessura de jovens apaixonados" e "ansiosos por casar". E o melhor de tudo: Deus quis que ela e o padrinho fossem logo abençoados com a chegada de um neto, como prêmio pela paciência que tiveram na longa espera do filho — este, o argumento decisivo, que a comoveu e a fez, inclusive, admitir que rezou muito para aquela pequena imagem da Virgem Gestante para que tudo se resolvesse a contento.

Sueli enxuga as lágrimas, chega a achar graça do "argumento decisivo" e da reação da futura sogra. Levanta-se da cama e vem me abraçar, agradecida. Aproveita para me pedir desculpas pelo que fez comigo, fruto de imaturidade e muito ciúme bobo.

— Esquece isso, vai. Ficou perdido lá no passado, já não tem importância alguma.

Missão cumprida, agora é só pular essa história de noivado e apressar os preparativos para o casamento. Marta e Ângela concordam — muito ainda a se acertar. Dona Eunice, por exemplo, quer que o filho se case na igreja e com a noiva toda de branco. Bom, acho que agora aceitará manter a tradição dos vestidos negros de Viana do Castelo. Todos caímos na risada, e a partir daí tudo vira motivo de graça.

Já é noite, Gisele e eu voltamos à pensão para jantar, o cardápio hoje é o nosso predileto. Depois do dia tenso e movimentado, acho que merecemos a boa refeição.

— Me emocionei quando sua irmã veio me abraçar e pedir desculpas. Apesar de tudo, sempre gostei dela.

— É, a vida ensinou rápido demais. E parece que ela aprendeu direitinho a lição.

— Não podemos reduzir alguém ao pior de si. Sueli tem qualidades. O gosto pela música, a iniciativa de dar aulas de violão para as crianças na Casa das Artes, é boa filha, todos esses méritos me ajudaram a suportar as maledicências. Imaturidade e ciúmes, como ela mesma admitiu.

— O mais engraçado foi ela nos ter convidado para padrinhos!

Impressionante como a vida dá voltas. O vento que sopra para o sul é o mesmo que sopra para o norte. Em dois meses, já está tudo pronto para a festa de casamento, as famílias mais unidas que nunca e os noivos, ansiosíssimos e nervosos, como se virgens fossem. Ângela faz questão de contribuir para uma bela recepção, afinal Marta e Avesso são amigos de primeiríssima hora, quase irmãos. E detalhe: no quarto que era de Gisele e Sueli, as duas camas de solteiro serão substituídas por uma de casal — uma ajuda e tanto para os dois jovens apressadinhos começarem sua trajetória.

Roteiro já escrito, o ano passa exatamente como previsto, com o nascimento de Flor poucos meses depois da festança. Uma menina linda, que trouxe ainda mais alegria e realização para meus padrinhos. Quem diria? Os dois velhos, que passaram a maior parte da vida sozinhos, vivem agora com a casa cheia, com troca de fraldas, mamadeiras, chocalhos e choro de criança.

Para Gisele, uma novidade que a felicita imensamente: seus poemas foram finalmente aceitos e serão publicados por uma das maiores editoras do Brasil. Tio Jorge fez questão de me telefonar para dar a notícia. Precisa, portanto, que a gente vá ao Rio para a assinatura do contrato. Verdadeira vitória, porque o livro é bastante contundente ao denunciar todo tipo de injustiça social, os crimes contra a natureza, a milenar exploração do homem pelo homem. O título, *Até que a morte nos ampare*, já revela essa disposição de Gisele para a luta e a resistência poética.

Em nosso pequeno jardim particular, abrimos um tinto para celebrar o feito. Brindes, beijos, abraços rodopiados. Num gesto de euforia, a poeta pega os originais e atira para o alto, como se quisesse chegar aos céus. Na volta dos papéis, sorteamos dois poemas ao acaso para ler em voz alta. Gisele começa.

*Coquetel molotov*

*Não fica impressionado não*
*que a vida é assim mesmo*
*complicada e explosiva*
*mensagem cifrada em garrafa à deriva.*

*Que gesto nos lança?*
*Que alvo se alcança?*
*Quem foi que magoamos?*
*Será que doeu?*

*— o outro lado sabe*
*que o machucar é ingrediente básico.*

*De que adiantam*
*a fórmula caseira*
*a boa pontaria*
*o acertar em cheio?*

*O amor é tão impossível*
*e a luta, tão inútil.*

Silêncio, nenhum aplauso. Minha vez.

*Refúgio*
*Na água*
*a fera perde o faro*
*perde o rastro.*

*Que me leve o rio*
*em seus fortes braços*
*que me livre a alma*
*e os calcanhares.*

*Que despiste o predador*
*e o desvie de mim.*

*Que me adormeça em seu leito*
*pelo menos hoje.*

Gisele e eu nos olhamos por algum tempo sem dizer palavra. Alguns goles calados de vinho. As folhas brancas espalhadas pelo jardim sugerem um outono tardio, datilografado.
— Ainda não me dei conta de que serei publicada.
— Luta que segue, amiga. Bom estarmos do mesmo lado.
— Até que a morte nos ampare.

# Admirável mundo novo

Além do fax acoplado ao telefone sem fio, que eu já conhecia da última vez que estive aqui no Rio, tio Jorge possui agora o que há de mais avançado em tecnologia: a tal tevê por assinatura, com canais do mundo inteiro, e o computador com internet. Gisele e eu somos apresentados à nova forma de receber notícias nacionais e internacionais, de navegar na rede e de se comunicar com outros internautas, em tempo real, nas chamadas salas de bate-papo — há grupos para todo tipo de assunto: de política e arte até religião e sexo. Com um aparelhozinho, que ele chama de mouse, passa a nos demonstrar o que será de nosso maior interesse: a nova maneira de escrever! A partir de agora, em vez de datilografar, digitamos o texto, que vai aparecendo na tela à nossa frente. As correções podem ser feitas de imediato. Não é fantástico?! O teclado quase não se ouve, e as múltiplas funções facilitam imensamente o ato de criar. Tudo tão mais simples! Depois do texto pronto, é só acionar a impressora: a rapidez com que a tinta passa para o papel chega a assustar, e o trabalho sai magnificamente impresso!

— Vejam com seus próprios olhos. Nem o mais exímio datilógrafo seria capaz de me entregar o mesmo texto com igual velocidade e ainda com essa qualidade.

Gisele e eu estamos realmente impressionados. Pena que tão cedo não há hipótese de se ter algo parecido em Convés. Tio Jorge não nos poupa, chega a ser cruel.

— Respeito e entendo perfeitamente a decisão de meu sobrinho. Afinal, ele cumpriu uma trajetória invejável e tem todo o direito de desacelerar o ritmo de seus passos, simplificar a vida. Mas, minha querida Gisele, se eu tivesse a sua juventude, a sua sede de conhecimento e o seu talento para escrever, eu sairia ontem de Convés!

Gisele deixa escapar uma deliciosa gargalhada, idêntica àquela do almoço na casa de meus pais, quando nos conhecemos. Em tamanha alegria, só vejo concordância e cumplicidade.

Os dias que passamos com tio Jorge são deliciosos, pelo humor, pela delicadeza, pela conversa que sempre nos diverte e acrescenta. Fica evidente que ele quer fazer por Gisele o que fez por mim. Acho graça porque a tática é a mesma, e funciona. Inseridos no habitual discurso, a dedicação aos estudos para o aprimoramento pessoal e o espírito independente para o livre pensar são motes que ele repete exaustivamente como se fossem mantras. Infalível: os jovens vão para ele como abelhas para o mel. Gisele não é exceção. Ainda mais sendo ciceroneada em agenda repleta de compromissos importantes. Primeiro, ir à editora para assinar o contrato e combinar o prazo para a impressão do livro. Depois, passar na livraria Argumento, no Leblon, para marcar a data de lançamento. Os donos, Fernando e Dalva Gasparian, são velhos amigos e, certamente, ajudarão a promover uma bela noite de autógrafos.

— Não tenho conhecidos aqui no Rio, não vai ninguém, vou ficar sentada, olhando para as paredes e morrendo de vergonha.

— Deixa de ser boba, menina. Conseguiremos um bom número de pessoas para ir até lá prestigiar você.

Dito e feito. No dia 23 de setembro de 1999, a livraria Argumento está em festa, o lançamento é um tremendo sucesso, saiu nota em jornal e tudo. A fila de convidados é imensa, e Gisele, totalmente à vontade, não para de autografar um minuto sequer. Tio Jorge vibra com o êxito de sua nova protegida.

— Escuta o que eu lhe digo, essa menina vai longe. O que estamos vendo é apenas o começo de uma trajetória-relâmpago.

Respiro fundo, sou obrigado a concordar. Por isso, tenho certeza de que, questão de tempo, nossa separação será inevitável. Tio Jorge me chama discretamente, aponta para a porta de entrada.

— Olha lá quem está chegando.

Mal posso acreditar. Agora, sim, a festa está completa. Marta entra acompanhada de Sueli. Não preciso dizer que a poeta desabou de chorar quando as viu, e, pela primeira vez, a fila parou.

Quando saímos da Argumento, já passava de meia-noite. Gisele conseguiu vender 192 exemplares, feito considerável para uma autora estreante. De lá, vamos para o apartamento de tio Jorge, que, é claro, abasteceu a mesa com fartos acepipes, e a geladeira, com boas garrafas de champanhe.

— Um brinde à saúde e ao sucesso de nossa mais bela e talentosa poeta brasileira!

Vivas, brindes, beijos e votos de felicidades. Gisele, eu vejo, está no sétimo céu. Tio Jorge, no enésimo. Faz tempo que não o vejo tão feliz. Alardeia que estamos no limiar do terceiro milênio, uma nova era para a humanidade.

— Vocês já se deram conta de que mais uns poucos meses e chegaremos ao ano 2000? Parece que estou prestes a viver uma daquelas aventuras de Flash Gordon.

As opiniões divergem. Marta acredita que nada há de mudar, o ser humano continuará egoísta e predador como sempre foi. Sueli concorda de imediato e ainda acrescenta que, do jeito que a população mundial se reproduz, muito em breve não haverá espaço nem comida para ninguém. Eu prefiro encontrar um caminho intermediário. A tecnologia nos facilitará muito a vida, mas o consumo desenfreado pode nos levar por caminhos imprevisíveis. Gisele, já influenciada pelas ideias de tio Jorge, torce para que os avanços tecnológicos associados à preservação da natureza nos deem um planeta mais habitável e harmônico. Fernando é imediatista: teme o chamado "bug do milênio" — a pane prevista para todos os sistemas informatizados na virada do ano.

— Que bug nem meio bug, Fernando! Deixa de ser agourento. Não vai acontecer absolutamente nada. Em 1º de janeiro, estarei sentado à mesa de trabalho enviando e-mails para todos os meus amigos no exterior! E Gisele, querida, pode acreditar que, com diferentes culturas e países mais conectados, novas soluções serão encontradas para o que hoje tanto nos aflige, e, sim, o verde há de se confraternizar com o cimento. Há espaço para os dois.

Mudo a direção da conversa e pergunto ao grupo se há planos para o réveillon. Com toda a corda, tio Jorge se manifesta de imediato.

— Fernando e eu passaremos a meia-noite nas areias de nossa querida Copacabana, com muito champanhe, fogos e oferendas a Iemanjá. Pela manhã, pegaremos o fusquinha e subiremos até a Floresta da Tijuca para um bom banho de descarrego na cachoeira dos Esquilos. Privilégio de morarmos em uma cidade como o Rio de Janeiro, que nos oferece esses presentes. Enfim, quem quiser juntar-se a nós será mais que bem-vindo!

Gisele se apressa em aceitar o convite. Curiosos, todos se voltam para mim. Dúvida nenhuma, estaremos juntos, é claro. Tio Jorge e Fernando aplaudem com entusiasmo. Aprontaremos muito! Marta e Sueli já têm programado celebrar a passagem do ano na Casa das Artes, com Ângela, Saulo, Avesso, Jô e as crianças. É quase certo que papai, mamãe, o padrinho e a madrinha participem da festa.

E assim acontece. Gisele e eu fomos para o Rio no dia 30 de dezembro e só voltamos para Convés no dia 2 de janeiro. Devo dizer que foram talvez os quatro dias mais preciosos de minha vida. Tio Jorge e Fernando não desgrudaram da gente um só instante e nos proporcionaram passeios e momentos inesquecíveis. Corpos e almas em perfeita sintonia, afinidade total. O banho de cachoeira na Floresta da Tijuca foi o ponto alto. Depois, a ida até o Açude da Solidão, para conhecermos o recanto preferido de tio Jorge, quase um esconderijo na mata. Ali, uma árvore centenária em toda sua majestade. Somos convidados a abraçá-la em comunhão com a Terra e suas raízes. Em silêncio, de mãos dadas à sua volta, nos deixamos estar por alguns minutos. Que o mundo novo do terceiro milênio seja mais verde, mais justo, mais fraterno.

# Três

Que não me desoriente o intempestivo salto. Necessidade de lembrar que a vida é susto, é cisco, é sopro — átimo de segundo. Dona Maria Cândida bate em nosso quarto. Dia 3 de março de 2001, três e tanto da tarde. Isso mesmo. Ligação do Rio de Janeiro na recepção, é urgente. Fernando no outro lado da linha mal consegue falar. Tio Jorge acaba de falecer — o coração surpreendeu. Quando a ambulância chegou ele já havia morrido, tudo tão de repente. Tinham almoçado há pouco, conversavam no apartamento dele sobre a viagem que fariam para Salvador. Como é possível, se ele estava tão bem e alegre? Não houve tempo para nada. Foi chamar o socorro e ficar de mão dada, lhe afagando os cabelos, lhe dando aconchego, como se fosse um menino, que no fundo ele era. Descansou e se deixou ir nos braços do companheiro de estrada. Fernando pede que eu avise a família. Mais tarde ele torna a ligar para dar notícias. O corpo será cremado.

Vou direto para a casa de meus pais, Gisele me acompanha, chora copiosamente. Não consigo acreditar que tio Jorge já não está conosco. Estivemos juntos no Rio há dois meses, se tanto — o vigor de sempre e a mesma paixão pela vida. Essa morte, portanto, não me faz sentido, não existe. Talvez por isso eu mantenha os olhos secos, dor nenhuma, sentimento de perda nenhum. Tudo um grande engano, um triste mal-entendido que logo será explicado. Mesmo assim, preciso dar a notícia a meu pai. Quem sabe ele não tenha falado há pouco com o irmão e me desminta o absurdo?

Para meu espanto, a hipótese logo se confirma, é verdade. Papai viu tio Jorge agora mesmo, quando a traineira estava atracando no cais. Ficou surpreso com a visita do caçula que lhe sorria e acenava da pequena plataforma. Papai deixou o comando das operações nas mãos do compadre Pedro Salvador e foi correndo falar com o velho mano, que já não estava. Que tipo de peça lhe havia pregado? O sumiço inesperado lhe lembrou o drama de infância. Brincadeira de mau gosto. Mesmo assim, tomou o rumo de casa para saber o que o barbudo teria aprontado.

Papai já me esperava, se emociona ao me ver entrar com Gisele.

— Você não precisa me dizer nada. Jorge veio se despedir de mim. Estava lá no cais, roupa clara e chapéu de palha. Demos adeus e sorrimos um pro outro. Depois, brincou novamente de se esconder, como fez com 18 anos, e seguiu caminho. Está tudo certo. Um dia a gente volta a se encontrar, eu sei.

No dia seguinte, bem cedo, papai, Avesso, Gisele e eu tomamos o ônibus para o Rio de Janeiro. Da rodoviária, vamos direto para o velório. Cercado de uma infinidade de amigos, Fernando fala com um e com outro automaticamente, parece estar bem longe dali, e permanece assim distante quando nos recebe. Entendo essa sua ausência como mecanismo de defesa — é que nada à nossa volta faz mesmo muito sentido. Papai pede licença para se despedir de tio Jorge. Gisele e Avesso o acompanham. Prefiro me manter afastado. Quem estará ali é alguém que não conheço, por isso, lágrima nenhuma, tristeza nenhuma, dor nenhuma, insisto. Apenas aguardo o término da cerimônia. De óculos escuros, Helena Krespe e Sérgio Viotti chegam juntos, ambos vestem preto. Quando me veem, me abraçam e beijam comovidos. Perguntam por Fernando, aponto para o grupo que se encontra do outro lado do salão. E lá vão eles alcançá-lo. Respiro fundo, chego a olhar o relógio algumas vezes. Finalmente, o martírio acaba. Alívio. Já estamos prontos para tomar o caminho da rodoviária quando Fernando nos surpreende.

— Seu Antenor, o senhor não prefere dormir hoje aqui no Rio? Vocês podem ficar no meu apartamento, que é bastante amplo.

— Desculpa, meu filho, mas tenho que voltar para Convés. Olímpia está me esperando e tem muito trabalho no entreposto.

— É que, a pedido do Jorge, eu preciso ter uma conversa com o João.

— Tudo bem, nada impede que ele fique.

Gisele logo compreende que Fernando quer ficar a sós comigo. Perfeito, ela e Avesso farão companhia a papai durante a viagem. Confesso que não foi fácil deixar partir a amiga. Por amor, talvez.

Estacionamento. Ainda não conhecia esse carro do Fernando. Ele diz que comprou agora em janeiro. Cinza metálico, um luxo. É desses que apitam se você não põe o cinto de segurança. Hidramático, adoro. Tio Jorge detestava, só dirigia carro com embreagem. Gosto do cheirinho de zero quilômetro. Fernando gira a chave de ignição, dá a partida no motor, fala sem olhar para mim.

— Vamos para o apartamento de seu tio.

O destino me corta o prazer.

— Fazer o que lá?

— João, vou precisar muito de você. Entende?

— Entendo.

Fernando não está mais longe. Seus olhos molhados são prova. Só os meus continuam secos, desérticos, sedentos.

— Talvez você tenha que permanecer alguns dias aqui no Rio comigo.

— Tudo bem.

Fernando já não segura o choro. Voltou mesmo para o planeta Terra. Só eu permaneço não sei onde. Por isso, vamos em silêncio. Rua Santa Clara. Chegamos. Garagem. O velho fusca cor de tijolo estacionado ao lado não me diz nada. Fernando não para de chorar, não se envergonha nem um pouco. Elevador de serviço, entramos no apartamento pela porta dos fundos. Lavanderia, máquina de lavar, o varal com roupas secando. Roupas de tio Jorge, as últimas que usou. Quando, onde, como? O que estaria pensando ou fazendo enquanto as vestia? Ainda estão úmidas, sei porque ponho a mão para senti-las. As roupas do corpo que já não está, e não mais estará — finalmente, me dou conta, mas não aceito. Meus olhos, como as roupas, se umedecem. Camisas, meias, cuecas, bermudas, camisetas... Panos brancos e coloridos que me reviram por dentro com movimentos de lavar e enxaguar. E o pranto vem incontido em muitas águas. Muitas, muitas renovadas águas.

Fernando volta, me estende os braços ao me ver também sozinho. Aqui, longe dos olhares, podemos nos abraçar e extravasar toda a dor. Vergonha nenhuma soluçarmos feito dois meninos órfãos. Algum alívio, alguma trégua, algum gesto de consolo.

— Vem, vamos lá para a sala. Temos muito o que conversar.

Sento-me no lugar de costume. Fernando se dirige ao bar.

— Bebe alguma coisa?

— Te acompanho no que for.

Dois uísques sem gelo, uma leve batida de copos sem palavras, dois goles generosos sem caretas.

— Saiba que João Fiapo foi o filho que ele gostaria de ter tido. Nossa, quanto orgulho e quanto amor ele sentia por você.

— Ele me conhecia por inteiro. Meu lado luminoso e sombrio. Para ele, eu não tinha segredos. Sinto-me confortado por isso.

Fernando vai até o quarto, volta com um envelope pardo.

— É para você. O testamento de seu tio. Há também uma carta.

— Testamento?

— Sim. Está decidido há uns bons anos. Fomos juntos ao cartório. Assinei como testemunha. Ficamos muito emocionados os dois.

O apartamento com o que está dentro, o fusquinha cor de tijolo e o seguro — tudo o que tio Jorge possuía — ficam para mim. Lá mesmo no cartório, combinaram que Fernando ficaria com as muitas lembranças — tantas que dará para usufruí-las pelo resto de sua vida, até o reencontro. Bebemos e conversamos, madrugada adentro, e caímos exaustos, cada um em um canto. Sabíamos — ou sentíamos, sei lá — que era fundamental passarmos a noite ali.

Estirado no sofá da sala, acordo às oito da manhã com o sol no rosto. Sensação de paz, de presença, de pertencimento. Vou até o quarto de tio Jorge. Fernando ressona de bruços, abraçado com o travesseiro. Só tirou os sapatos. Dormiu com a roupa do corpo.

A mesa do café está pronta — sei bem onde ficam panos de mesa, pratos, xícaras, copos e talheres. Geladeira e despensa, fartas como de costume. Fernando levanta-se em seguida, vem, me beija, gosta de me ver melhor.

— Vou tomar um banho.

— Vai lá, eu te espero. Eu já tomei o meu. Catei estas roupas do tio.

Abro os braços, rodo, me exibo. Fernando acha graça.

— Ficaram ótimas.

Depois do banho e do café, já refeitos do peso da véspera, saímos juntos para o desfecho da peça, a cena final: pegar as cinzas de tio Jorge e levá-las até a Floresta da Tijuca como era seu desejo. Vamos no velho fusca, eu dirijo. O dia nos favorece, céu limpo e não faz tanto calor. Assim, naquele recanto próximo ao Açude da Solidão, abrimos espaço para plantar um ipê-rosa. Misturado agora à terra fértil, tio Jorge florescerá em sua árvore predileta.

Sabemos que ele era ateu, nenhuma crença ou superstição, mas cismava com o número três. Aos 33 anos, sofreu um acidente de carro que por pouco não lhe tirou a vida. Sempre que algum revés lhe acontecia, o número três estava presente — justo o número divino da Santíssima Trindade, ele ironizava. Pois bem, tio Jorge faleceu lúcido e sereno, às 15h deste 3 de março de 2001, ou seja: às três horas da terceira parte do dia três, do terceiro mês do primeiro ano do terceiro milênio, sendo que os algarismos de 2001 somam três. Diante deste surpreendente e significativo desenlace, interessado que sou pelo que transcende a realidade, chego à conclusão de que o número três, que tanto o testou e afligiu em vida, achou por bem presenteá-lo com uma passagem digna dos grandes santos e grandes pecadores! Tio Jorge merecia mesmo esse fim poético e luminoso.

# Vida que segue

Doloroso superar o luto, aceitar a ideia de que, no plano terreno, nada permanece. A base que me permite resistir e seguir adiante? Meus pais, que saudáveis ainda vivem na mesma casa de portas e janelas verdes, em Convés — novo compasso de eternidade. Com eles, aprendi que a verdadeira diferença se faz pelo conteúdo, não pela aparência. O que importa não é ser notado pelo que se vê, mas ser notável pelo que se é — conquista que requer tempo, empenho e paciência. O que nos dá fôlego para suportar o peso dos anos e as duras provas que a vida nos impõe é a sólida musculatura de caráter, e os exercícios devem começar cedo, com a família, seja ela qual for. Desgaste inútil investirmos na fantasia da eterna juventude, tentar ignorar a irreversível decadência do corpo. A beleza que nos acompanha até o fim está em nossos atos e atitudes — meus velhos me repetem sempre que surge a oportunidade. E eu os ouço, atento. Enquanto é possível. Depois, sabe-se lá.

Permaneci no Rio o tempo que Fernando me pediu. Era preciso dar entrada nos papéis para a transferência de propriedade do apartamento e do carro, resolver a questão do seguro, ajudá-lo a limpar gavetas, abrir armários, separar roupas para doação, abrir os arquivos no computador, deletar o que fosse necessário e salvar o que fosse de valor estimativo. Em uma semana, demos uma boa adiantada nessas providências. Sinto-me emocionalmente cansado.

— Preciso dar um pulo em Convés para ver Gisele e minha família.

— Claro! Não se preocupe, está tudo muito bem encaminhado.

— Sei que sou a parte interessada e lhe agradeço tudo o que tem feito por mim.

— Agradeça a seu tio que me fez prometer que cuidaria de você neste momento que ele sabia difícil.

O abraço forte e demorado é o que nos consola e alivia a saudade do tato perdido. Vida que segue. Na manhã seguinte, pego o fusca, tomo a estrada e sigo reto para Convés.

Encontrar Gisele ao abrir a porta do quarto é o que de melhor pode me acontecer. Apresso-me a abraçá-la, carente de sua pele, de seus beijos, de sua voz, de seu cheiro... Ela logo percebe que não preciso de sexo, preciso é de afago, de suas mãos me acariciando por inteiro. Então me despe e me deita, cuidadosa, como se a cama fosse berço, e eu fosse filho, o primeiro, o que sempre inspira maior preocupação. Minha amiga, permita-me viver a eternidade por instantes, permita-me ser a juventude que se vê capaz de mudar o mundo, permita-me sentir esse amor que nunca estará ao meu alcance, porque meu tempo já vai longe e o seu, apenas se inicia. Gisele me entende sem ouvir palavra e me atende por intuição apurada, e me faz festas que são quase sopros, cafunés que me arrepiam os cabelos, e me vai passando os dedos tão de leve pelo corpo que me refestelo em delícias, adormeço em carícias e só desperto quando perco noção de onde estou. Aperto os olhos, tento me localizar no lusco-fusco. Gisele se aproxima, sorri para mim.

— Você apagou mesmo.

— Que horas são?

— Quase sete da noite.

— Estou faminto.

— Pudera, passou o dia inteiro aí nessa cama. Veste uma roupa e a gente vai jantar. Também estou com fome, fiquei aqui o tempo todo escrevendo e te pajeando.

— Poema novo?

— Outra peça para a Casa das Artes.

— Quantos atores?

— Quinze.

— Deve ser movimentada. Ótimo.

— Acho que você vai gostar.

Enquanto comemos, Gisele vai me contando o que tem em mente.

— Diferentes da obra de arte, o jardim nunca está acabado, a casa nunca está pronta, a cidade nunca está terminada. Neles, há sempre algo a fazer ou a mudar.

— Perfeito.

— É preciso conscientizarmos as crianças para esse fato. Fazer com que elas vejam que mudar não significa necessariamente destruir. E que, em muitos aspectos, Convés precisar mudar.

— Calma lá, Gisele.

— Estou falando sério, João. Reconheço que, enquanto cidades próximas, como Búzios e Cabo Frio, crescem desordenadamente com excesso de empreendimentos imobiliários, Convés se contenta com o essencial, porque se preocupa com a qualidade de vida. Tudo bem. Nenhuma construção que se tenha erguido acima do segundo piso. Em todo canto, o verde e as árvores mandam.

— Então?

— Acho isso extremamente louvável, mas é pouco.

— Como assim?

— Nesta nova peça, o conflito nasce de duas visões antagônicas sobre o futuro de Convés. Metade do grupo exige mudanças radicais, com progresso acelerado nos moldes de nossas cidades vizinhas. A outra metade, reativa, insiste para que tudo continue exatamente do jeito que está, ou seja, estagnação total. Pois bem, as duas metades resolvem chamar um juiz que, isento, ouvirá as duas partes e atuará como voto de minerva.

— E a quem ele dá ganho de causa?

— A ninguém. Ele pega os pontos positivos das duas partes e apresenta uma solução intermediária que acaba prevalecendo. Lembra o passageiro que lhe presenteou com *Walden*? Pode ser que o caminho do meio esteja naquela ideia de parar no tempo para se repensar o rumo. Eu, pessoalmente, acredito que a humanidade um dia será mesmo obrigada a parar para refletir sobre seu futuro.

Esta é Gisele, que me faz acreditar que as gerações mais novas serão sempre melhores e que, portanto, o projeto humano, por mais caótico que pareça, tem tudo para dar certo. Esta é Gisele, que entrou em minha vida de mão beijada, que se diz apenas amiga e é muito mais que mulher e amante, porque me conhece nas minhas mais escondidas fragilidades e, ainda assim, fica a meu lado, me beija, diz que me quer. Esta é Gisele, que acaba de me pedir para eu deixar a barba e o cabelo crescerem, que, terminada a sobremesa, sugere dar agora um pulo na casa de meus pais, porque quer caminhar um pouco, porque a noite está gostosa e eles vão amar a surpresa. Vida que segue.

# Me preocupar, por quê?

No fim, tudo se acerta. Passo meses e meses pensando no que fazer com o apartamento que tio Jorge me deixou. Não tem cabimento eu morar aqui em Convés e manter despesas desnecessárias no Rio de Janeiro. Não cogito a venda ou o aluguel, mesmo porque, depois da pequena reforma que fiz, me apeguei ainda mais àquele abrigo e às lembranças históricas que lá permanecem. Pois bem, em fins de outubro, Gisele me chega com notícia que inaugura nova e decisiva fase em nossa amizade.

— Recebi um convite. Quero sua opinião.

— Diga.

— Sabe o Augusto Médicis, dono do jornal *Encontros Literários*?

— Sei, estava no seu lançamento.

— Pois é, ele me ligou, quer que eu faça parte de sua equipe de colaboradores. Terei uma coluna semanal, na qual escreverei poemas. Se eu gostar e me adaptar ao trabalho, poderei também cuidar da correspondência com escritores, fazer pesquisas e, mais adiante, resenhas de livros. Para começar, me ofereceu um dinheirinho bem legal. O que você acha?

— Primeiro, acho que deve ter tido dedo de tio Jorge nesse convite. Os dois conversaram muito na sua noite de autógrafos. Segundo, acho a oferta irrecusável, mesmo sem saber o quanto ele vai te pagar.

— Mas tem um porém. Vou ter que me mudar para o Rio de Janeiro. Ele quer que eu conheça o escritório, a gráfica, o funcionamento da empresa, essas coisas.

Em segundos, a mente dá um nó. E, como de costume, é o coração que se encarrega de desatá-lo. Minha reação é achar graça.

— Confesso que por essa eu não esperava.

— Nem eu. Mas tudo bem, digo a ele que não vai dar. Eu não teria mesmo condições de ir para lá sem você.

— Claro que teria. E terá.

— Nem pensar, João. Vou me sentir muito insegura morando sozinha no Rio de Janeiro.

— Onde está aquela jovem guerreira de cabelos crespos e revoltos e olhos negros que faíscam?

— Escondida debaixo da cama, assustada.

— Deixa de bobagem, Gisele. Você já tem um apartamento montado em Copacabana. Quer mais o quê?

— Ahn?!

— Estou falando sério. Você tem tudo lá para o seu trabalho. Computador, internet, tevê a cabo, toda a estrutura da casa. Então? Eu não pensaria duas vezes.

— Sem você, nada disso adianta.

— Presta atenção. Oportunidades como essa aparecem uma vez na vida. Você vai se arrepender amargamente se deixá-la escapar.

— A gente vai se separar? É isso?

Demoro um pouco para responder. Novamente, o coração toma as rédeas.

— Vamos fazer o seguinte. Eu passo uns dias lá no Rio até você se acostumar no trabalho. Depois, vou visitá-la de vez em quando. E assim você vai avaliando como se sente.

Ela vem, me abraça e me beija demorado. Fico sem saber se beijo de recomeço ou de despedida. Tudo bem. Me preocupar, por quê? No fim, tudo se acerta.

436

# A vida é feita de encontros

Como era de se esperar, Gisele acaba se adaptando à cidade grande, ama o que faz, progride no trabalho, ganha o respeito de Augusto Médicis e a admiração dos colegas. No mais, me alegra ver o apartamento de tio Jorge sob os cuidados de sua querida protegida. Viajo cada vez menos ao Rio, e o que era na realidade amizade amorosa se vai naturalmente tornando amizade fraterna. Cumpri com o que foi prometido: deixei a barba e o cabelo crescerem. Aos 45 anos, quem diria, já começo a ficar grisalho. Pelo contraste com a pele morena curtida de sol, fico mais bonito assim — ela diz, e eu acredito, porque me faz bem acreditar. Em Convés, saio da pensão e volto para meu quarto de solteiro, a cama estreita. Agora, eu mesmo escrevo e dirijo as peças para a Casa das Artes, sempre conciliando a escrita com as atividades de pesca em alto-mar — esse contato com a natureza me tempera e revigora.

Ao contrário do que eu poderia supor, o ano de 2002, tão tranquilo e previsível, me vai abrir belas e inesperadas perspectivas. Como esquecer? Marta está tão entusiasmada com a novidade que chega a interromper o meu ensaio com as crianças.

— João, você pode parar um minutinho? Garanto que vale a pena ouvir o que eu tenho para te dizer.

Dou breve intervalo ao elenco. Marta me puxa para um canto, não cabe em si de contentamento.

— Descobri o que você tanto queria saber!

— Fala logo, mulher.

— Alzira Barbosa, minha prima mais velha que ainda mora em Barbacena, é muito amiga de Isabel e de seu marido Antônio. Volta e meia, ela se aventura num passeio até a fazenda Santo Antônio da União para visitar o casal.

— Não acredito!

— Ouve só. Há tempos, escrevi uma carta para outro primo lá de Minas, perguntando se ele tinha alguma pista da família de dona Palma, amiga de nossa bisavó Julieta. Foi ele que me botou em contato com a prima Alzira.

— E você conseguiu a direção da fazenda?

Marta me entrega um envelope, seu nome sobrescrito com bela caligrafia.

— Está aqui na carta, pode ficar com ela. Tem tudo explicado direitinho como se chega lá. É fácil, fica perto de Paraíba do Sul.

Incontido, abraço e beijo várias vezes minha cunhada.

— Vou ter que me programar para ir até lá. O chato é que terei de chegar no susto, sem avisar.

— São gente simples, da melhor qualidade. Não vão se importar, ao contrário, vão ficar felizes com a visita. Você sabe que eu também frequentava o restaurante da Ouvidor, não sabe?

— Claro. Que idade eles terão?

— A prima Alzira diz que eles já estão com mais de 80, mas muito bem e ativos.

— Marta, você não calcula a alegria que está me dando. Desde que a vi em seu casamento, com aquele vestido preto das noivas de Viana do Castelo, sabia que haveria uma conexão forte com essa família. E a prova concreta está aqui, neste envelope!

— Fico feliz por você. E torço para que essa sua viagem a Santo Antônio da União te inspire e te traga novas ideias.

— Quem sabe, não é? Você contou da carta ao Avesso?

— Contei. Ele quer muito conversar com você.

— E eu, com ele.

Na véspera de eu viajar, Avesso vem me ver. Em nosso quarto, é claro — nosso museu de tudo. Estou sentado à mesa de trabalho, entretido com meus escritos, quando ele dá uma batidinha à porta e pede licença para entrar.

— Atrapalho?

— Nunca.

Levanto-me para recebê-lo. Ao me abraçar, ele me puxa a barba, me despenteia, faz gozação por eu já ter tantos cabelos brancos e por deixá-los assim crescidos.

— Parece um profeta.

— Gisele acha que fico bem desse jeito.

— Gisele sempre procurou em você o pai que não teve, está lá no Rio de Janeiro tocando a vida. O que ela acha ou deixa de achar já não conta.

— Não seja cruel.

— É a verdade, ué. Vocês quase não se veem mais.

Avesso encerra o assunto, anda pelo quarto, observa detalhes.

— Esse quarto tem história, sr. Fiapo.

— Nossas histórias, sr. Avesso. Ainda vejo você aos 9 anos, sentado aqui no chão, catando as raspas de madeira de seus primeiros entalhes.

— Nem me fala. Histórias que não acabam mais. E a gente picando os polegares para virar irmãos de sangue? Não vou esquecer nunca.

— Parece que foi ontem e, ao mesmo tempo, a eternidade.

Avesso ajeita o travesseiro e se recosta na cabeceira da cama.

— Vou ser pai de novo. Marta está grávida.

— Parabéns, já era tempo. Rodrigo está bem grandinho, e mimado. Precisa mesmo de um irmão ou irmã. Que idade ele tem mesmo?

— Vai fazer 5.

— Meu Deus, parece que foi ontem que esse guri nasceu.

— É, meu irmão, por isso é bom você parar com essa sua vida de cigano e encontrar paradeiro, que relógio e calendário não brincam em serviço.

— Você está parecendo o tio Jorge.

— Que levou vida de cigano até encontrar o Fernando.

— Cada um é cada um. Minha história é outra.

Avesso bate no colchão me chamando para sentar perto dele. Sempre que conversamos em cima da cama, o assunto é sério e íntimo ao mesmo tempo. Desta vez, não imagino o que possa ser.

— Me preocupo com você. Nessa idade e ainda dispersivo, não sabe o que quer.

— Como não sei? Tomei uma decisão difícil, simplifiquei a vida, voltei para Convés, e estou feliz aqui, não estou?

— Por quanto tempo?

— Sei lá por quanto tempo!

— Desculpa eu falar, mas não vejo você realizado. A impressão é que você está sempre vivendo em função de alguém. E, quando a relação acaba, você fica solto novamente, vai ao sabor do vento.

— Eu sempre vou ao sabor do vento, me relacionando com alguém ou não.

— Pior ainda.

Silêncio demorado. Avesso continua como se quisesse ler a minha sorte. É generoso.

— Todas as pessoas que cruzam o seu caminho se dão bem, e há sempre um dedo seu na felicidade delas.

— O quê?!

— Por que o espanto? É exatamente isso, e posso começar por mim. Você mudou minha vida, Fiapo.

— Deixa de besteira!

— Você sabe que é verdade. E não estou falando apenas da sua participação na minha formação, esse crédito nossos pais também tiveram. Estou falando de algo mais sério, de empatia, de uma ligação mais profunda. Só conheci a Marta por sua causa, porque cismei de ir para aquela pensão na rua do Catete, onde você se hospedou quando chegou ao Rio. Eu queria experimentar um pouquinho do que você viveu aos 18 anos. Fui sem saber para o mesmo quarto, e me apaixonei justamente pela mulher que foi sua grande amiga e que poderia até ter sido sua. Marta e eu consideramos você nosso cupido, sabia?

— Para com isso, Avesso.

— E não foi assim também com Ângela? Como é que ela veio parar aqui em Convés? Não foi por suas mãos? Onde ela conseguiu realizar o sonho de toda uma vida? Não foi na casa de suas fantasias e pesadelos de criança? E não foi com sua bênção que a casa foi comprada? Sem você, a Casa das Artes não existiria, e Marta não estaria morando lá comigo.

— Se formos por esse seu caminho, devemos tudo aos meus pais, que se casaram e me fizeram.

— Você não se leva a sério.

— Não mesmo. Já me levei no passado, e não gostei do que vi.

— Porque fica no oito ou no oitenta, na velha rivalidade entre o Fiapo e o João. Prefiro você no caminho do meio. Quando, mesmo cheio de dúvidas, não descrê das quatro facas, do 11:11, da vidente cega ou da cigana na praça. Quando, por sentido apurado, me descobriu junto ao túmulo de minha mãe e me trouxe para casa.

— Nesse ponto, talvez você tenha razão. Talvez.

— Eu apenas me importo com você, Fiapo. Voltando à Gisele, cansei de dizer a todo mundo que ela só teria a ganhar ao seu lado, mesmo no auge daquela campanha boba da Sueli. E a prova está aí, não só para a Marta como para quem quiser ver. Há participação sua também na felicidade de nossa filha, que está lá no Rio de Janeiro graças à sua ajuda.

— Graças a ela, que tem talento e é persuasiva.

Silêncio demorado. Avesso levanta-se da cama, vai até a estante, examina minuciosamente os barcos enquanto fala.

— O que você ainda espera da vida, meu irmão? Por favor, me explica, que eu ainda não descobri.

— Nada, não espero absolutamente nada... Minto. Ainda espero, sim. Espero entender as conexões que se estabelecem em nossos caminhos sem que tenhamos nenhum controle sobre elas. Umas se fazem de repente, assustam, desconcertam, como você, que chegou a esta casa da noite para o dia. Outras se vão fazendo aos poucos, sabe-se lá por que razões. Algumas vêm para o nosso bem. Outras, para causar infortúnio. Pessoas que desempenham papel essencial em nossas vidas, mas que desaparecem num passe de mágica, e delas nunca mais temos notícias. Outras somem, mas voltam anos e anos depois, e nos horrorizamos com os estragos que o tempo causou naqueles rostos, naqueles corpos. Que aventuras terão vivido? Que dores, que prazeres? Nessa gincana de encontros e desencontros, quem estará ao nosso lado no momento final? Conexões que se criam e se desfazem. Gostaria de entendê-las.

— Isso justifica essa viagem à fazenda Santo Antônio da União?

— Exato.

— Novas conexões?

— Espero que sim. A vida é feita de encontros.

— E você ainda vem me dizer que se sente feliz e realizado aqui em Convés. Só mesmo achando graça.

Xeque-mate. Além de sensibilidade, Avesso tem inteligência privilegiada. Foi movendo suas peças até me fazer verbalizar o que ele queria ouvir, que minha alma é de cigano e que esta minha "volta definitiva" a Convés não convenceu ninguém. Fazer o quê? Admiti o tombo do rei no tabuleiro e reconheci que não paro mesmo quieto. A roda da fortuna dirá quanto tempo ainda fico por aqui. No momento, quero é pegar estrada e seguir para Paraíba do Sul para novos encontros. O fusquinha cor de tijolo está lá fora me aguardando. Vai ser bom demais conhecer os octogenários Antônio e Isabel, saber detalhes da história de tia Palma e do arroz que não se estraga, reviver todo aquele clima de mágica do restaurante da rua do Ouvidor, que parece ter existido apenas em minha imaginação. Ainda guardo os dizeres de um pequeno quadro que estava bem à entrada:

*Se há amor*
*Nada me envergonha*
*Nada me envaidece*

*Nada me amedronta*
*Nada me enraivece*
*Se há amor.*

Que seja assim, com esse amor que esbanjo e ainda me falta.

# Mistério dos mistérios

Domingo, oito da manhã, estrada com pouco movimento. Vou devagar, apreciando paisagens e a boa música dos CDs que tio Jorge deixou no porta-luvas. Me dou conta de que, por longos anos, suas mãos estiveram neste volante. Conexões — quero crer que elas continuam mesmo depois da morte, e que ele, de alguma forma, estará aqui me guiando na direção certa. Conexões — quero crer que a conversa com Avesso tenha sido bênção, sinal verde para mais esta aventura. E que a história de Santo Antônio da União seja real, já que continuo com a sensação de que me adentrarei em espaço de ficção, cenário de peça ou locação de filme, com personagens de enredo fabuloso: um arroz que não se estraga! Conexões — quero crer que o sr. Antônio e dona Isabel estejam lá, disponíveis e receptivos, e me ajudem a conciliar o grande e o pequeno, o verde e o cimento, o sossego e a inquietação que me habitam por fora e por dentro. Eles, que fecharam o restaurante, que era puro encantamento, que deixaram o Rio de Janeiro e vieram morar de vez numa fazenda.

Sigo as orientações da carta. De longe, avisto as duas palmeiras imperiais e já me alegro. A entrada à esquerda e a ponte sobre o córrego, tudo confere. Passando por três porteiras distanciadas, sigo pela estrada de terra em direção à sede. Plantações, pastagens. E lá está a casa-grande: Santo Antônio da União, não acredito! — o coração celebra acelerado dentro do peito. Paro o fusca próximo à entrada principal. Alguém ouviu o motor do carro, porque vem em minha direção. É um homem dos seus 30 anos, transpira em roupa de trabalho. Camisa desabotoada pela metade, calça arregaçada, borzeguins de camponês, rústicos, sem os cadarços. Enxugando o suor da testa com as costas da mão, mantém certa distância.

— Bom dia! Posso ajudar em alguma coisa?

— Gostaria de falar com o sr. Antônio ou com dona Isabel. Eles estão?

— Quem deseja?

— Eles não me conhecem. Sou escritor, autor de teatro. João Fiapo. Vim pedir uma entrevista. Prometo não incomodar muito.

— O senhor aguarda, faz favor, que eu vou lá dentro avisar.

— Está certo, eu espero. Obrigado.

O homem contorna a casa em direção a alguma entrada lateral, imagino. Reparo melhor na construção de estilo colonial brasileiro. É sólida, bem vivida em séculos. Altiva, mas não intimida, ao contrário, chega a se mostrar hospitaleira. Minha atenção volta-se também para o jardim e a variedade de canteiros. Gosto especialmente do gramado extenso, tapete verde muito bem cuidado. Saulo ia gostar de ver esse capricho, e até tirar ideias. A porta principal se abre em par, uma senhora acena amigavelmente para que eu vá até ela. Pelos modos e pela roupa, empregada de anos. Recebe-me com amabilidade caseira.

— Bom dia. Sou a Inácia. Já avisei seu Antônio e dona Isabel. Eles pediram para o senhor aguardar aqui na sala. Eles já vão descer.

— Obrigado, Inácia.

Ela vai saindo, mas volta do caminho.

— Acredito que o senhor vai ficar para o almoço.

Morro de constrangimento, não sei o que dizer.

— Bom, não havia pensado nisso.

Ela acha graça.

— Melhor então pensar, porque já vai dar meio-dia.

— Se a senhora não se incomoda, prefiro esperar por dona Isabel.

— Tudo bem. Mas não pense em sair daqui de barriga vazia.

E lá vai ela de volta para seus domínios. Sento-me em uma cadeira de braços, mas logo me levanto — minha ansiedade não me permite parar quieto. E o ambiente parece mesmo cenário de produção de época. Sim, viagem no tempo, passado que vira presente, história viva. Mal posso esperar para conhecer seus principais protagonistas. Mais alguns minutos, e os dois velhotes estão prontos. Descem as escadas com alegre desenvoltura, me parecem muito bem para seus 80 e poucos anos. Logo me cumprimentam e me convidam a sentar. Ele começa.

— Uma entrevista com um par de velhos escondidos numa fazenda? Me conte, meu rapaz, que conversa é essa?

— Me desculpem o abuso, mas não se trata propriamente de uma entrevista, mas de uma visita de cortesia, uma necessidade de saber mais a respeito dos senhores, da vida que construíram juntos e...

Dona Isabel brinca.

— Meu filho, você terá então que vir morar uma boa temporada conosco aqui na fazenda.

— Vou me explicar melhor. Há tempos, uma amiga minha, Lorena Costa Ribeiro, me levou para conhecer o restaurante que os senhores tinham na rua do Ouvidor.

Seu Antônio se alegra com a lembrança.

— Lorena, claro! Ia lá muitas vezes, uma moça adorável. Já faz tantos anos, como ela está?

— Casada com um inglês, tem dois filhos pequenos, Anne e Alex, mora em Londres.

Dona Isabel se levanta.

— Antônio, cuide de nosso amigo que eu vou lá na cozinha ver como anda o almoço. Você come conosco, João. Já vi que a conversa será bastante divertida e demorada.

— Muito obrigado pelo carinho. E, mais uma vez, desculpe-me a chegada intempestiva a essa hora.

— Não se desculpe. Para nós, é sempre um prazer receber visitas, principalmente se nos trazem notícias de pessoas queridas.

Ela pede licença e sai. Expressão atenta, seu Antônio faz pequeno gesto para que eu prossiga.

— Pois bem. Fiquei encantado com tudo o que vi no restaurante, a atmosfera do lugar, o ambiente, os pequenos quadros com pensamentos de sua tia Palma, as fotos da fazenda em 11 de novembro de 1911...

— Meu Deus, você traz de memória a data daquelas fotos!

— É que o número 11 tem um significado especial para mim.

— Curioso, já faz uns bons anos, mas não me lembro de você.

— É que, nas vezes que fui lá almoçar, quem estava no comando era o Roque, com a mulher. Conceição, se não me engano.

— Dois amigos especiais. Estão aposentados, é claro, mas ainda moram conosco. Têm uma casa e um bom espaço aqui na fazenda. Ontem, Isabel e eu lanchamos lá com eles. Não há bolo que se compare aos da Conceição... Que a Inácia não me ouça.

— O senhor e dona Isabel...

— Por favor, nada de formalidades, trate-nos por vocês.

— Está certo... Vocês nasceram e foram criados aqui nesta fazenda. Até que se casaram e se mudaram para o Rio de Janeiro, investindo em um negócio de risco, começando do zero numa cidade grande. E se adaptaram a um estilo de vida completamente diferente.

— Correto.

— Nunca se arrependeram? Nunca pensaram em voltar às origens?

— Não, nunca. Vínhamos sempre visitar minha tia Palma, meus pais e os pais de Isabel. Assim, mantínhamos contato. Quando seu Avelino e dona Maria Celeste morreram, Isabel herdou a fazenda, mas tudo seguiu no mesmo ritmo.

— E seus pais?

— Continuaram morando na casinha deles, que fica na parte baixa da fazenda. Se quiser, levo você até lá para conhecer. Para mim, é uma espécie de santuário. Foi lá que eu e meus irmãos crescemos e passamos nossa infância. Papai era administrador. Depois, passou a sócio. Ele e seu Avelino eram muito ligados.

— Inacreditável.

— Não há nada de inacreditável. As coisas foram acontecendo naturalmente, ao sabor das estações e dos humores do tempo. Com erros, acertos, brigas, reconciliações, mortes, nascimentos... Isabel e eu só fizemos seguir em frente, aceitando o que de alegre ou triste nos fosse oferecido pela vida. E assim é até hoje.

— Nasci em Convés, uma cidadezinha praieira.

— Não conheço, mas já ouvi falar.

— Meus pais e minha família ainda moram lá. Mudei-me para o Rio de Janeiro aos 18 anos, me tornei autor de teatro, cheguei a fazer algum sucesso, com apresentações inclusive no exterior. Viajei, conheci outros países. No Rio, tinha a companhia e os conselhos de um tio já falecido, e isso me facilitou bastante a vida. Acontece que nunca me senti realizado. Nem na cidade grande, com todas as suas oportunidades, nem na cidadezinha de praia, com todo o seu aconchego. Voltei a morar em Convés, mas já penso em sair. Só não sei para onde. Juliano, meu irmão caçula, diz que tenho alma de cigano. Portanto, o que me instiga é conhecer alguém que mudou radicalmente de vida, voltou às raízes e sempre se realizou onde estivesse. Pelo que sei, você foi feliz na fazenda da sua infância, foi feliz em seus negócios na cidade grande, e é feliz novamente aqui no campo. Acho admirável isso: nunca ter havido conflito dentro de você.

— Pode não ter havido esse tipo de conflito. Mas houve muitos outros. Tantos que terei perdido a conta. Conflitos que, certamente, você não terá experimentado em sua vida.

Pelo tom pausado de admoestação, vejo um vetusto tio Jorge diante de mim. Para minha sorte, dona Isabel chega avisando que o almoço está servido. Como boas-vindas, pediu à Inácia que preparasse um arroz de lentilhas à moda de tia Palma. Pronto, perfeito. Gancho para mudarmos de assunto e entrarmos no caso do outro arroz que está prestes a completar 100 anos — caso assombroso que, a meu ver, daria uma boa peça de teatro ou até mesmo um romance. Caso que me faz pensar em conexões que escapam ao nosso entendimento. Aqui, nestas terras, neste plano dito real, tenho certeza de que minha ligação com Santo Antônio da União transcende as apresentações de Lorena. É algo bem mais complexo. Mistério dos mistérios.

# De braços dados

O almoço é servido na copa, onde eles normalmente fazem as refeições. Pela informalidade, sinto-me como se estivesse na casa de avós verdadeiros — aqueles que cuidam, que paparicam, que desejam o melhor para seus netos, aqueles que, infelizmente, não fizeram parte da minha vida. A comidinha caseira é deliciosa: lombo de porco com o famoso arroz de lentilhas, couve mineira, farofa de banana e feijão. A conversa segue fácil, como se eu vivesse aqui há anos. Os assuntos vão do vestido de noiva preto de Marta, outra amiga em comum e que também frequentava o restaurante da Ouvidor, à sua bisavó Julieta Alonso, que estava presente no casamento dos pais de Antônio, quando tia Palma conseguiu colher os doze quilos de arroz e os ofereceu como presente para o irmão e a cunhada. Essas lembranças ainda comovem o velho Antônio, que torna a me convidar para ir até a casa de sua infância. Lá, segundo ele, reside a alma e toda a mágica de Santo Antônio da União. Terminado o café, saímos os dois para um passeio a pé pela fazenda, bom para a digestão e também para exercitar as pernas. Enquanto caminhamos, vou sabendo de histórias dos antepassados e dos descendentes.

— Tenho um casal de filhos, Nuno e Rosário. Estão agora com 54 anos, são gêmeos. Nuno e o companheiro Andrew moram em Nova York, com a filha Susan. Rosário casou-se com um rapaz ótimo, o Damião, e também me deu um neto, Bernardo, que já está um rapazote. Esse neto é que me põe a par das novas tecnologias.

— Vi que você anda aí com o celular no bolso.

— Gosto de morar no mato, mas quero participar do meu tempo, saber o que acontece no mundo lá fora. Vou conhecendo coisas inimagináveis que até Deus duvida.

— Por exemplo.

— Outro dia, Bernardo me chegou todo entusiasmado dizendo que, muito em breve, poderemos ver as pessoas ao falar no telefone! Será engraçadíssimo, mas acho que muitas vezes não vai funcionar.

— Por quê?

Ele começa a rir.

— Ora, toca o telefone, você está saindo do banho enrolado numa toalha, corre para atender e é alguém de cerimônia que vai ver você naquela situação constrangedora. Não vai dar certo.

Começo a rir também.

— Bom, nesse caso, acho que seria melhor mesmo não atender.

E assim prosseguimos nossa andança, transitando pelo amanhã possível, o hoje palpável e o ontem que se vai apagando aos poucos. A essa experiência transformadora, Antônio chama de Mistério da Terreníssima Trindade, afinal, somos três pessoas distintas reunidas numa só: aquela que fomos no passado, a que somos agora no presente e a outra que nos tornaremos no futuro. Segundo ele, oportunidade única de aprimoramento a que devemos estar atentos! Conversa vai, conversa vem e já avistamos a casa onde viveu tia Palma, a mãe Maria Romana e o pai José Custódio. Ao vê-la de longe tão bem situada, já me transporto para o tempo de seus antigos moradores. Súbito, tenho a sensação de estar sendo seguido por um cão. Antônio me confirma a presença.

— Agora, me deu saudade do Poeta, o vira-lata mais afetuoso e inteligente que conheci. Não me largava um só minuto, vivia descendo e subindo essa ladeira comigo. Companheirão.

— Quem sabe ele não esteja por aqui a nos fazer companhia?

— Tem dias que sinto ele por perto.

Em meu silêncio, me envaideço, porque hoje Poeta me escolheu para fazer companhia. Discretamente, para não ser notado, lhe afago a cabeça e permito que ele me lamba a mão. Trocamos olhares e seguimos adiante. A sensação de transitar em outro plano permanece. É como se eu estivesse vivenciando o que tenho na casa de meus pais, só que em outra dimensão, com outra família. Vidas entrelaçadas? Me terei tornado personagem de outro romance? O prazer inédito me assusta. Fazer o quê? Melhor prolongá-lo e não pensar muito a respeito.

Finalmente, chegamos à casa das primeiras lembranças, a casa compartilhada com a irmã Leonor e os dois irmãos Nicolau e Joaquim, a casa da cozinha única, que era o paraíso, e do único banheiro, que era o inferno! Hoje, completamente vazios, os cômodos ainda exalam perfumes de afeto. Na sala, apenas o oratório, que trouxe escondido de Portugal os doze quilos de arroz, e a famosa cadeira-teatro, onde tia Palma costumava se sentar para contar suas histórias. Nem preciso fechar os olhos para ver tudo a funcionar exatamente como era, o cotidiano em sua essência está impregnado neste chão, nestas paredes, neste teto — na casa elementar, representada pelo desenho de um quadrado e um triângulo, ou seja, os quatro pontos cardeais e a Trindade Divina, a Terra que nos sustenta e o Céu que nos protege.

Antônio me autoriza a sentar na cadeira de tia Palma. Me recuso — questão de respeito e reverência. Apenas passo as mãos de leve em seus braços e no encosto. A pergunta me vem incontida.

— O que é feito do arroz?

Antônio abre a porta do oratório, parece distante em pensamentos, fala sem olhar para mim.

— Espero ter boa saúde e viver o suficiente para dar uma grande festa no dia 11 de julho de 2008, reunir toda a parentela para celebrar os 100 anos do casamento de meus pais e, portanto, os 100 anos do arroz de tia Palma.

— Não sou vidente, mas já consigo visualizar a festança!

Antônio gosta do que ouve, volta à Terra.

— Com esse seu cabelo e barba, mais parece mago ou bruxo.

— Que seja. Hoje, mais que nunca, me vejo capaz de transcender fronteiras, cigano que sou.

— Pois considere-se convidado para a futura festa. Afinal, como costumo dizer, família somos todos. E esses seis anos que faltam ainda estão ao meu alcance.

— Vou gravar a data. Se estiver por perto, virei com certeza.

Antônio e eu continuamos nosso passeio pela fazenda. Que tal uma esticada até a casa do Roque e da Conceição? São quase quatro da tarde, hora boa do lanche, perfeita para uma visitinha-surpresa. E lá vamos nós, de braços dados.

# Cuide de seus sonhos mais secretos

Acaba que fico para dormir. Uma noite que vale por outras mil. É que minha conversa com Antônio e Isabel — insistiram para que eu os tratasse assim com informalidade — se estende até depois do jantar e entra pela madrugada. Como é possível descobrir tantas afinidades em tão pouco tempo? Talvez, pela formação que recebi, pela simplicidade de meus pais e de minha família, pela valoração das pequenas alegrias e de instantes aparentemente sem importância. Assim, encontro encantamento na sopa feita na hora e servida com capricho, no pedido para lhes fazer companhia um pouco mais e, depois, no convite para só ir embora no dia seguinte, porque na casa e no coração há lugar de sobra.

Quando perguntei sobre o paradeiro do arroz e Antônio me convidou para a festa dos 100 anos do casamento de seus pais, interpretei que a resposta havia sido dada, e não tive coragem de voltar ao assunto. A verdade é que eu queria muito poder tocar ou ao menos ver o tão falado cereal, mas guardei o desejo para mim — talvez, não merecesse tal honraria. Para minha surpresa, sou desmentido imediatamente por Isabel, enquanto vemos álbuns de fotografias, e lá está uma das poucas fotos de tia Palma.

— Olha ela aqui, abraçada comigo e o Antônio, às vésperas de nosso casamento. Junho de 1946, me lembro desse momento como se tivesse acontecido há pouco. Ela estava feliz da vida.

— Que foto deliciosa!

— Você ia gostar dela, João. E tenho certeza de que vocês iam se dar bem. Muita coisa que você diz ter aprendido com sua mãe parece ter vindo dela.

Pronto. Não preciso mais ver nem tocar o arroz. Pela fala de Isabel, sei que sou parte da família. Não importa ter chegado agora. A prova real? Quando aceito o convite para passar a noite, me encho de coragem e faço pedido muito mais ousado.

— Se você não se importar, Antônio, gostaria de dormir lá embaixo, na casa que foi de seus pais e de tia Palma.

— Importar, não me importo. Mas você viu, lá só temos o oratório e a cadeira que lhe mostrei.

— Durmo no chão, não me incomodo.

Isabel acha absurdo.

— Dormir no chão, imagina. Pelo menos, pedirei para alguém lhe levar um colchão e roupa de cama.

Não adianta dizer que não é necessário. Inácia vem nos avisar que Loreto, o empregado que veio falar comigo quando cheguei, foi encarregado da tarefa de me prover do conforto básico.

— O senhor pode ficar tranquilo, que boa acomodação estará lhe aguardando.

Quando me despedi de Antônio e Isabel, já passava das duas da manhã. Noite estreladíssima, nesga de lua crescente, a casa-grande com as luzes acesas, e os dois na porta a me acenarem — cena de filme que se vai transformando em sequência de suspense à medida que sigo em direção à casa de baixo. Pequenos lampiões, dispostos à esquerda e à direita, nos dão a iluminação essencial para indicar o caminho. Realidade fantástica. Não estou neste mundo, não mesmo. Uma constelação de vagalumes passa por mim em direção a outro canto do universo, enquanto aves noturnas falam em voz baixa. Estarão comentando sobre o visitante? A luzinha no alto do avarandado é sinal de boas-vindas. Por onde andará o Poeta? A porta de entrada, semiaberta, me lembra minha casa de Convés ao receber visitas. Mais uns passos e... surpresa ao entrar: a sala virou quarto improvisado com cama de solteiro montada e arrumada. O pequeno abajur aceso me faz ver gestos de delicadeza: sobre a mesinha de cabeceira, o copo e a garrafa com água. Dobradas no encosto da cadeira, toalhas de rosto e banho. Tiro os sapatos e parte da roupa, ajeito o travesseiro a meu gosto. Deito-me entregue ao sono e, quem sabe, aos sonhos. Possíveis encontros.

Luzes que se apagam, adormeço, e a mente logo me projeta as mais variadas imagens: Tia Palma, aquela da fotografia, está na máquina de costura, cria uma vestimenta estranhíssima para mim — prevê que terei de usá-la no futuro —, enquanto mamãe, com o livro que furtei de César, me conta histórias sentada na cadeira-teatro. Súbito, o velho Urbano entra com imensa caixa de lápis de cor, me faz um afago e sai desenhando em toda parede que encontra. Alvoroçadas, as crianças da Casa das Artes chegam para ajudá-lo a colorir paisagens antigas de Santo Antônio da União. Nas mãos de Avesso, os desenhos viram entalhes fabulosos, ganham vida e movimento! Música festiva vem do lado de fora da casa, e a curiosidade me leva a ver o que acontece. É a celebração dos 100 anos do arroz que não se estraga! Em trajes folclóricos, casais riem e bailam, fazendo poses e exibindo passos bem coreografados. Em torno de uma mesa quilométrica, dezenas de convidados servem-se de finas iguarias. Consigo identificar papai, mamãe, a madrinha Eunice e o padrinho Pedro Salvador. Em velocidade, e com imprudência que chama a atenção, dois adolescentes chegam em um conversível antigo. São os amigos Jorge e Domenico Montese. Ao saltarem do carro, tornam-se tio Jorge já setentão e Fernando, que lhe oferece o braço como apoio para caminhar. Olham para todos os lados, procuram por alguém. A partir desse momento, transformações se sucedem, mas não me causam espanto. Meus pais são agora Antônio e Isabel bem mais jovens. E meus padrinhos tornam-se os formais sr. Avelino e dona Maria Celeste do álbum de retratos. Nesses universos que se confundem e interagem, Sultão e Poeta esbaldam-se com Lorena ainda menina. Bem que eu gostaria de participar da brincadeira, mas me dou conta da barba e dos cabelos grisalhos; preferível encontrar alguém da minha idade. Helena Krespe e Vicenza Dalla Luce passam por mim, não me reconhecem. Ângela e Marta fingem que não veem quando Gisele me beija apaixonadamente na boca. Levo-a para a cama infinita de Maria Maiestas. Decepção — Álvaro está bastante ocupado fazendo a higiene de dr. Oscar. Gigantesco lençol branco vem feito onda em minha direção, fujo, não deixo que ele me alcance e encubra.

— Nãããããããõooooo!!!

Acordo de um salto, acendo a luz do abajur, olho o relógio, nem duas horas de sono. Respiro fundo. Silêncio e paz à minha volta. Por que então o desassossego? Terei sonhado outras tantas loucuras, mas estas que me vêm à mente, tão nítidas e reais, me dizem mais sobre mim mesmo que qualquer espelho — medos e desejos que me perseguem. Há de haver outros sonhos que me orientem e aquietem a alma, há de haver. Invento orações, invoco meus mortos, meus anjos, meus santos. Viro o travesseiro como quem vira uma página de romance inacabado, e apago a luz. A claridade que vem do avarandado me conforta, penso então que não serei o único a chegar aos 45 anos com mais dúvidas que certezas, mais frustrações que grandes feitos. Não serei o único a procurar o amor que falta e a se perguntar o sentido de tudo. Não serei o único a imaginar diferentes futuros em contagem regressiva. Puxo assunto com esta velha cama que generosamente me foi dada — tantos anos de existência, a quem terá pertencido? Poderia ter me hospedado na casa-grande, em um senhor quarto com cama espaçosa. Mas preferi vir para esta casa, sinônimo de trabalho suado e honesto — simples homenagem aos três imigrantes que largaram tudo em Portugal e, de mãos vazias, já calejadas, cruzaram o Atlântico para refazer a vida em terra estranha e pelejaram e conquistaram o que queriam. Minha rusticidade combina com os três aventureiros e a saga dessa família... Fecho os olhos, pego outra vez no sono. Agora, é a boa cama que me convida a viajar solteiro por onde for, assumir de vez minha alma nômade. Cama ancestral que me aconselha a cuidar de meus sonhos mais secretos, porque serão eles a me dar coragem para transgredir limites rumo ao desconhecido, onde a luz habita e a verdade se esconde à espera de quem ousa.

# O seguro morreu de velho

A noite que passei na casa de tia Palma, José Custódio e Maria Romana foi tema de meu café da manhã com Antônio e Isabel. Emocionados, eles me ouviram contar sobre o sonho, o susto, as ilações. Ao fim tivemos a certeza de que nossas vidas estavam amorosamente entrelaçadas, tantas as afinidades, crenças e valores comuns. Conversamos ainda sobre a alma das coisas, a energia dos lugares, a proteção de espíritos familiares. Fiquei sabendo então que a cama onde dormi havia pertencido à mãe da Conceição. Pilar era a empregada mais antiga da fazenda, mulher simples, mas de rara sabedoria. Não havia quem não lhe fosse pedir conselhos, rezas ou palavras de apoio. Quem sabe não terá sido ela a me soprar ensinamentos quando já clareava o dia?

Volto para Convés revitalizado, conhecer Antônio e Isabel foi verdadeira bênção. Muito antes, eu já intuía que a visita seria providencial, só não avaliava o quanto. Na estrada a caminho de casa, vou repassando cada instante da estada que em apenas dois dias tanto me acrescentou. Sim, entendo que um bom pedaço de mim se enraizou naquelas terras. Não sei quando ou em que circunstâncias, mas voltarei por certo a Santo Antônio da União. Até lá, confiando no que a roda da fortuna me reserva, cuidarei do teatro na Casa das Artes e das atividades de pesca em alto-mar.

O cenário agora é outro. Mal tenho tempo para pousar a mochila, mamãe larga a costura e vem me transmitir recado do Fernando.

— Telefonou ontem e tornou a telefonar hoje cedo querendo falar urgente. Eu disse que você tinha ido visitar uns amigos numa fazenda em Paraíba do Sul e que ia ligar para ele assim que chegasse.

— Que estranho. Ele disse o que era?

— Não. Só disse que era muito importante. Pelo que parece, você vai ter que ir ao Rio.

— Será que deu algum problema com o inventário de tio Jorge?

— Não sei, mas a voz não era de preocupação. Era mais de ansiedade. Ficou decepcionado por não poder falar logo com você. Enfim, o recado está dado, acho melhor ligar agora.

Duas da tarde, a essa hora ele já está no consultório. A secretária atende, pede para eu aguardar e me transfere. Musiquinha chata tocando. Fernando atende.

— Alô, João?

— Oi, tudo bem? Mamãe disse que você queria falar comigo, assunto importante.

— Importantíssimo. Mas agora estou no meio de uma consulta e não posso me demorar. Acho melhor a gente conversar pessoalmente. Você pode vir hoje para o Rio?

— Estou no meio de um ensaio, já interrompi dois dias e a peça tem data para estrear. Precisa ser hoje?

— Seria bom. Você dorme lá em casa.

— Tudo bem. Vou falar com a Ângela e ver o que eu combino.

— Ótimo. Espero você então. Beijo.

— Beijo.

Ponho o fone no gancho, mamãe continua do meu lado.

— Nossa, que doideira, ele quer que eu vá hoje mesmo para o Rio.

— Então, vá.

Dona Olímpia é a mulher mais decidida que eu conheço, sua firmeza contagia. Esse "então, vá" imperativo e peremptório faz com que, rapidinho, eu tome banho, almoce, passe na Casa das Artes para avisar sobre o imprevisto, tranquilize Ângela quanto aos ensaios e siga direto para o Rio de Janeiro. Posso deixar que ela se encarrega de dizer a papai que, amanhã e depois, ele não conte comigo na traineira. Quando eu poderia imaginar que, em questão de horas, passaria de um extremo ao outro? Do sossego de Santo Antônio da União corro para a agitação da cidade grande. Cansaço antecipado só em pensar que, depois de três horas e tanto de asfalto, ainda vou ter que encarar aquela loucura da Linha Vermelha. Enfim, espero que seja por uma boa causa. Algo me diz que tio Jorge está envolvido nisso — velho hábito de pôr a medalhinha dele entre os dentes. Uma ave-maria para o santo do nome, outra para o anjo da guarda, e seja o que Deus quiser. Fernando disse que vai sair mais cedo do consultório e me espera em casa para jantar. O quê? Foi exatamente o que a secretária dele me passou: que ele me espera em casa para jantar. Se o trânsito não estiver de todo ruim, devo estar chegando a Ipanema por volta das sete. Ainda quero passar num posto de gasolina para abastecer e dar uma limpada no para-brisa, que o pobre do fusca trabalhou foi muito hoje. Eu não disse? Sete em ponto. Dou sorte e encontro vaga bem em frente ao prédio. Portaria de luxo, meio metida a besta, o porteiro me anuncia pelo interfone e me autoriza a subir, é o bloco da frente. Não precisava dizer, eu sei, já vim aqui várias vezes. O elevador de aço escovado me leva até a cobertura 01, me olho no espelho, a cara denuncia que os 45 anos já sentem esse tipo de aventura. Qualquer dia corto esse cabelo e raspo a barba, Avesso tem razão, o que Gisele acha ou deixa de achar já não importa.

Não preciso tocar a campainha. Fernando já me aguarda na porta com um sorriso largo. O abraço forte e demorado sinaliza que tudo está bem, o champanhe no balde de gelo é uma espécie de *spoiler* de que melhor não poderia estar.

— Temos novidade. E eu só poderia te contar pessoalmente, é claro.

— Para com isso, Fernando, você já está me deixando nervoso.

— Antes, vamos abrir o champanhe para o brinde.

Enquanto ele abre a garrafa, Ildete entra com as torradinhas de queijo com cebola feitas especialmente para mim.

— Sei que o senhor gosta.

— Principalmente, se forem preparadas por você.

Ela agradece, pede licença e se retira. Fernando nos serve com generosidade.

— Um brinde ao que promete ser uma nova e bela fase em sua vida!

— Vamos brindar antes de eu saber o que é?!

— Com certeza. Porque depois eu quero que você fique bem sentado para ouvir.

— Tudo bem. Um brinde então a essa "nova e bela fase em minha vida"!

Batemos as taças, bebemos o champanhe e me sento no sofá mais confortável à espera da novidade bombástica. Fernando vem com uma folha de papel, fica em pé diante de mim.

— Você prefere ler ou quer que eu verbalize?

— Que você verbalize, é claro.

Fernando senta-se do meu lado.

— Há muitos anos, eu sabia que o Jorge havia feito um seguro de vida pensando em deixá-lo para você, único sobrinho. Seu tio sempre foi bastante discreto em questões financeiras. De longe a longe, eu ouvia ele me dizer que tinha separado um dinheirinho para melhorar o valor do seguro. Pois bem. Anteontem, o gerente da seguradora me telefonou para eu ir até lá, porque já tinha a quantia exata a que você tem direito e...

Me impaciento.

— Quanto? Fala.

Fernando me passa o papel com informações detalhadas e a soma total das diferentes quantias dentro de um círculo feito com tinta vermelha.

— Ahn???!!!

— Exatamente isso que aí está, meu querido.

Leio o valor em voz alta para poder acreditar.

— Novecentos e cinquenta e um mil, duzentos e vinte e três reais e sessenta e nove centavos. Meu Deus, o que é que eu vou fazer com tudo isso, Fernando?!

Começo a chorar.

— Ele já tinha me deixado o apartamento de Copacabana com tudo dentro. E agora esse montão de dinheiro...

— Jorge nunca te viu como sobrinho, João. Você foi o filho que ele não teve. Se preocupava demais com o que você fazia ou deixava de fazer, chegamos a ter algumas brigas por conta disso.

— Acho que agora, onde estiver, terá que se preocupar muito mais.

— Não diz bobagem. Sei que você fará bom uso desse dinheiro.

— Há pessoas que eu pretendo ajudar.

— Vá com calma, rapaz. Sei que você é mão aberta com quem está à sua volta, mas agora tem que começar a pensar um pouco mais no seu futuro, ok? A quantia é alta, mas precisa ser bem administrada.

Fernando sente que precisa aliviar meu lado emocional, e a conversa passa a girar em torno das providências burocráticas: assinatura de papéis, transferências bancárias, enfim, nada complicado, em um dia resolve-se tudo. Ildete nos chama, o jantar está servido. Quase não toco na comida que ela preparou com tanto carinho. Quem diz que eu consigo comer? Estômago dando voltas, cabeça dando voltas, e eu, comovido, confuso, assustado. Só me desce bebida. Champanhe, não, chega. Uísque. Com pedras de gelo, vá lá. Enquanto Fernando fala, eu me distancio dele várias vezes com os pensamentos mais estapafúrdios. O tal "manteiga em focinho de cachorro" já me alertando que "de onde se tira e não se bota, esgota", e mais a cigana me tomando e picando o papel do seguro, e as quatro facas lançadas em minha direção, e o gigantesco lençol branco feito tsunami querendo me engolir...

— João, você está bem?

— Não. Para falar a verdade, essa notícia me tirou o chão.

— Natural, meu querido. Afinal, você não ganhou um bilhete de loteria comprado. Você ganhou um presente de alguém muito querido que não está mais aqui. Se mexeu comigo, imagina o que não deve ter feito aí dentro de você.

— Estou enjoado, vontade de vomitar.

Fernando me leva até o banheiro a tempo de eu pôr para fora todos os medos e dúvidas que me assombram. São golfadas e mais golfadas de fragilidades escondidas anos a fio. Alívio, alguma paz e lucidez. Peço para me recostar em algum lugar.

— Vou levar você para o seu quarto. Está se sentindo melhor?

— Estou, não se preocupe.

Fernando é mesmo um ser especial. Não por acaso a relação com tio Jorge foi tão harmoniosa e duradoura. Ele me deixa por uns instantes e volta me trazendo uma xícara de chá.

— Tenta tomar um pouco enquanto está quente. É de camomila, vai te acalmar o estômago.

Brinco com ele, digo que nessas horas é bom ter um amigo médico. O chá me cai bem, porque vem com boa dose de afeto. Ainda conversamos por um tempo. Conto de minha ida a Santo Antônio da União. A vida é mesmo mágica, pensar que hoje cedo ainda estava lá tomando café da manhã com Antônio e Isabel — outro universo. É cedo ainda, mas o sono bate e começo a dar uns cochilos. Fernando sabe que já vivi emoções suficientes, vai me deixar descansar agora. E que eu não me aflija com o futuro.

— Não preciso dizer que seu tio era puro amor. O seguro que ele fez está em boas mãos. Vai trazer muitas alegrias e, com você, tenho certeza, vai morrer de velho.

# Convés

Não chego a ver Gisele, não tive tempo, o dia com Fernando foi bastante movimentado. Depois de me acompanhar na peregrinação para o acerto dos papéis e recebimento do seguro, ele segue para o consultório, e eu, embora cansado, decido voltar direto para Convés. Mais que nunca, preciso conversar com meus pais. A caminho de casa, vou elaborando possíveis planos para o futuro próximo — estradas sempre me inspiram, e dirigir o velho fusca de tio Jorge me faz lembrar a conversa com Antônio e Isabel sobre a alma das coisas e a proteção de espíritos familiares. Este volante? É leme que me transmite confiança e me conecta com o que há de melhor em mim. Penso na fortuna que veio parar gratuitamente em minhas mãos. Quase 1 milhão de reais, sem nenhum esforço. É muita responsabilidade. Farei algumas doações — comentei com Fernando e ele aprovou o gesto, desde que seja comedido. O tanto mais me guiará a alma nômade por uns bons anos. Como? Acabo de descobrir, o chão passando rápido por mim como se fosse pano corrido na máquina de costura de minha mãe. Algo me diz que, asfalto ou terra, chegou a hora de realizar a aventura nascida das leituras de criança: conhecer meu país de ponta a ponta. Descobrir lugares, pessoas, diferentes modos de ser e pensar. Fazer amizades, levar saudades, viajando pelo Brasil afora em um fusquinha cor de tijolo. Tijolo. Está aí um belo nome para esse amigo que, de imediato, me lembra obra, operário — trabalho paciente para realizar a fantasia de infância que agora me parece ao alcance.

O batismo é de fogo, porque sou logo obrigado a ultrapassar uma carreta descomunal. Sinto-me minúsculo ao seu lado. Momento de tensão — o vento que minha vizinha desloca em alta velocidade parece que me vai jogar fora da pista. Mantenho a direção firme, piso ainda mais fundo no acelerador e consigo, finalmente, a ultrapassagem. Alívio, volta à normalidade. Não é sempre assim, a vida? De repente, surge o obstáculo, o imenso desafio a ser encarado, e lá vamos nós, como pedra em atiradeira, Davi contra Golias. O final da história é conhecido, ainda bem.

A conversa com meus pais se dá à noite, depois do jantar, eu já refeito da viagem, e eles com tempo para me ouvir. Por minha ida intempestiva ao Rio de Janeiro, já imaginavam que eu teria o que contar, só não faziam ideia de que os fatos narrados trariam mudanças significativas para Convés. Mamãe se preocupa.

— Não sei se você deve estimular esse tipo de projeto.

— Eu já estimulei, mãe. E a Gisele, também. E a Ângela, desde que a Casa das Artes nos ajudou a montar aquela peça na praça principal. Você estava lá, você viu, o público aplaudiu de pé!

Papai lembra com entusiasmo.

— Nunca vou esquecer. Os habitantes do reino de Copas em desvantagem enfrentando todos os outros naipes para salvar o Brasil. Até eu me emocionei.

— Então?! Peças infantis que Gisele escreveu mostrando às nossas crianças que mudar não significa necessariamente destruir, e que Convés precisa mudar em muita coisa. Essas ideias já foram plantadas!

— Meu filho, pensa bem. Há portas que, quando se abrem, não mais se fecham.

— Que seja. Se essas portas derem acesso à crítica e ao conhecimento, deverão mesmo ser abertas.

— Olímpia, querida, nosso filho iniciou um trabalho extraordinário na Casa das Artes, trabalho que tem dado certo. Ângela está felicíssima.

— Eu sei, Antenor, eu sei. Mas agora é diferente. Acho perigoso o João botar dinheiro na mão desses jovens.

— Mãe, esses jovens são maiores de idade, você conhece as famílias, gente honesta, trabalhadora. O projeto deles é sério. Foram todos alunos da Casa das Artes.

— Grupo de Teatro Renovação. Só o nome me assusta. E eu sei que o filho da Augusta... Como é mesmo o nome dele?

— Ernesto.

— Pois é, fiquei sabendo que o Ernesto anda mexendo em um vespeiro, irritando o prefeito com umas ideias aí.

— Eu conheço as ideias. Ele é contra essa história de candidato único para a prefeitura. Há milênios o Barbosa e o Abdias se revezam como prefeitos. O mesmo acontece com o rodízio dos nove vereadores, que sempre fecham com o prefeito eleito.

— Sinal de que há confiança. Se está dando certo, para que mudar?

Papai responde por mim.

— Porque mudar às vezes é preciso, mulher. A gente estava bem em Itaperuna, viemos para cá, corremos riscos, porque a gente quis mudar de vida. Deu muito mais certo do que se a gente tivesse ficado por lá.

— O Ernesto, com o grupo de teatro que ele pretende formar, quer trazer uma mensagem nova aqui para cidade. Só isso.

— Só isso nunca acaba sendo só isso, sei pelos anos vividos.

— O próprio Barbosa já disse que eleição com candidato único não tem graça nenhuma.

— Bom, você já está bem grisalho, faz lá como você quiser. Eu só acho que mexer com política é comprar aborrecimento à toa.

— Tio Jorge dizia que a política é a arte do possível, e que numa democracia o contraditório é essencial. Vamos confiar nesses jovens que estão aí cheios de energia e vontade de acertar.

Mamãe se benze, pede ao Espírito Santo que os ilumine, enquanto papai abençoa minha decisão. Já é tempo de mudanças em Convés, que é apenas a parte de um navio — estrutura muito maior e mais complexa, com porões, máquinas, hélices, popa, cabines e, infelizmente, ainda dividida em primeiras e terceiras classes.

O pedido à devoção de minha mãe é bom augúrio, e a bênção de meu pai me comove na imagem de Convés sendo parte integrante de um todo mais elaborado, porque é exatamente essa a ideia que Ernesto e seu grupo de atores pretendem transmitir aos moradores: assimilar o que é bom e vem de fora não significa perder identidade. O mundo está cada vez mais integrado, temos de estar prontos para o que acontece além de nossas fronteiras e que, certamente, irá nos afetar. Viajamos todos em um só navio que, afinal, é a nossa casa.

Meses e meses me dediquei a preparar esses jovens para levarem adiante seu projeto artístico, consegui até que Ângela se associasse a eles em algumas produções infantis. Decidi que só sairia de Convés quando sentisse que Ernesto e seu time de sonhadores pudessem voar sozinhos. E esse dia chegou em um domingo de verão, no dia 23 de fevereiro de 2003, quando o Grupo de Teatro Renovação, em seu próprio espaço, apresentou o espetáculo *Um só navio, uma só classe*, inspirado na metáfora de meu pai, que assistiu à montagem de mãos dadas com minha mãe. Ambos se emocionaram ao cumprimentar Ernesto. Próximo a eles, pude ver o brilho nos olhos do jovem diretor e seu justificado orgulho.

A essa altura, todos já sabem que estou mais uma vez de partida, agora sem endereço fixo, só pousos temporários ali e acolá.

A quem me pergunta, digo que darei vazão à alma nômade, ao espírito de caçador. E parece que tudo se vai encaixando de modo a me facilitar a partida. Depois do nascimento de Leonardo, já com três para quatro meses, Marta passou a deixar Rodrigo aos cuidados de mamãe. Para quê? O menino encontrou na avó toda a liberdade e paparicos possíveis e imaginados, e não quer mais saber de outra coisa. Chora toda vez que a mãe vem buscá-lo, se agarra ao vestido de sua protetora e não há Cristo que o faça soltá-lo. Foi ficando, foi dormindo no sofá da sala, foi trazendo roupas para cá, até que mamãe lança a ideia de ele herdar meu quarto. Rodrigo dá pulos de alegria, completará 6 anos no próximo mês de abril. Que melhor presente que a posse do quarto que foi meu e de seu pai?

Outra surpresa que me dá ânimo para me aventurar em lida cigana: Gisele vem nos visitar, precisava conhecer o caçula Leonardo. Marta e Avesso não cabem em si de contentamento com a chegada da "filha mais velha", bom demais ver a família assim reunida. Com a ajuda de Ângela, programam uma grande festa na Casa das Artes, festa que também será de despedida para mim. Ter o Salão Sistino como cenário de partida e Gisele como companheira de homenagem é mais um sinal de que, até em detalhes, os astros se alinham a meu favor. Nosso reencontro foi mágico, conversamos por horas e horas. Ela acabou de entrar para a faculdade de Letras, está empolgada com os estudos, o trabalho e o lançamento de seu segundo livro. Confidenciou-me que está enrabichada por um colega do jornal, Alberto, estagiário que iniciou na empresa há menos de um ano, tempo suficiente para se tornarem amigos. Já o levou algumas vezes ao apartamento — ele ainda mora com os pais, imagina! Espera que eu não me importe. Eu, me importar? Por mim, pode até convidá-lo para morar junto. Ganho um beijo estalado na bochecha, sou mesmo o homem mais incrível que ela conhece, mas convidar o garoto para morar junto nem pensar. Ela elogia minha barba e meus cabelos grisalhos, pede para eu tirar de cabeça essa história de cortar, o Avesso não sabe de nada, ele que fique lá com suas teorias psicanalíticas. Tudo bem, vou mantê-los assim como estão, acho que até combinam mais com essa nova fase de viajante. Ótimo! E outro beijo, desta vez um selinho inocente. Soube que eu patrocino o Grupo de Teatro Renovação, e que o experimento tem dado resultado. Quem diria, hein? Eu, João Fiapo, sacudindo para valer a pasmaceira de Convés! É verdade, até eu me surpreendo. Não é que nossa relação serviu para alguma coisa? O comentário desagrada, nossa relação foi o melhor presente que o destino lhe ofereceu. Não cansa de dizer que havia uma Gisele antes de mim, e há outra que nasceu comigo. Não passo recibo, mas a fala olhos nos olhos me dá um nó na garganta. O abraço vem incontido, forte e demorado, um desejando ao outro todo o amor e felicidade do mundo.

A noite de celebração me alegra e me liberta, na medida em que me prova que nada podemos fazer para impedir a inexorável passagem do tempo sob o comando da roda da fortuna. Aqui estão todos os meus afetos. Papai, mamãe, o padrinho Pedro Salvador e a madrinha Eunice, com seu filho João, sua nora Sueli e a netinha Flor, que já consegue andar toda prosa. Ângela e Saulo, absolutos, ciceroneando os convidados. Avesso e Marta, às voltas com Leonardo e com as correrias de Rodrigo e seus companheiros. Minha família, meus queridos. Vê-los festivos, carregados de suas próprias histórias e lembranças, me fortalece, me faz ouvir voz ancestral dentro de mim anunciando em alto e bom som que é hora de levantar âncora e apostar em ventos favoráveis. Ando pelo Salão Sistino, falo com um e com outro e chego até Gisele, que, com seus cabelos crespos e revoltos, olhos negros que faíscam, conversa animadamente com Ernesto. Lembro-me imediatamente da noite em que a conheci à mesa de jantar de meus pais. Saudade de tio Jorge, profético ao afirmar que a jovem de 18 anos seria presente do destino, presente de mão beijada. E agora ali está ela, linda, aguerrida, convincente, como se preparasse nova manifestação estudantil. Poderia me integrar ao grupo de jovens, mas prefiro observar a certa distância, vê-los começar a escrever suas próprias histórias e lembranças, imaginá-los com fôlego e criatividade para preservar Convés — primeiro passo para mudar o mundo.

# 11 anos e 11 meses

É o tempo exato que levo para encontrar o amor que me falta. Mas não quero falar sobre isso agora. Importa é saber o que me terá acontecido durante esse longo período de espera, os anos perambulados pelo Brasil de toda parte e toda gente, de toda roupa e toda crença. Andanças que se misturam e aos poucos se apagam na memória, tantos os encontros, os lugares, os amores passageiros. Nada de fotos, decidi desde o começo. Melhor guardar o arquivo na imaginação da caneta e do papel, que põe cores fortes em realidades esmaecidas. Quem é que se recorda com nitidez do que aprontou nos anos x, y ou z? Mesmo os sedentários, tão apegados ao abrigo permanente, serão obrigados a abrir mão de muita coisa do que foi vivido — quase tudo, eu diria. Em nossos corações ficam apenas as vivências que marcaram, tudo o mais desaparece. E é bom que caminhemos assim, com mais leveza.

Norte, Sul, Leste, Oeste. Cidades grandes, médias e pequenas do litoral e do interior. Vilas, vilarejos, fazendas. O Brasil uno e diverso, que me era desconhecido, o Brasil continente, o Brasil planeta Terra — aquele navio, na imagem de meu pai. Navio triste dos porões, das primeiras e terceiras classes, mas também navio alegre dos espaços libertos, onde bate o sol e bate a chuva, onde jovens desembestam nos conveses à procura de novidades ao sabor dos ventos. Rico material para a literatura curativa, ainda verde.

Dias de saúde e dias de doença, dias de celebração e dias de recolhimento. Dias de saudade, de ligações telefônicas e de notícias de casa. Dias de esquecimento. Dias de expectativas, de ousadias e grandes descobertas. Dias de cansaço e de enfado. Dias de paixões repentinas, de sexo e desatino. Dias de lucidez, de decepções e arrependimentos. Meses em que mais trabalhei, meses em que mais descansei, meses em que passei bom tempo sozinho na estrada, meses em que pousei em algum canto, com alguém do meu lado. Somando e subtraindo? Muito dividi e compartilhei. Mais despendi que multipliquei — manteiga em focinho de cachorro.

Grande susto. Os anos passam sobrevoando o para-brisa e se distanciam pelo retrovisor. De repente, somem em primeiros de janeiro. Um brinde ao desconhecido! Ao que está por vir e não sabemos, porque a esperança, toda de branco, é sempre maior que a dúvida. A vida segue ligeira, indiferente ao nosso ritmo ou compasso. Quem liga para isso? Há muito chão pela frente, acredito. Que lugar será esse? Chegadas que desconcertam, estadas que acolhem ou metem medo, partidas que emocionam ou dão alívio. Tijolo, companheiro de quatro rodas, conhece tão bem quanto eu os confins por onde nos embrenhamos. Em cada paragem, aprendi mais do que ensinei, mais ouvi do que falei, e ri muito mais do que chorei. Entre luzes e sombras, em alguns momentos fui místico, interpretei sinais, em alguns momentos fui ateu, nem um palmo adiante do nariz — devagar com o andor, que o santo é de barro, e não sou flor que se cheire.

Apesar de meu descrédito, os céus me dão oportunidade única, experiência que já me terá valido o périplo de todos esses anos. Floresta amazônica. Depois de horas navegando em uma balsa, e outras tantas solavancando em estradas de terra, Tijolo e eu chegamos ao destino programado. Guiados por um amigo indígena, adentramos sua aldeia ancestral. Por três dias, conheço os hábitos, os costumes, a nudez inocente, a arte, o alimento e a espiritualidade daqueles brasileiros legítimos — os verdadeiros donos do navio. No breve convívio, confirmo humildemente que o mistério faz parte de nossa equação terrena. Que Deus está presente onde menos esperamos, e que seu conceito nos é tão inalcançável que, mesmo depois da morte, não seremos capazes de compreendê-lo, imagino. Os índios me ensinam que é prepotência discutir sua existência, que a pergunta a ser formulada não é *se* Ele existe, mas *como* Ele existe, em forma e conteúdo: este o primeiro passo em direção à luz. Assim, neste nosso nível evolutivo, podemos afirmar apenas que Deus é o amor pelo qual ansiamos, a pureza que buscamos, o sentido que nos completa. E todos esses elementos estavam ao meu alcance naquela aldeia incrustada no coração da Amazônia.

Pois é, quem diria? Aquele sonho de ano sabático — que com Ângela se resumiu a dois meses — tornou-se vida sabática. Onze anos de estrada. Tijolo e eu viemos lá do Rio Grande do Sul até alcançarmos o Amapá, no extremo norte do Brasil, e fomos voltando pelo Pará até Tocantins, Maranhão e Piauí. Onze meses depois de anda por ali e para por aqui, chegamos ao Ceará. E é justamente aí, no chão escaldante do Nordeste, que encontro o amor que me falta — amor que completa todos os demais.

Pleno verão, domingo, 11 da manhã de 22 de fevereiro de 2015. Sigo devagar pela rota 222, que liga Sobral a Itapajé. Vou tranquilo na faixa da direita, quando acontece a ultrapassagem imprudente do carro azul conversível. Uma mulher ao volante, outra a seu lado. Os xingamentos, os gestos ofensivos, e as duas desaparecem em orgulhosa velocidade. Não adianta manter o ritmo de passeio, perdê-las de vista, querer esquecê-las para sempre. Quilômetros adiante, o posto de gasolina, o restaurante de beira de estrada, a sede do carro, a fome do motorista. Pronto. Na praça de alimentação, se dá o inesperado, o encontro não previsto e, junto com a raiva, a atração inexplicável. No auge da discussão, o prazer descabido sentido pelas duas partes — os corpos em silêncio procuram negar, mas não conseguem. Química, feitiço ou o quê? Ambos já estão irremediavelmente ligados e não se dão conta. Curiosidade disfarçada, indignação, vontade de ficar um pouco mais e mais e mais, só pelo prazer de incomodar, de descompor a esmo, de fazer valer o argumento raso. Algo os envolve e não percebem. Não é paixão, não é amor ainda, nada que consigam definir. Levados pela invisível correnteza, precisam arrumar pretexto para resolver a pendência, saber no que vai dar aquele enredo. Ao se despedirem, a respiração é outra, o batimento cardíaco é outro — certeza de que já não são os mesmos. Vidas entrelaçadas. Se para o bem ou para o mal, saberão depois.

# Gabriela Garcia Marques

É o nome completo da mulher que dirigia — a belicosa, a mais arrogante que tive o desprazer de conhecer. Orgulhosa certamente por ser homônima do famoso escritor colombiano, ou talvez nem saiba disso. Sua amiga Verônica, sim, é cordata, não altera a voz, sempre tentando dirimir nossa inútil contenda. Até que consegue o intento, com a pergunta mais óbvia que poderia nos lançar, acrescida de uma retirada estratégica.

— Vocês não acham que essa discussão está de bom tamanho?

Birrentos e perfeitamente sintonizados, negamos juntos, em duo.

— Bom, então vocês fiquem aí se infernizando que eu vou para outra mesa comer sossegada.

Verônica sai, ficamos os dois sozinhos. Não era afinal o que queríamos? Olhamos um para a cara do outro. No fundo me sinto um pouco ridículo, e acho que ela também. Esboço um sorriso, enquanto ela apenas ensaia um alívio na carranca. Duas crianças grandes. Ofereço-me para acompanhá-la até o balcão de autoatendimento. Se não me incomodo, por ela, tanto faz. E assim, silenciosos, vamos nos servindo no bufê a quilo. Pesamos os pratos, pegamos as comandas e nos sentamos naturalmente afastados de Verônica. Maior bandeira, mas não nos incomodamos. Quem puxa assunto? Melhor eu, mais seguro.

— Acho corajoso duas mulheres viajarem em carro conversível. Você não tem medo de ser assaltada?

— Medo nenhum. Já passei por poucas e boas, desde que me conheço por gente. A vida me vacinou faz tempo, sou imune a infortúnios. Mais corajoso é você, encarar estrada com um fusquinha vintage.

— O "fusquinha" é valente, herança de um tio muito querido. É vintage porque tem história, e tem nome também: Tijolo.

Primeira vez que ela sorri.

— Sério? O meu também tem nome: Gabito. Esses bichos têm alma.

— Pela primeira vez, sou obrigado a concordar com você. Gabito é por causa do García Márquez?

— Claro. Meu guru.

— Você o conheceu?!

— Resposta longa e difícil. Melhor pular para outra questão.

— O que vocês estão fazendo por estas bandas?

— Em princípio, voltando para casa, mas nunca sabemos ao certo.

— Mais uma afinidade. Vocês moram por perto?

— Rio de Janeiro.

— Também sou de lá.

— Que bairro?

— Rio de Janeiro, estado. Sou de Convés.

— Nossa, que delícia! Tive um grande amigo que era apaixonado por sua cidade, dizia que era o paraíso na Terra. Nunca estive lá.

— Quem sabe um dia?

— É. Quem sabe?

— Vocês estão de férias?

— Mais que isso. Foi um presente que nós duas nos demos. Já estamos há mais de três anos rodando por esse Brasil. Acho que agora já deu. Saudade de casa. E você?

— Ganho de longe. Saí de Convés há mais de 11 anos. Morei nos lugares mais inacreditáveis que você possa imaginar. De norte a sul, de leste a oeste.

— Sangue cigano?

— Algum ancestral, talvez.

Ficamos algum tempo em silêncio. Súbito, me ocorre a predição de Maria Maiestas sobre a mulher especial que eu encontraria, e que já teríamos estado juntos no passado, em encontro rápido e nada agradável. Arrisco a pergunta.

— Sua fisionomia não me é estranha. Acho que já nos conhecemos.

— Será? Acho difícil. Tenho boa memória visual. Certamente me lembraria de você.

Vou por outro caminho.

— Esse seu amigo, que você diz que era apaixonado por Convés. Talvez eu o tenha conhecido.

— Faleceu há quase cinco anos. E era bem mais que amigo. Foi meu grande amor.

— Sinto muito.

— O homem mais lindo e generoso que conheci. Florentino.

— Ele era médico?

— Era, por quê?

— O dr. Florentino dos Anjos?!

— Ele mesmo.

— Não acredito! O dr. Florentino salvou a vida de minha madrinha Eunice!

— Como?!

— Ele estava de passagem por Convés, foi chamado às pressas de madrugada para fazer o parto de emergência da madrinha, que tinha levado um tombo em casa!

— Mulher do Pedro Salvador?!

— Ela mesma! Pedro Salvador é meu padrinho!

Gabriela se emociona.

— Ainda tenho o quadrinho com o poema que seu padrinho escreveu à mão e deu para o Florentino.

483

— Eu vi, eu estava lá. Depois, com o dr. Florentino, todos nós bebemos vinho do mesmo gargalo para celebrar o nascimento do Joãozinho.

— Meu Deus, toda uma brigalhada para eu encontrar aqui nesta lonjura alguém que conheceu o Florentino.

A fala me desperta sentimentos contraditórios. Euforia por encontrar conexão tão significativa com quem, minutos atrás, atuava como antagonista insuportável. E decepção por saber que a mulher que me desperta desejo já viveu seu grande amor. Amor que, pelo visto, ainda mora dentro dela. Refreio minhas investidas, tiro da cabeça os planos de possível envolvimento. Hora de chamar Verônica para perto. Gabriela e eu precisamos de alguém isento que nos ouça e nos estabilize. Acerto total. Da coincidência espantosa, a conversa segue com amenidades e casos engraçados. Combinamos de nos reencontrar em Itapajé, conhecida por suas belas serras e formações rochosas. Minha maior curiosidade? Dizem que, entre essas rochas, há a misteriosa Pedra do Frade. A lenda que lhe deu nome é assustadora. Gabriela sabe os detalhes dessa trágica história de amor. Peço a ela que me conte. Agora, não, depois. Iremos vê-la juntos. Lá em cima, ela conta.

Gabriela manobra Gabito para pegar a estrada. Sem pressa, Tijolo e eu ainda descemos os vidros e nos acomodamos. Remancho, desembrulho e ponho a bala de hortelã na boca. O conversível azul já vai longe quando dou partida no motor. E aí, o estalo: claro! Gabriela Garcia Marques, já sei onde nos vimos! O casarão da Glória, as meninas! Letícia, amiga de tio Jorge, havia falecido, e ela, que gerenciava o negócio, me recebeu. Foi encontro ligeiro e formal, bem no início dos anos 1990. Meu Deus, quase 25 anos! Maria Maiestas estava certa.

# Juntos na mesma direção

Em Itapajé, nos hospedamos no primeiro hotel que encontramos. Verônica já deve ter pressentido o clima entre Gabriela e eu, porque sempre encontra pretexto para nos deixar a sós. Já visitou com ela a Pedra do Frade, por isso prefere ver outros lugares. Na realidade, pretendiam seguir direto para Fortaleza, só pararam novamente aqui por minha causa. Tudo bem. Hoje, cada uma toma o seu rumo. Não vamos nos demorar, prometemos. A pedra é uma agulha de granito que impressiona, porque tem a forma de um monge ajoelhado, e sua base se situa novecentos metros acima do nível do mar. Iremos apenas até Vila do Rosário, que é onde carros de passeio podem se aventurar. Tijolo logo se voluntaria, é vintage, mas abusado, encara o desafio na boa.

Saímos cedo para aproveitar o passeio, meu corpo dá sinais de desconforto logo que Gabriela entra para se sentar a meu lado — já conheço esse tipo de reação. Foi assim com Lorena, na infância, e depois, com Helena, Ângela e Gisele. Prova de que não se trata apenas de atração física, é algo mais sério que me revira por dentro. Desta vez, há o complicador das previsões de Maria Maiestas. Tenho de me proteger com as palavras, os gestos, a postura — o cinto de segurança vem a calhar no momento. Gabriela, entretanto, sente-se perfeitamente à vontade, falante o tempo inteiro. A lenda da jovem apaixonada pelo frade franciscano me faz pensar sobre a eterna busca do amor. No caso específico, para não ceder à tentação, o rapaz, em fuga, ajoelha-se e pede a

Deus que o transforme em pedra, tendo seu pedido atendido. A jovem, inconformada, segue pelo mesmo caminho, e, ainda que em forma de granito, os dois permanecem juntos e apaixonados para sempre. Gabriela faz graça.

— Isso é que é vontade pétrea!

O comentário me parece ter sido inspirado pelo frade e sua companheira. Momento propício para me arriscar e voltar ao passado. Sei que a revelação poderá impactar.

— Você não está me reconhecendo, mas já nos encontramos antes.

— Não mesmo. Sou boa fisionomista, já disse.

— É que faz muito tempo. Eu não usava barba, não era grisalho e tinha cabelo curto.

Ela me olha fixo por alguns instantes, balança a cabeça, expressão de quem não faz ideia. Sou direto.

— Casarão da Glória. Sua tia Letícia já havia falecido. Foi você que me atendeu, porque gerenciava as meninas. Eu devia ter 39 anos, por aí. Estou com 58!

Gabriela fica sem reação. Vira o rosto como se não quisesse lembrar desse tempo. Espero que ela fale alguma coisa, sou paciente. Por fim, o reconhecimento.

— Me lembro agora. Você não quis consultar a lista, foi logo pedindo para ver a Frida. Parecia frequentador assíduo, mas só vi você essa vez.

— É que nunca mais voltei lá. Eu frequentava o casarão no tempo da Letícia, a quem fui apresentado por meu tio Jorge. Os dois eram muito amigos.

— Não me lembro dele por lá.

— Tio Jorge tinha outros gostos.

— Entendo.

Silêncio demorado. Ficamos a admirar o monge de pedra e sua companheira.

— Você era jovem, bonito. Por que o casarão? Por que Frida?

— Curiosidades, conexões, buscas pelo amor que nos falta... Frida fantasiava bem em todos esses itens. Não me envergonho de dizer que foi uma excelente professora. Chegamos muito perto da amizade.

— Tudo isso agora é passado.

— O casarão ainda existe?

— Existe, mas as meninas me pediram para encerrar o negócio, apareceu uma boa oportunidade. E eu concordei, é claro. Estão só esperando eu chegar. Vamos vendê-lo para uma academia de ginástica... Outro tipo de suores.

O comentário nos faz rir, desanuvia. Damos a visita por encerrada. No caminho de volta para o hotel, mais música que conversa. Mais silêncio, também. Espaço para reflexões. Já perto de chegarmos, me dou conta de que, embora um tanto desconfortáveis, sentados de lado e olhando para a frente, só teremos mais alguns minutos assim tão próximos. Me ocorre um pensamento de Saint-Exupéry justo quando ela quer saber.

— Pensando em quê?

— Em nós dois aqui dentro, calados. E em Saint-Exupéry quando dizia que "amar não é olhar um para o outro, mas olhar juntos na mesma direção".

# Adeus ou até breve?

Terminado o passeio, passamos o resto do dia com Verônica. Foi ótimo, porque pude conhecê-la melhor e confirmar a excelente impressão que tive de início: uma pessoa sensata, simples e preparada, com boa conversa e apurado senso de humor. Fico sabendo que ela e Gabriela sempre foram unha e carne, histórias inacreditáveis desde que se conheceram. Tanta cumplicidade que a presente viagem, que era para durar um ano, acabou se estendendo. Mas agora, chega. Hora de voltar para casa e reorganizar a rotina, já que foi acordado com as meninas que é tempo de cada uma seguir seu próprio destino. Depois de uma vida juntas, a amizade permanecerá, com certeza. Mesmo tendo deixado de frequentar o casarão, confesso que me bate um pouco de tristeza saber que aquele universo, que deu acolhida a tantas carências, desaparecerá. Do mesmo jeito que desapareceu o universo do dr. Oscar, quando Ângela decidiu vender o apartamento da praia do Flamengo. Pois é. Como nós, os lugares nascem, vivem e morrem. Ficam as lembranças e a saudade.

— Daqui vocês seguem direto para o Rio?

— A ideia é essa, Gabriela adora dirigir e eu adoro estar na estrada. Só devemos parar mesmo para os pernoites. E você?

— Ainda não tinha planos de voltar, mas aquela ultrapassagem imprudente mudou tudo.

As duas se olham sem entender. Gabriela quer explicação.

— Como mudou tudo?

— Você sabe que mudou. Não foi por acaso que nos encontramos. Conversamos sobre isso lá na Pedra do Frade.

Verônica coça a cabeça, faz cara gaiata.

— Que conversa é essa que eu não estou sabendo?

— João e eu não acreditamos em coincidências. O fato de já termos nos conhecido lá no casarão da Glória, somado a ele ter presenciado o Florentino salvar a vida da madrinha...

— ... prova que vocês dois estavam fadados a serem amigos.

Pela primeira vez, vejo inibição em Gabriela. Ela olha sem graça para mim e depois para Verônica.

— Amigos, sim. Ainda me impressiona toda aquela animosidade inicial se ter transformado em amizade antecipada.

— Bom, então há consenso de que a ultrapassagem imprudente mudou tudo.

— Foi uma ultrapassagem normal. Você é que ia tão devagar que parecia estar procurando vaga no acostamento.

— Por favor, não comecem. Estamos nos despedindo.

— Tudo bem, retiro o imprudente.

— Ótimo.

— O importante é que sua ultrapassagem permitiu nossa conexão.

— Estou achando que vocês estão destinados a ser mais que amigos.

— Não começa, Verônica.

— Já decidi: se vocês voltam direto para o Rio de Janeiro, eu também volto. Meu périplo se encerra aqui e agora.

— Mas você não mora em Convés?

— Sou cigano, moro em qualquer lugar. Quem sabe, perto de você?

Verônica põe fogo na fogueira.

— Podemos marcar um jantar lá no casarão. Que tal, Gabi?

— Por mim, tudo bem.

— Maravilha. Só que, antes, quero passar uns dias em Convés para rever a família.

— A gente se liga, então. Qual é o número do seu celular?

— Não tenho celular, não sinto falta.

— Longe da família esse tempo todo, e não sente falta de celular?

— Estou sempre ligando para eles. E, lá em casa, o telefone é pouco usado, serve mais para receber chamadas.

— Família interessante.

— Gozação?

— Estou falando sério. Anota aí o meu número, e vê se não perde.

Número anotado, dobro o papelzinho e guardo na carteira. Verônica avisa que as malas já estão no carro. Me abraça e me beija com o à vontade de amigos de infância. Diferente de Gabriela, que se atrapalha toda ao me abraçar e dar dois comportados beijos no rosto. Não a recrimino, meu desconforto é igual. Diz que vai esperar eu ligar. Acha estranho eu lhe dar o telefone da casa de meus pais, em Convés, e o de uma amiga, Gisele, que mora em Copacabana. Ela brinca.

— O que esses números significam: adeus ou até breve?

# Pedaços

Família é prato difícil de preparar, Antônio me garantiu em uma de nossas conversas lá em Santo Antônio da União — referia-se a um pequeno desentendimento havido entre sua filha Rosário e o neto Bernardo. Pois bem. Achei ótima a imagem, e posso afirmar que, depois de todos esses anos longe de Convés, quase desandei a receita familiar aqui de casa. Tudo por causa de um comentário bobo que fiz sem pensar. Explico-me: almoço concorrido de domingo, a parentada reunida. Fico sabendo que, em janeiro, Joãozinho e Sueli mudaram-se de armas e bagagens para o outro lado do planeta. Estão morando em Bali, na Indonésia. Isso mesmo, mais longe só Austrália e Nova Zelândia. Mas por que tão longe?! É que meu xará, no auge de seus 34 anos, começou a se interessar pela fabricação de pranchas de surfe, e ano passado conheceu um catarinense que lhe ofereceu sociedade na empresa que já prosperava naquele fim de mundo, oferta irrecusável. Flor não quis ir, preferiu ficar com os avós — para a alegria dos velhotes, é claro. A verdade é que a jovem ficou mesmo foi por causa do Rodrigo, seu namorado. Problema nenhum, o que importa é a felicidade de minha madrinha Eunice e de meu padrinho Pedro Salvador, que no próximo mês de abril vai completar 90 anos muito bem vividos. Foi aí que tive a infelicidade de dizer que não custava nada Jô e Sueli terem esperado um pouquinho mais para passar o histórico aniversário com o pai e o sogro. Pronto, os céus vieram abaixo. Ninguém me deu guarida. Com que direito eu, que havia passado anos perdido pelo país, longe da família, poderia criticar alguém que só havia se mudado porque buscava condições melhores de trabalho? Está certo, desculpem-me, não está mais aqui quem falou. Eu só imaginei que o padrinho ficaria contente com a presença deles. Até mamãe aproveita para me passar sabão.

— Ano passado, teu pai completou 77 anos, em quantos aniversários dele você esteve ausente?

— Tudo bem, mãe, eu já pedi desculpas, não falei por mal. Também não estive presente nos seus, nem nos Natais nem nas Páscoas.

Flor, petulância adolescente, arremata.

— Você por acaso vai ficar aqui em Convés até o aniversário do vovô?

— Vou ter que ir ao Rio resolver uns assuntos pendentes, mas volto com certeza.

— Se você tem assuntos que não podem esperar, papai também tem os dele.

Não me seguro e dou o troco.

— Você está certa, Flor. Respeito sua opinião. Como respeito você não ter ido com seus pais por causa do Rodrigo.

— Eu não fiquei em Convés por causa do Rodrigo coisa nenhuma. Eu só fiquei aqui por causa dos meus avós!

Chateado, Rodrigo solta a mão dela e se retira. Flor sai ventando atrás dele, mas vem me encarar primeiro.

— Viu o que você fez, viu?! Por que não vai viajar de novo e desaparece de vez?!

Antônio, Antônio, você está coberto de razão, família é prato difícil de preparar. Como é que, de repente, do nada, se desencadeia tamanha tempestade? Em um rápido ato de contrição, acabo reconhecendo que meu comentário talvez tenha escapado porque, no fundo, nunca engoli aquela falação maldosa da Sueli sobre mim e a irmã, e o silêncio acovardado do Jô. Enfim, tudo ranhetices bobas de família que só servem para aporrinhar a gente. Em compensação, Avesso vem e me dá um baita abraço, quer me mostrar o brinquedinho que comprou: um smartphone!

— Olha que legal, Fiapo. Por aqui, o Jô e a Sueli, mesmo do outro lado da Terra, podem ver e falar com a gente a hora que quiserem. No aniversário do tio Pedro Salvador, você não precisa se preocupar, eles vão poder estar presentes.

Fico impressionado com o que vejo. Coisa de ficção científica.

— Eu tenho uma amiga que quer que eu compre um desses para mim. Não sei se vou me ajeitar com isso. Andei por esse Brasil todo sem precisar carregar esse trambolho.

— O mundo está mudando, Fiapo. E, graças a você, Convés tem acompanhado essas mudanças.

— Lá vem você de novo com história.

— O Grupo de Teatro Renovação, que você ajudou a montar e apoia há anos. Você não imagina o que o Ernesto vem aprontando por aqui. Nunca imaginei que aquele garoto, filho de dona Augusta, ia se tornar tão importante para Convés. Você vai se orgulhar dos projetos que o grupo tem desenvolvido com a Casa das Artes. Mas eu vou deixar para Ângela te contar.

— Onde você conseguiu esse celular?

— Foi o Ernesto que comprou para mim numa das idas dele ao Rio.

— É. Parece que não vou escapar de ter um desses.

Avesso, com seu jeito brincalhão, fala com ar professoral.

— Use com moderação e você terá o mundo em suas mãos!

Lembro-me de tio Jorge quando me apresentou à internet, orgulhoso. Segundo ele, ali estavam reunidos o esgoto e a fonte de sabedoria de toda a humanidade, poderíamos nos enveredar por um ou por outro. Vejo que, a partir de agora, com esses celulares, os dois caminhos nos irão acompanhar aonde quer que a gente vá. Impensável: são os caminhos que seguem os caminhantes!

Fim de tarde, todos se foram para seus lares. Ficamos apenas mamãe, papai e eu. Depois do rompante, Rodrigo ainda não voltou, deve estar com Flor por aí em algum lugar. Que resolvam lá suas pendências e sejam felizes.

— Não sei por que aquele clima todo só por eu dar uma opinião sem maldade nenhuma.

Mamãe, mais compreensiva, concorda que as reações foram desproporcionais, mas eu também não tinha nada que sair sentenciando regras de conduta como se fosse pregador em púlpito. No mais, em boca fechada não entra mosca. Papai entra cuidadoso, trazendo uma bandeja com três xicrinhas de café, um pratinho de biscoitos e uma garrafa térmica.

— Acabei de fazer!

O momento dá margem a uma conversa que me lembra a fase de garoto e adolescente, quando ainda éramos só nós três nesta casa. O assunto não pode ser outro: minha viagem pelo Brasil, o longo tempo que passei afastado da família. Olhos atentos e curiosos, interessam-se por saber o que terei aprendido durante todos esses anos. O que ouviam de mim por telefone eram descrições de lugares, de uma ou outra pessoa que eu havia conhecido, de um ou outro trabalho que eu andava fazendo. Mas agora, de viva voz, aproveitando o silêncio da casa, querem saber que bem me terão feito essas "andanças de cigano", como eu mesmo costumo afirmar. A essa altura da vida, precisam se tranquilizar a meu respeito, saber se agiram certo comigo, se me terão valido os ensinamentos que me transmitiram, os exemplos dados.

— Enfim, você está feliz, meu filho? Isso é o que interessa saber.

Que pergunta mais complicada, mãe. Dizer o que para vocês? Dos outros, a gente só conhece poucos pedaços, momentos como este, que permanecem ou se apagam na memória. Presentes ou ausentes, tanto faz, só conhecemos pequenos fragmentos uns dos outros, mesmo das pessoas mais queridas. O que sei eu de vocês ainda jovens ou recém-casados antes de eu nascer? O que sei das aflições que passaram, das alegrias que viveram, dos planos que sonharam? Apenas algumas histórias contadas que guardo. Mesmo quando estamos juntos, o que sabemos a respeito de quem está perto? Só pedaços, momentos fotográficos, como este, repito. Ou do almoço que acabou há pouco. Pedaços, momentos fotográficos, sim. Quem é meu padrinho Pedro Salvador? Para você, pai, são uns tantos pedaços. Para você, mãe, serão outros. Mesmo para minha madrinha Eunice serão apenas fragmentos, ainda que inúmeros e incontáveis. Para mim, na infância, Pedro Salvador era o chumbeiro destemido, que tinha função essencial na pesca dos cardumes, era o escultor habilidoso que me presenteava com barquinhos de madeira, que tanto me inspiravam e alegravam os dias. À medida que o tempo passa, vou colecionando outros tantos pedaços de Pedro Salvador. A cada volta a Convés, a cada visita, um novo pedaço do padrinho me é oferecido. Mesmo distante, revejo pedaços dele. Agora, ao fim das minhas perambulações, conheci Gabriela, grande amor do dr. Florentino, aquele que salvou a vida da madrinha e bebeu vinho no gargalo com a gente, quando o Jô nasceu. Por acaso, eu estava lá com vocês e presenciei a cena — são mais alguns pedaços do padrinho que eu guardo, e do dr. Florentino, que já faleceu. A caminho aqui de Convés, resolvi passar na fazenda Santo Antônio da União, para saber de Antônio e Isabel, amigos também já falecidos. O que me ficou deles? Pedaços, momentos fotográficos do restaurante da rua do Ouvidor e daquela minha bela visita. Hoje, quem cuida da fazenda é o neto Bernardo com a mulher, Susan. Não os conheci, estavam fora. Outra história começa a ser escrita por lá. E outras tantas, por aqui. Meu padrinho Pedro Salvador já não pesca nem esculpe, a idade e as mãos trêmulas não deixam — são pedaços que vejo. Mas e os outros tantos e tantos que haverá e não sei, e não sabemos? Afirmo que acontece o mesmo com as coisas e os lugares. Aqui nesta casa, o quarto que costumava hospedar dona Iracema, e que depois foi meu, e de Avesso, e novamente meu, hoje tem novo dono: Rodrigo. Levei um susto quando entrei. Onde estava a estante de madeira com os barquinhos e os peixes? Mudaram-se para a Casa das Artes. E onde foram parar aqueles trípticos preciosos? Estão no quarto de Avesso e Marta, ficaram perfeitos onde estão. Rodrigo, pelos pedaços dele que conheço, gosta de novidades. Na estante de metal, computador de última geração e livros de informática. Em vez dos entalhes de madeira, pôsteres de filmes de ação.

Aí, vocês se preocupam com o filho quase sessentão, e me perguntam se sou feliz na minha vida errante, se terão valido os ensinamentos que me transmitiram, os exemplos dados. Meu Deus, eu sou um bom pedaço de vocês, será que não veem?! Metade água, metade vinho, mistura sagrada e degenerada, porque resultado de todas as poções que me foram acrescentadas por amores e amizades aos pedaços. Que bem me terão feito as andanças pelo Brasil? Essa é fácil: confirmei o que aprendi aqui em casa, provei que amar é cuidar de quem está próximo e precisa, não importa se parente, se amigo, se estranho. Que nesse imenso navio — para usar sua expressão, pai — é fundamental ir além do convés e dos espaços arejados, ter coragem para descer aos porões, à casa de máquinas, e conhecer as agruras da terceira classe. Portanto, sem fazer conta de padeiro, cuidei de muita gente, e também fui cuidado. Porque nossa missão maior, você bem sabe, mãe, é essa: cuidar, mas cuidar sem apegos. Cuidar uns dos outros, cuidar da casa e do jardim. E cuidar de nós mesmos, que é o mais difícil, porque é cuidar dos pensamentos, das palavras e das ações. Vendo essa sua camisa desabotoada, pai, vejo em você o pedaço de que mais gosto: aquele que, de peito aberto, não esconde o que sente — o pedaço liberto.

# De volta ao Rio de Janeiro

Hospedo-me em Copacabana, com Gisele. É tanto o que temos a ouvir e a contar sobre nós mesmos que ansiedade é pouco para definir o que sentimos. São também saudades, alegrias e curiosidades misturadas. Ela gosta de me ver ainda mais grisalho, de barba e cabelos compridos. E eu amo encontrá-la assim, no esplendor de seus 36 anos.

— Que loucura, João, doze anos que a gente não se vê. O que você fez de sua vida, homem?

— Pois é, virei mochileiro depois de velho.

— E o que é que você levou nessa mochila para estar com esse brilho de adolescente?

— Na mochila, papel e caneta. No coração, o Brasil inteiro. Que país fantástico, Gisele. Que povo maravilhoso.

— Nem me fale. Merecia outro destino.

Gisele ainda tem esperança de ver dias melhores para a nossa gente. Em junho de 2013, pensou que o gigante ia acordar. Bonito demais ver aquela multidão reivindicando seus direitos, todo mundo unido, acima dos partidos, acima desta ou daquela cor. Era brasileiro comum, sem nada nas mãos, com a roupa do corpo, brasileiro simples, sem ideologias, querendo apenas um mínimo de dignidade na saúde, nos transportes, na educação. Querendo paz. Será que é pedir muito? Eu estava em Brasília, nesses dias. Pensei que o pessoal da primeira classe iria começar a se tocar e se tornar mais sensível ao que se passa no resto do navio. Mas não. 2013 ficou esquecido. Eles se tocarem? Difícil acontecer. Gisele acredita é no trabalho e na garra de quem sua a camisa para sobreviver. Tem visto projetos incríveis nascerem nas comunidades e nas periferias aqui do Rio. Jovens e crianças sendo conscientizados para o que é básico: a importância do estudo, o cuidado com a natureza, o respeito pelas diferenças. Muito trabalho voluntário, muito amor, muita fé e superação. Gente guerreira.

— Eu soube pelo Ernesto que você tem ido sempre a Convés dar uma força para o Grupo de Teatro Renovação. Até escreveu algumas peças para eles.

— Pode se orgulhar, seu investimento tem valido cada centavo. Mês passado chorei com a apresentação da peça *Mulheres da terra, homens do mar*, criação coletiva do grupo. Seus pais, seu padrinho e sua madrinha estavam lá, na primeira fila, como convidados.

— Eles me contaram, se emocionaram também. Fico feliz que isso tudo esteja acontecendo na minha ausência.

— Sinal de que a semente germinou.

Gisele se formou pela faculdade de Letras, está numa fase bastante produtiva. Augusto Médicis lhe deu a principal editoria do jornal, o que a deixou felicíssima. Depois do lançamento de seus livros de poesia, e das peças que escreve, preparou um livro de contos que está no prelo para ser lançado ainda este ano: *O povo eleito*, uma utopia sobre o povo brasileiro — eleito não por ser especial ou escolhido dos deuses, mas por ser inclusivo e ter voz direta, sem medo. Um povo amado e desarmado, que vive em um país onde o verde do Exército signifique nossos campos e florestas, o azul da Aeronáutica, o nosso céu, e o branco da Marinha, a nossa paz. E onde o cinzento do uniforme da PM seja a mistura exata do preto e do branco. Histórias de lutas cotidianas pela sobrevivência, histórias de um povo que não quer apenas ter esperança, quer é viver outra realidade, mais justa, mais humana.

Quanto a mim, o que posso dizer? Bem ou mal, também cuidei dos meus escritos, fui me passando para o papel como podia. Acreditei que o amor que me faltava chegaria sem aviso para completar todos os outros. Fui me entretendo com as pequenas felicidades e as delicadezas do dia a dia, incontáveis em minha caminhada cigana. Vivenciei — quem diria? — o pensamento da escritora chilena Gabriela Mistral: "Saí à procura de Deus, não encontrei ninguém. Saí à procura de mim, não encontrei ninguém. Saí à procura do meu próximo, e nos encontramos os três." Pois foram frequentes, e os mais diversos, esses encontros.

— Que lindo ouvir isso, João. Está explicado esse seu brilho de juventude. Mas e o amor que ainda lhe falta?

— Tive algumas pistas de que deve andar por perto.

Gisele gosta do que ouve, acha graça.

— Quero saber essa novidade, vai. Que pistas são essas, conta. Fiquei curiosa.

Meio encabulado, começo a falar de Gabriela, desde aquela ultrapassagem imprevista até o passeio à Pedra do Frade, com direito a todos os sinais que armaram o explosivo reencontro. Embora ainda não tenha acontecido absolutamente nada, garanto, só algumas tímidas insinuações. E é exatamente isso o que mais me assusta: o clima de timidez e o crescente desconforto que, infalivelmente, são indícios de magnífica tempestade, com raios, relâmpagos e trovoadas.

— Dei o telefone daqui para ela. Pareceu estranhíssimo, mas eu não quis entrar em detalhes, disse apenas que estaria hospedado com você, amiga de longa data.

— E ela?

— Voltou a insistir para que eu comprasse um celular.

— Podemos providenciar isso rápido. Vou com você comprar e lhe ensino a usar cada função. Não é nenhum bicho de sete cabeças, você vai ver.

A conversa com Gisele sempre me diverte e acrescenta, mas antes da meia-noite já estamos na cama, cada um virado para o seu canto, comportadíssimos, diga-se. Amanhã, ela tem de estar no Complexo do Alemão, onde desenvolve um trabalho social. Antes, quer ir comigo resolver a história do celular, para eu fazer bonito quando for jantar com a Gabriela. Que dizer de amiga assim tão diligente?

# A tempestade

Veio mais cedo do que imaginávamos. Não pelo arrebatamento das paixões juvenis, mas pela força da maturidade, pela valoração das horas, pela consciência de que cada instante é precioso e não pode ser desperdiçado. O que de início foi timidez tornou-se livro aberto, verdades confessas — nada a perder quando a vida já nos treinou o suficiente para entender que a transparência que excita e seduz não está apenas na roupa íntima que insinua, mas na alma que anseia por se revelar. E o que de início foi desconforto tornou-se o corpo que hoje é meu aconchego, meu abrigo, meu refúgio e esconderijo. Que me importa o que acontece lá fora, se estou a seu lado?

A tempestade veio mais cedo do que imaginávamos. Não pelos sonhos adolescentes de conquistas quixotescas, não pelos planos ambiciosos de mudar o mundo para fazê-lo girar a nosso jeito, mas pela certeza de que a maior conquista é rodopiar com ele como se dançássemos. A tempestade veio mais cedo porque Gabriela e eu logo pisamos nossos pés, mas nos equilibramos e acertamos os passos com os descompassos e, pegando o ritmo, saímos cantando e valsando na chuva, aprendizes. Com todos os nossos passados amores, paixões, dissabores. Pedaços de lembranças, pedaços dos que estão longe, pedaços dos que já se foram, pedaços de nós mesmos espalhados pelo tempo.

A tempestade veio mais cedo do que imaginávamos porque foi entrega livre e desimpedida — pura curiosidade de um corpo pelo outro, pelas histórias à flor da pele, nossas tramas, nossos dramas e enredos, nossas comédias de erros. A tempestade veio mais cedo por atração profunda e desapego, porque sabemos que nada é para sempre e que, breve ou distante, virá por certo a despedida — seja ela qual for. Portanto, enquanto há vida, fazemos da cama o nosso ringue de amor, o nosso berço de carícias ingênuas, o nosso leito de conversas, trocas, leituras, confidências. Fazemos da cama nossos caminhos para o sono, para os sonhos — viagens ao desconhecido quando o abajur se apaga, e os lençóis nos vestem.

Durante quase um ano, Gabriela e eu nos acomodamos no apartamento de Copacabana. Gisele havia se mudado para o Jardim Botânico, bem mais perto do trabalho. E o casarão da Glória foi mesmo vendido para se tornar academia de ginástica. Verônica comprou um três-quartos excelente na Fernando Mendes, rua que frequentamos por causa do histórico La Trattoria. Pois é, mudanças e mais mudanças, súbitas ou programadas. Gabriela acha que está na hora de nos mudarmos para um lugar maior — muita coisa de estimação guardada no guarda-móveis, gostaria de tê-las à vista e ao alcance. De minha parte, também preciso decidir o que fazer com o que tio Jorge me deixou. A verdade é que essas questões práticas sempre me perturbam — nômades não lidam bem com bagagem pesada. Portanto, sempre dependo de alguma alma caridosa que me ajude e oriente.

Digamos que o ano de 2016 materializa o salto para uma das fases mais significativas de minha vida. Sem se acostumar a edifícios de apartamentos, Gabriela consegue realizar seu desejo de continuar morando em uma casa. Procura daqui, procura dali, e acaba encontrando uma opção bastante simpática na rua dos Oitis. Vou com ela conferir a oferta e me surpreendo ao constatar que seremos praticamente vizinhos das casas geminadas, em uma das quais morava minha grande amiga Vicenza Dalla Luce. Embora malconservada, nossa futura casa causa boa impressão: é clara e espaçosa. Por certo, comportará, confortavelmente, tudo o que temos. Possui ainda amplo pátio frontal, varanda lateral e um pequeno jardim de fundos. Resolvido. Abraço apertado, beijo na boca e negócio fechado. Com a venda do apartamento de Copacabana, fazemos a necessária reforma. Em maio, já estamos instalados.

Mês de julho, domingo de inverno, friozinho que apetece. Depois do almoço, Gabriela e eu saímos para dar um passeio a pé pelos arredores, caminhamos em direção à praça Santos Dumont. Ao passar em frente às casas geminadas, noto uma diferença — há uma única porta de entrada. A impressão é a de que se tornaram uma só residência. Será possível? Minha conhecida curiosidade não resiste, e Gabriela, sempre audaciosa, concorda em me acompanhar na aventura. Campainha, momentos de espera, um homem de seus 50 anos vem nos atender.

— Boa tarde, desculpe incomodar. Somos novos moradores aqui na rua dos Oitis. Sou João Fiapo, e essa é minha mulher Gabriela Marques, acabamos de comprar uma casa um pouco mais acima.

— Muito prazer, Cosme Soares Teixeira. Em que posso ajudá-los?

— Sou amigo de Vicenza Dalla Luce, frequentei algumas festas em uma dessas casas.

— Vicenza, claro. Há muitos anos, ela mora em Paris.

— Eu sei, cheguei a me hospedar com ela uma vez.

— Pois ela continua ótima, recebendo os amigos e dando suas festas.

— Desculpe perguntar... Você mora aqui há muito tempo?

— Desde os 2 anos. Meus pais moravam na casa da direita e Vicenza, na casa da esquerda. Depois, ela vendeu a casa para um casal, Pedro e Inês Paranhos, que, de vizinhos, acabaram se tornando meus sogros. Casei-me com a filha deles, Amanda.

— Interessante, vizinhos que se tornam parentes.

— Tudo por causa de nossa amiga Vicenza, que foi embora. Penso que foi armação do destino Amanda e eu nos conhecermos. Envolvo Gabriela carinhosamente pela cintura.

— Também acreditamos que certos encontros já estão programados.

— Não querem entrar um pouco? Só assim vocês conhecem a família. Hoje é domingo, estão todos em casa.

Gabriela pisca discretamente para mim, cúmplice. Entramos, como se exploradores de terra desconhecida.

— Como meus sogros estão começando a ficar idosos, resolvemos juntar as duas casas. Foi um transtorno muito grande, mas valeu a pena, ficou mais confortável para todo mundo.

Uma jovem de seus 20 e poucos anos, extremamente carismática, chega pelas escadas que dão acesso ao local onde estamos. Cosme faz as apresentações.

— Essa é minha filha Petra. E esses são nossos novos vizinhos, João e Gabriela. Compraram uma casa aqui perto.

Petra nos cumprimenta com ternura familiar, vejo que também é receptiva à nossa presença. A conversa se estende naturalmente e, em pouco tempo, já estamos sentados com a família à nossa volta. Pedro e Inês são os mais falantes. Ele, professor de literatura. Ela, pintora renomada. Quatro da tarde, tantos os assuntos e tão agradável o encontro que nem sentimos a hora passar. Amanda é quem sugere irmos para a varanda, enquanto improvisa a mesa do lanche. Chá, café, torradas, mel, geleias, queijos, bolo e outros quitutes. Isso já não é lanche, é festim romano — o clima de informalidade permite brincadeiras, nos aproxima ainda mais, e logo vamos descobrindo conexões que me surpreendem e até emocionam — conexões que estão sempre a me provar que nada acontece por acaso e que almas afins se atraem.

Petra, com tão pouca idade, desenvolve trabalho social de extrema importância. O projeto dá assistência e abrigo a quase trezentas crianças órfãs. Envolvida com o drama dos excluídos, ela compreende que família é algo muito mais abrangente e complexo que laços sanguíneos. Orgulha-se de que parte da ajuda que recebe venha por meio de amigos.

— Conheci um casal bem jovem, Bernardo e Susan, que moram em uma fazenda em Paraíba do Sul e...

— Não vá me dizer que é a fazenda Santo Antônio da União...

— Essa mesmo, por quê?

— Já estive lá, conheci os avós do Bernardo. Foram dois dias inesquecíveis.

— Só conheço os pais dele, Rosário e Damião.

Quando Petra visitou a fazenda pela primeira vez, Antônio e Isabel já haviam falecido. Bernardo e Susan é que estavam à frente dos negócios. Foram corajosos, porque mudaram inteiramente as prioridades do empreendimento e diversificaram ainda mais a produção com a implantação de uma agrofloresta. Transformaram a casa-grande em escola rural e passaram a morar na casinha lá de baixo, que era dos bisavós. Petra conclui dizendo que Santo Antônio da União fornece gratuitamente grande parte dos produtos agrícolas para o orfanato. Ela, Bernardo e Susan se encontram praticamente todo mês. Ouvindo-a falar da fazenda com tanta gratidão, impossível não pensar nos que ali viveram e labutaram pelo pão de cada dia, e nos incontáveis projetos como esse, que me dão a esperança de ver um Brasil mais cooperativo.

A esta altura do encontro, quando estamos quase de saída, Gabriela arremata com assunto que acaba por reacender os ânimos: a distopia que prevalece em todas as artes. Inês lembra que, no passado, a arte tinha como meta a beleza, o equilíbrio, o eterno. Hoje, os artistas contentam-se com a pretensa novidade, buscam traduzir a imperfeição, o inconcluso. É arte que, em vez de indicar possíveis caminhos, desorienta. Pedro concorda, acrescenta que a criatividade não nasce do nada. Há de haver uma base a ser trabalhada, uma tradição a ser estudada e questionada, um modelo a ser aprimorado ou mesmo alterado. Sem esses fundamentos, é impossível saber o que é certo ou errado, verdadeiro ou falso, belo ou grotesco, instala-se o caos. Cosme acredita que as artes, sempre premonitórias, saberão apontar novas direções. Amanda discorda. Para ela, o ser humano é eterno adolescente, precisa de aprovação e atenções constantes, não dialoga, sai batendo porta sempre que contrariado, e os artistas não são diferentes. A meu ver, mesmo nesta fase de desconcerto, só a arte — lanterna na mão — será capaz de nos guiar, de nos clarear o lado sombrio, nos curar os males. Com todos os avanços e retrocessos, levo fé em nosso processo civilizatório, em sermos vocacionados para a luz e o entendimento. Petra me contesta.

— Desculpe, João, mas nosso processo civilizatório virou um trem desembestado prestes a descarrilhar, quem está no comando não se importa com o rumo destrutivo que nos é imposto. Nesse ritmo, não haverá arte que nos salve.

Gabriela se levanta, olha na direção do jardim, fala como se estivesse tendo alguma visão futura.

— Muito em breve, a humanidade vai ser obrigada a parar. Por bem ou por mal, vai ter que puxar o freio dessa sua máquina predatória. E vai ser freada radical, eu vejo. Para sobreviver, vai ter que sentar para pensar e se reinventar a si mesma.

Todos silenciamos. As palavras de Gabriela causam impacto, como se fossem profecia. Inesperado, um forte trovão nos assusta, e uma chuva pesada cai, desaba. Os céus se manifestam — Pedro assevera. Amanda lembra o dia em que a família se mudou para cá. Ainda era uma menina, nunca havia visto tempestade igual. Medo.

# Realidade mágica

O mau tempo nos retém nas casas geminadas. Anoitece, Gabriela e eu decidimos enfrentar a chuva que não dá trégua. Nossos amigos insistem para que fiquemos até o jantar. Não, obrigado, temos mesmo de ir, já abusamos de vocês o suficiente. Petra vem com o guarda-chuva providencial, não há pressa em devolvê-lo. Assim, com trocas de números de celular, nos despedimos com a promessa de repetirmos a boa conversa lá em casa. Abre-se a porta. O vento mostra que não está para brincadeira. Agarrados um no outro, guarda-chuva aberto, passamos para o lado de fora sem olhar para trás. Vamos atentos aos nossos passos, desviamos das poças d'água, olhos na calçada. É que os sapatos que usamos não são apropriados para intempéries.

Em casa, o ritual previsto: sacar logo os sapatos úmidos e as roupas que, com a ventania, se encharcaram. Só não molhamos a cabeça. Menos mal. Amor, me prepara um uísque, por favor. Ela vem com dois copos. Tim-tim, brindamos às novas amizades, à tarde de mágica e aprendizados. Pedro e Inês, Cosme e Amanda, gente boa. E Petra? Que descoberta deliciosa. Ficou de nos levar para conhecer o orfanato. Gabriela pretende chamar Verônica para ir junto — sabe que ela vai se entusiasmar com o projeto. Conexões que atraem novas conexões. Realidade mágica que nos leva a conhecer quem se afina conosco, quem de alguma forma deve cruzar nossos caminhos. Não à toa, decidi arriscar a campainha da antiga casa de Vicenza. Ali, aos 22 anos, de roupa nova, fui apresentado por tio Jorge a um universo que me era totalmente desconhecido — estreia em grande estilo. Voltei outras vezes. Mais atento, porque mais à vontade, vendo o mesmo ambiente e as mesmas pessoas com outros olhos. Senhor da situação, me dei conta de que nosso modo de ver evolui à medida que nos aprimoramos — meu tio, meu mestre. Saudade. Hoje, naqueles cômodos redesenhados, tentei identificar antigos cantos onde pudéssemos ter estado. Ele a me observar ao lado de Gabriela — o amor que me faltava.

É inacreditável o modo como o destino nos joga no colo de algumas pessoas, e ali nos acomoda com naturalidade que impressiona. Logo que nos conhecemos, Gabriela me falou de sua forte ligação com Gabriel García Márquez. Além de compartilhar o nome com ele, ela nasceu em 6 de março de 1967 — dia do aniversário e ano em que o autor colombiano ganhou o prêmio Nobel de Literatura. Histórias e fatos fabulosos que entrelaçaram suas vidas estão narrados no livro de memórias *Doce Gabito*, homenagem ao escritor quando ainda era vivo. Pois bem, depois de nossa ida à Pedra do Frade, em Itapajé, Gabriela voltou a sonhar com García Márquez, sonho recorrente: os dois brincam de rodar a moeda presa entre os dedos. Ela se concentra para fazê-la girar, precisa chegar ao terceiro lado — o lado onde as faces se misturam. Não só a cara e a coroa. Todas as faces: o direito e o avesso, a frente e o verso, o yin e o yang, o céu e a terra, o pró e o contra, na união interminável dos opostos. Dado o impulso, a moeda começa a girar vertiginosamente até que Gabriela chega aonde estou: no terceiro lado. Lá dentro, não há um pingo de luz. Ainda assim, nos encontramos no escuro, porque somos capazes de nos ver claramente sem nenhum receio. Sob o olhar atento de Márquez, nos beijamos, Gabriela acorda.

Na cama, prontos para dormir, lembro-me de ela me contar o sonho cujo significado ainda me intriga. Sei o motivo: o escuro me atrai porque me faz sentir falta de todas as belezas e cores que a luz nos revela. Na serra da estrada que vai ter em Convés, perto da cachoeira onde eu costumava me banhar, há uma gruta que inspira temor e curiosidade nas crianças. Dentro dela, o desconhecido. Ali, só se entra com lanterna. Que eu saiba, até hoje, ninguém se aventurou a descobrir os limites daquele espaço, repleto de lendas e segredos abissais. Não será assim o sexo feminino? Enigma a ser decifrado, mistério que desperta desejo, escuro que convida, abriga e dá prazer.

Gabriela vem para o meu lado, me beija, me acaricia os cabelos e a barba. Gosto quando ela me faz festa, e me lê os pensamentos.

— Esse seu silêncio olhando o teto, eu já conheço.

Apenas sorrio, permaneço calado, porque seus olhos têm o dom de captar os meus desejos, compreender meus códigos — na verdade, todo romance é cifrado, quem me desmente? Quem ousa dizer o que acontecerá depois de uma paixão, o que virá em seguida? Quem entende a lógica das uniões e separações? Quem desvendará o mistério de nossos conflitos mais íntimos, as pazes, os desentendimentos? Quem se põe debaixo da cama dos casais para descobrir o que se passa lá em cima?

Apagamos a luz, porque nos reconhecemos melhor no escuro, sabemos. O relógio digital marca 11:11, as quatro facas giram a nosso favor, sentimos. O sangue ferve. Palavras não traduzem, carícias não bastam, beijos não saciam. Amazona, Gabriela salta sobre meu ventre como se fosse montaria. Em pelo, toma as rédeas e toca com esporas o animal que há em mim — a rusticidade a seduz, provoca e excita. A cama, assim desfeita e revirada, denuncia nossa desregrada, indominável natureza. E nossos corpos, bichos com alma, soltos no prado. A pele? A roupa que nos veste.

No ato, o prazer comanda, o amor quase se perde, mais forte é o tato. No gozo, o prazer se satisfaz em ser outro, o tato é tênue, e o amor revelado, agora sim, nos repleta. Realidade mágica.

# Balanço

Pode ser o exame acurado de minha caminhada terrena. Pode ser também o brinquedo, o assento voador, o ritmo e o movimento que fazem parte da história que protagonizo. Estamos em 16 de junho de 2019: há quarenta anos, cheio de expectativas e ambições, saí de Convés para ganhar o mundo. Hoje, com 62 anos, mais da metade de mim se foi. Décadas que parecem dias. Há pouco, usava calças curtas e ralava joelhos travessos em ruas de terra batida. Ficção? O piscar de olhos e o estalar de dedos são sinais de que fui feliz a meu modo. Gabriela, com mais de meio século, também faz lá suas contas, aproveita e obtém o resultado das provas que lhe foram impostas, imagina que, entre erros e acertos, tirou notas razoáveis. Há quatro anos, estamos juntos — pelo balanço, uma vida inteira já vivemos, e outras tantas haveremos de gastar. Filhos, não teremos, mas adotamos: estão todos na Casa das Artes, no Grupo de Teatro Renovação, no orfanato de Petra e no projeto de Gisele, no Complexo do Alemão. São crianças e jovens que precisam do nosso apoio, da nossa presença. O tempo que lhes dedicamos só nos dá alegria e prazer. Portanto, o retorno é bem maior que a doação.

Nossas visitas a Convés tornam-se rotina, e a sorte, dona do jogo, se encarrega de dar as cartas. Rodrigo foi para São Paulo se especializar em telecomunicações, conseguiu emprego em uma empresa americana e hoje está morando em Dallas, Texas — mais um da família que vai para longe. Meu quarto, que abrigou tantos sonhos de solteiro, fica vago novamente. Só que, pela primeira vez, a cama estreita vai embora, vira cama de casal. E o que era meu agora é nosso, Gabriela que o diga. Papai e mamãe exultam sempre que nos veem chegar. Dizem que, depois de tanto tempo, o quarto ganhou de presente a cama de tamanho certo. Brincadeiras à parte, ainda conversando com Gabriela, chegamos à conclusão de que, autônomos, sempre nos sentimos livres para nos deixar levar pelos ventos, e assim nossas vidas se foram tecendo naturalmente, harmonizando destino e livre-arbítrio, desejos e acontecimentos — o modo como nos conhecemos é prova concreta.

Na fase atual, nos dividimos entre Rio de Janeiro, Convés e Santo Antônio da União, lugares onde encontramos grupos que estão realmente dispostos a repensar velhos hábitos e atitudes. Grupos que reúnem crenças, raças e nacionalidades diversas — um mundo novo que nasce. Petra, por exemplo, casou-se com um jovem refugiado sírio, Khaled, bela figura. Gabriela e eu o conhecemos quando fomos visitar o orfanato. Médico pediatra, ele destina boa parte de sua agenda àquelas crianças. Sua história é trágica, mas vitoriosa. Trouxe com ele dois sobrinhos ainda de colo, Samirah e Zayn, únicos membros de sua família que sobreviveram à guerra civil em Alepo. Petra os acolheu como filhos.

Essas são as pessoas com as quais estamos envolvidos, famílias que, como as nossas, se formaram por laços sanguíneos ou por laços de afeto. Minha mãe e Avesso são exemplos. Gisele e Sueli, também são — filhos de coração, irmãos de fé. Vínculos de parentesco que, para o bem de todos, se vão tornando cada vez mais frequentes. Porque o pêndulo, em seu vaivém ritmado, é o balanço do tempo que é sempre outro. Tempo inexorável que nos estabelece limites e nos impõe mudanças, ainda que uns esperneiem e não queiram. Move-se o derradeiro segundo, batem as horas e o relógio decreta o "Agora, chega" — sai um modo de vida, entra outro.

Que dizer deste estranho ano de 2019, com insolentes poderes a cutucarem o diabo com vara curta? Cego quem não vê que Oriente e Ocidente estão saturados dos que, apegados a preconceitos e ganâncias, ainda pretendem nos empurrar goela abaixo o que mais não serve, o que mais não presta. Desistam, senhores, que suas práticas estão com os dias contados. O que nos é nocivo e repulsivo será expelido. O vômito nos trará alívio e nos purificará — aprendi nas terras férteis de Santo Antônio da União. Gabriela e eu nos hospedamos lá. Bernardo e Susan se tornaram próximos a ponto de sugerirem que nossas famílias passassem as festas de fim de ano na fazenda. Falaram com Petra e Khaled, e os deles também irão. Precisamos estar fortes e unidos para 2020, porque, com todos os desmandos que estamos vendo, fortes ventos hão de soprar.

E o encontro acontece, inesquecível. Bernardo garante que, desde a grande festa para comemorar os 100 anos do arroz de sua tia-avó Palma, Santo Antônio da União não via tanta gente reunida. Desta vez, não é preciso mencionar cada núcleo familiar com os nomes dos presentes, porque o que se teve nessas semanas de Natal e Ano-Novo, mais que hospedagem, mais que celebração de nascimento e recomeço, foi a certeza de que todos nós que ali estávamos, mesmo que não nos conhecêssemos, éramos elos essenciais que compunham forte conexão. Conexão dos que trabalham por tempos mais brandos, mais lúcidos, mais saudáveis. Conexão que, pelos vídeos dos celulares, alcançou até os familiares que estavam longe, em outras cidades, em outros países, em outros continentes. Familiares que, de tão distantes, pareciam transitar em algum universo paralelo. De

Maria Maiestas, ouvi essa previsão muito antes da internet: "Os seres humanos se tornarão luzes que se comunicam à distância." Ela imaginava que chegaríamos a isso graças à espiritualidade e não à tecnologia. Tudo certo, problema nenhum: a distância me tem sido aprendizado útil. Quem sabe um dia evoluiremos a ponto de nos comunicarmos com os mortos através de algum novo aplicativo? Em um primeiro momento, só ouviremos a voz, como nos antigos telefones. E depois também veremos a imagem. Delírio? Quantos avanços tecnológicos hoje seriam considerados delírio no passado? Se duvidar, na velocidade com que os inventos se desenvolvem para consumo, mesmo neste estágio de evolução primitivo, ainda viveremos para falar com o Além por algum DDD intertemporal. Tio Jorge, onde estiver, vai adorar, aposto. Por enquanto, já que não tenho o dom da mediunidade, contento-me em vê-lo e ouvi-lo apenas em sonhos — que não deixam de ser um meio de comunicação bastante prático. A precariedade deste milenar recurso é que só o lado de lá pode tomar a iniciativa das chamadas. Em compensação, às vezes, o sonho é tão real que sentimos fisicamente a presença de quem está do outro lado da linha — tecnologia que se vai aperfeiçoando. Parece brincadeira, mas é sério. Gabriela e eu nos interessamos cada vez mais por essas técnicas de contato em grau mais apurado, digamos.

A verdade é que cresce sensivelmente em todas as partes do planeta o número de pessoas que anteveem o futuro por meio de sonhos premonitórios. Habilitados pela experiência das realidades virtuais, jovens e crianças já lidam com novos conceitos de tempo e espaço, de abstrato e concreto, e entendem perfeitamente a diferença entre invisível e inexistente. Já em 1º de janeiro de 2020, logo depois de passarmos a meia-noite, o assunto anima uma roda de convidados. Gabriela, eu, Bernardo e Susan, um pouco mais afastados, apenas acompanhamos a divertida conversa. É quando Maria, a filha de 9 anos do casal, nos diz que teve um sonho muito engraçado na noite anterior. Desconfiamos que o tal "sonho" seja apenas uma fantasia estimulada pela falação ao lado, mas, ainda assim, queremos que ela nos conte sua história. Pois bem, com riqueza de detalhes, Maria nos fala que viu todas as cidades do mundo vazias. Ninguém nas ruas. Todas as pessoas escondidas dentro de suas casas, portas e janelas fechadas. Os automóveis, nas garagens. Os trens, parados nas estações. E os aviões, nos aeroportos, não conseguiam voar. O pai lhe pergunta se o sonho mostrava a razão de tudo isso. Encolhendo os ombros e virando as mãozinhas, ela faz que não sabe. Como termina o sonho? Com todos os bichos andando soltos pelas cidades como se fossem seus novos donos. Eles chamavam as crianças para saírem de casa e brincar. Mas os pais delas não deixavam.

— Sua mãe e eu também proibimos você de brincar com eles?

— A gente não estava no sonho. Eu via tudo isso aqui da fazenda, lá da janela do meu quarto.

Fingimos grande interesse pelo enredo, que certamente foi inventado na hora. Bernardo e Susan dizem que seria mesmo bom se o mundo parasse um pouco, sem precisar ser tão radical, é claro. Que neste início de ano, façamos um balanço de nossos atos, e reflitamos sobre o que importa e o que precisa ser mudado.

## 2020: o ano do espelho

Como se o número 20 se visse refletido, se espantasse com a triste imagem de si mesmo e se perguntasse: por que me causam tantos males? Por que o ódio cego dentro e fora dos lares? Como chegaram a esse ponto? Que prazer sente alguém ao divulgar calúnias que se espalham por meio dos incautos como pragas? De que felicidade é capaz? O que obtém de luminoso? A que levam o extremismo e a intolerância senão à desgraça e ao ressentimento? E não se sentem ridículos os que, anabolizados, ostentam o poder, a riqueza, o corpo e a fé? Por que se prestam a esse exibicionismo bobo e infantil? Que mágoas colecionam, que frustrações escondem? De quanto amor precisam? De quanta luz? E agora? Aprenderão algo com o vírus que os põe à prova e confina?

Gabriela amanhece sem ânimo, sem disposição para coisa alguma.

— O povo abandonado à própria sorte, enquanto os que deveriam protegê-lo se digladiam por cargos e privilégios. Essas notícias me deprimem, João. Me sinto péssima, totalmente perdida.

— Não é só você, também me sinto assim. Vamos precisar de muita paciência e fôlego. E de algum tempo para entender o que está acontecendo aqui e no mundo.

— Ainda custo a crer que a Maria tenha antecipado esta realidade absurda. Crianças estão sempre antenadas.

— Mas nenhum de nós a levou a sério.

— Como poderíamos? A história me pareceu um assombrado conto de Allan Poe. Confesso que na hora senti até medo.

— Pois hoje somos todos personagens de Gabriel García Márquez, em seu mais apurado realismo fantástico.

Gabriela esboça um sorriso conformado.

— Tem razão. Nos tornamos habitantes de uma Macondo sitiada por inimigos invisíveis. Gabito precisava vir nos explicar direitinho como vai terminar esse pesadelo.

Folheio uma revista, procuro ganhar coragem para verbalizar o que tenho em mente.

— Talvez você não goste de ouvir o que tenho para lhe dizer.

— Por favor, João. Não piore as coisas ainda mais. Fala. O que é?

— Ontem, quando fui ao mercado, encontrei um amigo que não via há pelo menos trinta anos. Álvaro, o enfermeiro que cuidava do dr. Oscar, pai da Ângela.

— Eu sei, você me contou a história. O que é que tem ele?

— Trabalha em um hospital público, diz que a situação é dramática. Faltam médicos, enfermeiros, equipamentos, tudo. Tem medo de que, com o aumento do número de infectados, o serviço possa entrar em colapso.

— É aflitivo. Mas o que é que se pode fazer?

— Tomei uma decisão, Gabi. Vou me voluntariar para limpar os enfermos. Ganhei um pouco de experiência ajudando a tratar do dr. Oscar, sei que posso ser útil.

— João, pense bem, não acho que seja uma boa ideia. A gente já está ajudando com doações para o orfanato da Petra, e para o projeto da Gisele lá no Alemão. Fazemos a nossa parte.

— Uma coisa não impede a outra. Eles estão precisando demais de pessoal de apoio. Cada voluntário que chega é de grande ajuda. Não foi por acaso que encontrei o Álvaro justo agora. Você e eu acreditamos nesse tipo de conexão.

Gabriela anda de um lado para outro, fera enjaulada. Rumina algo que está prestes a verbalizar. E a fala sai, incontida, impositiva.

— Tudo bem. Mas tem uma condição. Se você vai, eu vou junto. Se você vai se arriscar com a idade que tem, eu também me arrisco. Não vou ficar trancada sozinha aqui dentro de casa.

O abraço forte e demorado nos dá sentido. Seguimos juntos nessa realidade hostil.

Álvaro se emociona ao nos ver entrar, expressão de cansaço que se alegra. Não perde tempo, rápidos cumprimentos e logo nos prepara para o embate. Primeiro conselho: diante de tanto sofrimento, ir fazendo o que for possível sem se deixar abater pelo desânimo. Cada paciente atendido é ponto ganho, passa-se ao próximo e assim por diante, enquanto o corpo resistir. Às vezes, a exaustão é que nos avisa a hora de parar e ir para casa.

— Uma coisa eu lhes garanto. À noite, depois de um bom banho, quando baterem na cama, o sono virá de imediato. E vocês, agradecidos, dormirão feito pedras.

Com máscaras e as roupas de proteção disponíveis, Gabriela e eu iniciamos o trabalho de rotina. Naturalmente assustados, piscamos o olho um para o outro com desejos de boa sorte. Sou encaminhado à enfermaria 23, enquanto ela segue com Álvaro por outro corredor. No instante em que a perco de vista, tenho noção do forte vínculo que nos une.

Sim, 2020, o ano do espelho. Como se, ao se ver refletido, o número 20 também reconhecesse o oposto de si mesmo e se perguntasse: por que os desfavorecidos são sempre os mais solidários? Onde buscam forças para suportar cargas tão pesadas? Revolta-me vê-los arregaçar as mangas e encarar tarefas que não são suas, enquanto o poder público, obeso e preguiçoso, se faz de rogado e cruza os braços. Por que meus dias, minhas semanas e meus meses passam e não vejo sinais de mudança? O que vejo é gente simples estendendo a mão para os simples, gente pobre ajudando e acolhendo os pobres, gente trabalhadora dividindo o pão e a marmita com trabalhadores. Neles, ponho a minha fé.

Oito da noite. No caminho de volta para casa, essas ideias me vêm à cabeça. Gabriela segue em silêncio do meu lado, companheira. Olho pelo espelho retrovisor, mais um dia de 2020 se vai apagando. O escuro assusta, mas a luz que nos guia ganha espaço, insisto.

# A roupa do corpo

Álvaro estava certo. Foi chegar em casa, tomar banho, comer alguma coisa e desabar na cama — Gabriela e eu apagamos com os abajures. E veio o sono e veio o sonho e com eles vieram as lembranças do dia misturadas com notícias recentes e fantasias. Não é assim também quando hoje estamos acordados? O inverossímil e o surreal diante dos olhos que a terra há de comer. Ninguém me contou, eu vi: o médico chorar porque foi obrigado a escolher qual paciente teria mais chance de sobreviver e, portanto, o direito a ganhar o respirador e, assim, um pouco mais de esperança. Eu vi a mãe desfalecer nos braços da enfermeira ao saber que o filho de 5 anos não havia resistido, apesar de todos os esforços para salvá-lo. Eu vi como se segura um hospital público em meu país: é com a força hercúlea, o suor e o sangue de seus funcionários. São as mãos, os braços e o muque de mulheres e homens que se mantêm a postos, mesmo com salários atrasados, mesmo sem saber como irão fazer para pôr comida no prato de suas famílias. Ontem, falei com meus pais por telefone. Eles estão bem, graças a Deus, naquela casa caiada de branco, de janelas verdes e telhas ancestrais. Meu padrinho Pedro Salvador, o mais velho da tribo, continua firme e forte com seus 95 anos, ao lado da madrinha Eunice. A sorte é que nossa Convés, bem ou mal, sabe se cuidar, e também cuida dos seus. Vida simples, sem pressa. Os moradores compreenderam que a natureza é quem dita o ritmo do tempo e que, entre parar e disparar, o melhor é manter o passo com o respirar sereno. Lá, o novo e o velho se entendem e nos fazem confiar em receitas caseiras, conversas de cozinha e ensinamentos que vêm de nossos avós — histórias que nos levam a prever dias melhores, mais verdes e fraternos, nas cidades grandes, ditas civilizadas, e nos países ricos, ditos de primeiro mundo.

Quem sabe, agora, sendo obrigados a desligar as máquinas, ouçamos os ventos, os mares, os pássaros? E possamos investir mais na saúde e no saber de toda a gente. E entendamos que o planeta está encolhendo e que culturas e raças e gêneros e religiões terão que aprender a conviver em paz. Os que migram querem apenas vida digna e o essencial para os seus. Vida digna e o essencial, repito. É querer muito? Quem sabe agora percebamos que, hoje, refugiados à procura de abrigo somos todos. Que o momento nos obriga a repensar o valor e o significado de nossas roupas e, por extensão, de nossos atos. Sim, porque quase sempre alteramos nosso comportamento e postura de acordo com o que vestimos, e interagimos com as pessoas à nossa volta de acordo com o que vestem. Quem sabe agora vejamos a essência tanto no formal quanto no casual? Quem sabe agora tenhamos tempo para refletir e aprender que o mundo será bem melhor e mais saudável quando o uniforme do gari e o jaleco do professor inspirarem o mesmo respeito que a farda do militar e a toga do juiz. Que a admiração venha pelo conteúdo e não pelo invólucro. Porque, definitivamente, o hábito não faz o monge. Como o terno, o colarinho e a gravata não fazem o político ou o empresário.

Poderia ser real, mas é sonho: do espaço, vejo a Terra distante, como uma pequena casa pintada de azul, sem paredes, sem muros, sem fronteiras inventadas. Lá de cima, asiáticos, europeus, africanos, norte e latino-americanos compartilhamos o ar, o solo, a água, o mesmo lar. Orientais e ocidentais ensinam e aprendem juntos, seus dons e talentos se complementam. Tão óbvio, tão claro! Então, mais que pela vacina específica, descobrimos que a cura virá ao injetarmos doses maciças de amor nas veias do planeta. Aí, sim, seremos capazes de trazer de volta os beijos e os abraços verdadeiros, a pele, o calor do outro — o tato que nos é vital. E reconheceremos que todo corpo merece atenção e cuidados, porque é roupa sagrada que nos protege o invisível, a alma, os sentimentos.

No meio da madrugada — olhos abertos ou fechados, tanto faz — me torno menino. Aquele que, fora da escola, tinha certeza, iria protagonizar o melhor papel que houvesse no mundo. As palavras de Veridiana me confirmavam que algo importante me seria destinado. E o que fosse estaria ligado às roupas que vestisse. Não as que mamãe fazia por encomenda, aos moldes, aos montes, para mulheres, homens e crianças. Muito menos as que papai e os outros pescadores usavam no trabalho. Não precisava me preocupar. Na hora certa, saberia escolher meu figurino. E assim aconteceu. Ontem, no hospital, me dei conta de que a máscara que eu usava não era o riso ou o choro do teatro, era arte visceral fora do palco. E a bata, a touca e as luvas protetoras — aquele aparato estranhíssimo — eram a roupa do corpo que me humanizava. Roupa barata, feita de improviso. Roupa que não me envergonhava. Ao contrário, me fortalecia. E ao final do expediente, quando Gabriela, exausta e também toda paramentada de plástico, veio me abraçar, percebi que nossos figurinos eram dos mais belos deste fabuloso enredo que, corajosa e teimosamente, todos protagonizamos: a vida cotidiana — que é tragédia e comédia e aventura e drama e sonho. Dor e prazer até o derradeiro ato.

# Calendário

*Anos de nascimento*

1928    Nasce Jorge.
1937    Nasce Antenor.
1938    Nasce Olímpia.
1925    Nasce Pedro Salvador.
1932    Nasce Eunice.
1957    Nasce João (Fiapo).
1958    Nasce Marta.
1967    Nasce Gabriela.
1968    Nasce Juliano (Avesso).
1981    Nasce Joãozinho (Jô), filho de Eunice e Pedro Salvador.
1997    Nasce Rodrigo, filho de Marta e Avesso.
2001    Nasce Flor, filha de Sueli e Jô.
2002    Nasce Leonardo, segundo filho de Marta e Avesso.

*Acontecimentos*

1946    Jorge sai de casa aos 18 anos, Antenor tem 9 anos.
1967    Fiapo conhece Lorena.
1975    Morre a avó Isaura, conhece o tio Jorge.
1976    Morre Sônia Oliveira Soares, Avesso vem morar com Fiapo.
1979    Muda-se para o Rio de Janeiro.

Conhece Marta.

Conhece Helena.

Escreve a primeira peça, *A roupa do corpo*.

1980 Escreve a segunda peça, *Positivo*.

A madrinha Eunice engravida.

1981 Conhece Florentino dos Anjos.

1984 *Três de copas* é um fracasso.

Separa-se de Helena.

1985 Muda-se para Ipanema.

Francis Bildner monta a peça *Three of Hearts*.

1986 Escreve *Quatro de espadas*.

1988 Conhece Ângela.

Muda-se com Ângela para Convés.

1989 Avesso se casa com Marta.

1997 Conhece Gabriela rapidamente no casarão da Glória.

Revê Vicenza em Paris e Lorena em Londres.

Conhece Andrew e Anne.

Conhece Maria Maiestas.

Conhece Gisele.

1999 Casamento de Sueli e Jô.

2001 (3 de março) falecimento de tio Jorge.

2002 Vai a Santo Antônio da União e conhece Antônio e Isabel.

Recebe seguro deixado pelo tio e resolve viajar.

2003 Funda o Grupo de Teatro Renovação em Convés.

2003-15 Viaja pelo Brasil.

2015 Reencontra Gabriela.

2020 O mundo é obrigado a parar.

Este livro foi composto na tipografia Minion Pro,
em corpo 12,5/16, e impresso em
papel off-white no Sistema Cameron da
Divisão Gráfica da Distribuidora Record.